北洋夜行記 2

城南旧案

金醉·著

中国友谊出版公司

作者说明

二〇一六年，北京潘家园一个旧书商离奇死亡，留下了一本从未公开过的民国笔记《夜行记》，作者是北洋年间的记者金木。金木的后人金醉对笔记做了整理和研究，发现笔记中有大量金木在北京、上海等地所做的罪案调查，而金木还有另一重身份——夜行者——一种自古传承的隐秘调查者。

《夜行记》中的记录大多确有其事，但也有不少似小说笔法言过其实之处。不过，金醉认为，这本笔记在虚实掩映之间，记下了历史上众多不为人知的侧面，而这些记录才是夜行者笔记的价值所在。

本书中的十九个故事均出自《夜行记》，由金醉及其助手桃十三、草头鬼、掘坟仔和朱富贵共同整理而成。

目　录

CONTENTS

第七案

龙须沟巧拾弃婴
金鱼池冰藏碎尸

民國四年。夏日酷暑。至七月。忽聞疫氣自東來。自東便門入京。城門附近某姓。一夜之間。闔戶暴斃。疫氣自東而西。忽至崇文門。昨日亦聞有人暴斃。衛生署醫官曰。此虎烈拉也。患此疫者。上吐下瀉。移時命無可救矣。大街小巷人跡為之一掃。七月二日夜。余駕自行車。自天橋歸家。至天壇圍墻外。一片黑沉。並無

案发地点：金鱼池
案发时间：1915 年 7 月
记录时间：不详

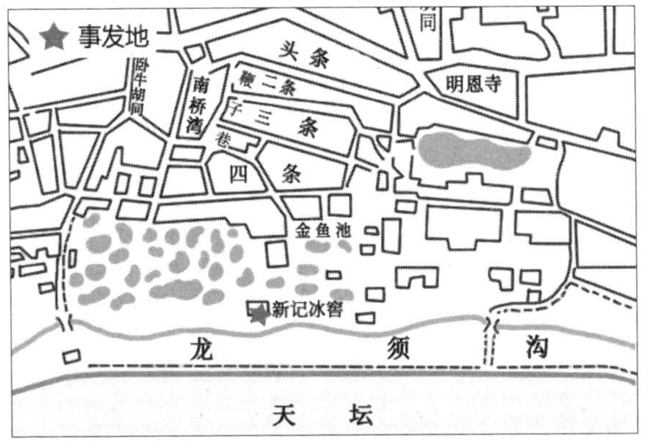

民国四年（1915）夏天的一个晚上，我在回家的路上捡了一个孩子。之后发生的一切，黑暗而血腥，远远超出了我的想象。

那个夏天热得不正常，一股疫气从东便门进了北京城，城门附近的一户人家，一夜之间二男一女暴毙。疫气自东向西，没几天就到了崇文门，那儿附近也有人暴毙。

卫生署的医官说，这股疫气是虎烈拉①。人一旦感染了虎烈拉，会上吐下泻，几个小时就会死掉。崇文门外一带，街上的行人，瞬间少了许多。

①虎烈拉，就是霍乱。光绪壬寅年（1902）北方霍乱大流行时，《大公报》第 26 号报道过霍乱症预防法。“一千八六十年，印度有一种奇病，西人命之曰 *Cholera*，即日本所谓虎列剌症也。由印度传染东方各国，今则五洲之广，无处无之。每年春秋之交，流行甚速，大率人烟稠密之城镇，湫溢潮热之庐舍，传染最易。且男子患者必多于妇女，中年人患者多于幼稚及老人。若不早为预备，杜绝传染，一受其毒，危险立见。”

七月二日夜里，我骑着一辆自行车，从天桥往家的方向走。到了天坛的围墙外面，一片黑沉沉，一盏路灯都没有。我沿着龙须沟蹬车，凭记忆拐上一座小桥。

刚上桥，我肚子疼了起来，咕噜噜一阵响。这黑灯瞎火的，正犹豫要不要找地方解决，这时肚子又是一阵响，我骂了一句白天喝的冰镇酸梅汤，停下车立好，匆匆跑到桥下。桥下是一片荒草地，我钻进去蹲下。

夜里的龙须沟飘来一阵阵恶臭，沟里黑漆漆一片，啥也看不见。我能感觉到河水在缓缓地流动，不时有水泡翻腾上来，把腐烂的气味释放到空气中。

完事后，我突然想起，染上虎烈拉的人如果拉的是白屎，必死无疑。强忍住点火观察排泄物颜色的冲动，我提好裤子，迈过野草往桥上走，一转过桥墩，就看见烧着一堆火，火边有一个人。

这人是个乞丐，衣衫褴褛，不知道在忙活着什么。我正要离开，突然听见一声婴儿的哭声。那乞丐捧了一个婴儿，在河里撩水洗了几下，又拿出一根尖木棍，在婴儿身上比画。我一激灵——他要把婴儿烤来吃！

“住手！”我大吼一声，三五步跨过去，把婴儿抢过来，一脚踹倒乞丐。

我看着手里的婴儿，婴儿睁着两只黑黑的眼睛看我。乞丐倒在地上，抹着鼻涕哭起来，嘴里不知道嘟囔什么，看样子是个傻子。我一手夺过他手里的尖木棍，仔细一看，木棍一头在石头上磨得尖细。我挥了挥木棍，吓得乞丐起身就跑，很快消失在黑暗中。

我抱着婴儿四下翻找，发现一张小棉被。被子的面料上乘，上面还丢着一个金项圈，可能是乞丐嫌碍事，从婴儿脖子上弄下来的。棉被下面，是个缺了盖的黑色圆食盒。我顺着黑漆漆的龙须沟河面向上游看去，难道婴儿是从上面漂下来的？

圆食盒

我一只手推自行车，一只手抱着婴儿，过桥走到了珠市口，找了个路边的警亭询问。巡警对这事儿很熟，说附近经常捡到孩子，但连金项圈一块儿丢的真是稀罕。孩子他们不管，也管不过来，但给我指了条明路。南下洼子龙泉寺有个孤儿院，离这里最近。

天太晚，我带着婴儿先回了家。小婴儿一夜哭闹，哭累了才睡着，此时天已经亮了。

青雲街房契五張，
南木坪地契五張，推單四張，許成
大佛寺地契兩張，推單二張。
兩路口地契三張，推單二張，許成
烏泥坪地契一張。

龍泉孤兒院 宣外南下窪子
院在宣武門外南下窪子龍泉寺東側
原（有）〔為〕龍泉寺捐設，以收養孤兒，
費由各方捐助及本院財產收入。設院長
院長聘任，皆義務職。下設總務、教務、
務股設管理員、會計員、收捐員各二人
員若干人。工藝股分織布科、印刷科、

卷五 賑濟四

《北京市志稿》中关于龙泉寺孤儿院的记载

我赶紧抱着他出门，叫了辆洋车往南去。出了宣武门，到了南下洼子的龙泉寺。

孤儿院位于龙泉寺东侧，我见了院里的总务，他是一位僧人。按照规定，我作为保人，填了一份保证书，又捐了五块钱，才把孩子安顿下来。临走时，我想了想，又退回去对那个僧人说，先暂时寄养着，说不定能找到孩子的父母。

一夜没睡，我昏头昏脑地往外走，龙泉寺院子里，稀疏栽了几棵松树，被阳光吃了影子，地上白花花的一片。我擦着汗，在山门下的阴凉地里站着。门下还有一位太太，头戴遮阳的斗笠，垂下轻纱遮脸，身边陪着一个丫鬟和一个老妈子。

这时，一个粪夫推着独轮粪车走来。粪夫光着脊梁，在阳光下冒着油。车上的粪桶没盖，里面的粪水晃荡着，不时地泼溅出来，散发着一股熏臭。

手推独轮粪车的粪夫

门下躲太阳的众人迅速向一边躲避，手忙脚乱，骂声一片。我一后退，险些撞到那位戴面纱的太太，被她的丫鬟推了几把。

离开龙泉寺，我叫了辆洋车。车跑起来终于有点儿风，吹着才感到后腰有些凉飕飕的，我用手一摸，袍子上被割了一道大口子，随身携带的勃朗宁手枪不见了。一定是那个丫鬟干的。我赶紧叫车夫返回龙泉寺，山门那儿连只麻雀都没有，人走得一干二净。

晚上，我请外右四区的侦缉队长去宣武门外米市胡同的春记吃饭，点了招牌菜炮双脆，队长吃得高兴，唱起了小曲儿。

我说了丢枪的事，侦缉队长一拍光头：“嗐，我知道！黑阴沟的刁海子，那几个太太、丫鬟，都是一伙儿的。”我疑道：“这么说，那人是个假粪夫，其实是绺子？”

“也不能这么说，他既是粪夫，也是绺子，活着不易……吃完饭我带你去找他。”

黑阴沟的南面是刑场，东面是龙须沟的须尖儿。河流到这里没了劲儿，消失在荒地里。河水涣漫开来，变成一片片沼泽、芦苇荡，狐狸、野狗、黄鼠狼都往里钻，强盗也在附近出没。

我们在一处大杂院里找到了刁海子，他还是光着脊梁，蹲在一个烂石碾上，端着碗吃面条，一身大汗。他抬头看见我俩，“唰”地把饭碗一扔，二话不说，撒腿就跑。追了几步，跑进死胡同，刁海子爬不上墙，直往下滑，侦缉队长上去一抓，汗滑溜溜的，抓不住，急了，一巴掌拍在他背上，“啪”的一声脆响。

把刁海子抓回大杂院，他交代枪的确是他们偷的，但是转手就卖出去了。问他买枪人是谁，刁海子说不认得。侦缉队长几耳光打过去，打急了刁海子才捂着头说，他记得买枪那人长得怪，生着一对绿招子（眼睛），刁海子觉得那人长了双鬼眼睛，不是好人，买枪八成要去做明伙①。

他认得一个牵头人，黑龙潭一带的明伙都是他组织的。

北京城的劫匪，组织比较松散，劫匪之间几乎不认识，一般都有一个牵头人，可以临时把各个劫匪召集起来。劫匪以武器入伙，如果有枪，分赃的时候可以拿大头。

---

①明伙，公然结为团伙，一般指土匪团伙。该词最早见于《益世余谭》怪事半打：“第六件是最近抢案两则：广源金店的明伙，现在还没破案……”

我让刁海子勤打听着，一旦有人带枪入伙，就通知我——我也入伙。刁海子往旁边瞥了一眼，见侦缉队长瞪着眼睛，他连忙答应了。

过了两天，刁海子那儿来了消息。他认识的牵头人攒了个局，要在黑龙潭干一票大的，已经组了三个人，其中一个有枪，“绝对没错，是个绿眼睛”。

我以刁海子表弟的身份入伙。七月六日中午，我按照约定来到先农坛外的荒地，在一处倒在地上的石骆驼旁，已经有三个人等在那里。

图为约翰·汤姆生拍摄的明十三陵神道上的骆驼像

其中一个穿青褂子的是牵头人，脚下扔着一个麻袋。另外两个，上身都穿着信差的制服，一个穿了条灰裤子，另一个穿了条黑裤子。见我过来，灰裤子抬了抬下巴问道：“你有枪？”我说“没有”。

牵头人有些不耐烦：“枪怎么还没来？”

我们四个谁也不说话，呆呆地等着，太阳毒得很，荒地里一股烧草味儿。

等了一会儿，我从帽檐儿下看见一个人蹚着野草走过来。地面上热气翻腾，好像透明的浓汤在翻搅，那人的身影忽远忽近。等他走近，我看见他的眼睛果然有点儿发绿，脸上的轮廓比较深，也许是混血儿。

图为西德尼·甘博于1917—1919年拍摄的四川邮差

灰裤子让他把家伙亮出来给我们看看，混血儿大手在腰间一翻，掌心躺着一个黑亮的铁东西，从枪把上的磨损就能认出来，正是我的勃朗宁。

勃朗宁M1910手枪

牵头人说："别看了，赶紧扮上吧。"说着从麻袋里扯出两件破旧的黑衣服，也是信差的制服，又掏出四顶帽子边分给我们边说，"要扮就得像点儿，都戴上吧。"说完拎着空口袋走了。我们四个假信差，向黑龙潭方向走去。

根据牵头人事先提供的消息，我们要去打劫一家贩骡马的大户。

计划一个人先去叩门，假称有快信，很着急，等有人开门拿信，拿枪的人先把开门人控制住，其他人冲进去，最后进的负责关门，然后一起翻找财物带走。

《街头巷尾：十九世纪中国人的市井生活》一书中的贩骡马图

半路上我们路过一家兽医院，门外拴着许多生病的牛马，一旁还有个竖着大招牌的摊子，上面写着“刨冰，大份二角，小份一角”，灰裤子提议吃一份刨冰再走。

卖刨冰的是一个十几岁的小子，他把冰块放在刨冰机上，转动摇把，刨刀咔哧咔哧把冰块刨成冰屑，用小碗接了，最后倒入红色的果汁。

兽医院为了医学和保存牛奶的目的，会购买大量冰块，结余一部分，出售给附近卖冰核、刨冰的小贩。图为哈里森·福尔曼拍摄的天津街头冷饮摊。

我们四个一人捧了一碗刨冰，蹲在兽医院门口吃。

旁边有头病牛倒卧在土里，浑身爬满了苍蝇，正在窜稀屎，地上一大摊浓绿。我看着这情景瞬间没了胃口。灰裤子突然也停住了，从嘴里抠出一个小东西，瞅了眼，“哇”的一声呕吐起来，我们仨赶紧往后避让。

黑裤子笑他娇气，灰裤子把手里的东西丢在地上，黑裤子不笑了。那是一截手指的指尖，被刨刀切下，切口整齐泛白。灰裤子一下把刨冰倒在地上，又滚出两截手指。

黑裤子骂骂咧咧地去找卖刨冰的小子算账，那小子吓坏了，什么都说不出来。我过去拿起刨冰机上的大冰块，往桌上一磕，冰碎了一地，掉出一只人手，中间三根手指缺了一截，手背上还有两个小洞。混血儿拿起那只手一看，在原地呆住了，头上全是汗。

灰裤子见他不动，过去喊他，手往他胳膊上一搭，混血儿浑身一激灵，抬手一拳把灰裤子打倒在地，灰裤子嘴角马上见了血。黑裤子扶起灰裤子，两人一起端起架势，要给混血儿一点教训。混血儿掏出手枪一比，两人不吱声了。

金鱼池不是一个池子，而是密密麻麻的一大片水坑群，早年间取土烧砖，挖了几百个土坑，一下雨，积成了死水坑。

混血儿转身踢着脚下的黄土走了，扬起一阵浮土。剩下我们仨，我借口没枪，干不了，跟他俩散了伙。随后我绕回混血儿的方向，远远地跟在他后面。混血儿往东直走着，没多久到了金鱼池附近。

金鱼池是天坛以北的一片地区，最早形成于金代，当时因大兴土木取土烧砖，窑坑积水后形成许多池塘。后来，逐渐成为附近居民培养金鱼的场所。自清末民初起，金鱼池一带日益衰败破落，变成了臭水坑。

混血儿在水坑中间的窄路上穿梭，最后进了一家冰窖。冰窖牌子上写着“新记冰窖”，是民办的，窖顶搭了个大暖棚，盖满了草席和芦苇秆。

冰窖外面停着几辆马车，都是来买冰的。我向一个马夫打听，一说“绿眼珠子”，大家都知道，他的名字叫魏小八，是新记冰窖的工人。

冰窖的活儿辛苦，招不到工人，来历不明的人也收，因此没人知道魏小八老家是哪儿的，而且这样的工人还有一大堆，都睡在

图为西德尼·甘博于1924—1927年拍摄的民国打冰工人在冬天的河面上打冰

冰窖外的窝棚里。我决定先回家把信差的衣服换了，等晚上再来。

夜里十点多，新记冰窖竟然失火了。我刚到金鱼池，就远远看见火光冲天，天都烧紫了。我跑到冰窖跟前，许多人围着救火。着火的是冰窖的暖棚，棚子为了隔热，以保证里面储藏的冰块不化，于是在上面铺满了草席、茅草，所以烧起来火势惊人。

鳳林村冰窖

無故起火

燒燬暖窖十四間

武清人王文德年五十七歲、向於河東鳳林村茂盛里迤東、開設同和冰窖爲業、經營多年、生意頗稱發達、昨晨零時十分、王正在沉睡之際、不知緣何突然發生火警、立時火光冲天、金蛇飛舞、旋經該管第五分局七所警長楊世祿發覺、當急鳴笛示警、一面報告

天津《益世报》1935年6月7日刊登的关于冰窖起火的报道

我看见魏小八提着一根铁棍，绕到冰窖下方与水坑相接的地方，那里有一个小窖口，铁门紧锁。

魏小八用铁棍用力去撬铁门，我悄悄走近，他见了我，飞快地从门鼻子里抽出撬棍向我打来。我向旁边一躲，弯下腰抱住他一条腿，猛地一掀，魏小八仰头摔倒，撬棍脱手甩了出去。我扑过去，摁住他捶了几拳，又被他蹬翻。

我们两个扭打翻滚着，铁门突然“咣”的一声开了。冰窖里的冰融化成水，水压增加，门又被撬坏了，里面融化的冰水直冲出来，把我俩冲进水坑里。泡在冰水里，我牙齿打起战来，咯咯直响。

我们俩不打了，相互扶着爬上岸，躺着不动。魏小八说："你挺厉害的。"我的后腰很疼，没接他的话。他突然翻起身，顾不上冷，重新跳进水里。他在水里摸来摸去，似乎在找什么。

我问他："你找啥？"魏小八不回答，摸着水里，两只浅绿的眼眸映着岸上的火光。过了一会儿，他缓缓地说："刨冰用的冰块是从兽医院买的，兽医院是从我们冰窖买的。"

我突然就明白，这火是魏小八放的，冰窖里的冰块堆积如山，他用这招，应该是想知道冰里到底有什么。

很快，魏小八从水里提出一截白花花的东西，是一条泡得发白的人腿。我也下了水，随后又摸到几只手脚，还有一些人体的部位，虽然没找到人头，但可以确定死者不止一人。

魏小八看着岸上这一堆尸块，脸色发白。过了一会儿，他哑着声音告诉我，去年冬天，他们冰窖本来应该从金鱼池取冰，但金鱼池地势低洼，还有土路，运冰非常困难，人手又不够用，厂主就叫工人偷偷从南边的龙须沟里取冰。偷偷取冰，自然省去了"涮河"[①]的工序，这些碎尸冻结在冰里，取冰的时候没被发现。

也就是说，有人在上游杀人碎尸后抛入龙须沟，尸块冻结在冰里，无意间被冰窖工人挖出来，存入了冰窖中，最后有部分被卖到了兽医院。

我检查了几个尸块，发现一些尸块上有成对出现的尖锐小洞，还有一个八角形钝器的打击痕迹，伤口状态表明是死前造成的，这

①涮河，每年立冬以后，采冰之前，捞去水草杂物，开上游闸门放水冲刷，再关下游闸门蓄水。

肯定是凶手杀人时留下的。魏小八面无表情地说：“他们用的是一把剪刀、一个八角锤。”

我一听，脱口而出：“你知道凶手？”

魏小八说他可能认识凶手。他从新疆来，是流放犯人逃出来的亲属，一路经过的地方，几乎都在闹大饥荒。他碰到了一家三口，一个老婆子和儿子、儿媳妇。这家人杀完人就吃，儿子用一把八角锤，老婆子用的是剪刀。魏小八边说边拿绿眼珠子瞪着我。后来，他逃出饥荒之地，加入一个驮队，到了北京。

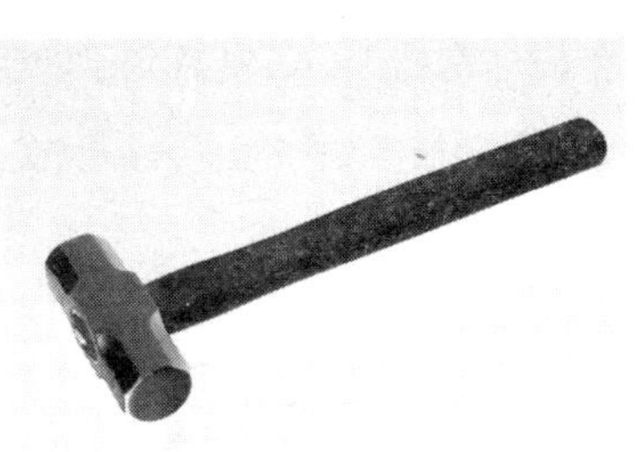

头部是八角形的锤子

正说话，突然从暗处蹿出来七八个人。这些人个个儿拿着尖刀棍棒，把我们俩围住，领头的就是白天的灰裤子和黑裤子，灰裤子拿着把刀，诧异地看着我，似乎没料到我也在这儿。

灰裤子上前打了魏小八一拳，说这一拳是还他的，又叫人上来搜他的枪——我的勃朗宁。魏小八一声不吭，突然撞开一人，跳进旁边的水坑，几下游到了对岸，这伙人没管我，绕着水坑追过去。夜里路黑，不时传来有人掉进水坑的声音，几个人吆喝着，声音越来越远。

突然传来一声枪响，后来听说，灰裤子腿上挨了一枪，从此瘸了。魏小八趁着天黑，不知跑去了哪里。

第二天，警察厅来了几个便衣、十几个巡警把冰窖查封，筛查发现的尸块，带队的是外左一区的警察署长。

署长告诉我，去年清化寺街发生两起灭门案，凶手入室杀人，手段非常残忍。虽然抓到了凶手，但是受害者部分肢体一直没找到，原来被丢进了龙须沟，现在终于结案了。我一愣，凶手已经抓到了？

署长说：“可不是，就是邻居，一个光棍汉。”说着大手一挥，“这类案件，凶手不出邻居十户之内！”署长的办案手法简直可笑，倒是他说的杀人凶器和魏小八说的一样。

按照魏小八和署长的说法，抛尸的地点，只能是龙须沟的一条支流沿岸。这条支流，从龙须沟分出来，向北穿过金鱼池、水道子胡同，一直延伸到清化寺街。

我骑着自行车在清化寺街一带转悠。崇文门外，虎烈拉的传言愈演愈烈，大街上、胡同里，几乎看不到人。我骑车经过，自行车的响动在胡同里回荡。

北京胡同的院落，又深又密，而且格局各式各样，只从大门

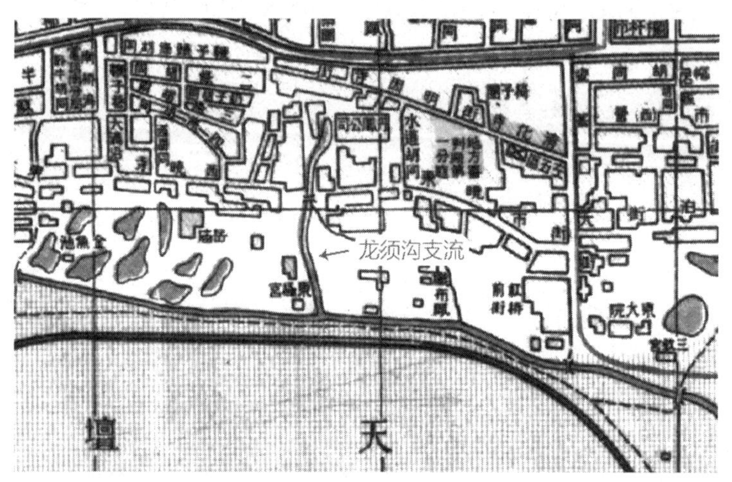

龙须沟支流

看，绝对想不出里面的布局。而且南城居民来自天南地北，建的院子也包含各地风格，并不是标准四合院的制式。

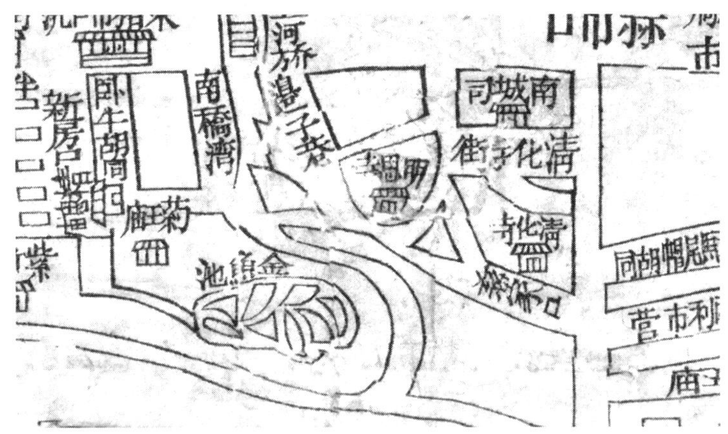

乾隆年间《京师城内首善全图》上标记的明恩寺位置

我找了两天，一无所获。

查找的几天，晚上我都住在附近的明恩寺，怕自行车丢，便把车推进大殿，靠在供品桌旁。

有个身材粗壮的老妈子每天来寺里打扫，我跟她打听最近是否见过什么可疑的生人，她摆摆大手，说“可疑的”最近除了我没别人，倒是这段时间每天半夜会有鬼来吃供品，叫我小心，别被鬼缠上了。

我留了个心眼儿，夜里睁着眼躺在木板床上，大概凌晨一点钟，突然听见一声清脆的响声，是我的自行车倒在地上震动了车铃。

我翻身下床，打开门向大殿中央看去。

微弱的油灯下，大殿一侧是木栅栏围起来的一群泥塑，展现了地狱的样子——骷髅堆成山，骸骨插在地上成林；人的头发被

图为特鲁斯文拍摄的大足石刻群的地狱场景雕像

踩成了毡毯，地上铺满了由血肉变成的泥；树上缠着人筋，干焦了，亮晶晶的；圆眼獠牙的妖魔，正把一些人活剐、下锅、啃食。

木栅栏旁边，站着一个黑乎乎的人形怪物，正抓着什么东西往嘴里猛塞。我喊了一声："什么人？"那怪物快速跑出去，我赶紧在后面追，怪物转弯进了水道子胡同，就消失了。

我在怪物消失的地方附近，来来回回转了几圈，发现一处墙根下有个洞口。我点燃打火机仔细查看，洞口堆积着新土，像是不久前刚挖的。

我钻进洞里，重新点燃打火机，这是个地窖。一个影子映在地窖墙壁上。地窖的一角，那个黑色怪物正捧着个苹果自顾自地在啃。我凑近了看，那怪物受惊，一下子坐在地上，两手不停作揖。

这是个女人，全身没穿一件衣服，天气炎热，地窖里出汗淋漓，又在土里一滚，浑身沾满泥土，模样不人不鬼。

我把女人带出地窖，找了明恩寺帮工的老妈子给她洗了澡，找了一套旧衣服穿上。她大约三十岁，看肌肤样貌，家境应该不错，问她话，她什么也不说，一心一意地啃着手里的大饼。

我叫老妈子看住女人，重新返回地窖，想看看这个地窖通往哪里。

地窖的门从外面锁着，我砸开锁进去，里面是一个小院子，院中一片死寂，一点儿人烟也没有。我还没推开堂屋的门，就闻见一股浓烈的腐臭味，低头一看，一层白白的蛆虫像流水一样，从门缝底下涌了出来。我用手帕捂着鼻子，走进去。

屋子中间躺着一具男尸，虽已肿胀起来，但还是能看见额头上有道深深的锤痕。里屋床上躺着一具尸体，依稀看出是个少女，没穿衣服，手指脚趾都被截去。旁边的屋子里还有一对中年男女的尸体，看衣服，可能是这家的用人。我走进厨房，发现食物被吃得一干二净，可能凶手杀完人以后，还在院子里待了几天。

最后在厨房一角，发现一套黑色的食盒散乱在地上，我把食盒拼凑在一起，发现多了一个盖。打开厨房后窗，正临着河水，是龙须沟的支流——这座院子，正好处在龙须沟和明恩寺中间。我想起前些天捡到的婴儿，就是被装在黑色食盒里，漂到了下游。

第二天一大早，我赶去龙泉孤儿院，把那个从桥下救出的婴儿抱来，特意裹着那个小棉被，把金项圈也给他戴上了。

婴儿见了女人，伸出手臂，嗷嗷待哺。女人见状，猛地站起来，双手抓着衣襟，眼睛闪着光。老妈子先抱着孩子给女人看，过了一天，试着给她抱；过了两天，女人可以说一些简单的字；三天后，基本可以说话了。

女人恢复了神志，自称褚氏，跟我讲了事情的经过。

七月二日下午，一个戴着头巾的老婆子，借口讨水喝，骗开了门。从门外冲进来一男一女，男的拿着一把铁锤，女的拿着把大剪刀，把看门的夫妇打死。

褚氏正在厨房喂孩子，听见惨叫声，从门缝目睹外面的惨状，情急之下，将孩子放进圆食盒，打开后窗抛入龙须沟中，她自己没来得及跳窗跑，就被抓到了。那个男人把她扒光了关在院子的地窖里，每天下来强暴她，走的时候留下一些吃的。

也不知道过了几天，男人突然不来了。

食物吃完了，褚氏饿得受不了，就把瓦碗摔碎，用碎片在地窖的墙上挖土，没想到挖通了，也顾不上自己没有穿衣服，光着身子就到了街上。褚氏也记不清后来发生了什么，就知道自己饿得发昏，一心要找东西吃。从前褚氏常去明恩寺施舍香油，知道那里常年供奉食品，就每晚跑来偷贡品。

褚氏一家的遭遇，印证了魏小八的话。先是两家被灭门，现在是褚家，离得不远。

我在日本时读过一些关于犯罪研究的文章和小说，里头提到过这样会用同样方式作案的惯犯，胆子会越来越大。他们离开褚家以后，很可能没有走远，而是会在附近选择下一家。

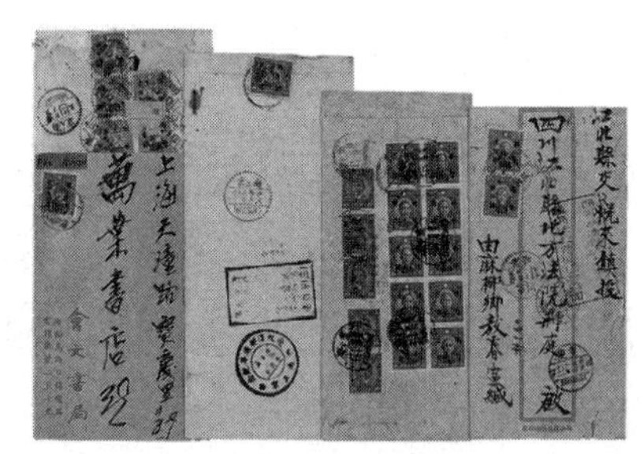

民国的信件

第二天，我回了一趟家，找出那件伪装信差的制服，制服编号299，口袋里还装着之前伪造的快信。

我穿上信差制服，在附近挨家挨户地敲门，询问是不是收件人，借机打探各家院子里的情形。连续转悠了三四天，我没得到任何线索。

七月十五日中午，我刚跑了八角胡同的几户人家，回去时路过火把厂（今天坛北）。烈日当空，火把厂空荡荡一片，没有行人、商贩，也没有巡警。

天上不知道哪里飘来一片云，给晒得发白的地面投下片刻阴影。不远处停着一辆马车，车把式正拿着鞭子狠狠地抽打着马，马臀上出现交错的血痕，但马就是一步都不走，躲在云荫里。马可是车把式的命根子，没见过这么打的。

我骑自行车过去，停在车把式面前，单脚支地跟他说："哎，你这样抽，马屁股上的皮都打坏了。"

那人看见我，丢下鞭子就跑。我蹬着车子就追，没多久，看见那人的后背濕湿了，喘得像破风箱，干脆一屁股坐地上不跑了。

据他交代，那马车是他顺来的。原先停在大把场的转角，好几天了都没人管。马饿极了，把一个猴子高升的拴马桩拽了出来，拖着它在街上乱逛，走走停停地吃草。这人路过看见，手一痒就牵走了，没想到自己根本不会赶车，露了馅儿。

偷马人带着我来到马车原来被拴着的地方，是个十字路口，拴马桩原本的位置留下个小坑。

这时，天上的云密集起来，起风了，摇动路边墨绿的老槐树。街上还是不见几个人影，虎烈拉把人都吓怕了。

我远远看见一个信差从另一条路转过来，他应该见我也穿着信差制服，跟我打了个招呼，说看这天，是要下雨了。我赶紧转过头，含混地“嗯”了一声。信差话头一转，又向我抱怨，有家日本人，邮箱满了也不知道取，该不会是染了虎烈拉吧。

拴马桩，顶部多做猴雕，寓意封侯、高升

我一把抓住他，问是哪一家。信差看见我的脸，吓了一跳，问我是哪个邮局的，之前怎么没见过。我手上用劲儿，让他少废话，快点讲。信差的前襟被我绞紧，憋得脸发红，他用手一指：“就头条第二家。”

我丢开信差，朝头条胡同跑去。

头条第二家，是一个日式的庭院，门前木牌写的“波多野治津郎”，门前的邮箱确实满满当当，已经有信从投送口里露出来。我瞥了一眼，信封上还写了“顺天时报”几个字。

順天時報
中國銀行付息廣告
北京金城銀行廣告
中孚銀行廣告
信富銀號廣告

《顺天时报》是日本外务省1901年起在北京出版的中文报纸。在各主要城市派有记者和通讯员，搜集中国政局内幕，支持亲日派军阀，是日本文化侵略的一部分。

我脱掉帽子和制服扔在墙角，然后上前敲门，过了很久才有人开门。来的是个穿着和服的年轻男人，脸上轮廓有些深，眼睛也微微有点儿呈暗绿色。我乍一看，差点儿以为是魏小八，再仔细一看发现又不是，他比魏小八脸上多了一股戾气，年纪看着也大一些。

我不动声色地说："请问波多野先生在吗？我是《顺天时报》社的同事，这些天没见先生去上班，特来探望。"

年轻男人点点头，示意我进门。

闩好门后，他开始说一种奇怪的语言，乍一听像日语，仔细听又完全听不懂，我以为是日本某岛上的方言。后来我反应过来，这是他胡编的日语。我假装不懂日语，随着他进了屋。

一家人出来相见。老婆子满头白发，眼睛碧绿，身材瘦小。一个年轻女人，穿着宽大的和服，里面似乎什么也没穿。

女人抱出一个西瓜招待我。她把西瓜放在矮几上，又拿出一把刀来，奋力一砍，砍偏了，又是几下乱砍，把西瓜砍得七零八落，拿起一块就吃，红色的汁水从矮几上淌下来。

男人也没闲着，端着水壶，仰着头猛灌，一辈子没喝过水似的。

女人猛吃了几块西瓜，把手上的西瓜汁，在胸口一抹，衣襟松开，一只乳房露出来，她把手在乳房上抹了一下，突然停下看着我。

男人突然不喝水了，也盯着我看。

我心里发毛，借口上厕所，起身往外走，他们没跟出来。从一侧门口经过，日式的拉门开着，我看见屋子里放着一具干尸。尸体上呈现出一种蜡质的光泽，生前应该是个男性，胡子都白了。那老婆子也在屋里，拿着手帕轻轻地擦拭蜡尸，时不时在上面亲吻。

我不敢多看，绕到另一边，是一个被挖得乱七八糟的花圃，有一只骨瘦如柴的京巴狗，拴在围栏上，正在啃食着什么。我仔细一看，是一只手。

我过去一脚把京巴狗踹到一边，蹲下来用手拨了拨土，一股腐臭弥漫出来，露出一丛丛头发，像干枯的野草。这应该就是这家日本人的尸体。旁边一具尸体还露出中式衣服的一角，应该是来拜访的客人，后来查证，是那辆走失马车的主人。

我刚想转头，余光瞥见一个瘦小的身影，然后腰部被重重一击，是那个老婆子用一张小板凳打我。我一脚把她踢翻，她昏了过去。年轻女人也从屋里冲出来，拿剪刀朝我脸上刺。我抓住她的手，拦腰一抱，把她摔在地上。

这时我的后脑勺被打了一下，然后就什么都不知道了。

我被一种有节奏的声音吵醒时，天已经黑下来了。我躺在一个房间角落，双手双脚被捆得结结实实，脸上黏糊糊的，头上流了不少血。我估计是那个男人一直躲在旁边，让母亲和妻子打头阵，他再伺机动手放倒我。这时隔壁传来一男一女的交媾声，一下一下地碰撞着墙壁，还有低低的嘶吼，两人的欲望似乎无止无休，直到外面天黑透，才安静下来。

这时，一个人影走进来，我看见他的绿眼睛，心中一惊，随即反应过来，是魏小八。

魏小八拿刀子帮我割开绳索，引着我悄悄往外走。经过那间放干尸的屋子，老婆子不在里面。我溜进去，把干尸抱出来，跟魏小八要过刀子，在墙上歪歪扭扭刻了几个字：尸在明恩寺。魏小八拽了我一下，问我要干什么。

这时里屋传出脚步声，我推魏小八出去，跑出院子。跑出几里

放置在地上的大钟

路，出了一身汗，我抱着那具干尸的手心里有点儿油腻，胃里一阵阵翻涌。

到了明恩寺，我让大殿的老妈子上街找巡警，随后领着魏小八到了一个亭子前。亭子年久失修，横梁断了，原本挂着的大铜钟掉下来，扣在地上，钟顶还破了个洞。

魏小八停下喘气，指了指我怀里的干尸——“这个是我的父亲。”我吓了一跳，拿也不是，丢也不是。他摆摆手：“我骗了你，又救了你，咱俩扯平了。”

魏小八告诉我，他父亲原来是江苏一个县城的县令，后来获罪被贬为流人①，流放到新疆，在玛纳斯的沙漠边缘屯垦。父亲回乡无望，便娶了一个逃亡到新疆的俄国女人，生下两个男孩，分别叫小七和小八。

1911年，大清突然亡了，消息传到新疆，屯垦的流人纷纷往内地逃。他们一家四口也离开玛纳斯，准备取道陕甘回老家去。

回乡路途万里，一路上都是戈壁沙漠，简直是九死一生。他们好不容易到了甘肃，甘肃正在闹饥荒，到处都是人吃人。在一场争斗中，父亲被人杀死，他们母子三人活了下来。母亲把父亲的尸体

---

①流人，自清代乾隆以后，新疆、宁古塔等地，就成为重要的犯人流放地，流放的犯人称为流人，一直延续到清朝末年。刘鹗就是最后一批流放新疆的流人之一。

做成蜡尸，一直带在身边，之后他们三人无休止地杀人、吃人，一路向东。半路上捡到一个快要饿死的女人，变成了小八的嫂子。

魏小八说，有一天，他正拿一把钝了的锯子锯一颗人头，锯到一半，也许是拉扯脸上皮肤的缘故，那颗人头的眼睛突然睁开了。

“那人头瞪了我一眼。”

魏小八突然觉得，人头变成了自己的相貌，感到一阵恶心。他抬起头，看着自己的母亲和哥嫂正在专心致志地割人肉，四周全是残肢、鲜血……他跑出去呕吐不止，吐完以后跑进了荒野，开始一个人流浪，后来被一支驮队收留，到了北京。

魏小八看着我，绿眼睛闪闪发光，“戈壁上的狼，也比不上人狠”。他闭了闭眼，伸手从我怀里接过他父亲的干尸，手有点儿抖。他看着干尸愣了一会儿，说：“帮我一起烧了吧——这么多年他都没安息。”

我找了几个帮工，抬起大铜钟裙边一角，把蜡尸塞进去。魏小八拿来大殿里的灯油，从钟下的缝隙往里倒，之后一把火点燃。钟顶的洞和裙边的缝隙形成气流，很快，里头的蜡尸熊熊燃烧起来。魏小八跪下来对着燃烧的蜡尸磕了几个头。我拉起魏小八，退到了暗处。

没多久，一个瘦小的人影发疯一般跑来，但无论如何都抬不起大钟，就围着大钟打转、哭号。

这时，大队便衣已经赶到，把着火的大钟围了起来，老婆子的白发在热气中乱飞。远处树丛里传出一声喊叫：“娘，警察来了，管不了你了。”两个身影闪出，又窜进了黑暗里。魏小八突然间有些激动，想冲过去，我拉住了他。

老婆子在大钟旁边坐下，伸手向怀里掏，便衣一齐开火，子弹穿透老婆子的身体打在后面的铜钟上，仿佛几十个木槌同时在敲大钟，几十响叠在一起，“轰”的一声，我的耳朵鸣叫起来。

一个便衣上去检查，老婆子掏出的是一把非常精致的梳子。

我一转头，看见魏小八举着枪一动不动，泪流满面。我把枪拿过来，正是我的那把，子弹没有上膛。我一抬头，魏小八已经不见了，不知道去了哪里。

魏小八的哥嫂没跑多远就被抓住了，两天后在警署的牢房里上吐下泻，很快就死了。后来据卫生署的检疫官说，波多野一家人上个月从天津上岸回到北京，可能就是这一波虎烈拉的病原。

虎烈拉持续了一个半月，渐渐减退，到了冬天，终于不见踪影。

本故事整理者：桃十三

第02案

广渠门埋尸骗保 国子监剖腹取珠

余冒黑入巷。見一黑影踞于地。大道燈光射入巷中。照見其頭顱碩大。雙目爆出。舌垂于地。此鬼方抓取小販所棄大餅。塞入口中而食。余上前一腳。正中鬼胸。鬼往後便倒。鬼頭竟拋出一丈開外。只聽鬼作人語道。啊呀踢殺我也。余笑道。汝乃鬼魂。何以一腳便投胎作人。先是近旁一破落戶飯碗無着落。又聞縊死鬼找替之謠。心生奸計。至雍和宮盜取面具一副。置于項。趁夜出沒。專唬販小

案件地点：广渠门内某义地
案发时间：1915 年 12 月 3 日
记录时间：1916 年 3 月

民国四年（1915）十二月初，有天我出城办事，回来时已经是傍晚，怕赶不上在关城门前进城，就近向沙窝门（广渠门）走去。沙窝门是北京所有城门中最矮小，也最残破的。十几年前，八国联军就是从沙窝门打进城来的。

图为罗伯特·亨利·钱德勒于1903年拍摄的洋人狩猎俱乐部在广渠门外迤南护城河河床跑马打猎。

关门前打点[1]的声音传来，我加快脚步，终于看见塌了半边的箭楼。守门的巡警动作麻利地关门，丝毫看不出他们站岗时有多懒散。我赶紧进了城，警察关了城门，钻进城门内侧的值房，再不出来。

天气寒冷，天黑得也快，广渠门大街上纵横交错的车辙泥泞，冻得硬邦邦的，形成一条条沟壑，非常硌脚难走。大街上寥寥几个人影，洋车一辆也看不见，没人愿意在这个点儿跑这里来拉活儿。我一脚高、一脚低地走了半炷香的时间，发现自己走错了路。

我望了望北边，是一片乱坟岗子，一条铁道从中间穿过。我为了抄近路，决定从乱坟岗子中间穿过。

进了乱坟岗子，我就后悔了。里面地少坟多，许多坟堆攒在一起，形成一个个大土丘，得绕远路。地上还有无数挖好后又荒弃的墓坑，一不小心踩空就会掉下去。

绕过一个土丘，我看见黑暗中一串灯光在移动，靠近了才看出是三辆马车，其中两辆是带着行李的乘客，另一辆载着一具棺材。看样子像是客居京城的人家，家里有人去世，扶柩还乡，走沙窝门南下。但是这个时间城门已关，出现在这里，就很奇怪。

车队突然缓缓停下，几个车把式卸下棺材，丢进了一个墓坑里，然后拿出几把铁锹，吭哧吭哧地铲土掩埋。一个老妈扶着一个少妇，站在一旁看着。

这时一辆火车从北面驶来，呜呜鸣笛，车灯投射出我的影子，那几个人都朝我看过来。一个把式边向我喊道："什么人！"边从

---

①点，是古代一种击打响器，多为金属，形似儿童佩戴的长命锁，用来计时警示。文中的点，挂在城门内，门洞旁的木架子上。

怀里掏出东西走过来。我只好站直身体，紧盯着来人，大声回答：“过路的！”只听那个少妇说了一声：“算了，别耽误事。”把式停下来，看了一眼，转身回去了。

我掉头就走，这个乱世，人人朝不保夕，什么离奇的事儿都有，但都跟我无关。

车把式，指畜力车的赶车师傅，畜力车一般分为马车（又称大车）、牛车、驴车。图为西德尼·甘博于1917—1919年间拍摄。

1914年，北洋政府为运输粮煤，命交通部建环城铁路，由京张铁路局领头，官款官办。环城铁路起自京绥铁路西直门站，沿城墙与护城河之间，经德胜门、安定门、东直门、朝阳门，到东便门与京奉铁路接轨，过崇文门到正阳门东车站。图为东直门车站。

第二天，有个叫吕岳泉的人来家里找我帮忙，说是朋友介绍的。这个吕岳泉有三十多岁，生着一对大眼，眉毛上挑，留着短短的头发。

我请他到书房坐下，他递过来一张名片，上面写着“华安合群保寿公司北京经理处稽查”。

这是一家上海公司，在北京开了个分号。我问他：“记得前清有个保险招商局，和你们是一样的吧？”吕岳泉笑笑说：“那个是保财，我们的是保寿。”

我说：“如果是保寿，那么一个人穷疯了，想为家里留点钱，买了保险然后自杀，又当如何？”吕岳泉又笑，说自杀不赔。我摸摸鼻子，没再继续问。

吕岳泉见我尴尬，赶紧接着说：“我来找您，其实跟您这个问题也有关系。”

半个月前，一个叫董彬的人去琉璃厂的齐宝斋退货，一口咬定自己在店里买的珠宝是假货，还和店里的掌柜、伙计吵了起来。中间董彬口渴要水喝，掌柜为了息事宁人，就赶紧端

吕岳泉，江苏南江县人。幼年在上海英商家做帮佣，后进入英国永年人寿保险公司。1912年，创立纯粹之华商寿险公司——华安合群保寿公司。但因为出身较低，董事皆是政商界大佬，又聘请英国人为经理，吕岳泉只能以稽查的身份参与管理。

保险招商局，1875年，经北洋大臣李鸿章特批，唐廷枢、徐润发起集股，轮船招商局总局筹办成立的中国第一家官办保险企业。图为轮船招商局大楼。

来茶水。但董彬没喝两口，就一头栽倒在地，呕吐不止，不一会儿就死了。

我说："听你形容的样子，好像是中毒。"

吕岳泉接着说："不错。店里的人正惊慌无措时，来了个女的，自称是董彬的太太，见了尸体大哭，说齐宝斋卖假货怕被人知道，就毒死了她丈夫。警察、法医来了以后一验尸，果然是被毒死的。齐宝斋害怕，就跟董彬太太私了，不知道赔了多少钱。"

我笑了，说："这齐宝斋也太不经事了，怎么不验验茶水？说不定这董彬在别的地方服了毒。"

吕岳泉说一开始齐宝斋说要打官司，没想到这董彬是前清的举人，与他同期的朋友现在北京都身居要职，一个个儿都站出来要帮他打官司，警察厅也压着。齐宝斋老板只好认栽，至于茶水有毒没毒，没有人关心。我说："你就挺关心的，这个董彬买了你们的保寿险了吧？"

吕岳泉笑了笑，又叹了一口气，说这个董彬买了他们公司的"资富保寿"险①，警察厅判定，珠宝行误将毒草当作花茶，董彬系死于意外。按保险单约定，得赔五千大洋。保险公司的经理是个英国人，叫郁赐，认为这件案子符合赔付标准，不顾吕岳泉的反对，批准了赔款。

我问他，听介绍他们公司好像是华商，怎么经理是个英国人。吕岳泉拍了一下桌子："谁叫我们没人才呢。离开洋人的公司，到了

---

①"资富保寿"险，华安合群保寿公司主推的险种，占业务总量的90%——"保寿期内，保寿人若生不测，公司即将保款如数付给。倘期满无恙，则将保款拨还。倘有利益，照章加派。"

华商公司，还得接着受洋人的气。”

我问他是不是觉得这案子有鬼，吕岳泉说：“何止有鬼？我怀疑这董彬的太太，干的是雁门的行当，专门吃保险公司。这个董彬，就是个倒霉鬼。这种事在上海不稀罕，只是北京很少有人听过。”

雁门，连阔如在《江湖丛谈》中提到过，就是专吃保险公司的骗子。

我答应了吕岳泉的邀请，作为所谓的保险公司“调查员”，帮忙调查董彬的死因，挽回公司的财产损失。

第二天，我和吕岳泉来到克林德碑胡同，董彬家就住这儿。据说这个董彬在外务部谋了个缺，还未上任就死了。我们来到董彬家门前，那儿已经围了一堆人。

1900年，八国联军逼近北京。6月14日上午，德国公使克林德前往总理衙门，于东单牌楼遭遇清军神机营巡逻队，发生冲突，被率队章京恩海开枪打死。清政府战败，签订《辛丑条约》，其中规定：清政府派醇亲王载沣为头等专使大臣，就克林德被杀一事亲赴德国谢罪，并将恩海押至克林德被杀地斩首。后为克林德立碑，上刻“为国捐躯，令名美誉”字样。图为西德尼·甘博于1917—1932年间拍摄。

旁边一个茶水摊上，有个穿蓝袄的伙计，看见吕岳泉，一路小跑过来——这个伙计是吕岳泉留在这里盯梢的。

吕岳泉问："这是怎么回事？"伙计说好像是董彬离家大半年没有音信，家里来人打听，找到了这里，院子没人应门，正闹着活要见人死要见尸呢。

正说着，听见"咣"的一声，闹事的人不知道从哪里抬来一截大木桩，把大门撞开了。一群人拥了进去，我和吕岳泉假装是看热闹的，也跟着混了进去。

院子里空无一人，家具都在，只是物什都被收拾走了，后门虚掩着，没有锁。

吕岳泉摸着头上短短的发楂儿，脸色一变："唉，叫这个钱氏跑了。"原来这个董太太钱氏，放出话来要扶柩回乡，定下五日之后南下。没想到是个障眼法，第二天她人就不见了。

我听到这里，突然想起前天晚上在沙窝门的遭遇，就跟吕岳泉说了。他一听就觉得肯定是钱氏一伙人，拉着我立刻就要去现场看看。

我说："不忙。"先去找到了董彬老家来的人，跟领头的说明来意。领头的是个管家模样的人，五十多岁，对我们半信半疑，但是找不到董彬回家没法交代，只好跟我们一起碰碰运气。

我们雇了辆马车，一行人沿着东单大街南下，走崇文门，往南城去。

路上我问管家："这个钱氏，你们认得吗？"管家哼了一声："我们家正牌的太太娘家姓李，谁知道这个钱氏是从哪儿冒出来的。"

到了那片乱坟岗，我记得当时附近有一间火车值房。找了半天，我们在铁道旁边找到一间孤零零的木屋，应该是给铁道维修工临时落脚的。

西边不远就是乱坟岗，我们很快就找到了埋棺材的墓坑。冬天泥土已经上冻，那晚他们也只是草草铲了几下，棺材的顶都没有被完全盖住。

我跑去那间木屋，没有人，但有一些工具。我拿了一把称手的铁锨，回到墓坑前，几个人七手八脚地把棺材撬开，里面躺着的正是董彬的尸体。棺材一角，落着个铜牌，铜牌上有精细的花纹和字样。吕岳泉接过来一看，说这是他们公司给重要客户的保险徽章。

保险徽章，用于对客户的奖励，根据客户身份、投保金额的不同，分别有金质、银质、铜制徽章，徽章正面多是保险公司标志，背面多镌刻投保人的姓名。

那个管家悲痛不已，要留下来处理后事。吕岳泉则很沮丧，认为钱氏此时早已经远走高飞，我提议去找齐宝斋的老板聊聊，看看还能有什么发现。

我们赶到琉璃厂的时候，天已经黑了，各家店铺都上了板。来到齐宝斋门前，还没关门，齐老板正送两个侦探出门，态度十分恭敬。侦探跨出门了还回头教训道："这事是上头关照的，就算了了。要是再多事，就等着摘牌子。"齐老板连连说不敢。

侦探走远了，吕岳泉连忙迎上去，说："齐老板，又见面了。"

琉璃厂，辽时为海王村，元时在此设官窑，烧制琉璃瓦。明时扩大官窑，琉璃厂位列工部五大工厂。明嘉靖时，修建外城，琉璃厂成为城区，不宜在城里烧窑，迁于今门头沟琉璃渠村，但"琉璃厂"之名保留下来。清代，各地来京考试的举人，多住在琉璃厂一带，因此出售书籍笔墨纸砚的店铺渐多，形成"京都雅游之所"。

进了齐宝斋，齐老板边吩咐伙计上板，边招待我们喝茶。我闻着茶杯里飘出的香气，问："齐老板喜欢香片？"齐老板端起茶杯，啜了一口，说在打烊以后喝上一壶，能解乏。

吕岳泉问他刚才的侦探是来干什么的，齐老板眯着眼睛说："还不是为了这件案子，是外二区的，怕我翻案。"他又跟吕岳泉说："你们卖保险的也认赔算了，咱们惹不起。"

吕岳泉把今天发现棺材的事一说，齐老板睁大了眼睛，似乎透出光来，说如此一来，他这儿还有点儿东西，要我们拿去，说着从柜台下摸出一个纸包，我打开一看，里面是一些干糊状的东西。

齐老板说："这是董彬死前呕吐的东西，店里的掌柜机警，当时一看事情不妙，就偷偷留了一点儿。二位看看能不能查验一下，他中的什么毒？"

吕岳泉问齐老板这次赔了多少，齐老板一伸手，张开五指，说："这个数。"他又叹气道，"钱没了还可以挣，但那女的指名要走了我的珠子，我心里不甘。"

齐老板说的珠子，大有来历，是前清一个王爷，欠了他一大笔钱还不上，拿了颗王府传世的珠子抵押。齐老板视珠子为心头肉，每天打烊以后，边喝着香片边把玩宝珠，是他最大的乐趣。如今宝珠没了，干喝着茶，他心里不是个滋味。

离开齐宝斋，我和吕岳泉分别。第二天，我拿着董彬的呕吐物去找法医朋友汪亮，请他帮忙化验一下成分。他很嫌弃地看着干糊，说这事得等等。

几天以后，汪亮告诉我，根据成分分析，死者应该是中了一种叫作鬼眼子的植物种子的毒，这种毒有潜伏期，而且中毒的人会感到喉咙灼热，恶心呕吐，直到死亡。

原来是这个玩意儿，我恰好知道有个人，会拿它来入药。

挑了一个好天儿，我叫了辆洋车到天桥转了一圈，在莲花街胡同里，找到了朱六。朱六是个卖野药的，此刻，正穿着一套假军装，卖伪装成军队特供药品的野药，几个同伙在旁边贴靴（当托儿）。

鬼眼子，又名红豆、相思子、鸡母珠等。豆科相思子属一种有毒植物的种子。形状椭圆，平滑有光泽，色泽鲜红，底端为黑色。种子含相思豆毒蛋白，有剧毒。

朱六看见我，连忙打招呼："呦，这不是金爷嘛，请安啦。"我咳了一声，大声说："朱六儿，你又卖假药了！要不我叫巡警过来？"

那几个贴靴的不认识我，一听话不对，轰的一下跑了个干净。朱六"哎"了几声，一个都没叫住，骂了句："这帮孙子，真不讲义气！"

我问他，他的鬼眼子药膏，治疥疮是一绝，怎么不见卖。朱六说："没办法，最近鬼眼子的产量低，买不到，就剩下小半袋了。"

说着掏出一个小布袋，抓出一把鲜红的豆子，每颗豆子的一头有个黑点。

我问他这些怎么卖。朱六说："都是小玩意儿，送您一把。不过小心别弄破喽，毒着呢。"

我问有没有一个女人买过他的鬼眼子，个头儿跟他差不多，尖下巴，头发很浓密。我努力回忆着那晚一瞥之下的印象。

朱六眼睛翻了几翻，说很少有人直接买种子，好像确实有一个女的买过，但已经记不清了。我见问不出什么，给了他一个大洋，说再有人来买时就告诉我，有赏。

《北平风俗类征》里写过卖野药，"……门户儿虽然不一，性质却是一样，有拿着串铃儿下街的，有扮成兵勇的样儿出卖的，有印点子传名单儿满市井撒散的，有在各茅厕尿池黏贴报纸的，有坐铺出摊儿带卖钢的（就是连批带讲），有拿把戏场圆年儿的，甚至有以刀刺腿，挑光子儿的（就是卖那点儿血）。什么百步止咳，什么吃了就好，以及春方儿打胎，长阳种子，瞧香看病，总名都叫老合（生意），虽说哄人俩钱儿，实在与卫生有碍"。

见到吕岳泉后，我跟他说了药的事儿。吕岳泉认为钱氏早就不在北京了，我觉得未必，专门行骗的人，只有在熟悉的地方才如鱼得水。除非她退出这一行，否则等猫过这一冬天，她换个行头就又出来了。

又过了两个月，接近年关，我已经渐渐忘记这件事了，吕岳泉最初还四处找一下，后来越来越肯定钱氏已经不在京城，也就慢慢放弃了。

朱六有天突然找上门来，说是要讨赏。我说我又不是他爷爷，来问我要什么压岁钱。朱六急得一跺脚，说："尖下巴颏呀，那个女的又来买鬼眼子了。"

我赶紧去找了吕岳泉，三人一起往天桥去。

给了钱，朱六边走边说，昨天他正假扮寺庙的俗家弟子卖僧药，傍晚收摊时，来了个女人要买鬼眼子，他一下想起我的话，留心看了一眼女人的样貌，黑黑的头发，尖下巴，越看越像我要找的人。女子买完药离开，朱六就草草收了摊，偷偷跟着，见她在珠市口上了一辆马车。

吕岳泉急忙问："那辆车你还记得是往哪儿走的吗？"

朱六显摆地说："我朱六儿办事，有头有尾。我一路盯梢，把这女的来龙去脉都摸清楚了，这才向金爷报告。那个女的，是个刚结婚的小媳妇，家住在北城核桃园，丈夫是个赶车的把式，她那天坐的是自家的车。"

我们在珠市口看见了那辆车，车把式是个年轻小伙子。这时候天已经擦黑，小伙子正准备收工。打发走朱六后，我和吕岳泉赶紧走过去，找他要坐车。

小伙子连忙说，对不住二位客爷，他这儿已经收工了。我跟他说自己去炮局胡同，小伙子很高兴，说："那顺道，上车吧。"

上了车后，我有一搭没一搭地和小伙子聊天，了解到他叫张小乙，今年二十岁，家住俄国领事馆附近的核桃园，上个月刚结婚。

我见张小乙说话爽朗，动作勤快，完全没有车把式界的无赖习气，就问他读过书没有。他说自己曾在府学胡同那儿的京师公立第十八高等小学校上学，后来家道中落，没有再读下去。吕岳泉听了，连说可惜。

马车不紧不慢地走着，到了雍和宫附近，路上行人渐渐稀少，天也黑透了。

突然一阵急促的脚步声传来，一个人从街对面的胡同里跑出来，一跤摔倒在马车旁边，口里喊着："救命，吊死鬼拉替了！"我们一问，这是个卖大饼的小贩，收摊回家刚走到这边胡同口，蹿出一个暴眼吊舌的大头鬼，吓得他丢下大饼筐子就跑。

我说："世上哪里有鬼，你看花眼了吧？"小贩惊魂不定，说："真的有，前边王大人胡同，几年前就吊死过一个人。"

张小乙也说这事是真的。胡同里曾住了一户拉洋车的，每天都会虐待媳妇，有天他媳妇一人在家，就悬梁自尽了。后来这附近有吊死鬼拉替身的传说就出来了。

小贩应和道："可不是，前天新开路有个姓赵的，就吊死在自己家的门环子上，舌头吐出老长，我还去看了。"

我问小贩："鬼在哪边？"小贩缩着手指了指，我顺着方向走过去，吕岳泉喊了我两声，不敢跟来。

我摸黑进了胡同，确实有个黑影蹲在地上，借着街上路灯的余光，我看见它脑袋硕大、花脸、大眼睛，舌头拖在地上，这个鬼正在捡小贩丢在地上的大饼往嘴里塞。

我趁他不注意，上前就是一脚，正中鬼的胸口，鬼一下子翻倒，鬼头飞出几米远，只听这个鬼惨叫着："哎哟，打死人了。"我笑了："你不是鬼吗？踢一脚就能投胎了。"

原来这是个附近的破落户，最近吃不上饭，这些天吊死鬼的传说又闹得沸沸扬扬，穷极生智跑到雍和宫偷了一顶面具，晚上戴着出没，专门吓唬收摊回家的小贩，抢些财物和吃的。

雍和宫每年旧历正月三十日演鬼，二月初一日早晨打鬼。循例为庙会。“打鬼”是北京老百姓的俗称，喇嘛称为“部勺”，又叫“跳布扎”，演出时要戴面具，做出愤怒可怖的表情，使邪魔外道慑服。图为西德尼·甘博于1917—1932年间拍摄。

小贩过来一看发现是个人，气得不行，非要扭他去见巡警。我和吕岳泉劝下来，给了小贩一点儿钱了事。破落户千恩万谢，拎着面具走了。

回到大路上，张小乙的马车还等在那里，我掏钱给张小乙，说我们就在这儿下。张小乙接了钱，赶车走了。街上就剩我和吕岳泉二人，吕岳泉笑着说：“雍和宫有打鬼，你打雍和宫的鬼。”

我们在胡同里步行了一段，到了核桃园附近，挨家挨户找过去，终于在一个小院外面发现张小乙的马车。我们站在对面人家的门前，都穿着深色衣服，正好在漆黑的门前隐了身形。

过了一会儿，一个少妇出来倒水，正是我那晚在乱坟岗里见过的女子，吕岳泉一眼就认出，她就是他找了几个月的董彬太太钱氏。

“发了横财果然不一样，这女人身材都长圆了。”吕岳泉建议赶紧去报警抓人。

我不同意。第一，警察厅之前的态度明显想要压下此案，拿人必须有充分的证据，最好是抓个现行；第二，钱氏如果真是想故技重演，那张小乙正处在危险中，应该先救人。

我让吕岳泉连夜回去查查保单，确认一下钱氏是否已经为张小乙上了保寿险，我就近找了家大车店住下。凌晨三点多，吕岳泉坐了辆洋车赶来，给我看了张小乙的保单。

“最高额的，我们给做了徽章，还没来领呢。”吕岳泉把保单和一枚新的保险徽章递给我看。

我仔细看了一遍，让他收好，先在铺上凑合一夜，一早就回公司。我让他千万把东西保管好：“这是证据——我再抓她个现行。”

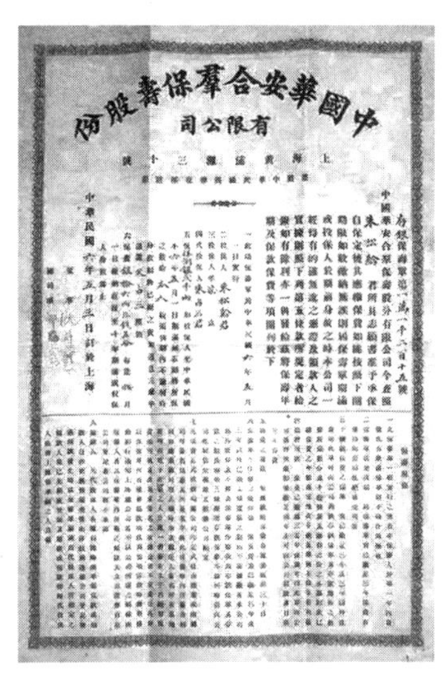
中國華安合羣保壽股份有限公司

华安公司保险单

第二天一早，张小乙没有出车，两手空空的，步行出门。我一路跟着，眼见他进了一家绸缎庄，买了两匹绸缎，绸缎庄的伙计帮忙抱着送到店门口。看来这次要倒霉的是绸缎庄。

买完绸缎后，张小乙没有直接回家，而是在街上转了一圈，买了许多点心零食，这才往家走去。我赶在前面到了张小乙家，从后墙翻进院子，躲在柴火堆后面。张小乙回到家，放好绸缎，钱氏就去了厨房，不一会儿提着一个茶壶进了屋子。

我一看，觉得不能等，决定假扮一次明伙。我把火车头帽子两边放下来，遮住脸系好，掏出手枪，大步走过去，一脚把堂屋门踹开。

张小乙坐在桌前，正端着茶碗要喝，钱氏站在一边。我心想：来得正好。我大吼一声："借几个钱花花！"张小乙吓得蹲在地上，钱氏倒是不慌。我把他们两个随便一捆，在房子里假装翻钱，找了半天，连厨房的灰堆都扒了扒，都没有找到鬼眼子。回到堂屋，我假装找不到钱生气，抓起茶壶摔在地上，茶碗也抹到地上，茶水泼湿了一片裤脚。

火车头帽子

我不敢耽搁太久，又骂了两句，依旧跳墙跑了。绕到雍和宫人多的地方，我往人群里一钻，然后去找汪亮，叫他看看我裤子上的茶水是不是用鬼眼子煮的。结果很意外，茶水没有毒，在张小乙家里也没找到鬼眼子。看来钱氏没有下毒的打算。

第二天夜里我又来到张小乙家对面，碰见张小乙扛着一个大麻袋出来，装到马车上，往北到了城墙根，贴着城墙往西走。我跟在后面，一直跟到了五道营，马车向南，进了国子监。

国子监一个人也没有，院里长满了荒草，大殿中只有几百斤的石鼓还在，其他东西都被附近百姓搬得干干净净了。

国子监是元、明、清三代国家设立的最高学府和教育行政管理机构，又称“太学”“国学”。始建于元代至元二十四年，明代扩建，清代增建“辟雍”。国子监整体建筑坐北朝南，为三进院落，占地面积2.7万多平方米。中轴线上依次排列着集贤门、太学门、琉璃牌坊、辟雍殿、彝伦堂、敬一亭。1905年设置学部，裁废国子监，之后便荒弃凋敝。图为西德尼·甘博于1917—1932拍摄的国子监辟雍大殿。

张小乙进了国子监就没了影，月光洒满庭院，我看见一间偏殿中间，正对着大门的位置有一袭白色人影。走近了一看，头皮猛一发麻。钱氏被吊在偏殿正当中的梁上，身上穿着月白色的衣服。月光透进来，照着钱氏睁着的眼睛，舌头半吐，看样子已经死了。这时身后响起脚步声，我一回头，余光看见张小乙拿着一个木棒，我脑袋一侧猛地一痛，就什么都不知道了。

醒来的时候，天还是黑的，月光在地上移了一段距离。我想坐起来，但是全身冻麻木了，完全不能动。我抬眼看了看上方，钱氏的尸体还静静地吊在那里。我心里一团乱，想不透发生了什么事，只知道之前张小乙的麻袋里，装的应该就是钱氏。

这时外面有人急匆匆地跑进来，是张小乙去而复返。他看见我在地上挣扎，拿绳子将我捆住，然后爬上梁将钱氏的尸体放了下来。

张小乙将钱氏的衣服内内外外搜了一遍，嘴里喃喃道："我就不信找不到。"我想，他到底要找什么东西，甚至不惜返回杀人现场。我忽然想起齐宝斋老板说过的话，朝他脱口而出："你是在找那颗珠子吧。"

张小乙猛地冲过来，满脸是汗，双手发抖，一副紧张至极的样子。他低声喊道："你见过那珠子了，在哪里？"我说："我怎么知道？人是你杀的。"

张小乙原地转了两圈，突然一拍手："对了，一定是被她吃下去了。我说怎么就找不到！"说着上前撕开钱氏的衣服。他掏出一把刀子，从钱氏的胸口向腹部割了下去，在打开的腹腔里翻找着。

我看得胃里一阵翻涌，几乎要吐出来。这个张小乙已经疯了。

突然，张小乙笑了一声，手从钱氏的腹腔里捏出一粒白色的珠子，那珠子有鸽子蛋大小，在黑暗中竟然发出荧荧微光。

张小乙把珠子在衣服上蹭了蹭，装进口袋里，又过来搜我的身，拿走了钱和手枪。张小乙拿起绳子，绾了个套，从后面套住我的脖子，猛地收紧，我顿时喘不过气来，耳朵嗡嗡响。

这时候，一个脑袋硕大的黑影跑进来，呜呜啦啦地叫唤着，近了一看，暴眼长舌，吓得张小乙尖叫一声，往外跑去，消失在夜幕里。

这时大头鬼把头一摘，原来是个面具，这人是我先前放走的破落户。

原来他今天晚上肚子饿，想再出来吓吓人，也好捞顿饭吃，刚走到慈悲胡同口，看见我进了国子监，本来不想跟着，害怕被我打。后来实在好奇，正好看见张小乙要勒死我，他情急之下，戴着面具冲了进来。

接下来就是报警、勘验现场、做笔录。吕岳泉得到信儿，赶来外二区警察局办手续，接我出来的时候，已经是第二天下午了。

没多久，侦缉队在一家赌场里抓到了张小乙，到警察局的刑讯室里一审，全都招了。

张小乙是个赌徒，嗜赌成性，欠了一屁股赌债还不上，钱氏找上他的时候，他也对钱氏的钱财宝珠动了心思。他杀死钱氏后，拉到国子监，伪装成吊死鬼找人替的假象。不料钱氏临死时一口将宝珠吞进肚子，后来的事就是我遇到的。

他拿着卖掉宝珠的钱，还清了赌债，一时技痒，又出来赌，被侦探逮了个正着。

后来，汪亮告诉我，他检查尸体时发现，钱氏死的时候已经有了身孕。也许，这才是她没有再下手的原因吧。

张小乙被判了死刑，来年春天执行。我去监狱探望他时，告诉他钱氏怀孕的事，张小乙面无表情。过了几天传来消息，张小乙跟狱友打架，被人用磨尖的饭勺捅死了。

有人传说，这是钱氏的鬼魂来找他了。据说，鬼中最可怕的，是女鬼和童鬼。钱氏怀孕时被吊死，死后还被剖腹，怨气深到极点成了煞，国子监以后再难安稳。

最后，齐老板要回了自己的宝珠，还找吕岳泉专门给珠子买了份财险。吕岳泉成功追回了赔款，得到了上司的赏识，十年后更是成了华安合群的总经理，这是后话。

我在朋友的店铺里，给破落户找了个工作，起码他不用饿肚子，不必再去装鬼了。

本故事整理者：桃十三

第03案

垃圾山下雷火裂
纸风筝上人头飞

男子面色青白。氣息不接。以手掣余襯衫而呼曰。頭。頭。此人掌心皆水漬。余掙脫之。斥其提起褲子。從容道來。男子口噴酒氣。語無倫次。良久方得其情。適才男子至巷口便溺。小溲衝開菜葉。現出一物。黄白相間排列。細覷之下。是一人頭。早已腐爛不堪。黄白之物乃是其頭齒。男子小溲自上而下正入人頭口中。男子一驚。酒意化作冷汗。不及提褲狂奔而來。余聽至此。暗瞥襯衫。赫然一手掌印蓋

案发地点：阴凉胡同①
案发时间：1917 年 5 月 3 日
记录时间：1917 年 7 月中旬

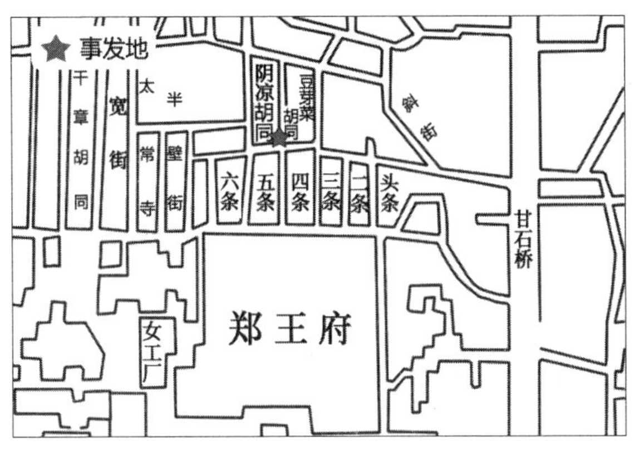

北京四五月最怕刮大风，出门一趟，回来身上能倒下小半斤土，要在外头张嘴说了话，连牙缝里也能舔出几粒沙子来。

黄沙天我一般不出门，五月三号那天破了例，去给我在日本认识的朋友唐仲贤家的老爷子贺寿。刚出门我就后悔了，灰黄色的天跟撒了胡椒末似的，整盆地往下倒黄沙，风呼呼地刮，走在街上沙子糊眼，啥也看不清。

我的车夫十三说，他这会儿拉车全凭记忆，我干脆把手帕往鼻子里一塞，闭上眼睛不看了。走到一半，手帕被大风刮跑了，闻到呛鼻的酸臭味，我睁开眼，对面一团黑影已经近在眼前。十三大喊一句“闪开”，猛地把车子往右面一斜，我半个身子飞起，失去重心，连人带车翻到一侧。

地上土软，我打了个滚儿，倒也没伤着。我刚要抬头，脑门儿

①阴凉胡同，现在西二环宏汇园小区，近辟才胡同。

一阵凉意，迎面一桶臭水从头浇到脚，里里外外全湿了。酸臭的脏水顺着头发丝往下流，我伸手一擦，嘴边下来一片又馊又腥的烂蒜叶，我“呸”了一声，胃里一阵翻涌，差点儿吐出来。十三闪得比我快，只被泼到一半粗布裤脚，但千层底的青布鞋还是湿了。

对面一个穿白小褂的倒在地上，帽子掉在不远处，腰上绑着的灰蓝色官服摔得全是土，原来是个泼街的清道夫。感觉他摔得不轻，手搓着膝盖，嘴里哎哟哎哟的，装秽水的木桶洒了，大勺子也甩得没了影。

白小褂站起身，捡回帽子，一边掸土，一边骂着连串的脏话，怪十三拉车不长眼。我一脚踹开秽水桶，说黄沙遮眼，两边都看不清，我俩被泼了一身脏水还没说话，哪儿轮得到他骂人。白小褂说不过我，手里也没家伙，一瘸一拐地推着木桶走了。

北京土质松，春天风沙特别大。民国作家梅蒐写过一篇文章，讲北京4月黄沙蔽天，下午4点就天昏地暗，日月无光。晚上大风刮下了他家的大门，第二天起来，他在床上被尘土埋了半截。比金木写得还要夸张。图为1901年日本摄影师小川一真拍摄的鼓楼。

我扶起车，十三说我骂得好。这些个清道夫以前当过侍候官厅的堆子兵，瞧不起拉车的，仗着自己隶属警察厅，有巡警撑腰，脾气大得很，连汽车也敢泼。

我俩浑身恶臭，苍蝇满头飞，想起还要赴宴，赶紧和十三就近找了家澡堂。老板嫌我俩太臭不让进，最后我掏了双份钱才松口，洗了澡又让伙计买了两套新衣裳，出来已经过了中午。

从甘石桥往西走上一段，有个阴凉胡同，整个胡同被一棵大国槐遮着，太阳一点儿晒不着，唐家就住在这儿。

十三刚把我放下，从胡同里冲出来一个短脖子男人，穿得倒算体面，腰上裤带却松着。他一手提裤子，一手扶墙，走路东倒西歪。“头！头！头！”男人见我站在面前，一把扯住我的白衬衫，脸色发青，上气不接下气地冲我喊。我甩开他潮乎乎的手，让他先把裤子穿好，慢点儿说。

这男人满口酒气，说了半天我才听明白。刚才他去胡同口的垃圾筐解小手，脱了裤子正尿着，低头一看，被尿浇开的烂菜叶里，露出一小排黄黄白白的东西，细看竟是人牙。一颗烂掉的人头仰着脸，尿正顺着那排牙流进嘴里。[①]

他的酒劲儿瞬间就没了，裤子都顾不上提就往外跑。我瞅了眼衬衣上被他抓过的地方，留了一片黄渍，想到他手上八成沾了尿，又犯起恶心来。

这时候胡同口又传来几声喊叫，我循着声音过去，那边已经围

---

①民国初年，北京虽已有公厕，但绝大多数仍然采用传统粪坑形式，粪夫不能及时打理，公厕环境很糟糕，民众依然习惯随地大小便。其中前门、朝阳门等人多的地方，经常尿流成河。

满了人。看这些人的穿着打扮都很讲究，一问，是唐家的客人，吃完宴出来解手，也看见了人头。

我挤到跟前看了一眼，浑身起鸡皮疙瘩。竹编的垃圾筐里，酱绿色的烂菜叶盖着一颗腐烂的人头，上面大部分肉已经没了，两个眼窝让蛆虫当了窝，正成团地往外冒。

再看那些客人，受不了的已经在扶着墙狂吐。听说唐老爷子喜欢海味，今天找人专门从天津运来新鲜鲍鱼做蚝油鲍鱼，掌勺的是谭家菜的传人，就这么给吐了，怪可惜的。

这时人群里走来一个青年，穿着及脚的长袍，眉眼秀气，头发干净利落，我要找的人就是他。

唐仲贤比我大三四岁，江苏人，学的是土木科，我俩以前经常一起喝酒。这几年他在市政公所当工程师，事情多，见面也就少了。他这人怕冷，夏天也要用长袍护脚。

没聊几句，巡长领来俩巡警，了解完情况，喊来临街推土车的清道夫，说垃圾筐是证物，让他抬去警察厅。清道夫一听里面有颗死人头，死活不肯抬，最后多塞了两块钱，他才磨磨叽叽地抬走了。

巡警一走，唐家的客人们也不欢而散，寿宴草草结束了。管家急匆匆地过来喊唐仲贤，说家里有事。我让他先回去，有空再聚。

回去的路上，十三说我这趟门出得太不值，不仅衣服脏了两回，名厨做的鲍鱼也没吃上，还遇上个死人脑袋。我说："可不是？以后黄沙天，谁喊我都不会出门了。"

第二天大清早，卖小报的满大街扯着尖嗓子喊："阴凉胡同垃圾筐惊现人头，尸体未有下落。"这事一传开，再也没人敢去垃圾筐解手。有个警察厅的朋友告诉我，城里至少一半的垃圾筐没人敢尿了，“比罚款禁令管用多了”。

晚上，唐仲贤来家里了，他表情严肃，眼睛肿着，好像两天没睡的样子。“老金，仲文找不着了。”他急得两道眉毛快绞成一道了。我印象中的唐仲贤一向冷静，做事不慌不忙，从没见过他这么着急。

仲文是唐仲贤的弟弟，我认识，个头儿小，精瘦，长了张娃娃脸，二十岁的人看着和十四五岁的小孩差不多，成天瞎混，好赌，麻将瘾很大，大学只上一学期就退学了，唐仲贤没少操心。

唐仲贤说人丢了快十天。我问他怎么不报警，他们市政公所和警察厅打交道多，警署的人他也熟，按道理比找我管用。唐仲贤没吭声，点了根烟，抽了半晌才说，最后一次见面他俩大吵了一架。

唐仲文又在外面欠了赌债，张口就要三千大洋，唐仲贤气得打了他一嘴巴。唐仲文急了眼，威胁说不给钱他就去抢银行。唐仲贤怕他胡来，把家里的五百现洋全给了他，剩下的两千五再想办法，

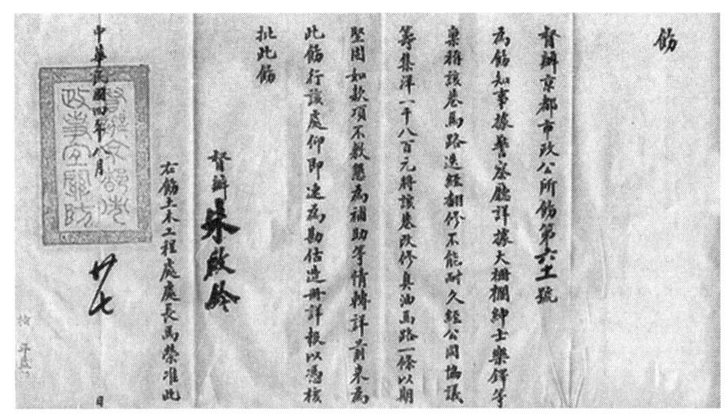
飭

督辦京都市政公所飭第六十二號

為飭知事據警察廳詳據大柵欄紳士樂鐸等

稟稱該巷馬路迭經翻修不能耐久經公同協議

籌集洋一千八百元將該巷改修柏油馬路一條以期

堅固如款項不敷懇為補助等情轉詳前來為

此飭行該處仰即速為勘估造册詳報以憑核

批此飭

督辦 朱啟鈐

右飭土木工程處處長馬燊准此

中華民國四年八月 廿七 日

1914年，京都市政公所成立，北京出现了新型的专业的市政管理机构。图为京都市政公所关于翻修大栅栏马路的文件。

让他一周后寿宴那天来拿。结果昨儿等了一天，唐仲文也没来，仆人今天又找了一天，也没找着。

唐仲文爱玩，半个月不着家是常有的事，照理说唐仲贤不至于紧张成这样。唐仲贤说若换作平时他也不会奇怪，可这小子一向要钱的时候回来得最勤，那两千五还没到手，不可能不回来拿。

“老金，这事你得帮我。实话告诉你，我最近日子不好过，上面刚换了人，现在凡事都得小心，不方便找警察。我怕仲文惹事，他那个急性子，不会真的等不及去抢银行了吧？”

我答应帮忙找人，让他不要胡思乱想。

唐仲贤走了以后，我又想起垃圾筐的人头。虽然刚才他没提，但事出在这个节骨眼儿上，难怪他心里不踏实。

第二天，我让十三拉我去东交民巷。

唐仲贤说仲文常去这附近的一家旅馆，我找人打听了下，旅馆背地里是韩人[①]的赌坊生意，去的都是有钱人，赌注大，一天输赢就有三五百大洋。

沿街问了几个人，都说不知道。突然一个穿长袍、戴金丝眼镜的人从侧面撞了我一下，“砰”一声，从他身上掉下一个巴掌大的棕色玻璃瓶，瓶子碎了，洒出来一摊褐色的水。

金丝眼镜拽住我不让走，眼睛瞪得鸡蛋般大，非说我碰碎了他的洋药水，要赔两个大洋。我捡起药瓶的碎片，发现上面有黏合痕迹，瓶口磨损过，不像新的，又用手蘸了点地上的水，凑近闻了闻，一股墨水味。

---

①韩人又称“韩民”“三韩子孙”或“三韩后裔”，包括了今天的朝鲜人和韩国人。

“大家伙可都看见了，这位爷碰碎了我的药瓶！你可别想赖账！”金丝眼镜抬高声音，招呼路人围过来。

这架势，我应该是遇上碰瓷儿①的了。

我故意问他药瓶里装的是什么药，在哪儿买的。金丝眼镜不慌不忙，掏出一张单据，上面写着几行字——兜安氏止痛药水，每瓶大洋一元七角。

我说这事好办，一起去药房给他买瓶新的。金丝眼镜摆摆手，说不用我买，赔钱就行。我说不行，既然是我弄碎的，我必须得赔，边说边拉他走，说一块儿上华安药房。

兜安氏西药公司成立于1909年，由美国商人在上海开办，很快远销全国。产品包括兜安氏药膏、兜安氏止痛水、兜安氏保肾丸等，鲁迅也经常购买兜安氏药品，夏天更是常备兜安氏痱子水。图为兜安氏最有名的药膏。

民国时期各式各样的药瓶

拉扯中，金丝眼镜身上又掉下来一大一小两个空玻璃瓶。我身体稍微往前一倾，接在手里，果然都是摔碎了又粘上的旧瓶子。见自己露了底，金丝眼镜的话软

①清末民初有一种骗术叫“丢包碰瓷”，行骗的人集中在大栅栏、天桥、王府井、琉璃厂等闹市区，手里捧着件名贵的瓷器，通常是赝品，然后瞅准时机，故意让路过的马车或行人“碰”他一下，使瓷器落地摔碎，之后缠住车主或行人索要赔偿。除了瓷器，玻璃药瓶、眼镜等方便携带的易碎小物件也是碰瓷常用的道具。

了许多，说瓶子碎了，多少得赔一点儿。

我掏出一块大洋捏在手里。见我不给，金丝眼镜凑近悄声说："你不是在打听有韩人的旅馆吗？船板胡同（现与北京站西街相交）有个一声旅馆，那儿经常有韩人进出，神神秘秘的。"说完一把抢过我手里的钱，转身就跑，玻璃瓶也不要了。

船板胡同离东交民巷不远，崇文门往东走一会儿就到。

图为约翰·詹布鲁恩于20世纪初所拍摄的东交民巷北门，路面较土路平坦许多。

出了大路，没走几步，我发现有人跟着我。刚想拐弯，身后的脚步声突然加快，一回头，两个大汉和一个方脸年轻人上来围住了我。他们三人相互说的是韩语。

方脸搓了搓手，问我找一声旅馆做什么。两个大汉一左一右，眼神发狠，我实话实说，我在找一个叫唐仲文的年轻人。

一听见唐仲文的名字，方脸“呸”了一声，骂了句“王八羔子”。他们也在找唐仲文，他欠了赌坊两千大洋，一周前就到期了，但他人跑了，到现在还没还上。

年轻人打量着我，小眼睛眯成一条缝，说既然我认识唐仲文，那他欠的钱理应由我来还。我大喝一声，“嗖嗖”两下把手里的玻璃瓶扔向大汉，拔腿就跑。一口气跑到了东长安街，我才停下来喘了几大口粗气，嘴里全是灰。缓过劲儿来，我一想觉得这账不对啊，按刚才韩人说的，唐仲文欠他们两千大洋，可唐仲贤说他要了三千大洋。这个败家子，多要了整整一千。

来到唐家，院子里乱糟糟的，地上都是垃圾。高个儿管家正训着两个驼背仆人，仆人各拿一把大扫帚，把垃圾往角落里扫，堆了半人高。管家眼神不好，眯眼看了半天才认出是我，连忙招呼我进屋，说大少爷出门了，一会儿就回来，给我倒了杯茶，让我等等。

我问管家外头咋回事。

管家摆摆手，说：“别提了，都是垃圾筐里的那个人头给害的。土车嫌晦气不进胡同，仆人吓得不敢出门，垃圾没人倒，全堆在院子里，风一刮就满院子飞。唉，也不知道李老二现在哪儿去了。”

我问李老二是谁，管家说李老二名叫李德贵，原来是个清道夫，人老实，手脚也勤快。别的清道夫不给钱不进胡同，他倒大方，每回进来都会顺带把唐家门前也给打扫了。后来我们干脆把清扫院子的活儿也包给他，一个月多给一块钱，两边都高兴，只可惜他得罪了二少爷。

半个月前，有天晚上李德贵从后门进来，撞上了二少爷唐仲文。二少爷一口咬定他顺东西，要报警，李德贵都跪下了，二少爷还是不答应。最后闹到了清道所的夫头那儿，李德贵被一顿臭骂，清道夫的工作丢了，唐家的院子也不让他扫了。管家边说着边叹了口气。[①]

民国时期，北京平民的居住环境非常恶劣，大雨过后，胡同的路面积水，马车经过如同过河。图为约翰·汤姆生拍摄。

我问："李德贵是被冤枉的？"

管家点头，说这事怪他，是他出的主意，让李德贵晚上来厨房拿点儿残汤剩饭。说完凑近我压低声音，说二少爷之所以发那么大火，是贼喊抓贼，二少爷偷家里的古董让李德贵看见了。管家接着说，后来他去李德贵的住处找过。李德贵住在垃圾山底下用几块破铁皮搭起的棚屋，里头全是捡来的破烂。人不在，倒碰上了清

①北京最早的清道队成立于光绪三十三年（1907），民国后改组清道所，归属京师警察厅管理。据《京师警察厅改定管理清道规则》额定，内城应设清道夫 800 名，夫头 40 名；外城应设 690 名，夫头 36 名。根据西德尼·甘博在《北京的社会调查》中记载，1917 年，清道夫人数为 1518 人。

道所的人也在找他，说李德贵官服没还就不见了，快一周了。

听到这儿，我心里起了疑。这时唐仲贤进屋了，管家赶紧起身让座儿，又沏了壶新茶，出门干活儿去了。

唐仲贤很着急，问我赌坊查得怎么样。我说了自己遇到韩人的事。唐仲文确实欠了韩人赌坊的钱，那些人不好惹，疯起来还烧过警察局，幸好唐仲文没落到他们手里。

唐仲贤喝了口茶，接着问："听你刚才和管家说的，你怀疑仲文的失踪和这个李德贵有关？"我点点头，说哪儿有这么巧的事，唐仲文一失踪，李德贵也跑了。

外头突然传来"咣"的一声，管家大喊："二少爷回来了！二少爷回来了！"我和唐仲贤都愣住了，腾地站起来就往外走。

大门敞开着，院里站了个穿花西装的。这人身材臃肿，撑得西装鼓鼓囊囊，蒜头鼻上架着一副茶色的太阳镜，身上脏兮兮的，背了个破麻袋，光脚踩在一块碎开的烂西瓜上。

管家说，大门是被二少爷踢的这个西瓜给撞开的。

穿花里胡哨的衣服是唐仲文的风格，可印象中他又瘦又小，跟个猴子似的，怎么现在胖成这样了？我正纳闷，唐仲贤脸一沉，气冲冲地问："你是谁？"

花西装肉乎乎的手拉下眼镜，露出一双大小眼。管家把脸凑上去，眯着眼看了又看："这不是二龙坑的王傻子吗，怎么穿着二少爷的衣服？"

西装的领子上有很明显的血迹，唐仲贤上前揪住傻子，问他衣服是哪儿来的，傻子不说话，光嘿嘿笑。管家说问他也没用，这个王傻子是捡破烂的，有一次从高处摔下来，脑子就坏了，只记得以前爱踢球，现在成天背着破麻袋，看见个圆的，捡起来就往里放。

这时外面响起当当的摇铃声[①]，是推土车的来了，在胡同口一遍遍喊“收垃圾咯”。

傻子有样学样，跟着喊“收垃圾咯，收垃圾咯”，边喊边往外跑，我和唐仲贤忙追了出去。出了胡同，傻子往南一路小跑，他人傻脚不傻，左拐右拐，我和唐仲贤让他彻底绕晕了。一辆土车朝不远处的大垃圾山走，我记起管家说傻子就住二龙坑，于是和唐仲贤快步跟上。

二龙坑以前是两个大水坑，水坑里常年混着雨水、污水和垃圾。前些年填坑修路，把名字也改了，叫二龙路。水坑没了，附近的人还是爱往路上倒垃圾，土车也照样往这儿运秽土，垃圾越堆越多，那儿成了座大垃圾山。

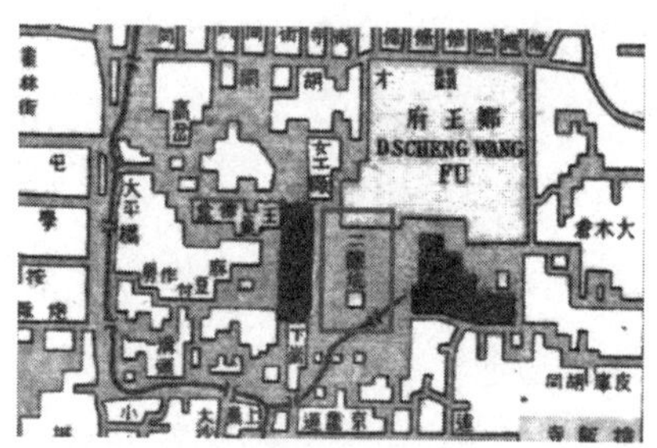

二龙坑在太平桥东侧，离大明濠不远。这里在清代时就是老百姓倾倒垃圾的地方。夏天积水成坑，冬天垃圾成山，最严重的时候，住户出门回家都得“翻山越岭”。

路边搭着几个破破烂烂的铁皮棚，顶上全都锈出了窟窿，里头没人，跟管家形容的李德贵住处很像。下午下过小雨，土还是湿的，路面坑坑洼洼，我和唐仲贤深一脚、浅一脚，走得相当费劲。

① 1916 年，《民国北京的公共卫生》中记录，上海法租界首先使用摇铃法通知居民外出倾倒垃圾。有严格的时间限制，逾期不候。北京在同年也采用了摇铃法。1928 年卫生局成立，依然沿用此法，要求住户的垃圾必须于每日午前倒出，由土车运走。

越往前臭气越重，拇指大的苍蝇成群往脸上飞。再往前，路被一座约十米高的垃圾山堵了，得从上面爬过去。我看了看唐仲贤，他屏住气，扒着垃圾一寸一寸地往上挪。我心里着急，一脚踩在软泥里，等拔出来，脚上糊满了屎。

民国初期，北京垃圾经常随街倾倒，城里的街头巷尾和城边的河沟都是大大小小的垃圾山。《北京市志稿》记载，至1930年，大秽土堆已积至600万立方米。图为倾倒了大量秽土的御河边。

我俩爬到一半，鼻子已经闻不出臭。顶上忽然飞下来一个黑点，轰隆一声巨响，垃圾山从半中央炸开，我俩脚底一空，滚了下去。炸成碎片的垃圾飞上天，又一点点往下掉，成吨的秽土，混杂着粪便、破布、石碴儿，还有死猫死狗死鸡死鸟的碎块儿，从远处看，就像在下一场垃圾雨。

滚到最底下，我和唐仲贤泡在屎汤一样的臭水沟里起不来，沟被炸开了一段，涌出来成堆的臭虫和死老鼠。蛆虫裹成白团，往身上钻。我随手抄起一根棍，拄着站起来，拼命把虫子从身上抖下去，恶心得把胃里的东西全吐了出来。

唐仲贤“噌噌”地往后退，手颤巍巍地指着我拿的棍子，脸“唰”地一白，人就晕过去了。我一看，这哪儿是棍子，是一节被淤泥包着的白骨。再看刚才我俩趴着的地方，蛆虫爬开，底下是一堆白骨。我去拉唐仲贤，一转身，垃圾和秽土像黄绿色的浪，一波接着一波朝我涌来，我眼前一黑，就什么也不知道了。

我在唐家醒来时，已经过了一天一夜。

仆人给我倒了杯水，说是管家喊来了巡警和侦缉队，救了我和大少爷。我问他唐仲贤人呢，仆人说让警察叫走了。到了报子街的内二警署，警察告诉我，唐仲文已经死了，是李德贵杀的，人已经抓到了。

十天前的傍晚，李德贵跟踪唐仲文走到御河边，两人吵起来，唐仲文先动的手，李德贵一冲动就掐死了他，把尸体扔下了桥。

李德贵躲了一周见没事，大着胆子又跑回垃圾山的家。没想到走到顶，撞上穿西服的王傻子在扒垃圾，以为是唐仲文的鬼来找他报仇，吓得半死；往回走，又看见我和唐仲贤在往上爬，慌张中扔了个手榴弹，把垃圾山炸了。

我听得目瞪口呆，李德贵哪儿来的手榴弹？警察说他也吃惊，手榴弹是李德贵在垃圾堆里捡的①。

手榴弹爆炸后，李德贵没跑几步就被侦缉队抓住，带回局里一问全招了。后来警察在御河桥下找到了一具无头裸尸，身材很像唐仲文，可没了脑袋认不了尸，案子只能悬着。我又问他："垃圾筐的人头查出来是谁了吗？"警察摇头，说腐烂得太严重，很难确定。

我想起王府井大街上有个姓董的牙医②，给前内务总长朱启钤都看过牙。董大夫不认人只认牙，但凡看过的牙，一眼就能认出来。

我去找董大夫碰碰运气，带他去了趟警署，正好唐仲贤也来

---

①《民国北京犯罪问题研究》中记录，民国时期北京的垃圾堆里除了日常的垃圾，还有雷管、炸弹、手榴弹一类的危险品。直到20世纪30年代，还有在东便道、和平门内北新华街附近的垃圾堆里捡到手榴弹和炸弹引发的爆炸事件。

②《俗世奇人》里写过一个牙医华大夫，医术精湛。病人一张嘴，哪颗牙疼、牙酸、牙活动，他一看便知。侦探向他打听一个嘴角有痣的黑脸巨匪，他不记得，但一看见那个人的虎牙，他立马就认出来了。不记人，只记牙，所以医术超群。

做笔录。董大夫只看了一眼，说人头的那口牙他认得，是徐家老幺，十岁就满口虫牙，听说后来去淘粪就再没消息了。警察不相信，说："烂成这样了还能认出来？"

董大夫耸耸肩："就这口牙我还能不认识？上面第二个大牙缺着，是我三年前给'搬的柴'（拔的牙）。"警察把人头的嘴掰开一看，果然牙槽空了一块，警察傻了眼，心服口服。

这时唐仲贤却突然开口，说人头和尸体都是他弟弟的。警察糊涂了，问他："确定吗？"他一本正经地说"确定"。董大夫急了，说"不可能"，叫他别白话（胡说），那口牙是徐家老幺的跑不了。唐仲贤却说他弟头小，看着像小孩，董大夫肯定弄错了，还说唐仲文牙口不好，上头的大牙也拔过。

争了半天，警察把人头和无头尸拼起来，接缝勉强对得上，就让唐仲贤签字画押，案子就算破了。董大夫气得拂袖而去，警察让我也回去。

我脑子很乱，回到家想了一晚上，还是没想通为何唐仲贤突然就认尸了，真的是董大夫弄错了吗？

隔天早上去唐家，管家把着门不让进，说大少爷不在，再去还是说不在，最后彻底把门闩上了。我继续敲门，门拉开条缝，探出管家的半个脑袋。他劝我别为难他，唐仲贤让他转告，这事我不要再管了。

回家路上，我发现城里遍地都是粪便垃圾，猪尿、马尿、人尿混在一起，臭气熏天，每两步就有一个泥坑。路上的行人都用手帕捂住鼻子，有的人脖子上还挂着用大黄或是麝香做的念珠。

进茶铺一打听，西城的清道夫全都罢工了。几十号人从昨天起

20世纪第一个10年雷尼·洛恩拍摄的北京街道，垃圾成堆，残破不堪。

1914年10月10日，由社稷坛改建的中央公园正式对外开放，是北京第一个真正意义上的公园。图为欧阳慧锵拍摄。

就推着土车堵在警察厅门口，要求归还以往拖欠的工资，不给钱就不干活儿。

我问怎么闹得这么大。伙计说，前天傍晚二龙坑爆炸，南面臭水沟里炸出来一堆白骨。警察厅让清道夫连夜清理垃圾，可二龙坑是个“烂死岗子”，传说到了晚上鬼门关大开[①]，清道夫不肯去，还和警察起了冲突，两边打起来了。

第二天报纸出来，警察厅登了篇告示，召集清道夫三日后在中央公园开会，保证解决欠薪的事。那天我也去了。场面很大，公园的亭子里围了成群的清道夫，边上也站满了，得有好几百人。

我见到了唐仲贤，他代表市政公所，和警察一起给清道夫发工钱。我喊了他一声，他看见我，却装作不认识。会一开完他就进了辆小汽车，我俩一句话也没说上。

领了钱，清道夫都高高兴兴，一会儿就全散了。走在最后的一个人却耷拉着脑袋，很面熟，是那天泼了我一身脏水的白小褂，今天穿的还是那件。

领了工钱还愁眉苦脸，我觉得奇怪，跟在他后面走，发现他到街上买了两包纸钱和一瓶酒，最后居然走到二龙坑，冲着一沟臭水烧纸洒酒，嘴里还嘀嘀咕咕。

我走过去，他一看是我，收拾东西就要走。我拉住他，递过去一根烟。他没吭声，犹豫了会儿，接过烟点上，抬头朝天上吹了几

---

①老北京有句话，叫“二龙坑的鬼——跟上了”，意思是有甩不掉的麻烦事。二龙坑过去一片荒凉，穷人家死了人，没钱出殡，就用芦苇席裹着尸体埋葬在这儿，因此又被叫作“烂死岗子”。20 世纪 20 年代以前很多胡同还没有灯，一到晚上黑乎乎的，走夜路的人心里怕，觉得鬼影幢幢，“鬼门关”的名字就这么来了。

个烟圈，说算了，告诉我也行，反正这事再没别人可说了。

从他嘴里，我知道了白骨堆的真相。

北京的沟八成以上都让淤泥堵着，每年春天都要开沟。沟工队人手不够，有时也会找清道夫凑数[①]。

八百丈（约二千六百多米）的沟配了不到二十个工人，要求十五天淘完，说是每丈大沟两块大洋，小沟一块大洋，可这笔钱的大头被夫头拿走，他们这些底下干活儿的，最后到手不过两三块大洋。买卖不甜，没人乐意干。

有的清道夫想了个办法——钱照拿，把活儿外包，雇几个从外地来的淘粪的孩子，他们个头儿小，不怕臭，再窄的沟也能钻进去，每个孩子只用给二三十个铜板。

最后，要证明沟已经通了，会让一个人从沟的一头爬进去再从另一头爬出来，一般也是找个头儿小的小孩来爬。其实也不用全爬，只要在有人来检查的时候做做样子就行。沟的一头蹲一个人，再安排一个人在沟另一头先躲着，到时候当着检查员的面钻出来。给检查员塞点儿钱，明明是两个人，他也就睁一只眼闭一只眼了[②]。

遇上难缠的检查员故意在沟口站半天，躲在里头的人就得蹲上好一阵子。瘴气有毒，时间长了，小孩很容易被熏死。年年都这么混

①北京早就有春季清理沟渠的习俗。明代定下每年 2 月淘挖沟渠，后改为 3 月淘沟，清代沿用下来。这个时间正好赶上全国各地的考生进京参加文官殿试，所以就有了这句谚语——“臭沟开，举子来；臭沟塞，状元出。”

②淘沟舞弊由来已久。1890 年嘉庆皇帝就抱怨过负责沟渠的官员腐败，侵吞购买设备和材料的资金，克扣工人的薪水，在检查疏浚沟渠时收受贿赂，明知有弊却假装毫不知情。

过去，年年也都会死一两个小孩。淘沟的往往都是孤苦穷人，没家没口的，不见了也没人找。收钱的人里有警察，自然也不会管。

白小褂低下头，脚来回地蹍着地上的烟头，说他也这么干过。他其实心里不愿意，可人人都这么干。

今年三月份，替他淘沟的小孩钻进去半天没动静，最后出没出来他也不知道。直到二龙坑炸出来一堆白骨，他才有点儿后怕，觉得里头可能会有那个小孩。烧纸敬酒，是希望小孩不要记恨他。我恍然大悟，却不知道该说什么。

董大夫说垃圾筐里发现的人头是个姓徐的孩子，去淘粪以后就没消息了，很可能就是后来替人淘沟，死在了沟里。这事追根结底是市政工程出了问题，捅出来肯定会让市政公所脸上无光。我终于明白，唐仲贤草草认尸，为的是掩盖这事。

我又去了一趟警署，警察很不耐烦，把卷宗扔给我，叫我自己看。在结案陈词里，李德贵成了大恶人，除了承认杀害唐仲文，把他的头割下来扔进垃圾筐，还承认自己常年谋财害命，连小孩也不放过，二龙坑的白骨堆全是他这些年杀过的人。

李德贵已经疯了，白骨堆的事也就顺理成章地算到了他的头上。唐仲贤认了尸，李德贵定了罪，案子已经结了，警察劝我别再纠缠，二龙坑里的死人多了去了，哪儿来的工夫一件件查？

我无话可说，在家待了两天，心里还是放不下，又去了趟御河。

桥边几个小学生在放风筝，五颜六色的老鹰、燕子和蝴蝶张着翅膀，飞得高高的，剩一个黄不溜秋的风筝晃在半空。这个风筝很大，上头还绑了个圆疙瘩，风一停，圆疙瘩“砰”地掉下来，险些砸中我。我捡起来一看，吓了一跳，圆疙瘩竟然是个被掏空了的人头，脸皮还是套上去的，脸上雀斑清晰可见，正是我要找的唐仲文。这时突然伸过来一双肉实的手，要抢人头。

御河原来是元代开凿的通惠河位于“宫城”东侧的一段河道。1924年由于水流日渐减少而改成了暗沟，现在叫正义路。图为清末的御河。

抬头一看，王傻子背着他的破麻袋，睁大了眼瞪着我，说人头是他的。争抢中，人头掉在地上，王傻子使劲儿踢了一脚，头飞出去，连着皮滚下桥，掉进了河里。我扒着桥边往下看，油腻的河水泛着绿沫，里头浮着各种垃圾，人头漂在最上面，风一吹，转了个圈，跟垃圾一块儿顺流而下。

我追着人头跑，河边还站着一个大高个儿，裤腿卷得很高，手

民国时候的风筝摊，风筝图案繁多。

里拿着根细长的竹竿，东一下、西一下正翻腾垃圾，像在找什么。他伸直脖子眯起眼，朝我看了看，又继续翻他的垃圾。仔细一看，这人是唐家的管家。

河水顺风，人头漂得太快，我追不上，眼睁睁地看着它越漂越远。

一辆自行车咻地闪过，骑车的是王傻子，两条壮实的腿拼命蹬着踏板，还在追赶人头。锃亮的自行车上，傻子晃着脑袋，左手没扶车把，手里拖着一条红色的风筝线，嘴里喊着“球踢咯，球踢咯……”车速快起来，红线一路飘扬。

再看人头，已经成了河里的一个点，逐渐消失不见。

后来听人说，王傻子买自行车的钱是捡垃圾发了财，他从死人衣服里扒出了五百块，一高兴买了辆最新款的自行车。

唐仲贤给唐仲文的钱恰好也是五百块。

自行车在清末传入中国，民国初期自行车还不普遍，价格也贵，一辆要70—100大洋，骑车的大多是有钱人和政府官员。图为乔治·沃尼斯特·莫理循拍摄。

李德贵确实杀了唐仲文，可要说人头也是他割的，我觉得不至于。王傻子喜欢圆咕隆咚的东西，头很可能是他弄下来的。至于那个垃圾筐里的人头，或许是王傻子在哪个沟里扒垃圾时翻出来的，玩过之后又扔到了胡同的垃圾筐里。不过我没有证据，这些都是推测。

两年以后，西城的大明濠①开始翻修，改明沟为暗沟，二龙坑的垃圾山也终于被清空。路好走了，晚上也不那么吓人了。这事由市政公所牵头，背后推动工程的正是唐仲贤。

接手的工程多了，唐仲贤一路高升，官越做越大，家也搬到了东单的金鱼胡同，我们再也没联系过。这些都是后话了。

本故事整理者：草头鬼

---

①大明濠在太平桥以西，由西直门内的横桥开始，到象房桥为止，长约 3.3 英里(约 5.3 千米)，作为内城西部污水的重要储存地，多年来是垃圾倾倒的重灾区。民国时期市政公所将治理大明濠作为市政重点工程，改明沟为暗沟，在上面铺设马路，想以此根治北京恶劣的卫生环境。翻修工程从 1919 年开始，到 1930 年结束，共分为 5 个建筑阶段，整个工程耗资约 15 万元。

第4案

女学生双刀入水　老水鬼扁舟渡魂

雷雨至深夜不減。余小寶猛聞汽笛聲陣陣。出艙望之。雨中客輪行至江之極狹處。水流湍急。迎面一巨輪至。黑雲陰沉。目不及遠。只見船上巨矗立。疑其為軍艦。客輪上電鈴鳴響。船長率眾急奔至駕駛艙。親駕客輪旋還躲避。船身傾斜。余幾站立不住。船身上紅綠信號燈雨中。閃爍不定。汽笛再三鳴響。眾乘客不明就裡。紛紛亂作一團。柯臨仙來至船舷。雙手扶欄。見軍艦之鐵甲船頭愈近。電大光中。軍艦上楚材二字清晰可見。柯驚呼曰。不好。彼故

金醉注：其中“只见船上巨矗立”应为“只见船上巨卤矗立”，为金木日记笔误。

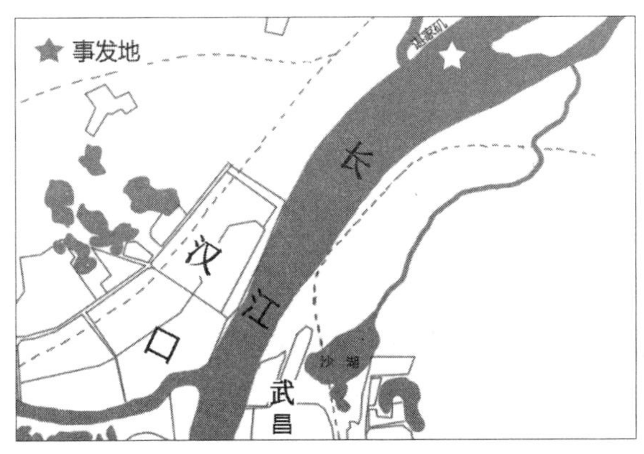

案发地点：「江宽号」客轮
案发时间：1918年4月下旬
记录时间：1918年7月

半个月前，东城出了一宗纵火案，现场有一具烧得面目全非的无名尸首。我去警署找法医朋友，问能不能复原尸体的相貌。有个老法医说，前清时候他在汉口当仵作，见过水鬼用一种液体浸泡焦尸，尸体一发胀，能差不多还原相貌。

我问他什么水鬼。他嘿嘿一笑，说北方人没见识——水鬼，就是专门在江面上打捞尸体的。都说他们能沟通阴阳两界，跟鬼一样。这下我好奇了，这也是焦尸问题的突破口，小宝也激动，说这技术厉害，得去学学。

打点了一些必备品后，我俩出城南下，几经辗转到了上海。路上不太平，劫道的多。不管什么人，随便扯一身军装就敢自称义军，其实就是土匪。

四月二十一日半夜，我俩在上海董家渡码头上了“江宽号”客轮，走水路往汉口去。

“江宽号”是一艘前清时的老船，据说接待过俄国皇帝。船舱

请看北京政府进攻西南之计划

由鄂赣攻湘　援闽而攻粤

据北京《政府机关报》云，目下政府对于南北用兵之计划约分三路，大体上又有先有后，有攻有守。其实目前急宜用兵之地实有四路，惟三路为北京政府所即须着手者。其一路则可暂置不理，今分别述之如下：

第一路。由南阳进攻荆襄，令吴光新暂驻宜昌为犄角，此路为尅期进剿者，其岳州一路军队俟荆襄克平后，再行候令并攻长沙。

第二路。为目下所谓第二路军队之一线，由浦口赴赣先为防范，俟攻长沙时，同时向前开拔。

第三路。亦目下所谓第二路军队之一线援闽军队是也。此一路亦须经过浦口，故浦口为最近北方全力防范之地。至关于闽防者，闻目下系合力防守，俟援闽军到后再议进攻。至于四川方面，北京政府大约系先置弗议。又一消息云，目下北京政府仍以肃清湖北为第一步，将来鄂事平定，即以全力攻湘，大约须俟攻克长沙之后再行重提和议。此现政府用兵之计划也。

政府既定此计划，故停战布告暂不取消，而讨伐明令亦拟不颁布，以留为他日转圜地步。此种办法均费十分斟酌，所谓运筹于帷幄之中，决胜于千里之外者，吾侪小人惟引领以望太平而已。

——1918年1月17日上海《民国日报》

图为《老新闻——民国旧事(1916—1919)》中记录，1918年年初，南北大战一触即发。

分为上、中、下三等，乘客里什么人都有——带着丫鬟的贵妇、穿西装的读书人，还有穿长衫的行商走贩，脚上的鞋都磨旧了。最多的还是普通老百姓，穿着爱国布衫，背着大包小包。整艘船坐得满当当的，至少得有一千人。我和小宝住一层的中等舱，房间一字排开，几乎一模一样。

汽笛声响过一遍，搬运工还在往底层的货舱搬货，都是贴着封条的铁皮箱，旁边有三四个背快枪的护卫守着，不让人走近。后来知道，这是上海一家外国银行押运的鹰洋，共有十二箱。

开船时已近半夜，江上起了雾，只能看见被航灯照亮的江面，还有船身上闪烁的红绿灯光。

“江宽号”，是上海招商局的商船，当时招商局拥有二十二艘商船，“江宽号”是比较老的一艘。

我没去过武昌，临行时搜罗了一些长江沿岸的地形图，凑着房间里黄灯看，标记计划要去的地方。不一会儿，小宝从甲板上跑回房间，脚下七歪八斜的，一弯腰，干呕了几声。我看他脸色有点儿发白，问他咋了。小宝捂着胸口，说水上可能有瘴气①，自己好像中毒了。我说他瞎扯淡，每天这么多船，要真有瘴气，那还得了！

这时船身一晃，小宝又干呕起来。我哈哈大笑，说：“你这是晕船，什么瘴气。”小宝知道自己不是中毒后放心了一些，过了一会儿又叹气道，没想到自己晕船，后悔不该跟过来。我给他倒了杯水，让他安心。“听说江上有水贼，说不定就碰上了，你就可以大展

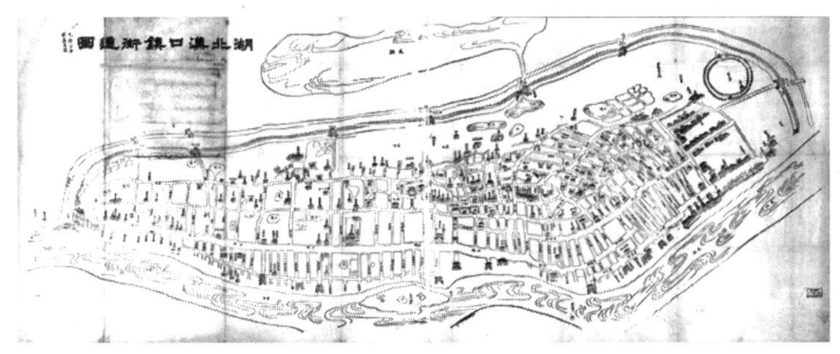

光绪年间的湖北汉口镇地图。1927 年年初，武汉国民政府将武昌与汉口（辖汉阳县）两市合并，定名武汉。其后又有分治。1949 年，武汉三镇解放，同年合武昌、汉口、汉阳三镇为“武汉市”。

---

①瘴气，指古代南方江河、林间低湿水洼处，因高温滋生细菌、毒虫，人接触到容易感染生病。近现代，随着排水设施的进步，这种现象渐渐消失了。

身手——一打架就不晕了。”小宝往床上一倒，拿被子蒙住脸，说：“打个屁啊，腿都软了。”

第二天一直睡到中午，醒来时感觉轮船摇晃得厉害。我叫醒小宝，问他饿不饿，突然从隔壁传来一声凄厉的尖叫。我看着小宝，迟疑了一下。小宝翻身起来，指指隔壁：“是208。”等我俩来到208房门口，门里又没了声音。

正要走，房门突然打开，一个十七八岁的女孩从屋里跑了出来。她看了我一眼，很快跑进了旁边的206房，紧紧关上了门。这时，从208房又走出一个高个儿男子。这人头方耳大，相貌朴素，戴了顶瓜皮帽，像个农民。大个子看见我们，笑了笑，说话声音洪亮：“这小姑娘，不知怎的，走错了房间，屋里几个伙计吓到她了，惊动了你们真是不好意思。”他介绍自己姓王，是做洋行生意的。听说我是记者，老王一巴掌拍在我肩头：“你得写写长江的水贼，叫大官老爷们都看看，派兵给剿了。现在这世道，跑商带货的都不敢出门了。”

回到房间以后，小宝说那屋的商人有古怪。我点点头，老王说的官话带着奇怪的口音。

下午，我和小宝去吃饭，碰见老王和一帮伙计进了餐厅。老王走在前头，伙计们跟在后头。老王坐下，几个伙计才坐下。上了菜，老王先拿起筷子，几个伙计再跟着拿起筷子。小宝看着他们，低声说：“这些人不像商人，倒像是道上的人——你说会不会是水贼？”我说哪儿像水贼了。小宝说：“那老王明显是个头儿，我从前押镖时，这种人见多了，明明是劫道的，却打扮成送货的。”餐厅里人很多，英国人船长和洋人机师也在吃饭。茶水房的伙计往来穿

当时女学生的流行装扮

梭，递毛巾、添水、送菜，忙个不停。跟其他闹哄哄、懒洋洋的人比起来，老王几个人确实紧张了点儿。

正说着，206房的女孩也进了餐厅。她穿着青布上衣，洋缎裙，腿上穿着黑色棉袜，脚穿小黑皮鞋，像个大学生。

她看见老王他们，眉头一皱，转眼看见我们，快步走过来。女孩的眼眸十分清亮，到了我和小宝跟前，嘴角朝上一弯，突然鞠了个躬，说感谢我们中午出手解围，一定要请我们吃饭，说着就自己在桌边坐下来。我俩没推辞，叫来伙计点菜，女孩点了一份鳝鱼粉丝煲，说在江边抓的鳝鱼最好吃。

女孩姓柯，叫柯临仙，武昌镇人氏，在湖北农业学堂上学，去上海走亲戚回来，现在搭船回学校。

中午休息时她出去方便，回来一时迷糊走错了房间，推开门看见屋里坐着几个男子，个个儿剃着光头。柯临仙拿眼瞟了老王一桌，小声说：“他们有枪——我一推门，哗啦啦都掏出来了，一人一把。”

湖北农业学堂，即现在的华中农业大学。1898年，湖广总督张之洞创办湖北省农务学堂。1905年，扩建为湖北省高等农业学堂。几经变迁，1952年由湖北农学院和武汉大学农学院的整体与湖南农学院、河南大学等院校的部分科（系）组成华中农学院。1979年，经批准列为全国重点大学，直属农业部。1985年正式更名为华中农业大学，为综合性大学。

小宝一拍桌子，说他猜得没错，肯定是水贼。柯临仙一听，“啊”了一声，说：“不会吧？那些人不带着好多货吗？”小宝又准备讲自己押镖的事，柯临仙却没再继续说水贼的话题，转而问我俩是做什么的。我不想多解释，说自己是北京的记者，了解到水鬼的传说，就南下寻访，要写成纪实报道。柯临仙微微皱了皱鼻子，说她从小在江边长大，见过水鬼，那些人邪得很。接着她瞪圆了眼睛，要给我们讲个故事——“你们可别恶心。”

她说，前几年武昌水果湖有家卖鳝鱼的，他家的鳝鱼又大又肥，爆炒特别香。有人打听他家的鳝鱼是从哪儿捕的，那人不说。后来，有人给他钱，他就带着去了一个偏僻的江湾，湾里停着几艘小船，船上坐着个老头儿。“这老头儿是捞尸人，就是你们要找的水鬼。那水鬼的船上拴了很多绳子，一拉能看见底下连着一具尸体——烂得脸都没了，嘴巴眼睛就剩下窟窿。”小宝听得入神，问这些跟鳝鱼啥关系。柯临仙说到这里，用筷子指了指桌上的鳝鱼粉丝煲：“这就是养鳝鱼的诀窍啊。尸体里钻的全是鳝鱼，又肥又大——哈哈哈！”小宝丢下勺子，捂起嘴巴干呕起来。柯临仙笑个不停，说小宝胆子小。我呵呵笑了两声，夹起碗里的鳝鱼，味道还不错。吃完饭，我俩和柯临仙在甲板上又闲聊了一会儿才回了房间。

晚上十点多，我叫醒小宝，叫他跟我一起去货舱转转，探下老王的底细。万一他们真是水贼，耽误行程不说，船上动起枪来，可能伤到乘客。货舱里面满满地码着货物，大多是土产、瓦缸、草席之类。正不知道去哪里找老王的货物，小宝突然嘘了一声，拉着我躲到几捆草席后面。我从草席的缝隙向外看去，从外面走来两人，是老王的两个伙计。

二人径直走到货舱角落码着的一堆货物前，掀开上面盖的油布，能看到几十个小木箱。两人检查了一番，又小心翼翼地盖好，边往外走边说话，都是南方口音。一个人说：“王排长说了，这批货在汉口一上岸，就走小路南下，尽快运到前线去，不能耽误。”另一个人说：“我怕出事，听说这里水贼厉害。”第一个声音说：“水贼厉害，我们也不好惹。”二人声音越来越远，出了货舱。

我和小宝从草席后面出来，走到那堆货物前掀开油布一角，木箱上用油墨印着一些德文，我在日本旁听过医科学校，也学过一些药品的德文，认出这是拜耳公司生产的阿司匹林。木箱封装得很严，得起出铁钉才能打开。小宝问我要不要找东西打开。我摇头说不用，这些木箱里都是药，老王一行人应该是当兵的。这时外面突然响起一阵清亮的笛声，音调高低飘忽，起伏不定，听得人心慌。我怕异样的笛声会引起老王那帮人的警惕，急忙盖好油布，带着小宝出了货舱。

1897年，德国拜耳公司的化学家费利克斯·霍夫曼首次成功合成了阿司匹林。这是当今世界上应用最广泛的药物之一，每年的消费量约4万吨。阿司匹林（Aspirin）是拜耳公司的注册商标，在此商标已被该公司注册的国家中，其通用术语为“乙酰水杨酸”。

一上甲板，我们看见柯临仙倚在船头的栏杆上，吹着一支乌黑的短笛。这时天上月色正好，江风吹起她的衣裙，袅袅飞舞。只是这笛声实在不敢恭维，时而尖锐高亢，时而嘶哑低沉，像鬼叫一样。甲板上还有几个洋人机师在喝酒，朝这边指指点点。我故意咳嗽了几声，柯临仙看见我们，放下笛子。我问她这吹的是什么曲子，很特别。小宝小声加了一句："鬼都被吓跑了。"柯临仙瞪了小宝一眼："这不是曲子，我在试笛子。"她挥了挥那根黑色短笛，"这是在上海买到的古笛，我还吹不好，所以声音很奇怪。"柯临仙说自己是学校音乐社的，很喜欢古乐器。

这时船长一路小跑过来，边跑边摆手，到了跟前还没站稳，就用蹩脚的中文说："小姐，现在请不要吹乐器！"说着四处望了望江面，我跟着他看出去，除了远处岸边几点渔灯，什么也看不见。船长站稳，正了正腔调说最近的风声很紧，水贼随时会来，被他们听到笛声就不好了。柯临仙吐了吐舌头，收起笛子。船长摆摆手，又走去把几个喝酒的技师赶回了船舱。柯临仙道了声再见，一溜儿小跑，也回房间去了。

甲板上只剩我和小宝二人，小宝问我要不要再下去看看。我说算了。"当兵的事情，管他干啥——看不出那个老王长得挺憨，还是个排长。"我跟小宝推测了阿司匹林的事，说这些药估计是要送到武昌，再往湖南战场送。

第二天清早，我和小宝还在睡觉，甲板上就热闹起来，有人见到了浮尸。我们来到甲板，看见离船五六米远的江面上，漂着一个人，脸朝下趴着。一个水手找了根长竹竿捅了一下，那尸体渐渐翻转过来，脸上已经没有了肉，露出半边骷髅。小宝吓了一跳，说话有点儿结巴："操……这……这得漂多久啊！"正说着，又是几具尸体漂下来，江水打了个漩涡，这几具尸体就相互碰撞、盘旋。水手一哆嗦，手里的竹竿掉进了江里。人群里有人说了一句："是水贼杀人，水贼来了！”围观的人群登时乱起来。

有人问水贼什么样，一个火炉房的工人，双手拉着脖子上搭的毛巾一抻脑袋，说他见过，厉害着呢。人群围过去，他来了劲儿，像说书一样开始给大家讲，说长江水贼有十八路，最厉害的一路，杀人不眨眼，什么都敢抢，他们有个绝招，叫作拦江绝护网①。“不管你什么船，网住了就完蛋！”

火炉房工人正唾沫星子乱喷地说着，一艘乌篷小船自雾中钻出来，船头站着一个老头儿。围观的人群瞬间安静下来，所有眼睛都盯着看。这老头儿嘴里叼着烟杆，吞云吐雾，上身的短褂打满了补丁，腰间系着稻草编织的围裙，下身穿一条犊鼻短裤，光着腿，打着赤脚。

火炉房工人一拍手：“是水鬼！”我连忙拉住他，问他是怎么知道这老头儿是水鬼的。“水鬼腰间一般都系着稻草裙，你看。”老头儿从船篷里扯出一根长木杆，杆上缠绕着一根麻绳，麻绳在杆头绾了个套，打成一个活结。等小船靠近浮尸，便递出木杆，用杆头的绳结套进尸体的一条手臂，手持的这端绳子一拉，木杆向前一耸，绳结收紧，就将尸体拉近了。接着他把绳子从木杆上解下往船尾一系，又扯出一根麻绳，缠在木杆上绾好结，去捞下一具尸

---

①《济公全传》第一百八十八回写道：“四个人沉身落水，睁眼一看，水寨门以下，当中有拦江绝户网，两旁边有半鱼头的刀轮。要有会水的人，由水面一钻，就被拦江绝户网拿住，要碰到刀轮上，轻则就得受伤，重则就得废命，非得从此走过不去。金毛海马孙得亮明白，他手中使的是一口折铁钢刃，能够斩钉剁铁，孙得亮一看那网，是绒线做的，别说是人，连大鱼都拿得住，孙得亮慢慢用刀把绝户网割了个大窟窿。四个人俱都钻过去，钻上水来露着半截身一看，贴着船往前够奔。”

体。不一会儿，几具尸体都被挂在船尾，好像鱼获一样。小船一转弯，隐入浓雾中①。

小宝用手肘碰了碰我："咱们不是来找水鬼吗？喊住他啊。"我这才回过神来，说这哪儿还喊得来，至少是当面见到了才好说话，等我们到武昌再说。船上的乘客见不是水贼，都松了一口气，闲扯一通就都散了。我和小宝一转身，看见船长站在栏杆前抽烟斗，愁眉不展，见我们走去，他叹了一口气："有水鬼的地方，水贼就不远了。"说完转身走了，边走边摇头。

傍晚，天阴沉下来，转眼下起了大雨，一片黑茫茫的雨幕，分辨不清哪里是天，哪里是水。看了一会儿，就会产生幻觉，觉得水是从江里倒飞入天上，十分神奇。突然船尾处传来"砰"的一声枪响，有人喊："有水贼！水贼上船了！"往船尾一看，一群黑衣人扒着船舷爬上甲板来，正从舷梯往底层的货舱去。我和小宝跑过去，从舷梯上往下看去，老王和他的伙计也在货舱里，和黑衣人一伙乒乒乓乓互相射击，货舱里的瓦罐、草席被打得千疮百孔。

两边火力太猛，我正准备拉小宝往回撤，远远看见柯临仙跑过来，外套都没穿，上身只穿了一件短袖的小衣服。她问我俩水贼在哪里。我一把拦住她，让她赶紧回房间，太危险。柯临仙听了我的话作势要往回走，但还一边探头往下层看。这时一个黑衣人突然攀着舷梯栏杆蹿上来，向她扑去。我喊了一句小心，柯临仙吓得两手

①捞尸人，是一种古老的民间行业，不为大多数人所知。他们在江河里打捞溺死人的尸体，然后索取一定的报酬。一些慈善机构和组织捞尸人打捞无名尸体，埋入义冢。比较有名的是黄河水鬼的传说。2009 年，捞尸人挟尸要价，重新走入大众视野。

乱挥，那黑人踉跄了几步，倒在甲板上。小宝感到惊讶，柯临仙居然会功夫。这时那黑衣人趴着呕吐了几下，小宝上去踢了一脚，明白了刚刚的情形，笑说怎么水贼也晕船。柯临仙拍了拍手，哈哈地笑出声来，一低头，发现自己只穿了小衣，“啊呀”一声跑了。

船长带着一队水手加入战斗，枪声响成一片，甲板上的人跑得干干净净。奇怪的是，上了甲板的黑衣人并没有开始四散抢劫乘客，全堵在货舱口。从舷梯上能看到老王的人都亮了枪，分成两队人左右夹攻黑衣人，还留了两人死死守着那堆药品。这时候有人吹响了哨子，黑衣人纷纷往船尾撤退，顺着绳子滑到小船里。他们只抱走了一箱药品，那个晕倒的黑衣人听见哨声爬起来就跑，我和小宝都没反应过来。不一会儿，除了被打死的，船上的黑衣人撤退得干干净净。

柯临仙又从房间里出来，这回穿戴整齐，神色笃定地说：“这些穿黑衣的不知道是什么人，但一定不是水贼。”小宝问她怎么知道，她眼睛一瞪：“你刚才没看见？水贼怎么可能晕船！”

货舱传来一阵枪声，一个落单的黑衣人，手里抱着一箱药品，被持枪的水手堵在舷梯口。老王带着人跑过去，一边大喊：“别开枪，抓活的！”突然一声爆响，水手打中黑衣人手里的药箱，药箱摔在地上，一股绿色的烟雾从药箱缝隙飘出来。大家看见怪烟，都本能地退散开，远远地看着。黑衣人忽然连声喊叫起来，扔了手里的枪，双手捂住脸，栽倒在地上翻滚。

等绿雾散尽，老王一摆手，一个伙计冲过去抱回了药箱。透过散架的木板，我看见箱子里面装的不是药瓶，而是一个个小铁罐。那个黑衣人早就没了动静，脸上、手上密密麻麻地鼓起水疱，慢慢涨大。过了一会儿，脸上、手上的皮肉都已经烂掉，有的地方甚至露出了白骨。船长用长枪挑开他的黑衣，只见他里面穿的是北洋军的军装——是政府军。

当时北洋军的装束，领口和纽扣很容易识别。

水手们都拿枪指着老王，要他交代箱子里装的是什么毒物。老王一声不吭，他手下的人也都举起枪，和水手对峙。船长挥挥手叫水手都收了枪，放老王他们走。老王一伙人进了货舱，守在那批货旁边。

1915年，第一次世界大战，德国在小镇伊普雷释放毒气弹，开启了毒气战的序幕，随后协约国也制造毒气弹反击。整个战争期间，双方一共使用了45种毒气，约12.5万吨，造成了100多万人的伤亡，其中1/10死亡。图中为堆放在战壕里的毒气弹。

回到房间，小宝问我那妖雾是什么玩意儿，怎么这么厉害。我觉得可能是毒气。我听说这玩意儿是洋人制造的，这几年欧洲大战，报纸上经常提到毒气弹，没想到竟亲眼见了一回。我和小宝去找船长，告诉他这个猜测。

这个英国人宁可息事宁人。他已经安排了水手监视老王，只要船上不出事，下了船就跟他没关系。“你们中国人之间的事，我不想管。”他说自己在欧洲战场经历过毒气战，“三年前，该死的德国佬第一次使用毒气时没人知道那是什么，后来我们也制造毒气去报复。”

暴雨一直下到半夜，天上起了雷电。因为傍晚的意外，乘客们都躲在房间里。我和小宝在房里睡觉，迷迷糊糊间，船摇晃得有点儿吓人，我俩的行李在地上翻滚了老远，小宝又是一阵干呕。我突然听到一阵猛烈的汽笛声，船似乎在急速转弯。我披上外套跑上甲板，只见客轮行驶在一段两岸较狭窄的河段，水流湍急。江面不远处驶来一艘大船，船上矗立着巨大的烟囱。

这时，响起了紧急的电铃声，船长带着几个水手跑进驾驶室。没多久，客轮掉转了将近九十度，船身倾斜得我几乎站立不稳。暴雨中，客轮上的红绿灯狂闪，再三拉响汽笛，向对面的大船发出警告。

乘客们纷纷扶着舱壁出来，想弄清楚发生了什么事。柯临仙也跑上了甲板，双手抓着栏杆张望。军舰的铁甲船头越来越接近。这时一道闪电劈下来，我看见军舰上印着两个大字：楚材。这船我在报上看到过，是艘军舰，段祺瑞南下的护卫舰。

柯临仙跑到船头看了一会儿，大声喊道：“不好了，这大船是

1918年4月25日，段祺瑞在汉口召开了两湖将领参加的"群英会"。在会后当天下午，段祺瑞与其随从乘坐楚泰轮东下九江，军舰"楚材号"尾随护航。

故意要撞我们！"我一愣神，再看，楚材舰的船头仍在逼近，却丝毫没减速。我们的船身刚转过一半，楚材舰就拦腰撞了上来。一声巨响，我脚下一空，飞了起来，然后被翻动的船身抛出了栏杆。情急之下，我伸手抓住栏杆，身子悬在半空中。柯临仙摔倒在甲板上，还没站起来，又被抛起，掉进江中，转眼不见了身影。船上灯光全灭，甲板和船舱里惨叫声响起一片。

小宝蹲在已经倾斜成坡的甲板上，稳住身子，慢慢移到栏杆边，奋力将我拉上去。船体倾斜，江水开始漫上甲板。楚材舰撞击"江宽号"之后，调整方向，继续前行。"江宽号"船长指挥水手放救生艇，所有人都拥到了栏杆边。这时，不远处驶来一艘小汽轮，船长和水手们扬起求救的旗子，小汽轮很快转向，靠过来救人。

小汽轮停在距我们几米远的水面上，船长安排人放下几排绳索，让乘客顺着绳索跳到汽轮上。老王一伙人突然冲出来挤到最前面，抢过绳索，一个个扛着药箱登上汽轮。一个水手上前阻拦，老王大骂一声，照水手脑门就是一枪。十几箱毒气瓶很快转移到小汽轮上。他跳上小汽轮，一枪打死驾驶员，自己发动了汽轮，渐渐远离“江宽号”。这时“江宽号”中间的锅炉房炸了，爆响的瞬间火光冲天，碎片四溅，整艘客轮从中间开裂，船尾渐渐翘起来，人们纷纷滑落到水里。我和小宝急忙往船尾跑去，抓住船尾的栏杆，慢慢地被翘起的船尾升到半空中。

汽船是以蒸汽为动力驱动的轮船。它最早成功试航于19世纪初，是工业革命的产物。图为民国中后期的汽船。

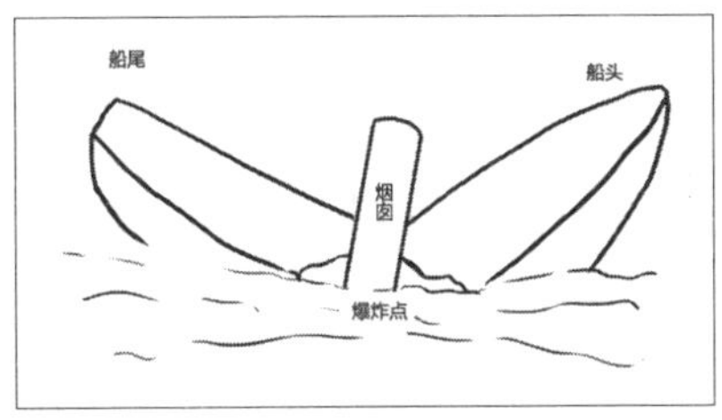

金木手绘示意图，“江宽号”锅炉房受撞击爆炸，船从中间断开，陷入水中。

此时天空乌云低沉，大雨滂沱，不时划过一道闪电。闪电照亮整个江面时，我在高处向下俯瞰，江面上人头攒动，在水里挣扎着，喊声震天。船体彻底断成两截，往江水里扎下去，船头、船尾高高翘起，甲板上的人噼里啪啦掉进江里，我看得头皮一阵阵发紧。翘起的船尾越来越接近水面，如果我们随着一起入水，肯定游不出船体卷起的漩涡。

江水中漂过来一块船板，我看向小宝：“咱们跳吧。”小宝满脸苍白，看了看江面：“你跳我也跳！”说完，我们先后跳进江里，我一把捞住那块船板，小宝拉住我的一条胳膊，一起漂浮在江面。江面上满是扑腾的船客和遇难者。江水冰冷，我的牙齿很快上下打起战来。小宝的脸从苍白变成了铁青。我又给小宝捞了一块木板，我俩抱着木板一起被江水推来送去。

过了五六分钟，我们前面出现一艘小汽轮，正是老王他们抢走的那艘。可能是因为水面漩涡太大，他们开了半天还没走远。我和小宝拼命游近汽轮，扒着船帮翻了上去。船上坐的满满当当全是老王的人。老王一见我俩，伸手就掏枪。我铆足劲儿一拳捶在他的鼻子上，打出血来。老王怒吼一声，大力撞过来，我体力不支，被撞得腾空飞起，砸在另外一个人身上，浑身像散了架一样痛，一时动弹不得。小宝摇摇晃晃，被几个人围住，一点儿施展不开。老王转身一拳打在他肚子上，小宝顿时像虾一样拱起了背，呕吐起来。老王抹了一把鼻血，掏出枪指着我俩："妈的，送你们喂王八。"

这时传来一排枪响，是对面扫来一片子弹，噼里啪啦打在船帮上，老王赶紧蹲下。我抬头一看，几十艘小艇向汽轮包围过来，每只小艇上站着几个黑衣人，黑衣人身后站着几个穿军服的，人人拿着手提机关枪。我俩这是搅和进了政府军和南方军的前线战，

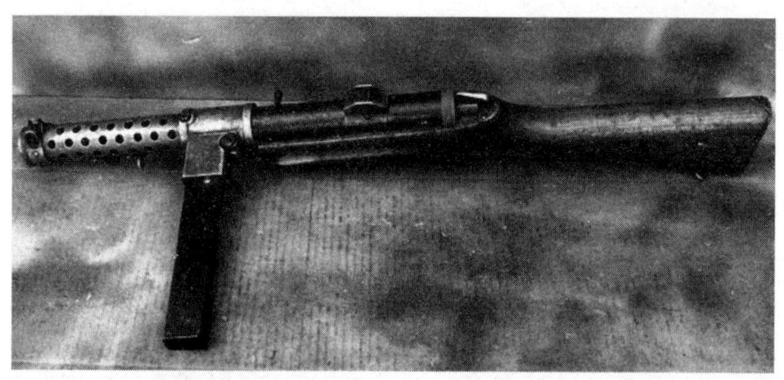

手提机关枪，又叫花机关，是指德国MP18/28冲锋枪，正式的叫法是"白格门手提机枪"，汉阳兵工厂曾仿制了许多。

往哪边跑都是死路。

老王一伙顾不上我们，向船外还击，更多的子弹打进来，船身的碎屑乱飞，又有几个人倒下。小宝本来被几个人押着，反而因祸得福，那些人替他挡了子弹。我躺在船上，一动也不敢动。这时一个榴弹丢进来，冒着烟打转，老王大骂一声，弯腰去捡。只听轰隆一声，榴弹在船头就爆炸了，老王粉身碎骨。堆在船头的几箱毒气被轰漏了几罐，刺刺冒出绿雾。我大喊了一声："跳船！"同时翻身滚下水，小宝也纵身一跃跳进江里。老王的手下还剩两个人，他俩冲到船头拿着枪乱射，马上就被打死，倒在绿雾中。顺着爆炸激起的浪，我和小宝在江面漂了老远。黑衣人没工夫理我们，减下速度，慢慢靠近汽轮。他们的目标，应该是剩下的几箱毒气。等到汽轮周围的毒气散尽，小艇贴上汽轮，几个黑衣人跳了上去。

水靠是古代的紧身潜水衣，质地为绸布或者鱼皮，多为深色。《彭公案》第三十九回里写："从那边跳过一人，年约六十以外，头上戴的分水鱼皮帽，日月连子箍，水衣水靠，足下袖靴，手中擎着一对分水纯钢峨眉刺，跳过这边来说：'闪开！待我结果他的性命。'"图片来自《天工开物》。

这时，空中炸开一团烟火，照亮了半个江面。十几艘木制快船从江岸向我们飞速驶来。当先一艘船上，一个女孩亭亭而立，穿着紧身的鱼皮水靠，身背长枪，手持双刀。黑色的帽檐儿下，露出一张熟悉的脸，两眼亮晶晶的，正是之前落水失踪的柯临仙。

黑衣人将船队结成阵，开枪射击。柯临仙的船队丝毫不减速，顺着江水风向，越来越快，向黑衣人船阵冲去。柯临仙身后，不断有人中枪落水，可是她仍旧直直站着，一动不动。整个船队像一支飞箭一样，插入黑衣人的船阵。柯临仙一马当先，跳到敌人的船上挥刀砍杀，跟随的人也呼啸着跟上。我和小宝强撑着泡在水里，目睹了一场跳帮战[①]。

黑衣人只抵抗了一分钟不到就崩溃了，有的掉转小艇要撤，却被人从后面包抄。柯临仙将食指和拇指放进嘴里，打了个呼哨。前去包抄的船上闻声扯开一张黑色大网，网绳手指般粗，网眼碗口般大，不知道是什么材料做的。大网将逃走的黑衣人连小艇带人网起来，然后快船上丢下几个大铁锚，每个铁锚都坠在黑网一角。随着铁锚沉入江中，黑网收紧，小艇上所有人登时成了瓮中之鳖。柯临仙身后的一个光头，捡起一把手提机关枪，朝网内一阵扫射，把里面的黑衣人和当兵的打成了筛子。我和小宝终于扛不住，四肢麻木了，浑身没了力气，渐渐往水里沉去。

我在水中依稀看见身穿鱼皮水靠的柯临仙，就像一条无鳞的大鱼一样，顺滑地游过来。她一弯胳膊，从后面勾住我的脖子，在水里一翻，又抓住小宝的领子，开始往回游。醒来的时候，我躺在床上，感觉不到波浪的摇晃，应该已经在陆地上了。一抬眼，柯临仙笑眯眯地看着我，已经恢复了学生的打扮。身后站着那个用机关枪杀人的光头。柯临仙告诉我，这是在汉口乡下的村里。小宝也安然无恙。

---

①跳帮战，又叫作接舷战，是风帆战船时代的海军古老战法。两船接近时，战士利用跳板、荡索或攀爬的方式，登上敌船进行白刃战。

原来柯临仙才是真正的水贼，而且还是祖传水贼[①]。柯家祖上在明朝时期，已经是独霸长江的大水贼，明隆庆二年，为湖广佥事徐中行提兵歼灭。但是百足之虫，死而不僵，柯家宗族仍在，他们改姓为陈，隐居下来做了渔民。一直到清末，天下大乱。柯临仙的父亲恢复柯姓，带领宗亲重操旧业，如今已经隐隐有称霸长江之势。父亲前年死后，柯临仙女承父业，居然巾帼不让须眉，把水贼的事业经营得有模有样，队伍更加壮大。

墨西哥银圆，又叫作“墨银”或“鹰洋”，后讹为“英洋”。是指1821年墨西哥独立后使用的新铸币，它是从1823年开始铸造的。鹰洋大体分为两种，1897年以前的花边鹰洋和1898年以后的直边鹰洋。晚清民国年间，外国银圆输入中国者，属墨西哥鹰洋最多。据1910年度支部调查统计，当时中国所流通的外国银圆约有11亿枚，其中有1/3是墨西哥鹰洋。

这次柯临仙在上海就探知，有一批银行的鹰洋要运送，十二箱足足八万块，于是跟上了船。后来发现洋行商人带了一批药品，也非常值钱，就想一并抢了。那天中午走错房间，其实是她故意的，目的是试探一下他们的武器火力。

说到这儿，柯临仙忽然笑了：“火力倒不怕，却怎么也没料到有人撞船。”我问她那天晚上在船头吹笛子，是不是也是故意的。她说那是在向手下传递信号，每个音符高低长短组合，就是一句话，说完一叹气：“这次真是倒霉，船被撞沉了，不

①万历年间，湖北武昌地区的柯家，官府视其为盗贼。明末人魏大中记载：“长江巨浸，易以薮盗，柯陈诸姓，介兴，瑞而自雄楚，非无事之国也。”又：“武昌，省会傍江。盗每乘夜入劫，即逸入江，江行倏忽。至兴，瑞间，即界居两省，柯陈十二姓薮盗万山中，莫可踪迹，而楚之兵政尤废，无标兵。”由此可知，以柯家为首的十二姓聚居于湖北的蕲州、广济、兴国与江西的瑞昌之间，他们沿长江上下劫掠，往来飘忽，难以追缉。

仅八万块鹰洋没了，那几箱药还变成了毒气。”身后那光头说：“小姐，看那些当兵的不要命地抢，那些毒气罐肯定更值钱。”

昨晚撞船的军舰“楚材号”，正是段祺瑞的军舰。黑衣人里头穿着北洋军军装，老王恐怕是南方军阀的人。至于这批毒气，来源就不得而知了。先是争夺毒气罐，紧接着军舰就来撞船，看来并非意外。

我翻身下了床，点上烟抽了几口，说：“毒气这东西，就是用来杀人的——要不毁掉，你看怎么样？”光头“哎”了一声：“那哪儿行？这是兄弟们拿命换来的，我们一分钱都没捞到！”柯临仙一摆手，光头没再吭声。她冲我点点头：“南军偷运毒气，肯定是往前线送，接着政府就开军舰来撞。大仙儿斗法，我们还是不要掺和了！”说完，她转身进了里屋，拿出张报纸：“事情已经闹开了，但报上说是意外撞船。”

二十六日汉口电云，招商局江宽轮由沪来汉。昨夜八时三十分，驶至距此十里之刘家庙外，为楚材炮船所撞，于五分钟内沉没。

楚材炮船乃载段总理由汉赴浔，因受损即折回。江宽轮搭客一千余人覆顶，亦有客货一千五百余吨沉没。

撞船之时，锅炉爆炸，水门大开，立时沉下，哭声震天。有以救命圈游至，欲抢上兵船者，兵船以枪弹严拒，驶行不顾。

招商局接亚细亚公司电话，即派船驰往救援，同慈善会及各善堂借得救生红船十余号，竭力打捞尸身，拍照收殓。

又闻江宽船长之尸身已于一日捞获，由官场验明溺毙无讹，随后即于二日在汉口安葬。

——《申报》1918年5月3日

不一会儿，有人将小宝送来。他倒没大碍，就是跳船时磕了一下胳膊，现在吊在胸前。

两天后，柯临仙带我和小宝去了水边一块河滩。岸边早已垒起一个火窖，一个穿着西装、戴眼镜的老头儿，正指挥众人把装着毒气罐的木箱，一箱箱小心地丢进去。柯临仙问他："老师，这样能行？"老者拍拍胸口："包在我身上。这种毒气遇到高温会变质，毒性就没了。唯一棘手的是密封铁罐，会炸开。现在修一个火窖，在里面烧毁就万无一失。"

柯临仙在地上揪起一撮草叶抛向空中，草叶迅速被风带走："我们站在上风口，应该没事。"老头儿点点头。柯临仙划着火折子，丢进窑口，火苗从窖口蹿出来，不一会儿，里面发出噼噼啪啪的爆响，却没有可怕的绿雾飘出来。我问柯临仙这个老头儿是谁，柯临仙介绍说老头儿是她学校教化学的教授。小宝瞪大了眼睛："你真的是大学生？"柯临仙说："对呀，这还有假？谁说学生不能干其他的？以后说不定我还要去北京上学，到时候找你们玩。"

第二天，我和小宝向柯临仙告别。她拍拍手，光头带了一个老头儿进来，我一看，正是那天早上在船上见到的水鬼。柯临仙说："你们不是要找水鬼吗？我帮人帮到底，给你找来了，等会儿你们坐他的船出去，要不然会迷路。"我们乘坐老水鬼的船，绕了不知多少个弯，才回到长江上。老水鬼一边划船，一边给我们讲捞尸的事情。"你可以看浮尸是脸朝上还是脸朝下，朝下就是男的，朝上就是女的。"说着，他指了指前面。是个大漩涡，好多尸体都聚在那儿。手指的方向，一个小山丘一样的东西，在那里缓缓地打旋。等船靠近了，我仔细一看，不禁头皮发麻。这座小山，正是撞船那晚，被黑网网住的黑衣人一伙。他们被打死后，连船带尸体被黑网裹着，顺江流下，像一座漂浮的冰山。老水鬼看了，嘿嘿一笑说道："拦江绝护网！"

阳逻培心善堂始建于1848年，1957年结束，存在百余年。它的主要任务是江上救生和打捞浮尸，以及对浮尸进行善后处理。此外还办有"培心堂义学""培心堂义园"，济贫惜苦，是阳逻地方唯一的慈善事业机构，在群众中有深远的影响。

在阳逻上了岸，老水鬼将泡尸水的秘方给了我，我向他道谢，老水鬼却不以为意："我现在有养老的地方了，这些都是身外物。再说你是柯家小姐的客人，她的面子还是要给的。"原来老水鬼现在入了培心善堂，在江上捞尸，领着一份薪水，然后再埋葬进义冢，许多无名漂尸不至于变成孤魂野鬼，算是为晚年行善积德。我问他："听说你们用尸体养黄鳝吃，是真的吗？"老水鬼憨厚地笑了："那是吓唬人用的，人家觉得我们晦气，就不来找麻烦了。其实老儿我最喜欢吃的，是热干面，淋上麻酱，那才叫香！"

本故事整理者：桃十三

第65案

哑巴寒潭沉马骨
金木大战杀人魔

祇聽長嘶一聲。黑漢所牽棗馬轟然倒地。馬項繃緊。四蹄踢踏若癲狂未幾。氣絕。鄰馬受驚焦躁。響鼻退避。以蹄跑土。栗駒韁繩在喉。引項向前。若不顧命。以趨母馬。徐林豐自壁上取馬鞭笞之。馬身立見血痕十數道。非毋余力止之。恐有性命之虞。馬駒戰栗。頸後鬃辮亦為之觳觫不止。徐林豐嘗曰。無用的行

金醉注：其中“以蹄跑土”现代汉语中实作“刨土”。

案发地点：上海卡德路（今石门二路）
案发时间：1918 年 11 月
记录时间：1919 年 1 月

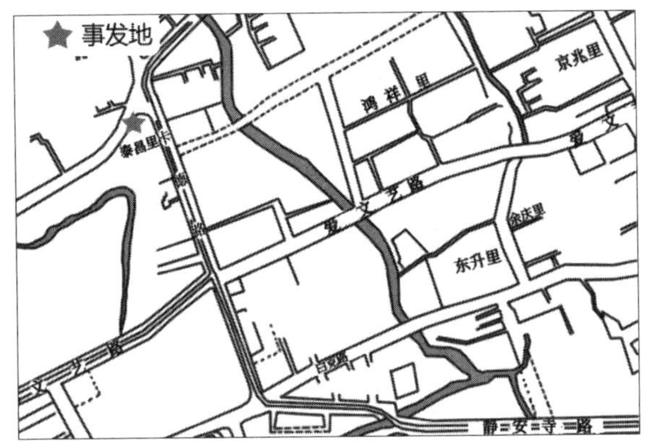

去年（1918）11月17日上午，我与小管在上海海宁路一家甬帮菜（宁波菜）馆见面。他是丽水人，比我还大一岁，但长着张娃娃脸，小头、小手、小脚，大家都叫他小管。小管是我在《申报》的老同事，以前经常跟我一起跑新闻，交情不浅。

小管比我早到，坐在二楼楼梯的拐角位，耷拉着脑袋叹气，脸上胡子拉碴，两条粗短的眉毛快皱成两个圆点。一见我，他连忙吐掉嘴皮上的茶叶末儿，站起身，勉强挤出笑容。

伙计手底下勤快，我上楼坐下的工夫，已经沏好了新茶。我和小管寒暄了一会儿，菜也上齐了。一盘炒蛏子、一盘海瓜子，中间放着一个大白瓷盆，里头盛着雪菜大汤黄鱼，正往外冒热气。小管连汤带肉往我碗里舀了一大勺，说这顿他请客。

我边吃，他边给我讲事情的来龙去脉。

去年年初，小管辞了职，和一家书局的朋友合力办了个小报，叫《沪上潮》，专写上海的奇闻逸事，尤其是社会各界的黑幕和丑闻。

小管赶上了好时候。

这两年"黑幕小说"[①]是香饽饽，上到《申报》《时事新报》，下到《沪上潮》这种小报，都开辟了《黑幕征答》专栏，向读者重金征集揭露社会各界阴暗面的素材。"黑幕小说"有一个规律，故事越是离奇龌龊，卖得越好。人人都想争分夺秒，趁热潮狠狠捞上一笔。

小管咽下一口汤："全上海只要认个字的，都给报纸投过稿。"

在这个节骨眼儿上，《沪上潮》最当红的黑幕作家卢天方却突然死了。小管着急找我来就是为这事。

卢天方有个怪癖，交稿爱找人多的公共场所，说是怕被跟踪。十天前，卢天方和小管约好见面交稿，地方定在静安寺路的跑马厅。小管说那天他是"额角头碰到棺材板"，倒了大霉。

1850年，英国商人霍格等五人组织在上海跑马总会，开发跑马场。后三易其地，最终以低价购进泥城桥以西土地（今南京西路、西藏路、武胜路和黄陂路四条路所围成的区域），辟筑了号称远东第一的上海跑马厅。图为清末发行的上海跑马厅明信片。

他到跑马厅时是下午一点半，正好赶上开赛，几个出入口的铁栏杆前人头攒动。小管倚着大门站了不到一刻钟，卢天方还没见着，钱包就被挤没了。等天黑赛马结束，人潮散去，卢天方仍然没出现。小管兜里一个铜

①黑幕小说：1916年9月，上海《时事新报》开辟《上海之黑幕》专栏。该专栏向社会悬赏，征集揭露上海各界罪恶的文章，揭开了"黑幕小说"的狂潮。1918年，《绘图版黑幕大观》一书正式出版，黑幕文学达到高潮，大有走火入魔之势。此后，因受文化界大力批判，黑幕文学渐渐衰落。

钿也没有，报馆在老北门，他是走路回去的。

第二天，小管给卢天方的家里打电话，没人接，他心里有点儿慌。卢天方和其他作者不同，交稿一向准时，绝不会玩失踪闹消失。一打听，报馆里没人知道他住哪儿。小管等了几天，去报了警，又等了几天，没有任何动静，卢天方真的消失了。

昨天小管接了个巡捕房的电话，卢天方找着了，尸体被扔在卡德路泰昌里的一个垃圾堆里，离他的住处不远。

发现尸体的是个清道夫。有居民抱怨垃圾堆发臭，他推着车过去清理，走到垃圾堆前，看到上面爬了一层黑苍蝇。他驱散苍蝇，一铲子下去，垃圾的缝隙间露出一只人耳。警察在尸体身上找到了小管的名片，联系了他。

“警察说是被勒死的。尸体都发臭了，死了至少有十来天。”小管叹了口气。

卢天方死后，小管发现了一件怪事，他连载的新章节稿子不见了。尸体上、卢天方家里都找过，连一页稿纸的影子都没有。卢天方向来有存稿，这不正常。

“老金，破案是巡捕房的事，但你得帮我找到稿子，报馆的存稿已经快用完了。”

《沪上潮》的读者一大半是冲着卢天方的连载小说买的报纸，除非找到合适的作者接替，否则一旦开天窗[①]，《沪上潮》就玩完了。

卢天方住的泰昌里租金不菲，报馆在他身上没少砸钱。小管

---

①旧时报纸新闻被当局检查删除，已排定的版面被挖空成白，称为“开天窗”。

从桌底提起一个四角磨白的皮箱递给我，里头是卢天方的全部家当，接着又塞给我一个厚厚的牛皮纸袋，袋子里装着一沓报纸，是卢天方大半年来连载的小说。

“房东一听死了人，怕沾晦气，当天就把卢天方的家当塞进皮箱，连同铺盖卷扔出门外，连一把皮质躺椅也不要了。卢天方在上海没亲没故，皮箱被我领了回来。”

吃完饭小管结了账，走到酒楼门外，我点了根三炮台给他，他摆摆手没有接，嘴巴半张开又合上，两只小手来回搓，好一会儿才慢吞吞地说：“我老婆刚生，最近手头有点儿紧，老金你看方不方便……”我没等他说完，便翻腾口袋，留下十块洋钱，把其余四十块钞票一卷，塞到他手里。

小管接过钱，勾着头，再三保证在我回北京前一定归还，说完就告辞了。我记得以前《申报》聚餐，小管出了名能吃，掏五角洋钱的份子，少说也能吃回去一块五六角。他做事还真从来不蚀本。

晚上回到家，我把报纸上卢天方正在连载的小说仔细读了一遍。小说标题叫《无法满足的男人》。主人公侯某是个冒牌花花公子，纵欲好色，有十八个情妇，喜欢变换场所交合。粗看故事极其艳俗，满纸情欲，没有一处正经话；看久了，却发现细节各处都有现实可循。

比如有一回，侯某和他的第九个情妇在闹市区的一个寺庙里交合，正在兴头上，突然传来僧人打麻将的声音。这事是真事，《申报》上个月登过。龙华寺借庙产之便，在市区圈地倒卖，部分僧人沉迷享乐，住持终日闭门，别人以为他参禅打坐爱清净，结果是个麻将迷。

中國黑幕大觀

梁財神之神通二
梁財神之神通三
兵團議院
五國銀行團之大借款
條約之秘密簽字
殺雞嚇猴之手段
解散國民黨之辣手
吾家之子房
他謂人父
總長貴壻之滾蛋新法
椿樹胡同秘密賣淫案二
椿樹胡同秘密賣淫案一
屬員面訴上官
世家奸殺巨案一
世家奸殺巨案二
穆如清風之賭業

目錄

民国黑幕小说各式标题

卢天方并非无中生有，而是借奇情故事的壳，影射行业黑幕，几乎每一篇故事都能找到对应的现实事件。以前在《申报》听过，有记者揭了工厂的短，遭报复被毒打。

卢天方的皮箱里除了随身衣物，还有不同跑马场发行的马票，以及大量跑马相关的剪报，上头还写有笔记。小管提过，卢天方爱赌马，警察在尸体的上衣口袋里还找到了马票。最新的故事背景也设在一个跑马场里，侯某抢了一个马场老板的白俄情妇，两人要去马房交欢。

第二天，我去了静安寺巡捕房。

我给一个穿深蓝色哔叽的红头巡捕（印度巡捕）塞了一盒烟，烟盒里还夹了两块钱，拿到了卢天方尸体身上的马票。

马票一共五张，全是香槟票，油墨较浅，纸质也比西人跑马厅的粗糙，上头没写跑马场的名字。找懂马的朋友一问，这些香槟票不是正规马票，是一个地下跑马场的。老板叫徐林丰，行事神秘，不爱和生人打交道。

跑马厅除了每期赛马日的彩票，还在春、秋两季各举行三天香槟大赛，发售香槟票。其中能中得头彩巨奖的是A字香槟票，仅马会会员可购买，其他人想买需委托会员代购。图为上海跑马厅发行的各类赛马彩票。

两天后，在这个朋友的指引下，我来到杨树浦的周家浜。徐林丰在杨树浦的周家浜填地四十亩，修了跑道、马棚，搭了看台，养了七八匹马，还从江湾跑马场挖了几个骑师。

我联系上了徐林丰，谎称自己做马匹生意，手上有几匹蒙古马。徐林丰答应见面，派了个伙计在杨树浦码头接我。

马场一带是水田，四面有芦苇荡环绕，去马场的一路上都是齐人高的芦苇荡，风一吹，芦花迷眼。我穿皮鞋走不快，一脚深、一脚浅。伙计拨开芦苇，领我左拐右拐，不一会儿我就转晕了。走到马场近处，人声嘈杂，脚下也平坦了许多。

清末商人叶贻铨因几次去上海跑马厅参赛，均遭洋人奚落、拒绝，遂决心建造中国人自己的跑马厅。于1911年在今武川路、武东路地区建成江湾跑马厅。

伙计指指不远处的铁制大拱门，说到了。我一抬头，大门上嵌了两块马蹄状的黑铁，顶上写了“徐氏跑马场”几个大字。门口的售票处排着长队，闹哄哄的，队伍里大多是码头工人，穿对襟的哔叽长衣裤。有个工人拉着一个女人的胳膊，女人边走边哭。

上海码头工人

伙计到售票处给我领了两张香槟票，说是徐老板的意思，图个彩头。香槟票和卢天方身上的一样。

“这群穷鬼，为了你这两张香槟票，老婆孩子都能拿来卖。”伙计指指队伍里带妻女的工人。那些工人看向我们这边，眼睛都死死盯着我手里的马票。

伙计告诉我，春天马场刚开业时，免费给附近的码头工人送过马票，工人得了便宜上了道，根本停不下来，说完看看我，有点儿不好意思，说：“金先生跟他们不一样，您是徐老板的贵客。”

正说着，一个穿灰布褂子的男人爬上铁制拱门，横跨在顶上，一边一只脚，晃在“徐氏”两字之间。“我中的是香槟票！我要兑奖！给钱！”灰褂子边嚷嚷边晃着手里的马票，威胁说不给兑奖他就跳下来。

四周的人看热闹，有个老头儿冲他喊：“跳啊，跳下来也死不了。要跳去跳黄浦江，那底下鬼多，还能有个伴儿。”人群跟老头儿一块儿笑了会儿，慢慢散了，排队的排队，进场的进场。

我愣着问伙计：“他真中了？”伙计摆摆手，说灰褂子的马票是假的，他早就输得精光，上个月把老婆抵押了，现在隔三岔五要跳楼，大家都习惯了。

拱门顶上的灰褂子越说越激动："你们这帮傻佬！姓徐的有黑幕！你们的发财梦要完蛋了！"伙计听他说得越来越不像话，阴沉着脸，有两个伙计上去拉他，一时又够不着。

跑道边过来一个壮汉，个子不高，牵着一匹枣色的马，身形不大，是匹母马。壮汉皮肤黝黑，一身深棕色短打，脚上还套了马靴，走路有点儿罗圈腿，不是骑师就是马夫。伙计们见了他，转过来对他点头哈腰。

民国汉口跑马场的马夫

汉子比了个手势，几个伙计抓来一根竹竿，对着拱门捅，灰褂子跌到地上，膝盖手肘都蹭破了皮。伙计们一拥而上，拽着他胳膊拖出门，他嘴里还在嚷嚷："还我老婆！还我老婆！"灰褂子的中奖马票掉了，我拾起一看，上头确实有黑笔涂改的痕迹。

黑汉子朝我走来，牵着的母马无精打采，他扯一下缰绳，母马往前迈一步。走到跟前，我见母马眼珠子发浑，喷着响鼻，问黑汉子："这马病了？"他没搭话，冲伙计比画了几下。伙计点点头，转身告诉我徐老板让我去马棚等他。汉子牵马走在前，我和伙计跟着他。路上伙计小声告诉我，田哥不会说话，是个哑巴。

马棚在马场北面，搭棚的木头纹理粗糙，没经过处理，棚顶的干草铺得相当杂乱，一股浓重的马粪味扑面而来。

马棚一面被隔成五间，另一面被隔成三间，最里头还放着几个大铁笼子，不知是做什么用的。六七匹马在马棚里站着，埋头咀嚼干草，背上的盖毯晃来晃去。马夫站在一边，懒洋洋地打着哈欠。

马棚

其中一匹小马驹皮色油棕，背上没有盖毯，它吃着吃着，精瘦的屁股缝里掉下几疙瘩马粪。马夫眼睛一亮，像见了宝贝，三两步过去用叉子捡到竹篓里。这时身后传来一个声音："据说好马有五美——兔子的头、狐狸的耳朵、鸟的眼睛和脖颈、鱼鳍一样的脊背。金先生，你看我的马如何？"[①]

我一回头，是个穿白西装的男人，年纪大约四十来岁，梳着背头，每走一步，锃亮的白皮鞋都会反光。伙计低声说："这位就是徐林丰徐老板。"

来之前懂马的朋友叮嘱过，最近市场稀缺蒙古马，不管徐林丰问什么，往蒙古马上套就对了。我随手指了一匹："你的马太瘦

①伯乐的《相马经》中，将好马的标准定为："得兔与狐，鸟与鱼，得此四物，必相其余"。好马的头像兔子，耳朵像狐狸，脖颈和眼睛像鸟，背脊像鱼的鳍。

了，肯定不如北方的蒙古马能跑。”徐林丰点点头，右手一拨西装的下摆，腰间拴着一串钥匙，用草绿粗绳系着。他的手捻动其中一把钥匙，那钥匙形制普通，上头沾有一块显眼的黑色污渍。

突然一声嘶鸣，“砰”的一声，黑汉子牵的枣色母马倒在地上，脖颈紧绷，四蹄疯狂抽搐，几下就断了气。其他马受了惊，焦虑起来，不停喷着响鼻，前蹄使劲儿刨土，身子往后缩。油棕色小马驹最激动，伸直脖颈，拼命扯动缰绳，想要靠近母马——死去的可能是它的母亲。

当时上海赛马场所用的赛马多为适应中国环境的蒙古马。蒙古马骨骼结实，肌肉发达，虽不善跳跃，但不易得内科病，运动中不易受伤，且体力恢复快，耐粗饲，不易掉膘。

徐林丰从墙上取下马鞭，狠狠抽打小马驹，被打到的地方立马多了几道血痕，要不是我拉着，他下手只会更重。小马驹身子发抖，背上鬃毛打成的辫结被抽得一甩一甩。徐林丰骂了句“没用的东西”，扔掉马鞭，擦干净手，喊来几个年轻伙计把死马拖走。

小马驹蹬直了腿，黑汉子紧绷着脸，上前按住它，轻轻顺着马颈往下摸，小马驹慢慢平复下来。黑汉子头勾得很低，我经过时，他抬头看了我一眼，眼睛泛红。

看台的方向传来摇铃声，徐林丰拽直西装外套，转身为我引路：“金先生，见笑了。走，看比赛去。”

看台是竹搭的，十分简陋，但只有买了香槟票的才能坐上来，观众都很神气。看台底下是一溜儿熟食摊贩，十来个油锅烧着旺火。看台上一个观众扔下铜板，小贩用油纸包了炸鱿鱼卷和生煎包，小跑送上来。徐林丰别过脸，似乎对热气和油烟很反感，没坐一会儿就说有事先走了，留下一个伙计陪我。

上海跑马厅早期的看台

总共有六匹马参赛，以黄、褐、红、青、黑、花六色区分，对应一至六号，六个骑师分别穿着对应颜色的衣服。每个骑师头上都戴着头套，只露出两只眼睛。

呼声最大的是黄马，香槟票上的就是它。

黄马果然起步就领先，青马和红马紧随其后。但这三匹马都有些后劲儿不足，弯道处纷纷被后面的追上，六匹马几乎齐头并进。到了芦苇荡的一个甬道里，青马的骑师突然从马鞍后面取出绳套，旋了几旋，飞出去套住了前面红马的脖子。红马立起来，骑师摔到地上，被别的马踏了一下，肯定骨折了。

观众席“轰”的一声喝彩，大家的情绪被点燃了，连陪我的伙计都站了起来。

我拿着马场提供的望远镜，观看整个残酷的赛马过程。所有的赛马眼睛凸起，眼球黑白相间，透着无穷的恐惧，马嘴里往外飞着白沫，死命地向前跑。最后阶段，跑道上只剩青马、黑马和花马，青马稍稍领先半个身位。突然花马骑师丢出一个飞爪，抓在青马的臀上，青马吃痛，把旁边的黑马撞进了芦苇荡，哗啦一阵水声。

花马全速冲刺，爆冷赢得比赛。看台上的人眼睛都红了，发出巨大的喝彩声。

我无心观赛，脑子里反复出现赛马恐惧的眼睛，还有刚才那匹母马抽搐而死的样子。我问伙计，受伤的马怎么办。伙计满不在乎："谁知道？反正死了不止一匹两匹。"

卢天方小说里，马场老板有个白俄情妇，我想知道是否在影射徐林丰，就问伙计："徐老板私下对外国小姐可有兴趣？"伙计急忙摆手说："你可千万别给他送。上次有个客人送来一个白俄妓女，人长得那叫漂亮，可徐老板正眼都没看就给送回去了，嫌毛多。"[①]

接着伙计又喃喃自语，徐太太死得早，徐林丰后来续了几任老婆都不长久，女的全都来了几天就不见人影，说是被卖了，"有钱人换女人跟换衣服一样"。

等我回过神，看台的观众已经散了，我让伙计先回去，想自己走走。

下了看台没走几步，我又碰见进来时那个嚷嚷自己中奖的灰

① 1917年俄国革命以后，大量白俄难民拥入上海。为供养家人，"白俄姑娘"走上卖淫之路。她们挤走了美国女郎，主要在虹口和法租界接客，为洋人服务。

褂子。他正往看台顶上爬，爬到一半险些掉下来，让我扶住了。我掏出捡到的中奖马票，指着黑笔涂改的地方问是不是他改的。灰褂子使劲儿摇头，说这是他第一回去兑奖时，马场的人干的。

“比赛的马被动了手脚，是姓徐的在背后搞鬼，我有证据。”灰褂子瞪圆了眼睛，不像在说谎，“不相信？我带你去看。”

灰褂子拉我绕回马棚后面的芦苇荡。他带我沿着芦苇荡又走了一会儿，到了一个大水潭跟前。灰褂子指指水潭，说证据就在底下。我看看水潭，水面平静，找了根竹竿伸进去试探，潭水很深，竹竿触不到底。

我转身问灰褂子他说的证据是什么，他答不上来，问急了说自己也不清楚，从怀里掏出几张纸，告诉我这上头写了。我一把抓过来，是几页手稿，字迹很眼熟，和卢天方写在剪报上的笔迹很像。

稿子写的是一场跑马比赛，头马被动了手脚，比完赛就暴毙了。马场老板的情妇告诉主人公侯某，头马都服了兴奋剂①，还让侯某去一个水潭看看，说证据就在那儿。

稿子只有一半，写到这儿就断了。

我拿着稿子问灰褂子从哪儿拿到的。灰褂子吞吞吐吐，说手稿是他在马棚后头的芦苇荡里捡的。他按上头写的路线找到了水潭，但没敢下去。

我脱了外套和鞋袜，搬了块石头，走进水里。“你真的要下去？”灰褂子面露惊恐。我点点头，深深吸了一口气，往前走了才两

①近代体育比赛中，兴奋剂最早出现于赛马运动。19 世纪时，欧洲赛马风行，有人给赛马喂食各种药物，以刺激其提高奔跑速度。

步，水就没过了胸口。

前方水下，是一个陡坡，慢慢往下，水没过了头顶，我睁开眼，只能看见一片黄绿色。又下潜了五六米，周围渐渐变冷，我感觉小腿微微发紧，是快要抽筋的预兆。我睁开眼，四周很暗，水变得清澈。

这时我看见一大群小鱼攒集在一起，一见人来，鱼群轰然而散。黑色的水中，突然出现一具雪白的骨骼。头骨下颌偏长，胸骨是船形，四肢漂散开，是一具马的尸骨。下面密密层层，交错堆叠，全是类似的骨骸。大多数骨骸都装在铁笼子里，下层的铁笼都锈烂不堪，上层的还完好。

骨骸堆积成一个小山的形状，我游了一圈。小山的顶端靠右，一个笼内的马尸泡涨发白，是今天暴毙的母马，还有几只小鱼紧紧叮在马脖子上，并不怕人。

我丢开手里的石头，借着浮力游上来，头出了水，这才吐出那口气。我说了水底的景象，灰褂子吸了口气，说徐林丰太狠了，难怪能挣那么多钱。

马钱子的种子毒性极强，中医以种子炮制后入药，有通络散结、消肿止痛之效；西医用种子提取物作中枢神经兴奋剂。

我回了马棚，趁没人注意抓了一把马吃的草料，装进口袋里。出了马场，我和灰褂子到药店找掌柜的一验，发现干草里有马钱子，相当于兴奋剂。马在赛前猛吃，后劲儿上来，冲刺准能赢。掌柜的还说马钱子不容易致死，只有长期大量食用，马才会暴毙。

回到新闸路，我刚进门小管的电话就来了。我几天没动静，他着急稿子的事，打了一天电话，问我查得怎么样。我告诉他已经找到了卢天方新章节的稿子，但只有一半。小管有些丧气，又说半篇稿子也比没有好，约了明早过来取。

放下电话我躺在床上，后脑勺发涨，头晕乎乎的，睡不着，干脆起身开了灯，重新翻阅那半篇手稿。看着看着，我发现了一个白天漏掉的细节。

民国老钥匙

故事里写白俄情妇与侯某偷情时，提到马场老板身上有把黑色的钥匙，说他整天往马棚后面一间木屋跑，很神秘，里头可能藏了宝贝。我眼前突然浮现徐林丰捻动腰间钥匙的画面，那把钥匙上有显眼的黑色污渍。

我换了身衣服，叫了辆黄包车上杨树浦。车夫嫌远不肯拉，还抱怨那地方荒僻闹过鬼，要我多付三成车钱。一下车，车夫拿了钱转身就跑了。

夜里的周家浜漆黑一片，耳边只有风声。我打着手电，在芦苇荡里绕圈，凭记忆找路。不知道走了多久，听见人声喧闹，应该是跑马场的夜场比赛开始了。再往前，北边传来几声女子的尖叫。我加快脚步，循声过去，马棚里亮着光，徐林丰的白衣晃眼，正骂骂咧咧地不知在跟黑汉子吵什么。

身后突然呼吸声渐近，我一回头，撞上了一个张着血盆大口的裸女。我头皮猛地一麻，还没出声，那裸女张开血口，“啊”了一声。

黑暗中，听见徐林丰对黑汉子喊话的声音："在那边！"两人的脚步声由远及近，我赶紧灭了手电筒，那裸女也不作声了。

脚步声又慢慢远了。

等两人走远，我打开手电，半遮着光，那裸女喘着粗气，身上很多乌青，浑身发抖，我脱下外套给她披上。她断断续续地告诉我，她是妓院的姑娘，跟客人闹了别扭，被老鸨下了药，不知怎的醒来就到了一间木屋里。

"我光着身子，一个穿白西装的男人在拔我的牙。见我醒了，就想掐死我，我就跑了。"姑娘边说边哭，眼泪糊了妆容。

我一看，她嘴里下排的牙齿果然缺了一颗，血从牙槽往外渗。

我从马棚偷了套马夫的蓝布褂子给姑娘穿上，让她先走，我回去找木屋。木屋的门在马棚背后的干草堆里，和姑娘说的一样，平常摞了干草，就被挡住了。我上前一推，门是虚掩着的，手电一照，地上稀稀拉拉还有几滴血水。木屋很黑，我点上煤油灯，整间屋子没有窗户，十分压抑。

靠墙的地上，大大小小的玻璃瓶一字排开，里头装满了各种蚊虫的尸体。屋子中间是张实木桌子，上头摆了个长方形木盒。打开木盒，里面有二三十颗人的牙齿，其中一颗沾了血水，还没干。屋子最里头还有一个隔间，从里面传出怪异的臭味。门上了锁，锁上也有黑色污斑。

突然背后传来一个冷冷的声音："金先生，在找钥匙吗？"我转过身，徐林丰一手从腰间取下那把沾有黑渍的钥匙，另一只手举着一把柯尔特，枪口正对着我。

他把钥匙扔在地上说："开门看看。"

柯尔特M1911，是1911年由勃朗宁设计、柯尔特公司生产的半自动手枪。

我捡起钥匙在灯下细看，黑色的污渍呈暗红色，是一块干了的血迹。打开隔间的门，屋里高高的尸山垒起，清一色都是裸体的女性。当中的横梁上用头发吊着一个女人的脑袋，脸上的肉泛黄蜷缩，像是经过了福尔马林的浸泡，脑袋嘴巴半张，正中缺了一颗门牙。

“这是我第一个老婆。”

徐林丰突然踩断了脚下的一片木地板，身子一晃，我一脚铲过去，踢在他的小腿上，将他铲倒。手枪掉得很远，我转身去捡枪，回头徐林丰已经跑了。

我追到木屋门外，看见徐林丰跑进马棚。马匹都去夜场比赛了，只剩下那匹油棕色的小马驹。徐林丰蹬上马背，抽了几下马鞭，马却不动。于是他丢下马，连滚带爬地往跑道看台的方向去了。

我追过去，马棚的暗处走出一个人影，是那个哑巴黑汉子，他居然一直都在。我握紧枪看着他，他不看我，上前摸了摸小马驹的伤，拳头攥出声响。

夜场比赛比白天的更热闹，看台上观众密密麻麻，两三个人挤同一个位子。台下的熟食摊油锅旺火，火星子和烟一块儿往上蹿。

徐林丰拽下一个马迷，扒着竹竿挤上看台，一会儿就没了影。比赛进行到最后一轮，花马成了大热门，观众扯着嗓子喊，呼声很高。

我找了一圈，没发现徐林丰。

这时，跑道的反方向尘土飞扬，有人骑了一匹小马飞奔过来，从我面前经过，毫不减速，冲着看台直直撞了上去。看台被撞得剧烈摇晃，咣当几声轰然倒塌。台上观众反应不及，成堆往下掉，还有十几个人跌入底下的油锅。徐林丰出现在惊慌四散的人群里，来不及跑，随着看台滑下去。

他一手死死抓着根竹竿，挣扎了两下就连人带竿摔下去，重重地砸在油锅上。油锅被砸翻，炉里的火星碰着油，他身上的衣服迅速着火，徐林丰成了火人，在地上来回打滚，疯狂嘶吼。热油把徐林丰的眼皮和鼻子烧化了，他满头满脸是血，在地上挣扎打滚，慢慢不动了[①]。

马场乱成一团，跑道上的赛马受了惊，到处乱窜，踩在倒地的观众身上，有人被活活踩死。后来报纸新闻上说，这一晚马场死伤超过一百人。

十几个巡捕从杨树浦赶过来，抓住了骑马肇事的人，是那个黑汉子，他根本没打算跑。他骑的那匹小马受了重伤，没多久就死了。其中一个巡捕认识黑汉子，说他叫田朋，在附近长大，从小喜欢马，舌头小时候被人剪掉了。

第二天，杨树浦巡捕房打电话来，说卢天方的案子破了，田朋

---

① 1918年2月26日，香港跑马地马场的竹制看台不负重压，突然坍塌，看台下设有熟食摊档，不少马迷直接掉入油锅，死伤人数高达六百余人。此后吸取教训，看台一律改为钢筋混凝土。

画了押，承认人是他杀的。巡捕让我过去一趟，田朋想见我。

见面以后，田朋交给我一个布包，里面是卢天方剩下的半篇手稿。田朋比画了几下，巡捕拿来纸笔，田朋在纸上写得歪歪扭扭，还有很多错别字。

大意我看懂了，卢天方拿着手稿要敲诈徐林丰，被赶跑了，徐林丰让田朋跟踪卢天方，把他杀了再毁掉手稿。田朋没照办，留下了手稿。徐林丰贪得无厌又残暴成性，死在他手下的马不计其数，田朋一直在忍耐，留下手稿能当把柄，也能给自己留条后路。他把手稿分成两半，一半带在身上，另一半藏在马棚后面，不料这另一半让灰褂子找到了。

见完田朋，从巡捕那儿我还知道了一件事——徐林丰有恋尸癖。木屋里的女尸除了有他的几任老婆，剩下的都是从一家妓院买的。

那家妓院叫“北里”，在虹口的北四川路，是南洋人开的，暗地里给特殊癖好的人提供尸体服务，价格奇高。老鸨在巡捕房的口供里说，徐林丰以前在别的妓院掐死过姑娘，后来找到“北里”，每个月都要买走一件“货”。因为他出得起高价又要得频繁，供不上时，“北里”就从穷人家购买新死的年轻姑娘[①]。

“前不久在公墓抓了个盗尸的，他说墓里的女尸都让妓院的人掏空了。专门做这种生意的妓院，听着都恶心。”巡捕边说边撇嘴，咳了一口浓痰。

---

①能满足客人特殊癖好的妓院由来已久。《九春亭读书录》中就记载了防止尸体腐败和清除尸斑的按摩方法。民国初年，上海的妓院也有这种服务。

他说，在查封“北里”的时候，还见到一些“假尸体”——尸体不够用，妓院就给姑娘打吗啡假死，这样还能多挣几十倍。

我到报馆找小管，把卢天方的手稿给他。手稿里没提徐林丰恋尸的事，我就跟他说了嫖尸妓院的事，小管眼睛一亮：“这可是猛料啊！老金，你挖到宝了！”小管猛拍大腿，嚷嚷着要去一趟“北里”，问我在哪儿。我没搭理他，自己去了周家浜的马场。

出事后马场被封，伙计和马夫把剩下的马卖了，分了点儿钱，很快就散了。我回到马棚后面的芦苇荡，找人把水潭里的马尸一一捞起，就地埋了。这是我答应田朋的。

三天后，新一期《沪上潮》上市，刊登了卢天方写的黑幕故事。随刊附赠了一本小册子，叫《黑幕之黑幕》。我翻了翻小册子，是小管写的，他在手稿情节的基础上，写了卢天方被害死、马场老板有恋尸癖，还配上了几张“北里”妓院的照片。那期《沪上潮》遭到疯抢，之后的半个月又加印了三次。

小管狠狠捞了一笔，心情大好，成天喊着要请我吃饭，还钱的事却不提了。

本故事整理者：草头鬼

第06案

运毒品邮差丧生
救雏子挑夫拼死

余拆開封皮。並無書信。內有二小物。傾于案上。乃是二齒。色黑黃。齒連根而出。血漬猶存。其中一齒已齲壞殆盡。余心中犯惡。以紙撥齒入封皮。道。別是哪個拔牙的相中你了吧。戴白眼相向。道。別沒正經。伊言。近來每日清晨啟門。信封輒見焉。昨夜。伊支火爐于門後。徹夜守望。侵晨門忽響動。一信封自隙入。伊發喊。撞出門外。門外有一人。見狀大驚。兩足急奔不迭。相絆跌撲。繼而躍起急奔。三步兩步轉入小巷。杳然不見矣。

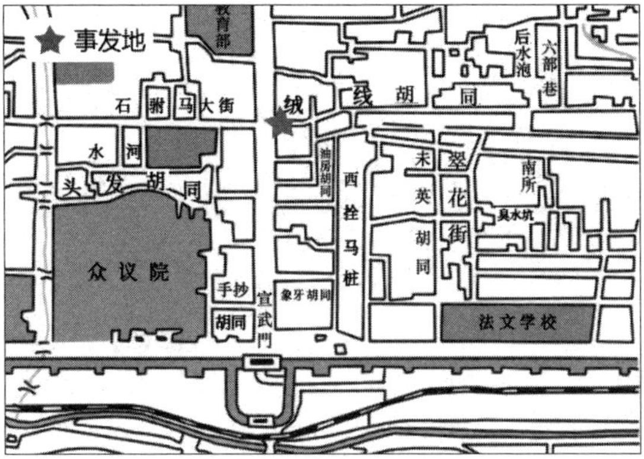

案发地点：绒线胡同
案发时间：1918 年 12 月
记录时间：1919 年 7 月

民国七年（1918）十二月底，北京下大雪。狂风裹着雪片打旋，街上空荡冷清，整座城笼罩在一片茫茫灰色里。我不想出门，窝在家里收拾鸽舍。

几个月前，我迷上养鸽子，腾出一间倒座房改成鸽舍。有时候就待在鸽舍，一边逗鸽子一边看书。

我正收拾着鸽屎，门外响起一阵敲门声。我一起身撞上了旁边的竹架子，架上的竹筐砸下来，黏我一脑袋鸽子屎。我喊了一声“等会儿”，声音淹没在风雪里，敲门声更大了。我以为是送信的，又喊了一声“等会儿”，头顶着屎去开门。

还没伸手拉门闩，门“哐”的一声打开了——这破门坏了好几天，太冷了，我也没找人来修，外头一使劲儿，竟然撞开了。风混着雪灌进来，盖了我一头一脸，伸手清理头上的雪，鸟屎混着雪被一起抹开。我从上到下全部沦陷，成了一个鸽屎人，忍不住大骂一声。

门口是戴戴，穿着毛领黑色大衣，戴黑毡帽，满脸怒气，一看我的样子，又扑哧笑了，说：“你睡鸽子窝了？”

到前院会客厅，戴戴一边帮我清理，一边哂笑道：“老田一走，你怎么，‘沦落’到这地步了？”

“窝脖儿”也叫“扛肩的”，旧社会运货搬家，结婚送嫁妆主要靠人扛，扛东西时得窝着脖子，因此这些人就被叫作“窝脖儿”。这行干久了会留下残疾，脖子上鼓出大包，甚至形成罗锅背。

戴戴说的老田是个“窝脖儿”，四十岁出头，长了张大圆脸，说一口山东话，是去年我搬家时认识的。他人实诚，干活儿也勤快，我有零活儿都找他帮忙，这鸽舍就是他帮我改的。鸽子拉屎不分地方，鸽舍更是重灾区，我有时没空清理，都是老田来收拾。每回来，老田都带着他五岁的儿子。他快四十才得了这儿子，爱得离不开，干什么活儿都带身边。这小家伙是真爱鸽子，一个人能跟鸽子玩一天。

几个月前，老田找了个稳定工作，比较忙，不方便过来，我的狼狈日子这才开始。临走那天，我拿了一个铜鸽哨，刻上“平安”俩字送给他儿子，又找了个鸟笼，捉了一对鸽子送他。老田让儿子谢我，摁着孩子脑袋给我鞠躬。临走，他看着鸽舍说，还是这鸽子好命，住得比人好。

收拾完鸟屎，戴戴严肃地拽我坐下，说：“找你有正事，跟我去揍个人。”说着递给我一个信封，“这王八蛋天天往我门里塞这个。”

信封里没信，最底下有两个小疙瘩。倒到桌上一看，是两颗又黄又黑的牙齿。牙齿连着牙根，其中一颗已经坏掉一半，还能看见拔牙时留下的血污。我一阵恶心，用纸把牙齿扒拉回信封里说：“别是哪个拔牙的相中你了吧？”戴戴白我一眼，说别没正经。

图为赫达·莫里循拍摄的民国时期用以取暖的洋炉子。

这阵子，每天早上她的门口都有一个这样的信封。

昨晚，戴戴在门口生好了炉子守着，想看是谁捣鬼。天快亮时，门突然一动，一个信封顺着门缝滑进来。

等戴戴追出去时，见到一人，已经跑出十几米，拐进一条小巷就没影了。人没追上，她返回家时发现地上掉了个东西，捡起来一看是块邮差铭牌，上面写着编号289，铭牌背面写着三个歪歪斜斜的钢笔字——李福印。

一说李福印，戴戴更来气了，李福印是她那片儿的邮差。“这人不光送信态度差，手脚还不干净。”

戴戴给上海一家报社连载供稿，稿费通过邮局寄信给她。但上个月起，她就没再收到报社的稿费，不是报社没寄，而是信封里的钱被人拿了。接连几次后，戴戴到西四邮局投诉，李福印因此被停职了三天。戴戴觉得李福印是因为这事怀恨在心，现在来报复她的。她要到邮局算账，又怕一个人吃亏，就过来找我帮忙。

我看了一眼外面的雪，说：“下得真大，你冷不冷？”戴戴没接腔，说刚帮我收拾完一身屎，这事儿我必须帮忙。

去邮局的路上行人寥寥，偶尔能看到穿着棉衣的巡警在街上缓缓巡逻。几个原先人丁兴旺的烟馆，也因为最近闹“禁烟运动”锁了大门。①

北洋时期的陕西地区的邮差

西四邮政支局在西四十字西南角，远远就看见邮局门口围了一堆人。一个白发男子被俩邮差一左一右拖着扔到路上，顺地滚了一米多远，滚了一身泥水，路边那些闲人揣着手哄笑。

白发男子支起上身坐在地上号了几声，嗓音干涩沙哑，听得我一身鸡皮疙瘩。戴戴愤愤地说：“不管多冷都挡不住这些爱看热闹的。”正说着突然停下，指着带头拖人的邮差，说那就是李福印。

李福印是个瘦高个儿，长脖子上挑着个三角脑袋，顶着个瓜皮帽，身上的坎肩看着也不太合身。

几个邮差上去提着白发男子的腿，往小胡同里拖去，李福印大摇大摆地走回邮局。戴戴跑过去，拦在他面前，质问是不是他塞的信封。李福印见了先是一愣，然后手叉上腰说：“什么玩意儿你

①“禁烟运动”是一项自上而下的抵制鸦片活动，最早由清政府发起。民国成立后，保留了清朝的禁烟政策，并成立了禁烟局。但因为当时国内政局不稳，禁烟政策时紧时松，再加上军阀割据，鸦片是很多地方的重要财政来源，禁烟运动经常徒有其名。

就找我？你家大闺女没了也问我要啊？”扭身要绕开戴戴。

我几步上前要阻拦他，冷不丁被他推了个趔趄。我顺势把他手腕一拽，一脚踢中他的膝盖窝。李福印不吃劲儿，眼睛上翻，瘫在地上，几个邮差在旁边笑出声来。李福印丢了面子，爬起身朝着我的腰正要扑过来，一个声音喊道：“干什么呢！”

邮局里急匆匆走出一个矮个儿男子，穿着考究的长衫大褂。见到这人，李福印一下子没了气焰，低下头垂着手老实站着。矮个男子冲着我跟戴戴一拱手，笑着说：“鄙人是邮局局长，不知他如何开罪二位？”

这位局长叫吴翱，大约五十岁，大鼻子，眼角向下耷拉，看着挺和善。

戴戴拿出那块邮差铭牌，把信封的事又说了一遍，还没说完，

图为崇文门小报房胡同的北京第一邮务支局，拍摄于1912年。

吴局长扭头便问李福印是不是真的。见李福印不作声，吴局长快步上前，一脚把李福印踹进雪里，骂道："浑蛋玩意儿，给我滚蛋。"李福印爬起来，一边鞠躬一边跑向街对面。

吴局长满脸堆笑地向戴戴不断道歉，保证以后不会有人再骚扰她，还会让李福印明天登门道歉。戴戴见吴局长态度很好，说登门道歉就免了，以后换个人送信就行。吴局长痛快地答应了。

离开邮局时，街上的邮差和看热闹的闲人都没了。我见天冷，又到了饭点儿，便请戴戴到西单牌楼的砂锅居吃了砂锅白肉。吃完饭外面的雪也停了，我先送戴戴回家，接着去逛鸽市。

第二天早上，天更冷了，我正窝在炉边看书，院门突然又被撞开，进来好几个人。带头的是侦缉队的队长，后面跟着戴戴，戴戴身旁还有两人看着。看见我，她嘟着嘴说："咱俩都成杀人嫌疑犯了。"

今早巡警在龙须沟桥底下发现了李福印的尸体，肚子上挨了一刀，还被割了舌头，张着的嘴像个黑窟窿——巡警找半天，没找见舌头。

上面给下了命令，要求尽快破案。白队长大清早就去邮局调查，知道李福印昨天跟我俩起过冲突，还动了手。他一屁股坐在沙发上，抱怨道："这年头儿死个人又不稀罕，屁股着火也没催这么急过。"又咳了一声，摸摸下巴说，"你俩有嫌疑啊。"

尸体是在城外被发现的，我跟戴戴被带去管辖城外的外五区警察厅。出了宣武门，我看见市政厅找人在用白浆刷城墙，问这是干什么。白队长头都没回："不知道，瞎花钱呗。"

在警察厅，我和戴戴把昨天的事说了一遍。白队长沉思了一会儿，问我俩后来干啥去了。我说逛鸽子市，戴戴在家写小说。白队

龙须沟。光绪年间，龙须沟还是清水，到民国时，因为河道淤塞，龙须沟变成一条污水沟，两边垃圾成堆，污水横流。当时的穷人都聚居在龙须沟两侧。

民国时期的城墙

长哈哈一笑："这就行了。老金干什么有卖鸽子的证明，戴戴没证人得扣押，案子破了才能走。"白队长跟我拍胸脯保证，不会怠慢戴戴，并连推带搡把我送出警察局。

警察厅办事向来拖沓，白队长更不着调，我得自己调查这个案子。李福印是邮局的人，还得从邮局查起。

我刚到邮局，就看到吴局长面红耳赤地在门口转圈，像是刚跟人吵过架。看见我，他又变回昨天的和善脸。我问他李福印昨天的行踪。吴局长摇摇头，说得查记录，又一脸抱歉地说他还有其他公务要忙，匆忙上汽车走了。

我只好自己进去打听。邮局的人看我进来，都停下手上的活儿，直愣愣地看着我。

我问旁边一个邮务佐[1]，知不知道李福印的送信记录。邮务佐没回答，低头走了。接连问了几个人，都像见瘟神一样躲着我。应该是邮局怕招麻烦，嘱咐过这些人，不要乱说话。

我见问不出什么，就绕到了邮局后门，在一家茶馆选了个视野好的位置坐下，要了壶香片。邮差出入邮局都走后门，等他们出来送信，我再抓一个单独问话。

不一会儿，一个大个子推着自行车出来，并不忙着送信，而是鬼头鬼脑地四处看，形迹十分可疑。我付了茶钱，跟了上去。大个子拐进一条小胡同，把自行车靠在胡同墙上，蹲在一个院门口，拿小刀从信封上揭邮票。我在报纸上看过，邮差会偷信上的邮票卖钱，就走上前去往大个子肩膀上一拍。

---

①邮务佐即拣信生，主要工作是把邮局收到的信按地址分类，装特定的盒子里。这是除邮差外，邮局地位最低的职位。

“妈呀！”大个子被吓得一屁股坐在了地上，回过神后气冲冲地说，“你干什么？！”

我说偷邮票是大罪，要进大狱。

大个子顿时慌了，求我千万别说出去。我答应替他保密，但他得告诉我李福印的事。大个子想了一会儿，一咬牙，说他们邮局有个特信组，专门给大人物送信，李福印就在那个组，而李福印昨天送的最后一户，是李铁拐斜街一个唱戏的。

放掉大个子，我叫车去了李铁拐斜街。

小黑幕

（新三）

郵差竊取郵票

吾人日常所寄之郵局平信、所貼郵票、往往被郵差竊去、積少成多、售與他人、殊屬可惡、郵局雖一再嚴查、防不勝防、欲免被竊、可將所貼之郵票上蓋一騎縫私章、（載明郵政章程）並在信背書明「稅足」二字、則郵差難狡、亦無可如何也、

民国时期关于偷邮票的报道

冬天天黑得早，而且一到夜里就刮大风，西四大街新装的路灯，被风吹得吱吱呀呀，忽明忽暗。我裹紧身上的衣服，还是被冻得牙齿咯咯响，车夫倒是出了一身透汗，越跑越轻快。跟车夫一聊，才知道李福印去的是京剧名角陈小凡家。

图为西德尼·甘博于1924—1927年拍摄的民国时带有路灯的街道

几年前陈小凡赶上了改良京剧的风潮，一度红得都摸不得；后来风潮过去，陈小凡也跟着过气了。①

我正琢磨要用什么由头见陈小凡，车夫问我是票友还是鸽友。原来陈小凡也养鸽子，不但养，还会卖。我说自己养鸽子。车夫说："那您悠着点儿，这位爷要价儿可狠。"

陈小凡的宅子是个四合院，坐北朝南，蛮子门，还挺阔气。过了垂花门，我看见院内墙壁斑驳，门窗上的红漆已经开始发白，有了破败相。

蛮子门是北京四合院宅门的一种。中国古代屋宇式宅门分等级，从高到低依次是王府大门、广亮大门、金柱大门、蛮子门、如意门、墙垣式门。蛮子门是一般商人富户常用的宅门形式，门扉位于檐柱之间，门前走廊，门框上有门簪，没有雀替。

进了里屋，陈小凡闭眼躺在藤椅上，边上站了个婢女。陈小凡留着日本式的小胡子，又黑又瘦，头发向后梳，直披到脖子。天这么冷，他还穿着单长衫，手上拿着一把白马尾拂尘，有点儿仙风道骨的意思。

婢女拿着烟具，先自己抽一口，再俯下身把烟吹到陈小凡脸上，吹了几口后，又端来一

① 1904 年，在陈去病、汪笑侬的倡导下，京剧界涌起一股改良热潮。改良京剧关注时事，揭露社会黑暗面，一时大火。但因其重视思想而看轻艺术，使得京剧从娱乐手段，逐渐变成政治工具。随后出现了一批粗制滥造的剧作，让观众对改良京剧的热潮逐渐消失，戏剧改良运动也逐渐消声匿迹。

杯参茶，递到陈小凡手边。陈小凡这才慢慢睁眼，缓缓接过来，咕噜咕噜漱了半天口，漱到最后把茶咽了下去。

墨环。颈部毛色和其他处颜色不同称为环，墨环全身白羽，颈项上有一环异色羽，好像一个项环。环儿以窄齐者为上品。

听说我来买鸽子，陈小凡“噌”的一下跳下藤椅，拉住我的胳膊，要带我参观后院的鸽舍。他说自己整个院子都已经改成了鸽舍，少说也有几百只鸽子，还能看到墨环、玉边等上品。我问陈小凡认不认识李福印，他眉头一皱，警惕地看了我一眼，转而笑着说先看鸽子，进去再聊。

我本就没心情买鸽子，随便指了一对玉翅问价钱。陈小凡一惊一乍地说：“您好眼力，一挑就挑着最好的。”马上就让用人给我抓。

我赶紧拦住他问：“有个叫李福印的，也来买过鸽子？”陈小凡笑着说：“鸽子的事先办完，咱们喝茶细聊。”我只好问价，陈小凡说：“玩古董不问价钱，您也玩鸽子，您来开个价。”我还没张口，他自己补了一句，“五十块，再送您张好笼子。”这摆明了是要讹我，但我也只好咬咬牙点头。

陈小凡见买卖成了，热情地招呼我进屋。

收了钱，陈小凡笑着说：“您是痛快人，我也直说了，您问李福印是要从他那儿买鸦片膏子吧？”我听了内心暗惊，面上却不动声色。看我没作声，他又贴过来小声说：“小药店的烟膏太差，呛嗓子。外面查得这么严，这小子挺有本事，还能搞到好货。梨园行的人都好这口，很多名角儿都是李福印的顾客。”说着他又突然难过起来，“要不是为抽一口，我也不会卖这宝贝鸽子。”边说着边抬起手轻轻抹了抹眼角。

民国时期盛装鸦片的盒子

我跟陈小凡又扯了几句，拎着鸽子去了警署。

到警署时，我发现戴戴就站在门口。她告诉我李福印的案子破了，凶手是个乞丐，白队长就把她放了。昨晚李福印下班回家，在龙须沟被乞丐抢劫，还打了起来，乞丐失手把李福印打死了。我说，事情没这么简单，这个乞丐可能是当了白鹅[①]。然后把李福印卖鸦片的事告诉她。

戴戴听完，也觉得李福印的死很蹊跷，要跟我一块儿把事情查清楚。

之后两天，我跟戴戴在城里把跟鸦片有关的地方转了个遍，没发现一点儿有用的线索。警察厅按乞丐杀人结了案，还开了场记者会。没有任何人对这个结果不满。李福印的死翻页，一切似乎又回到往常。

我没有头绪，心里苦闷，便上街散散心。今日天气暖和，街上人多，报童的卖报声也更大了。“看报啦，割舌邮差命案告破，警署

①白鹅是指替人顶罪的人。清朝陈其元在《庸杂斋笔记》中记载：“富户杀人，出多金给贫者，代至抵死……所谓宰白鹅也。”富人杀了人，花钱找穷人顶罪，被称为“宰白鹅”。

独家案情揭秘。”我瞟了一眼报童手上的报纸，是警察厅开的结案记者会，白队长的照片被放成最大，印在报纸中间。

照片中的白队长衣着整齐，一脸得意，一只手正挥手示意，另一只手拿了只鸽子哨。我身体像被电击中，赶紧买了张报，仔细看了看，带着报纸急奔到戴戴家。白队长手上的鸽子哨，是我送给老田儿子的那个，上面有我亲手刻的“平安”两字。报纸上说，这只鸽子哨是在李福印尸体跟前发现的，我得先找到老田。我和戴戴找到几个和老田相熟的“窝脖儿”，打听到老田在阜成门外一家茂盛店做脚夫[①]。

茂盛店是邮差联系脚夫的中介所。近些年，来往的信件越来越多，不光是寄到北京的信，寄给周边小地方的信也要从北京邮局中转，邮局的邮差忙不过来，经常会雇脚夫代他们到周边县城去送信。邮局的活儿更稳定，收入自然也更多，所以老田才去做了脚夫。

图为北洋时期邮差穿的坎肩

出阜成门往西，没多远有个不大的店铺，外面简单搭了个棚子，棚里棚外坐了十几个穿着邮局坎肩的脚夫。脚夫们聚成几堆在押花会，见有人来，围观的脚夫呼的一下把我围住，问有活儿吗。得知我们是来找人的，脚夫们又呼啦散了，回去继续围观赌博。

①脚夫，在毒品行业里专指运毒的人。

我走进茂盛店，买了盒飞马香，向老板打听老田的下落。老板摇摇头，说自打老田出事，就再没来过了。我问什么事，老板长叹一声，说老田是个苦命人。

图为押花会书。押花会是旧社会底层人民常见的博彩方式，玩法是赌者从34个带神话色彩的人中选一个，开中了得到30倍的利润，类似于现在的彩票。

老田其实不姓田，本名叫高雨田。前两年山东饥荒，老田带着老婆孩子逃荒到北京。儿子是老田的命根子，他走哪儿都要带着，连去外地送信都要带在身边。一个星期前，老田到涞水县送信，走到半道遇见土匪打劫。土匪看出老田疼儿子，劫了包裹不说，还扣了他儿子，要老田拿五十块钱赎。

老板舔了舔嘴："就咱外面这帮哥们儿，谁家能一下拿出五十块钱？"

老田被土匪放回来，家都没回，先去邮局讨说法，结果被邮局给打了出来。他没办法只好四处借钱，把能找的人都跑遍了也没凑够，几天下来头发都白了。前几天老田又去邮局，据说被打得很惨，有几个车夫老乡，说要带着老田去邮局讨说法，之后也都没再回来过了。原来那天我在邮局门口看见的白发男人就是老田——不到半年，他竟然头都白了。

出了茂盛行，我和戴戴正准备回城里，一个脚夫叫住我，满脸堆笑地说他知道老田在哪儿，一边说一边搓手。我给了他一块大洋，脚夫脸色一下子舒展开，说他昨天在法源寺附近见过老田。

图为法源寺的大雄宝殿

法源寺在外城东南，原来叫悯忠寺，清朝雍正年间才改叫法源寺。法源寺南边有一片巨大的义地和荒冢，因为下葬便利，法源寺也是北京最大的停灵①寺院。

我跟戴戴坐人力车去法源寺，眼看要到了，车夫突然停下不走了，说那边鬼气太重，加钱才肯去。戴戴二话不说，跳下车，拉着我往法源寺走。

一路走着，我俩发现路上行人越来越少，等到了法源寺附近，路上已经看不见人了。我俩顺着路转悠，走到南边的三义巷。

三义巷总共没几户人家，一半房子还都荒废了，我俩转到一个破败院子外，听见院里人声嘈杂。嘱咐了戴戴在外面望风，我摸进

---

①停灵是指人死后到下葬前，将灵柩置放在某一处。停灵的步骤是，先用寿衣装裹好尸体，再靠墙停在门侧，头朝外仰停在门板上。尸体口中含银锭或者银钱，腋部夹着一个布公鸡，最后用白酒清洗死者的面部。

去看看情况。

我伸手推门，天太冷，门轴变形卡住了，没推动。再用猛力一推，“啪”——铜锁和门撞出了一声响。门开了，一股刺鼻的尿骚味扑面而来。我马上意识到屋里有鸦片，而且数量不少。声响惊动了院里其他人，五六个脚夫装扮的汉子，不知从哪儿冒出来，喊着朝我冲过来。

我一边跑一边从怀里掏勃朗宁。有个人突然从我侧面扑出来，将我扑倒在地，其他人也一齐冲上来，把我死死按住。一个黑脸汉子问我是谁，进来干什么。我想说话周旋，但脖子被人卡住，出不了声。

另一个人慌张地对黑脸汉子说：“三哥，咱别是被人发现了吧？”黑脸汉子长出一口气，说：“事情到这地步了，一不做二不休。”说着抽出一把短刀，蹲在我脑袋前。刀是新磨的，刀刃反射出森森寒色。我的头被人拽起，一道寒光冲我脖子过来。

“金先生！”我听出这是老田的声音。黑脸汉子停下手，看向老田。老田问我来这儿干什么。“抓……抓鸽子。”我被卡得喘不过气，硬从嗓子里挤出几个字。黑脸汉子抬头一看，正好有一队鸽子从院子上空飞过，留下一串悠长的鸽哨声。

老田拦住黑脸汉子：“别动手，这是我朋友。”我感觉身上压着的力道明显减轻，但并没被放开。黑脸汉子正要说话，一个人跑过来，边跑边喊：“张老板来啦！”黑脸汉子让老田看好我，带着其他人往前院去了。

这些人一走，只剩下我和老田，我这才看清他嘴里缺了两颗牙，说话漏风，脸上还有大片瘀青。老田把我带进一间柴房：“金

图为赫达·莫理循拍摄的民国时期的简陋柴房

先生，先委屈您一下，完事就放您走。”

我抢问老田：“李福印是你杀的？”沉默了一会儿，老田走到墙边，顺着墙蹲下，捂着脸说：“金先生，我没你这么好命。”

老田那天去涞水县送信，根本不知道邮局给他的东西是鸦片，劫匪是冲着鸦片来的，捎带上让老田父子倒了霉。“邮局那帮孙子骗了我，知道是烟膏子我肯定不送啊。”老田一抹眼泪，长叹一声，嘴里念叨起儿子的名字。

老田说，土匪抢走了鸦片，就在他身上搜现钱。他哪儿有钱，几个土匪一起哄，就把他儿子抢了，让他找钱去赎。撕扯了半天，儿子的棉袄都被扯烂了，他怕惹急了土匪，只好答应。被土匪放回来之后，他就去了邮局讨说法，邮局不承认运毒，还威胁他不要瞎说。

我和戴戴去的那天，是老田第二次去邮局，没想到这次比上回打得更狠。李福印把他拉进胡同，提着半块砖，朝着他面门来了一下。“我一下昏了过去，再醒来这俩牙就没了。”老田指着嘴里的两个豁口。

老田被打得这么惨，茂盛店的老乡看不下去，守在邮局外等李福印下班，要揍他一顿给老田报仇。

当天晚上，李福印出了邮局，老乡们悄摸跟在他后面，跟到绒线胡同的一个小院外。见李福印进屋，趁他还没来得及上门闩，老乡们破门而入，按住李福印就揍。老田跟进来一块儿打人，却发现这院子竟然是邮局储藏鸦片的仓库，屋里全是码得整整齐齐的鸦片袋。

“外面禁烟这么严，邮局不送信，竟然干起贩大烟膏子的买卖。反正他们也不是好人，我干脆把烟膏都弄走，就当他们赔我了。”

李福印不干了，扯着嗓子喊抓贼。老田慌了神，冲上去一刀扎进李福印肚子里。李福印还要喊，另外两个脚夫上来，按住李福印，把刀插进他嘴里一通乱搅，直到舌头被搅得稀碎，他这才没声了。最后脚夫们把李福印和鸦片一起拉出城，到龙须沟后，老田探了李福印鼻下，还有气儿。脚夫们看着老田，说李福印得死，要不然谁都跑不了。

“偷东西是一回事，杀人是另一回事。”老田说他慌神才捅了人，后来怎么也下不去手，就把李福印扔进龙须沟，生死由命。“后来李福印死了，我到底还是杀人了。”老田说。

脚夫们弄来烟膏，却不知道怎么出手。那个黑脸脚夫说，德胜门外有个开学堂的张老板也在卖鸦片。他们和张老板一拍即合。张老板把所有烟膏都要了，还约好今晚在这儿交货。老田说他们几个都商量好了，今晚拿到钱，明天就去赎儿子，完事了就回山东老家，再不回来。

突然，外面噼里啪啦打起枪，还有惨叫声，伴着叫骂声，院里一下吵了起来。老田噌地站起来冲出屋子，我也跟了出去。

几个脚夫仓皇退到后院，黑脸汉子小肚子挨了一枪，手捂着肚子还是止不住血。他踉跄跑到堆房鸦片的屋子，大骂道：“妈的，什么张老板？都是邮局那帮孙子装的！”黑脸汉子几下没捣鼓开门，朝门踹了两脚。突然一声枪响，黑脸汉子身体一僵倒在了地上。

几个穿黑衣服的人冲进后院，领头的矮个子是邮局局长吴翱。

吴翱上去拽住黑脸汉子的头发，几刀砍断脖子，提起脑袋歇斯底里地骂：“杀我的人，偷我的鸦片，还他妈想跑，都得死！”脚夫们愣住了，然后大喊一声，冲过去跟吴翱拼命，十几个人打在一起。

我感到身后人影一动，老田已经冲出去，捡起地上的短刀，大喊一声，劈头盖脸朝着吴翱砍过去。吴翱本能抬手一挡，左手顺着腕部被齐茬砍断，黑脸汉子的脑袋和手一块儿掉在地上。吴翱惨叫一声，往后退了几步，举枪要打老田。我看老田危险，对着吴翱开了一枪，子弹打中吴翱断臂，吴翱终于支持不住，倒在地上打滚，抱住胳膊惨叫。

这时，外面响起铜哨声，警察来了。

图为民国时期的警察出警

原来戴戴看我进去很久没动静，又看见吴翱和人带着枪过来，赶紧去叫了警察。警察一来，院里所有人都停下手，四散找地方逃走。吴翱也挣扎起来，抱着胳膊要逃。我几步追上去，一脚踹到吴翱后心，把他按到地上，再回头看老田，已经翻墙跑出去了。

听到院外一阵枪响，我扔下吴翱，跑出院子，看老田仰躺在屋外的杂草上，黑脸汉子的脑袋滚在一边。老田被院子外的警察击中胸口，躺在地上咯血，嘴巴一张一合地看着我。老田要说话，我俯身凑了过去。

老田喘着粗气，断断续续说：“我和儿子到你家看鸽子时，心里想，要是不做人，做只鸽子该多好。”还没来得及提儿子的事，老田就死了。

这件案子就这么结束了。

不过在后来的官方报告中，这次事件被描述为两伙人在买卖鸦片，被警察抓个正着，跟李福印案没任何关系。警察厅查获了大批鸦片，很多人因此受到嘉奖，还升了官。但很快，就有人在黑市里看到这批鸦片。

后来，一个天津朋友说他们新任警察厅长很能干，以前办案时甚至被歹人砍断过一只手，因此装了个假肢。

我回家后，心灰意冷，拆了鸽舍，把鸽子和养鸽子的器具全部送了人。我对鸽子没了兴趣，甚至害怕看见鸽子，尤其是那对价值五十块钱的“玉翅”，我常担心自己会把它们看成一大一小两个人。

本故事整理者：朱富贵

第07案

鬼汽车杀人连连
毒鸦片黑烟弥天

余極目四望。不禁暗暗叫苦。此處四周毫無遮蔽。不啻死地也。幸夜色晦暗。敵人亦無法瞄準。田地土質鬆軟。雖一時不得脫。敵亦一時不得進也。所射子彈。大率偏離。不知所蹤。唯獨一彈。自耳邊略過。强弩之末。飛速減緩。猶如一蟯虫嗡然而逝。余暗付。如此再三。恐終不免。不若伏地隱蔽。伺機而擊之。或可一搏。

金醉注：其中，“自耳边略过”现代汉语中实作“掠过”；“余自付”应为“余自忖”，为金木日记笔误。

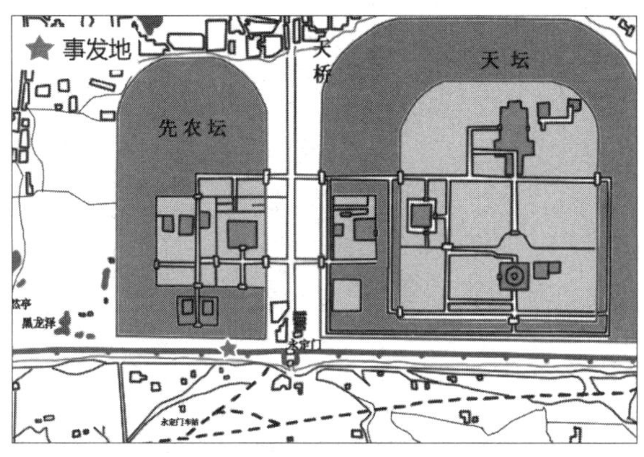

案发地点：天桥
案发时间：1918年9月中旬
记录时间：1919年1月

我刚在北京定居时，认识了个叫韩斌的朋友，他在警署有点儿关系，常帮我打点些事情。最近，韩斌挣了点儿钱，想租辆汽车开。他知道我会开车，这方面比较有经验，就叫上我陪他一起去前门的美丰租车行挑车。

挑了几辆，韩斌都不太满意。要么觉得不顺手，要么觉得零件太老。他转头看见车库的偏僻角落里孤零零地停着一辆汽车，黑色厢体，白色车身，是辆凯迪拉克，看起来并不破旧。韩斌拉开门一看，汽车座椅的棕色皮子还挺新。

租车公司广告

“这车不错，模样跟其他不一样。”

我绕车检查了一圈，

发现这凯迪拉克是七年前的老款——Cadillac Model 30，我以前见过。奇怪的是，车厢外面的黑漆是新刷的，形状又方方棱棱，整台车黑白相间，让人联想到棺材。我说：“这车看着怪怪的，要不换辆别的？”韩斌一笑，

Cadillac Model 30，是凯迪拉克公司1908—1914年唯一销售的车型，每年都在做修改，1912年以前得摇动手把驱动，1912年研究配备了自动点火装置。

一屁股坐到驾驶位上，晃了晃手把：“老式摇杆的，正顺手，就这个了——你也试试。”说完，他下来拽我坐进驾驶座。

我试了试车，发动机稳定无杂音，保养得还不错。韩斌叫来车行经理，那人一愣：“怎么租这辆？”说完顿了一下，领着我们到柜台开了单子交了押金，车算租下了。

韩斌开着车没出北京城，就出事了。

租车后两天，那辆像棺材一样的凯迪拉克在天桥南边城墙根被发现——真成了棺材。韩斌和另一个男人歪坐在前排，头部都被钝器打破，流了一大摊血，从车门缝里渗出来。韩斌重伤，另一个没送到医院就死了。

我在协和医院见到昏迷不醒的韩斌，躺在病床上，脑袋上缠着厚厚的纱布。医生说能不能醒，得看运气，不过就算醒了，也可能落下后遗症。

外一区警署侦缉队来了三个人，带头的队长姓何，是韩斌的老相识，我也见过几次，另外两个是他带的侦探。“都是队里的

好手，韩斌的事儿我肯定彻查。”何队长介绍两个侦探，胖的叫马三，眯着眼睛；瘦的叫王麒，绷着脸。

马三和王麒查完现场，判断凶手可能事先躲在汽车后座底下，乘韩斌两人不备，突然下杀手。马三说：“韩斌的伤口在右脑门，推测是当时回头看见了凶手。”我问：“租车行查了吗？”王麒皱眉，说：“查了，车行老板说那车有问题，是鬼车。”

“什么意思？”

“车里死过很多人。”

我跟着侦缉队去了美丰租车行。老板见到我，连连鞠躬，拉下脸说了好几个“对不住”：“租这车的伙计已经扣钱了——我早就交代过，这车不让租。”

民国时期的洋货店

这辆凯迪拉克的原主人是南城宋家。这家人世代在前清朝里做官，家底儿很厚。民国元年，当时的家主丢了官后做起洋货生意，赚得更多。人们都说他家里的银圆堆成山，因此落了个外号宋山。到了民国三年（1914），宋家洋行突然关门，家道败落下来，那辆车也抵押给了银行。

“就在银行要收车的前几天，宋山突然疯了——开着车出去，把儿子杀了。”老板越讲声音越小，“杀完儿子，他还把尸体拉回家。他老婆一见着儿子死了，大叫一声冲出门，往护城河里一跳，也死了。宋山跟着跳进河里，捞了一下午，才把老婆的尸体捞上来。回家一看，他娘上吊了。听说后来他在车里坐了一晚上，用瓷瓶子碎片在喉咙上割了十八刀，活活把自己割死了。”

一天不到，一家四口都死绝了，实在是人间惨剧。不过，银行照常收了那辆车，重新换了座椅，又刷了漆，低价卖了。几经转手，这车就到了美丰租车行。因为这车看上去比较新，头两年还能租出去，但半年前又出了件命案，一个有钱的学生租车带妓女玩，在城外芦苇荡里被人杀了。

“那窑姐儿倒没事，卷了学生的钱跑了——都传是她串通土匪干的。”

鬼车的传说就此传开，说一家四口的冤魂都藏在车里，凡是开这辆车的人都不会有好下场。从那以后，鬼车就丢在车库，一直没人租，直到我和韩斌来租车。那经理贪便宜，想背着老板偷偷租给我们，捞点儿外快。

第二天傍晚，我去外一警署找何队长，他正在院子里指挥马三和王麒清洗那辆鬼车。何队长看见我，说我来得正好，以前听韩斌说过我在这些神神鬼鬼的事上有能耐，他递了根烟给我：“咱们一起来抓抓鬼。”王麒放下手里的抹布，伸手挠了挠后脑勺，又冲我点头说：“何队长建议，开这车到现场走走，看看闹鬼不。”马三嘿嘿一笑，眼睛都眯没了。

何队长喊了一声，王麒开门上了驾驶座，发动汽车，马三坐在副驾驶座，何队长和我坐在后座。路上，何队长突然问我认识东霸天吗。我一愣，点了点头，说也算认识，去年秋天我在天桥查案，跟东霸天闹了点儿过节（详见《北洋夜行记》第三案）。

这人原本叫张德泉，在天桥承包菜场，慢慢成了天桥东头一霸。民国后，不知他从哪儿弄了几把枪，带人做起鸦片营生。在他地盘上，大小烟馆、白面房子（卖毒品的地方）、街上打吗啡的小贩，都被他把持，就连区域内的妓院、赌场、流莺、小偷，也要常常孝敬他。

我问何队长：“这事儿是东霸天干的？”何队长皱了皱眉，摇头道：“死掉的那个是个脚夫，是东霸天的人。据说有批货也一起丢了。”他顿了一下，“韩斌可能在车里跟那人买毒品——当然，也可能是帮人运毒。”我“嗯”了一声，没再说话。

韩斌确实偶尔抽鸦片，但都是去白面房子买烟膏，最多也只是在烟馆待上半天。我掏出烟，递给何队长一根，没再细说。自从前年尝试戒大烟，我很少再跟人聊鸦片的事。

从天桥开到了先农坛附近，路上越来越荒，没遇见什么动静。何队长说，这几年鸦片越禁越厉害，不但多了打吗啡的，还出现一些不知道名字的新型毒品。

“东霸天很可能搞到了新玩意儿，据说是从日本人那里弄的，就是这鬼车里丢的货。”

马三回过头，说知道这玩意儿，能戒鸦片、戒吗啡。何队长骂了一句，照头打了他一巴掌：“懂个屁！那玩意儿吸完更上瘾，这叫戒吗？”王麒一路没吭声，忽然说：“东霸天连日本人的生意都做，谁敢杀他的人？队长，你说会不会是西霸天干的？”何队长“哎”了一声，拍了一下王麒车座：“这话靠谱！”

南城几个区，有东霸天，自然也有西霸天、南霸天、北霸天。西霸天是近年来隐隐崛起的势力，与东霸天分庭抗礼。两人地盘犬牙交错的地方，经常发生激烈的打斗，不是为明里的生意，就是为暗地的买卖。

过了十一点，何队长安排王麒和马三去美丰租车行盯着，他怀疑车行也和毒贩有关系。两人走后，何队长换了便衣，开上鬼车，带我往南出了城，慢慢悠悠地在城外转圈。过了一会儿，何队长又开进城门，拐到一个僻静处停下。不一会儿，一个洋车夫拉着胶皮车从路边跑过来。何队长说，这个车夫是假的。我从后视镜看了看，这车夫果然有问题，跑动的姿势和节奏不对，拉车不看路，车轮随便颠簸，一点儿都不爱惜。

何队长说："试试他。"说着，他发动了汽车，打开车灯后突然掉头，将灯光照向车夫。那车夫被车灯一照，目瞪口呆，直到汽车开到他跟前，才扔下胶皮车往前跑。跑着跑着，他手里多了一把手枪，也不往后看，朝我们反手就是一枪，子弹不知道飞到哪里去了。何队长左手把着方向盘，右手伸出车窗外，一枪打翻了那个车夫。我拔出枪在手里，跳下车查看那车夫，子弹打进了他的脖子，已经死透。何队长撕开车夫身上的褂子，里头穿的是件洋布衬衫。

"操，装样子还不换身衣裳！"何队长骂骂咧咧地站起来，四下看了看，这回怕是要弄出大事。

这车夫是西霸天的人。半年前，他在烟馆见到过这小子，但西霸天打点了警察厅，没关几天就给放了。我说："要是这东、西霸天闹起来，倒也不是坏事，就怕警察厅抓不住机会。"何队长"嗯"了一声，说政府都跟洋人买土（指鸦片），这事儿得从根上治才行[①]。

①因 1911 年签署的《中英禁烟条约》规定的鸦片贸易期限将尽，贩卖鸦片的洋商希望延长期限，继续向中国倾销鸦片，仗着列强撑腰，向当时中国政府施压。中国一度拒绝，但是又怕得罪洋人，提出一个折中的办法，由政府一次买断洋商所有库存鸦片，用来制药，买鸦片的钱，通过公债和税收，向老百姓摊派。

这时，沿着城墙跑来两人，是马三和王麒。王麒看了看我和何队长，说："金先生，队长，你们那个姓韩的朋友真的有问题，他应该知道美丰车行在做毒品生意。"

马三和王麒在美丰车行蹲点，蹲到十二点还没啥动静，两人正准备要撤，车行老板突然来了，偷摸着开了门，也不掌灯。他俩跟了进去，没找见老板，才知道他是进仓库开了辆车，跑了。

马三和王麒进仓库搜查，发现那个租车经理也在，没等动手，经理自己交代了。他说车行确实有问题，毒贩会在车上交易，因为巡警一般不查汽车。鬼车出了事，老板丢下他就跑了。

何队长骂了一句，让王麒继续说。王麒犹豫了一下，说："这生意是东霸天的，咱们不好碰。"何队长打断王麒，说："管他东霸天、西霸天，这回怎么也得干翻他！"我给他点了根烟让他冷静，先把鬼车的事儿查清楚。他抽了几口，拍拍我："你说得是，韩斌还在医院躺着呢。"聊到半夜，何队长三人回了警署。我在附近找了间旅馆住下。

清晨四点左右，我正在旅馆二楼房间里睡觉，忽然听到楼梯传来一阵嘈杂的脚步声。刚起身，就有人撞开我的房门，马三和王麒带着几个巡警闯了进来。马三眼睛泛红，说有点事儿要搜一下房间，话没落音就带着几个警察在屋里翻找。我拉住马三问怎么回事。他说："何队长死了。"

何队长死在鬼车里，被人一刀插进了眼睛。

昨晚他们三人回警署，叫上几个巡警又聊了会儿鬼车的事，凌晨三点才散。睡下没多久，一个巡警起夜，听见院里有响动。马三说，何队长回警署就把鬼车停在院中间，谁也没碰过，那巡警看见车里跑下个人，没敢追，回屋叫了马三。两人到车里一看，何队长趴在方向盘上已经死了。因为在副驾驶座位发现了一个用血写得歪歪扭扭的“木”字，才带人一路往旅馆来寻我。

这时候，一个巡警在我的床底下发现了一把带着血迹的短刀。

马三拿着刀看了一眼，没等我解释，一耳光打在我的脸上。王麒连忙上来拉住马三，对我说：“对不住了，金先生，跟我们回警署吧。”

一个巡警解开腰间捆人用的绳子，扯起我的胳膊就要绑。我瞥了一眼门口，忽然全身抖了一下，扑倒在地上。趁几人正发愣，我脚一蹬，借力滚出房门。刚爬起身，楼下两个警察听到动静，跑上楼朝我过来。我一咬牙，从二楼的扶手跳下去，顾不上脚疼，又爬上院墙，没等他们追出来，我已经钻入尚在黑暗中的胡同里了。

我沿着胡同一直跑，过了香厂路，往先农坛方向去。先农坛周围的土墙已经坍塌，一抬腿就跨过去了，周围一望无际的麦青地，黑夜中跟一片海似的。我穿过麦地，往先农坛神仓跑去，杨小宝正暂住在那里，或许他能帮上忙。

这时，身后传来一声枪响，我赶紧蹲下。我回头一看，隐约看见两个人影从麦田里追来，不像是马三和王麒，或许是嫁祸我的人？不知道。我环顾一周，暗骂自己选的好路，根本无处可躲。好在天还没亮，他们瞄得不准，又开了几枪，子弹擦着我耳边飞过，都打偏了。

我干脆就地匍匐，掏出枪准备还击。两人渐渐近了，都端着长枪，竟然是东霸天的人。我认出其中一个是程傻子，从前在天桥卖艺，跟着东霸天卖大力丸。（详见《北洋夜行记》第三案）程

神仓位于北京先农坛的太岁殿迤东，建于清乾隆十七年（1752），是储存耕田收谷的地方。

傻子边走边嘟囔：“这姓金的是活腻了吗？敢动咱们的货，别他妈是西边儿（指西霸天）派来的。”另一个打断他：“别啰唆了，一会儿警察追来了。”

这时，远处一个黑影奔来，速度极快，边跑口里边喝道：“什么人！”两人刚抬起枪，那黑影“嗖”的一声飞落下来，借势一脚蹬在程傻子胸前。程傻子大叫一声，丢下枪转身就跑，另外一人也跟着跑走了。黑影也不追，等二人跑远，转过身来。我站起来一看，好家伙，这人一身披挂，铜钉盔甲，手持长刀，腰上挎着长弓。

“老金！你怎么在这儿！”

仔细辨认盔甲下的脸，正是杨小宝。我说你大清早唱什么戏，穿成这样。小宝哈哈一笑，说自己这是做大侠。

去年年底，小宝在先农坛住下，不知从哪个废弃的库房里翻出了发霉的盔甲、生锈的刀剑、断了弦的长弓，就把自己捯饬成了武将，每天夜里，在先农坛一带转悠，打击罪恶，附近大小绺子（指小偷）闻风丧胆。

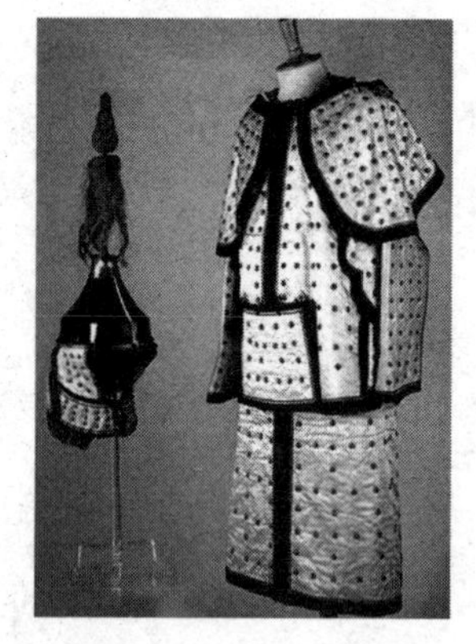
清代的铠甲，能把上半身全部包裹住。

小宝脱下铠甲，带我去他住的神仓，问我怎么回事。讲完鬼车和何队长的死，我一提东霸天，小宝腾地转身就要往外走，说早知道那俩是这胖子的人，刚才就该下狠手。我拉住他，说现在不急，警署肯定已经通缉我了，这会儿不能露脸。

在神仓和小宝住了三天，成天吃他做的炸酱面，齁得不行。外面的情况不知怎么样。第四天早上，我决定去找西霸天，既然警察和东霸天都把我当杀人越货的凶手，或许是个好机会。小宝不明白，说："西霸天也不是好东西，找他干啥？不如我帮你，咱俩自己查清楚！"我说我知道，但既然西霸天也盯着这事儿，说明他对鬼车里的货也感兴趣。

傍晚，我和小宝悄悄来到西霸天的地盘天桥益生茶楼，见到了他。这人的长相和东霸天完全两样。东霸天是个胖子，粗短身材，大小眼斜视，天生一副土流氓样。西霸天戴着圆眼镜，留小胡子，梳着西洋分头，穿丝绸西装，完全当不起一个"霸"字。他说，人是不是我杀的，不关他的事，他只想找到东霸天丢的货然后接手。

"这是从烟土中精取出来的，有了这个，谁还抽臭烟扑鼻的鸦片？”

说着，他从西装口袋里掏出一个小瓷瓶，打开瓶塞，倒出一些白色粉末。我笑了，说果然稀罕，不过东西不在我这儿。西霸天盯着我，说：“什么时候在了，告诉我一声，价钱好说。”我点了根烟，没说话。

这两天，东边儿的人去过先农坛，他想法拦下了几次——总不能老打打杀杀的。他扶扶眼镜说：“你的事，我都知道。”我笑笑，问他打算怎么帮我。他说，上海有报纸揭露了政府收买存土的事，所谓买土制药，都是幌子，其实就是和洋商做交易。这几天，民间各大禁烟团体联合起来抗议，要在北京召开“万国拒土会议”。

“政府当然要顺从民意，同意在禁烟游行的时候当众销毁存土，以表示禁烟的决心。”

1918年，国内外人士为了阻止鸦片贸易和种植，联合起来成立了“万国拒土会”，从国内外多方面推动反鸦片活动。图为西德尼·甘博于1917—1932年间拍摄。

西霸天伸手举起个茶杯："东边儿做事向来不讲究，上头有意思把他换掉——差的就是一声响。"他突然松手，杯子掉在地上摔碎，"对头的敌人能当朋友。我看你有点儿本事，等我拿下日本货的生意，向上面保举你，免了你的通缉令，以后跟着我干。"说完看了小宝一眼，"当然还有这位兄弟。"

两天后，禁烟团体在天桥发起游行，我和小宝也来到街上。从天桥到城墙根的游行人群里，都混着西霸天的人。有的戴着瓜皮帽，有的戴箍着棕布条的礼帽，一律都是青色或黑色的短打扮，腰间鼓鼓的，可能带着武器。我叫小宝留点儿神，一有动静马上离开。

随人群来到大会讲台旁边，我看到一个多年不见的老大哥，伍连德。民国成立的前一年（1911），我在哈尔滨报道鼠疫事件认识了伍博士，如今他差不多四十岁了。他站在演讲台一侧，身着礼服，没有戴帽子，低着头倾听旁边人的讲话。

伍博士走上演讲台，用粤语腔调浓重的北京话磕磕巴巴地演讲，台下的人们都仰着头，一脸迷茫。伍博士讲了一会儿，招了招手，上来一个翻译，他讲一句英文，翻译讲一句中文，内容是毒品的危害以及为何难以戒除。演讲完毕，又上来几个政界的大人物，每人都说了几句。

伍连德，马来西亚华侨，公共卫生学家，医学博士，中国检疫、防疫事业的先驱，中华医学会首任会长，北京协和医学院及北京协和医院的主要筹办者，1935年诺贝尔生理学或医学奖候选人。1910年年末，东北肺鼠疫大流行，他受任全权总医官，深入疫区领导防治。

我和小宝溜到演讲台一侧，我塞给护军一个银圆，叫他帮我给伍博士带个话。护军得了钱过去说了几句，遥遥一指，伍博士抬头望见我，眼睛一亮，快步向我走来。人还未到，声音先至：“金老弟！好久不见！”

我和伍博士寒暄了几句。几个戒烟所的护军抬过来一个长案，在上面堆满各色烟土，一个兵上来浇上桐油，然后划了根火柴扔在烟土堆上。伍博士转头，看见这一幕，边大喊着不要点火，边跑过去。但是已经晚了。烟土堆“轰”的一声蹿起火苗，滚滚浓烟升腾起来。

用火直接焚烧鸦片，一是等同于聚众露天吸食鸦片，二是焚烧销毁不彻底，鸦片会渗入土地，完全可以被人再利用。后来采用石灰海水销烟，先用盐酸浸泡鸦片降低稳定性，再放入石灰，溶解鸦片，最后把废水排向大海，彻底消失。西德尼·甘博拍摄。

这时，远处传来枪声，这声枪响仿佛信号般，近处，在人群中逐渐对峙的两拨人，纷纷亮出家伙对打，东霸天和西霸天开战了。在我听来，枪声密集，如一瓢冷水泼进热油锅一般。人群乱成一团，近处烟火弥漫，伍博士不见踪影。后来得知，火并的爆发点是西霸天手下的泼皮上门勒索美丰车行的经理，混乱中将经理一枪打死。枪声就是从那里响起的。

无数地痞流氓赶来，手持各种枪械，在附近先农坛的田间、天桥的街市、城墙的脚下，相互射击，街上的百姓早就跑得干干净净。我和小宝登上街边一家两层酒楼，从高处看去，交战双方借着路边的临时贩摊、店铺摆在外面的货架，躲在后面放枪。小宝一指："伍博士在那儿！"我顺着看过去，街角有个小警亭，警亭前面是几个麻袋堆起的简易工事，麻袋后面，伍博士拿着枪坐在地上，旁边两个巡警护着。我掏出枪，看了一眼小宝："会用枪吗？"小宝拍拍腰间说没问题，那里别着一把我给他找来的手枪。

根据楼上的观察，我们俩绕过人最多的地方，顺利来到警亭，与伍博士接上头。这时，一辆凯迪拉克迎面冲来，估计是某一边的人开汽车来支援。小宝拔出手枪，琢磨了一阵，汽车已经冲到眼前，小宝大喊一声："去你的吧！"将手枪照着挡风玻璃扔过去，哗啦一声，砸了个窟窿。

民国时期的警亭

汽车反应不及，猛地转向撞在路边电线杆上。我和两个巡警持枪上前。拉开车门，司机已经晕倒，趴在方向盘上，其余几个都撞蒙了。两个巡警上前把那几人拽下车去。我扶伍博士坐上后座，自己坐上驾驶位，发动汽车快速向北行驶，冲出交战区域往永定门奔去。

数万斤存土的烟，飘飘荡荡弥散了半座城市，老烟鬼们跑到街上，如同干涸泥池里的鱼，大口呼吸；普通老百姓闻了头脑昏沉、天旋地转。几百个流氓在烟雾中，越打越起劲儿，警察赶来的时候，他们反而丧心病狂地向警察发起了攻击，从中午到日落，警察被打退了四次。一直到夜幕降临流氓们才散去，留下一片狼藉的天桥和十几具尸体。

北京销烟事故之后，伍博士还要去上海主持销烟。他说，这次一定要亲自来，不能让外行政客插手。我拜托小宝做保镖陪伍博士走一趟，提醒他们当心黑心烟土商伺机报复。

这次的禁烟骚乱，政府把脸丢得一干二净，高层震怒，第二天就贴出了告示：

“京师警察厅某年月日公告，所有警厅提内外二十区署内探员，全体出动，平靖街面，捕获凶徒六十三名……”

根据传言，各区政客私下里召见东、西霸天，要求他们停止争斗立即讲和。西霸天马上宣布收手，而东霸天不愿意，非要和西霸天拼个你死我活。传说原因有很多种，有人说因为东霸天丢了一批货，有人说他在禁烟骚乱中吃了亏。最不靠谱的说法，说他是为了鸟。

据说东霸天平生最爱养鸟，养了三百只鸟，每只都是他的宝贝。他在老巢里专门开辟了一间大房，挂满鸟笼、鸟架。平日里他视察生意，手里总要提着一只鸟笼。有时候，他还提着鸟笼去茶馆，与人斗鸟，争斗的内容，无非是叫声、毛色之类。有一回，东霸天在茶馆炫耀他的爱鸟，有人不认得他，居然要他转让带着的靛颏。东霸天大怒，一拳把那人打晕过去。在骚乱当天，有人往东霸天家投火，房子被烧得一干二净，三百只鸟全部变成了烤鹌鹑。

靛颏，一种观赏鸟，过去多在皇家宫廷中饲养，北京天桥的三鸟楼、五家茶馆也有专门喂养。

反正不论哪种原因，上头决定放弃这颗棋子，派了大批军警赶往东霸天的老巢，外一区、外二区警署侦缉队全都去了。我赶到的时候，枪声已经零零星星，一队队人马匆匆向四周散去。我一路找到永定门义地后面的芦苇荡，发现了东霸天的车，车头朝下翻覆陷在淤泥里，沉下去半截。

我用手枪托砸碎车窗，从车后座拖出来一个昏死的人，竟然是王麒，我试了试他鼻息，还有气。驾驶座上的人是东霸天，脑袋上有一个血窟窿。东霸天一身肥肉，我扒开车门，双手从他腋下穿过，吃力地将他往外拖。脚下的淤泥吸着脚，走起来很艰难，刚把东霸天拖出来，背后传来一个声音：“金哥，对不住了。”

王麒站在后面，一只手挠挠头，另一只手里拿着枪对着我。我保持着拖着东霸天的姿势不动，王麒上来搜走了我的枪，变成手持双枪。王麒叫我丢下东霸天，又指了指地上，让我坐在地上。

东霸天不知何时醒了，脑袋倚着车门，直喘粗气：“小子，你是姓宋吗？”王麒看了他一眼，说：“你的记性不错，我是宋山的儿子。”东霸天听了一愣：“你不是被宋山打死了？”王麒说：“我父亲的确打了我的头，但是我命大。”又用枪管挠了挠头，“你要不要看看我头上的疤？”我插了一句，问他鬼车的案子是不是他做的。王麒点点头，算是承认了。

这时，远远看见马三带着一个巡警过来。王麒突然抬手，我眼前火光一闪，一股巨大推力撞击在左肩窝上，我侧身倒下，肩膀传来剧痛。王麒对着赶来的马三喊：“我抓到东霸天了。”马三走到我面前，有点儿意外，说还以为我是西霸天的人。话音刚落，王麒突然一枪打倒了马三身边的巡警。马三回头，王麒又是一枪，正中马三的胸口，他扑通翻倒在地。气管里呛进的鲜血让他剧烈地咳嗽起来，他强撑起身子瞪着王麒。王麒看着他，说：“对不住了，你不该这时候过来——何队长也不该半夜到那车里。”马三呛了一口血，问是不是他杀了队长。王麒没答话，又开了两枪，马三没了声音。

杀死二人，王麒转身回来，正看见东霸天不声不响地爬起来，他抬手朝东霸天的肚子就是一枪。东霸天吼了一声，不退反进，王麒又开了两枪东霸天才栽倒。

王麒提着两把手枪，向我走来。东霸天在后面又挣扎爬了起来，嘴里咕咕作响，涌出一股股鲜血。王麒转身，又开了几枪。东霸天摇摇欲坠，浑身已经被血浸透，东倒西歪地走着，嘴里嘟嘟囔囔，说着听不清的话，但就是没倒下。王麒打空了一只手枪，只得丢掉，东霸天继续逼近，王麒有点儿慌乱，踉跄着退后。东霸天猛走几步，一把抓住王麒持枪那只手的手腕，两人扭在一起。

我躺在地上偏头看去，马三圆睁着眼倒在旁边，早已气绝，他的手枪掉在不远处。我咬着牙把身体移过去拾起枪，左手忍痛撑着身体坐起来，右手开枪，子弹打在王麒胸口。他倒下的时候还带倒了东霸天，两人叠在一起，再也没了动静。我痛得两眼一黑，没了知觉，等醒来时，发现自己躺在医院的病床上，肩膀上的伤口已经包扎好，隐隐有些疼。若不是伍博士留下一封信，我都不知道他和小宝回来过。

追捕东霸天的军警赶到，把我送进了医院。子弹卡在我左肩的骨头和血管之间，开刀的医生拿不准，一时找不到敢做手术的医生，伍博士在外科手术上的造诣很高，我又与他相熟，就直接发电报给伍博士求助。当时，伍博士与小宝刚到天津，正准备南下。接到电报，两人连夜返程。伍博士亲自操刀，安全取出子弹。

手术后，他一刻也不愿耽搁，仍要尽快赶赴上海，主持销烟活动。他在信中写道：

“贫弱如中国，任人宰割，面对为富不仁并以强权政府为后盾的毒品制造商团伙，并非严刑峻法就能对抗。无法无天的贩毒者享有治外法权和遍及全中国的网络。日本为了制造毒品，在大阪、台湾、大连设立工厂生产海洛因。中国的每一个日本药商、典当行掮客、小商贩、妓院老鸨以及小店主，都是毒品销售者，极少例外。日后若有机会，我一定要在国际上控诉日本的罪恶[①]。”

王麒的案子经过警察厅的调查，真相大白。王麒原名宋麒，就是鬼车主人宋山的儿子。据东霸天手下一个毒贩交代，当年宋家的败落，与毒品有关。宋山每日以鸦片为食，无心生意上的事情，渐

① 1925年，在东京举行的远东热带医学协会第六次会议上，伍连德宣读《毒品与公共卫生问题》一文，并提议将东亚地区毒品犯罪记录在案，严控其在医学和科学研究的应用。决议得到通过，日本代表团愤而弃权。

渐败光了家产。当时，东霸天还在天桥贩毒，经常去宋山家里兜售鸦片吗啡。王麒十一岁那年，宋山决心要重振家业，将家中剩下唯一值钱的一对花瓶拿去变卖，希望用此作本经商渡过难关。没想到花瓶被儿子不小心打破一只，宋山当时毒瘾发作，暴怒起来，拿起另一只花瓶打在儿子头上，王麒当场头破血流。谁知道这小子命大，半夜又醒过来，不知跑哪儿去了。

在王麒的住所，警察搜出了东霸天丢失的新型毒品和一套吸毒工具。王麒早就知道，美丰车行给东霸天运毒。韩斌出事当天，他事先潜入汽车的后座，等交易的人上了车，从后面杀死交易者，抢走毒品。他这么做也许是恨透了贩毒的，也许是为了自己吸。

一个月后，韩斌醒了。他承认租了鬼车之后，确实曾帮东霸天的脚夫运毒。

“我和他也认识没多久，只是想试试他说的新鲜玩意儿，听说和吗啡一样，但不会上瘾——其实，我想戒掉吗啡。”我给他点了根烟，说：“能让你轻松戒掉瘾的，往往会是另一种瘾。”他抽上烟，点点头，说虽然自己差点儿被王麒打死，却一点儿不怪他：“我理解那种心情，既恨透了这些玩意儿，但又总想它们——你是不是也一样？”我笑了一声，摇摇头，说我也不知道。

海洛因刚研制成时，确实被当作药物使用。1897年，德国化学家费利克斯·霍夫曼将海洛因制成药物，发现其止痛效力较吗啡至少提高了4–8倍，可明显抑制肺痨病人的剧咳、久喘和胸痛，且无明显不良反应。1898年，拜耳药厂开始规模化生产该药，并正式注册商品名为“海洛因”，甚至在《德国医生报》的广告中公开要求医生们用“公认的出色的”海洛因医治吗啡成瘾，称其为吗啡的下一代产品，并且不会让人上瘾。

又过了两个月，韩斌身体恢复了，却得了一种怪病：晚上再也睡不着，白天也不困。他说，夜里不管是通宵做事，还是在床上躺着，都丝毫不累。而且，头脑一点儿不乱，毒瘾也不戒而愈。哪怕多黑的夜，都能保持清醒。

这让我很羡慕。

本故事整理者：桃十三

第68案

琉璃厂销金蚀骨
青龙桥铁道飞车

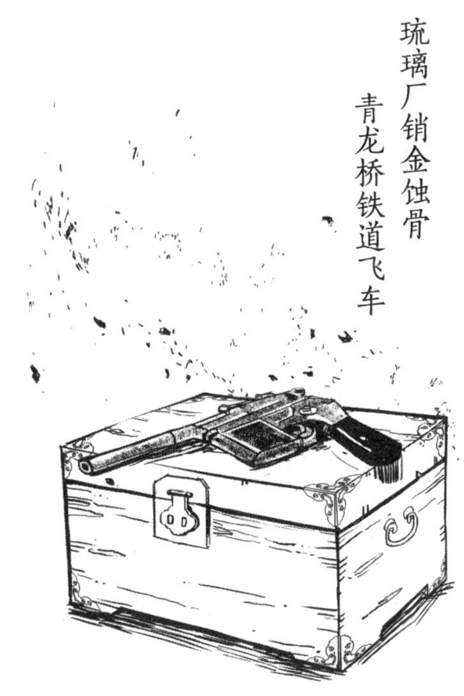

或大呼曰。匪至。車廂內捲席大亂。余回顧座位。小寶杳然不知所蹤。皮包餘焉。鐵軌之上。火車僵臥不動。車廂外。槍聲大作。乘客蜂擁出逃。余一時擁擠不出。藏身座下。以麻袋蔽體。匪入車廂內。鳴槍以懼乘客。俱逐之車外。良久。余傾耳聽之。廂內了無聲息。探頭覘之。四目相

案发地点：琉璃厂北柳巷
案发时间：1920年5月
记录时间：1920年7月23日

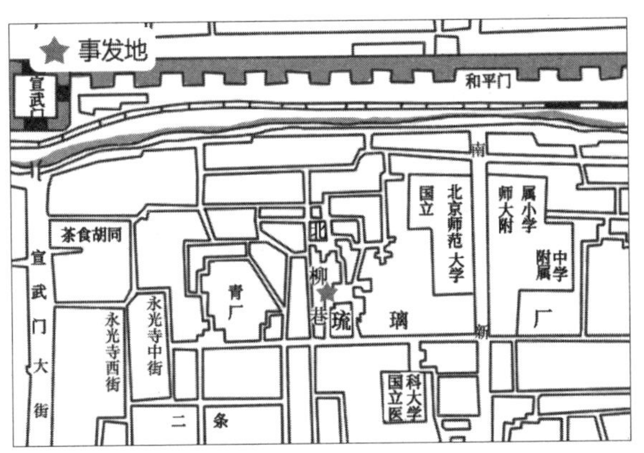

五月末的一天早上，我出门遇见了两件恶心事。

今年（1920）华北大旱。北京上一年冬天没下雪，开春两场雨只湿了点地皮。没过五月节，已经热得不像话了。蝗虫一闹，燥得人心惶惶。

我沿着大街从西单往南走，出了宣武门，眼前一片黑黄，满大街都是蝗虫，在地上、房上、人身上蹦跶，伸手往头上一摸，就能揪下两只来。要不是写稿纸不够，急着去琉璃厂的松竹斋南纸店，我根本不愿出门。

售卖各种纸张的店铺，因大部分纸品为南方产，故称南纸店。南纸店多经营书画用宣纸，日用的高力纸、毛边纸等，也卖过年用的大黄裱纸，办白事用的纸钱。南纸店也泛指卖文房四宝的店铺。图为20世纪20年代北京荣宝斋南纸店。

走到街边二荤铺买

糖饼，眼瞅着指头粗的蚂蚱蹦到油锅里，炸糖饼的伙计也不在意。蚂蚱炸差不多了，伙计用漏勺捞出来，搁在旁边盘子里，嘴里念叨着："仨蚂蚱一盘儿菜，大腿还在外。"看看那盘子里一堆炸蚂蚱，我有点儿恶心，忙说糖饼不要了。

走到北柳巷，前面黑压压一片人，围在合庆炉房[①]门口，路被堵了一半。我正要绕道，人群又嗡地散开，几个巡警抬出来一把椅子。椅子上坐着个人，已经死了，仰着头，后脑勺靠在椅背上。警察想把尸体放平，左试右试不敢下手。

我凑近了看，发现那尸体的脖子被一坨灰白的东西黏在了椅背上。

侦缉队的白队长从炉房出来，看见我打了个招呼，让巡警给我让出条路。他指指尸体，说这是炉房掌柜，凶手应该是口外的土匪，把熔化的银子倒进了掌柜嘴里，掌柜是被活活烫死的。

"这货不干好事儿，帮着土匪洗银子[②]。早跟丫说过，甭跟那帮土匪走太近，就是不听——土匪也挺舍得，用银子杀人。"

白队长说，应该是掌柜的在帮土匪销赃时私吞赃物，缺斤短两，让土匪们起了杀心。我"嗯"了一声，又蹲下去看那尸体。这死法实在离奇。那坨从脑袋里淌出来的银子上，还糊着血丝，我又一阵恶心，赶紧起身跟白队长摆手告辞。

---

①炉房亦称"银炉"，旧时中国铸造宝银的机构。清代有官设和私营之分。官设银炉多附于藩库及关局等机关内。清末以后，私营银炉盛行。业务以接受当地银钱业委托代铸宝银为主，亦间有兼营银钱业务。

②民国时期，土匪或行窃之人，为了销赃，会和城里一些商家合作，将金银器送到炉房洗炼，其他赃物会送到指定收黑当铺或者黑市上变现。对于赃物来历等，买卖双方多不过问，形成默契。

夜里十二点多，我刚躺下要睡，听见外头扑通一声响，有人跳进院子。没等我爬起来看，屋外敲起门，是小宝来了。

他进屋关上门窗，从身上解下个藏青色的包袱，打开里头是个木匣子。木匣子大约有两个巴掌那么大，阴沉木的盒身，上面雕着花纹，黄铜锁扣，是个不错的物件。

阴沉木，又称古沉木、乌木等，因地震、洪水、泥石流等地质作用，地上植物生物被埋入古河床等低洼处，埋入淤泥中的部分树木在缺氧、高压状态下，在细菌等微生物的作用下，经长达上千万年炭化过程形成，故又称“炭化木”。这类木材的特点为耐潮、耐虫、耐腐并具香味，油性重。

小宝按住木盒，小声说：“出事了。”我扒开他的手拿起木匣，说：“你这样子确实像出事了，跟个贼似的——偷的？”小宝一把夺下木匣，拿到灯下打开，匣子里闪出金光。

“刻着《楞严经》的金册，纯金的，合庆炉房陈掌柜交代给我的。”小宝压低嗓音。

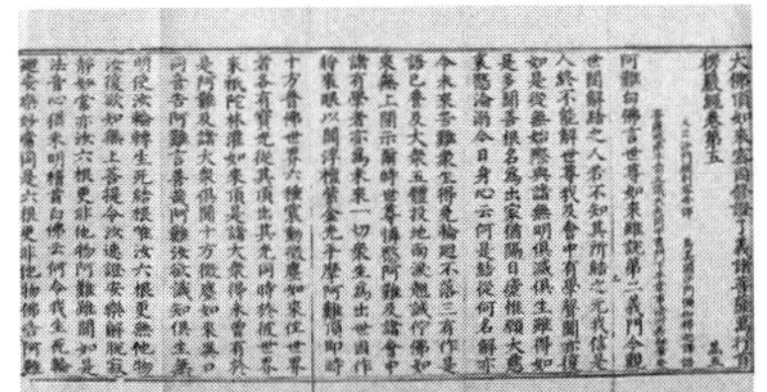

《楞严经》，大乘佛教经典，据传在唐朝中叶传至中国成书译出，并开始流通；北宋时，天台宗与华严宗形成研究《楞严经》的风气，《楞严经》开始受到重视；明朝之后，此经成为显学，明末四大高僧皆对它大力提倡；直到清朝及民国，此经仍然极被重视。《楞严经》梵文原本未传世，从面世开始，因未被列入正式译经目录，对于它的真伪，就有了经久不息的争议，佛教学者认为它是在唐代的中国所写之作，再伪托为印度传入的作品。

我一个激灵，那个掌柜的不是死了吗？小宝关掉大灯，又检查了一遍门窗，说：“老陈死得奇怪，这里头有事儿。”

合庆炉房的掌柜姓陈，前清时要把式走江湖，做过镖师，也见过绿林，论辈分算是小宝的师兄。后来改了行，和人搭伙开炉房，自己当掌柜。平时小宝和他也不怎么往来，偶尔会找小宝往附近送点儿东西。现如今镖行[①]不景气，没什么信得过的人，他俩知根知底儿，陈掌柜放心，小宝也能收个跑腿钱，挣点儿外快。

“前天晚上，他抱着这么个木匣上我那儿，让我把这东西送到张家口的云泉寺，说是给他老母亲还愿，许给了寺里住持一部《楞严经》。”

小宝还没出发，陈掌柜就被土匪用银子灌死了。小宝说，是不是土匪干的不好说，警察也没真抓着人，但这事八成跟这金册有关系。“我下午去过老陈那儿，邻居说炉房里被土匪翻了个遍。他们肯定是要找什么东西！”

我说：“这事儿要真跟土匪扯上了，肯定不会是件普通案子——要不先缓缓再去？”小宝说不行，走江湖的，讲究的就是“信义”二字，受人之托、忠人之事，更何况托付的人已经死了，事情更应该办成。

我说：“那坐火车去吧，快——我跟你一块儿去。”小宝乐了，说想一块儿了，坐火车他不熟，来就是想叫我一块儿。小宝当晚在西四住了一宿，第二天我俩直奔广安门火车站。

---

①镖行，是专为人运送贵重物资，保护财务或人身安全的机构。镖行在明代已经出现，20 世纪二三十年代以后，镖局开始逐渐衰落。民国时期“匪患”极其严重，而且已大量装备现代化武器，有的土匪本身就由散兵游勇组成，呈现“兵匪不分”的社会现象。在这种社会环境下，传统意义上的镖局已无生存空间，现代意义上的保安组织应运而生。

1909年拍摄的广安门火车站

车站里，满是从口外逃难来的灾民，拎着大包小包，沿着铁路线一直往南走。铁路警察用警棍驱赶着灾民，让他们远离铁轨和车厢，灾民们任由铁警呵斥，不紧不慢地走着。

售票厅前挤满了人，抱怨买不上票，我一打听，去张家口的列车停运了。卖票的说是因为旱灾，灾民和溃兵把铁路线切断了，列车停运是为了安全起见。

铁路警察与百姓

窗口前的人议论纷纷。有人说，根本不是因为什么灾民，是有辆运送特种物资的列车，连带车上的官兵，在京张线上消失了。护路队沿线找了一溜儿，都没找着。人群一下炸了窝，闹成一片。

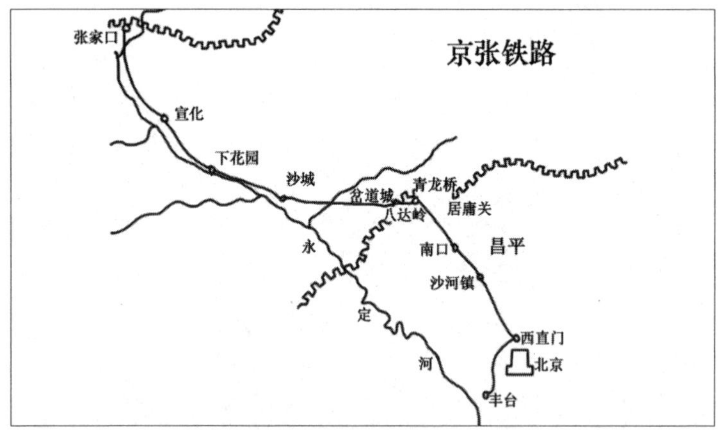

京张铁路为詹天佑主持修建并负责的中国第一条铁路，它连接北京丰台区，经八达岭、居庸关、沙城、宣化等地至河北张家口，全长约200千米。1905年9月开工修建，于1909年建成，是中国首条不使用外国资金及人员，由中国人自行设计并投入营运的铁路。

我不死心，在车站等信儿。一直到下午四点多，售票厅才放出消息，最早的客运列车，得等到明天中午才能发出。我抢了两张二等座的票，拉着小宝赶紧往家走，车站人多眼杂，我怕小宝身上的东西被人顺走。

第二天中午，离发车还有一个钟头，我和小宝就赶到车站。一辆客运列车停靠在站台边，这趟车只有五节车厢，一节头等，一节二等，余下的是三等。

1909年拍摄的二等车厢

检票上车时，小宝悄声跟我说，有人盯上咱俩了。我顺着他说的方向扫了几眼，看见一个光头在不远处站着，上身穿着平常衣裳，下身却绑着腿，还穿着军队的皮鞋，没准儿是个逃兵。

列车员催促着乘客赶紧上车，站台上的铁警把灾民赶出了铁轨，我拍拍小宝肩膀，告诉他没事，推他上了车。等我俩中间隔了几个人后，我才进了车厢。那光头跟着排队的人，没再往我们这边看。

二等车厢的座位已经坐满，有十几个路政学校的学生来观摩京张线，剩下的都是普通旅客。

列车出了广安门火车站，沿着北京城的西城墙走，到了西直门车站，上来几个铁警，说是要检查行李。我俩走的时候没想到这趟车会检查，直接把木匣放在了皮箱里。铁警翻包，人多眼杂的，保不齐会被小偷盯上。还没想出法子，一个铁警就走到我跟前。我前后看了两眼，见那光头坐在车厢尽头，正往窗外瞅。

我边递上皮箱，边跟铁警磨叽，以前坐车也没检查过行李。那铁警紧绷着脸，说最近私贩烟土情况严重，所有上车行李一律必须接受检查。“挺精致的物件啊。”他翻了几下皮箱，看见木匣子，要拿起来。我正想阻拦，小宝在座位底下踢我，示意我别动。

铁警打开木匣，里面只有几张纸币，他翻来覆去地看着木匣，说：“你这几张钱，也不值当用这么好的木匣子装吧？”我打个哈哈，说这个木匣是老家留下来的念想，就爱随身带着。铁警半信半疑，又仔细检查了一下木匣，还是还给了我。

轮到小宝，他打开随身带的包袱，里面除了几件衣服，没别的物件，铁警随便扒拉了两下就走了。我正纳闷金册搁哪儿去了，小宝捅我，走江湖的规矩，黄白之物得随身带着，切记不能露了白。

说完拍了拍自己胸脯。走之前，他看我把木匣搁进皮箱里，觉着不安全，就把里面的金册拿出来，缝进了衣服内衬上的暗兜里。

1909年拍摄的南口车站

铁警继续查行李，我特别注意了一下光头，查到他那儿时，没发现什么异常。太阳快落山，车到了南口车站，得在这站停上个把钟头加水，再往前过八达岭。

车站上人不少，大多是灾民，见天黑下来，也不往前走了，靠着铺盖卷就地躺下。小孩子满地逮蚂蚱，逮住了，直接揪下蚂蚱腿就“嘎吱嘎吱”嚼起来。

突然站台上人群骚动，原先散乱的人群慌忙让出一条道。一个司炉打扮的人，歪七扭八地走出人群，一个趔趄倒在站台上的铁警脚下，嘴里喊着救命。

车厢里好多人探出头，想看个仔细，聚的人越来越多，我和小

1909年拍摄的火车头的司炉工

宝索性下车凑到前面。这个司炉从嘴里往外吐着血痰沫，看起来是肺受了伤，但是周身上下，只见腿上有一处枪伤。车站的人赶忙找来了一块门板，把他抬出了站台。

“有枪伤，怕是遇见土匪了。”我回头一看，是刚才那个检查行李的铁警，“这帮人可他妈不是东西，为了抢个钱，杀人放火，缺德的事儿都做绝了。”说起土匪，他声音大了起来。

我问他：“这条路上经常有土匪吗？”铁警告诉我们，以前也有土匪，不过没这几年这么猖獗。这个铁警有一搭没一搭地跟我们聊起来。他说自己是怀来县人，叫叶佳桐。北方姓叶的少见啊，小宝问。铁警说他是旗人，满姓叶穆氏，后来改了汉姓叶[①]。

临上车，铁警叮嘱我们看好自己的物品，这一路上不光有土匪，还有小偷，“小心你的木匣子，太惹眼”。没想到还真让他说中了，车开了没多久，木匣子就不见了。

金册在小宝身上，下车看热闹时我就忘了木匣这茬儿，回到座位上，也没太在意。要从皮箱里拿东西时，手往包里一摸，我才发觉木匣没了。正赶上一个铁警巡视车厢，我把他拉到车厢尾跟他报案。

铁警听到只是丢了个木匣，也没说找不找，就说知道了，摆摆手让我回座位上等信儿。这回换小宝拍拍我肩膀，说金册在呢，只要它不丢就没事。

---

①清朝雍正年间，满汉民族关系较为和睦，兴起满姓改汉姓的潮流，雍正帝在位期间多次阻挠却屡禁不止，后来就暂停了满姓改汉姓的限制，成了默许行为。清末，孙中山提出口号“驱逐鞑虏，恢复中华”。建立民国后，众多清朝贵族担心自己的身份会带来危险，遂改汉姓。

1909年拍摄的青龙桥车站

列车走走停停，到青龙桥车站时已经是半夜。火车停靠在站台边，等着接上车头。小宝怕东西丢了，一直在座位上坐着，我下了车在站台上抽烟。

这个车站主要是为接车头用的，站台上都是工作人员，偶尔能看到卖山货的山民，还有出来伸伸腿脚的旅客。这时，一辆火车头慢慢从岔道拐到列车车尾，就在车头快要接上的时候，一个瘦小的人影一闪而过，躲到水塔后面。

1909年拍摄的铁路站台水塔

青龙桥站是个断头车站，火车只能从一个方向进出，水塔离车站房很远，后面就是护坡，少有人去。我躲在阴影里盯着水塔后面，发现那儿不止小瘦子一个人，还有一个只有一条左胳膊的人。

小瘦子掏出一个木盒，递给了独臂人。虽然离得远，但我也看清了那就是我们丢的木匣。独臂人接过木匣，把里面的钱都给了小偷，扭头绕过水塔就不见了。小偷收好钱，若无其事地转出水塔，我才看清楚偷儿是个十五六岁的半大小子，怪不得个子小。

只要木匣不要钱，难不成这个木匣真是个宝贝？

车站的电铃响了，火车也拉了汽笛，站台上的乘客纷纷回到车厢。独臂人裹在人群里，上了离车头最近的三等车厢，我跟在小偷后面，上了二等车厢。列车慢慢驶离车站，两个车头“吭哧吭哧”地喷着白烟，吃力地爬着坡。

那个小偷在车厢里从头走到尾，四处寻找下手对象。等他走到车尾的厕所边，我上前一步走到他身后，把他推进了厕所里。

1909年拍摄的京张铁路“人”字形路段。京张铁路从南口北上需要穿过八达岭，因坡度大，为了实现安全、平稳运行，同时还能缩短线路、降低费用，詹天佑设计了“人”字形铁路线路。北上的火车到了南口以后，就用两个火车头，一个在前面拉，另一个在后边推，使火车向东北方向前进；进入“人”字形铁路线路的岔道口后（青龙桥站）就倒过来，原先推的火车头改成拉，而原先拉的火车头又改成推，使火车向西北前进。

一察觉得有人推后腰，小偷腿就软了，没转身就求饶："警察老爷，下回不敢了，下回不敢了。"看来他是经常被抓，我用胳膊肘卡住他后脖子，不让他回头，问他都偷了什么。小偷叽叽歪歪的，不说实话。我揪住他后脖颈就往墙上撞，猛磕了两下，小偷直喊饶命，说自己没打算偷，是有人指使的。我问偷的什么，受谁指使。

"就是一木匣子，我也看不出来哪儿值钱，那人非要。他叫侯老清，跟我是老乡，一个村儿出来的，就是前面的岔道城。您说我跟他都是一个村的，他还帮我垄过地，不帮忙就不近人情了不是？"

他一口气说了一串儿，边说边使劲儿往下钻，想溜。车厢突然猛地晃荡了一下，我没站稳，手里一滑，小偷一个转身，推开我就往外跑。我回身要逮他，但没抓住。

"土匪来了！"不知道是谁喊了一嗓子，车厢里瞬间炸了窝。我赶紧往座位上走，小宝已经不见了，座位上只放着我的那只皮箱。车已经停在了铁轨上，外面枪声大作，乘客们一窝蜂往门口挤过去。我被挤到车厢旮旯的座位，找个麻袋片盖在身上，蹲下身窝着。

土匪上了车，把乘客都轰了下去，还时不时放两枪吓唬乘客。我听见车厢里没人了，慢慢探出头查看情况，车厢另一端也有个脑袋探出来，是那个铁警叶佳桐。他示意我别出声，我也回了他个手势，悄悄起身扒着车窗玻璃往外看。外头的不是一般土匪，穿着直系部队的军装，应该是部队哗变，长官带着手底下的兵直接上山落草了。

土匪让乘客沿铁路站成一排，拿着马灯和火把照着乘客，挨个儿搜刮财物，值钱的不值钱的都被抖落了出来。那个只有一条胳

袁世凯死后，北洋军阀分裂出了以直隶（今河北）人冯国璋为首领的一派。1920年直皖战争后，直系控制了北京政权。直系军阀代表人物为冯国璋、曹锟、吴佩孚、孙传芳等人。图为直系军阀吴佩孚的军队。

膊的侯老清，就在这些乘客里。他一直侧着身，把仅有的一条胳膊藏在身后，土匪的马灯一晃，我才看清他手里拿着木匣。眼看土匪要到他身边，他趁人不注意，把木匣子扔进了道边的树丛。

我还想再看仔细点儿，余光瞥见有人往车厢里看。是那个光头，我赶忙低下头，滚进座位下面。

光头从叶佳桐那头上了车，挨个儿座位搜查起来。他走到中间停顿了一下，可能是看到了我的皮箱，接着又继续往前走。我摸了一下怀里的枪，觉得不妥，就掏出钢笔拧下笔帽，反握在手里。

走到我这边，光头甚至都没蹲下身看，突然直接朝椅子底下伸手，一下抓住我衣领，顺势就要拎我起来。我把钢笔戳在他脚脖子上，还用力拧了一下。他吃痛弯下腰去扶脚脖子，张大了嘴还没来得及叫出声，只见叶佳桐猫着腰在光头身后，一只手扶着他的身子，一只手攥着把匕首，匕首直接戳进光头的后心。

“刚才检查的时候，我就觉出他有问题，没想到是土匪的探子。”叶佳桐小声招呼我，帮忙把光头的尸体藏在座位底下。

我低着身子，把麻袋片盖在光头身上，又和叶佳桐躲在了座位底下。他说：“你那皮包口开着，怕是丢东西了。”我笑了一声，说：“刚才就被人偷了，你们警察也不带管的。”叶佳桐也笑，问和我一块儿的那哥们儿呢。

“我那朋友是走江湖的，会把式，现在肯定比咱俩安全。”

正说着，车厢又猛烈地晃了几下，慢慢开动了。看来土匪是要把乘客扔在站台，开空车走。车厢里传来一阵喧哗声，土匪上车了。

光头的尸体很快就会被发现，叶佳桐示意我跳车。我看了看外面，漆黑一片，土匪的声音越来越近，“砰”的一声，车厢门被撞开，一个土匪拎着马灯进了车厢。叶佳桐喊了一声“快跳”，就从车窗蹿出去了。

这个土匪见状，边喊同伴边拎着鬼头刀朝我跑过来，我只好跟着跳出车厢。

刚落地，几颗子弹“嗖嗖”地从头顶飞过。我趴在路基下面，土匪开了几枪就放弃了。等车开走了，我站起来看看四周，叶佳桐比我先跳的车，已经没了踪影。我只能沿着铁路往回走，还好，没走多久就看到小宝沿着铁路，向我这边走过来。

原来他早就看到了路边埋伏的土匪。土匪劫车的时候，他趁乱从车窗直接翻到车顶，然后又趁土匪不注意，顺着车厢连接的地方，躲到了车底。他在车底观察，在下车的乘客里没看见我，知道我还在车上，就扒着车底，跟着火车走。本想翻进车厢里，但实在没劲儿了，就下来沿着铁轨走。

我问他看没看到叶佳桐，他摇头，说自己倒是看见个一条胳膊的人，没跟着其他乘客往车站走，往山里跑了。我拉起小宝就走，说赶紧追，偷匣子的就是他。停停走走半个钟头，终于找到独臂人进山的小路。刚拐进小路上没走两步，小宝突然停下来，拽我进了林子。

小路前面不远，地上躺着个人。

躲了一会儿，我让小宝先别出来，掏出枪慢慢靠过去。地上那人只有一条胳膊，后脑勺被人用石头砸开了瓢，已经死透了。我在尸体身上来回翻了翻，没找到木匣。应该是有人在半路砸死了这个侯老清，拿走了木匣——这东西真是个宝贝，那么多人盯着。

我正打算喊小宝出来，从我们来的路上蹦出个人影，还没等他走到跟前，小宝蹿出来就是一招扫堂腿。那人"哎哟"一声躺在地上，怀里东西稀里哗啦散了一地，是那个小偷。他连滚带爬刚想起来，小宝又是一下，把小偷拍在地上，接着拎起他的脖领子，扔到我脚边。小偷看见地上躺个死人，捂住脸就哭，跪地上直磕头，求我们别杀他。

我问："这人你认识吧？"小偷放下手，看了一眼，认出是侯老清，不敢吱声。我问他这条道通到哪儿，侯老清为什么走这条道。小偷支支吾吾，哗哗流眼泪。小宝照着他后心就是一脚。小偷啃了一嘴土，怕小宝还打他，才

岔道城距八达岭关城西北约1500米，岔道古城在八达岭关城西北处。据《延庆州志》中记载："岔道有二路，一至怀来卫，榆林、土木、鸡鸣三驿至宣府（今宣化）为西路，一至延庆州、永宁卫、四海治为北路。"故得名"岔道"。京张铁路由此岔道向西，经怀来、宣化，至张家口。

说这条道通往岔道城，侯老清走这条道应该是要回家。

凶手走这条路，必然也要去岔道城。我让小偷带路，往岔道城方向走——这东西牵连得死两个人了，必须得查清楚。

出了山，天已经大亮，从山上已经能看到岔道城。城外是光秃秃的田垄，周围连棵树都没有。小偷说这是因为连年闹灾，旱完了就闹蝗虫，下一年又说不定是旱是涝，老百姓种点儿庄稼，不是让蝗虫吃了，就是被土匪抢了。

这地方也算是个镇店，北面的灾民都在这儿停一停，准备接着往南走。从山坡上往下看，全都是灾民，城墙上站着一些人，拿着各式各样的枪，神情严肃地看着过往行人。小偷告诉我们，他们叫“红枪会”，是好多受不了土匪袭扰的农民自发组织的剿匪武装。

通过城门洞后，我让小宝去城里探探消息，他毕竟是走江湖的，跟人打交道他有一手。我让小偷带路，找到侯老清家。小偷一砸门，一个四十多岁的妇女开了门，看见小偷也不显生分，喊着他虎子。虎子有点儿难为情地给我介绍，这妇女是侯大嫂。

侯老清的家是个不大的破三合院，东厢房已经塌了，西厢房被当作伙房在用。侯大嫂把我们让进院子，虎子磨叽半天，终于还是说了侯老清的事儿。侯大嫂听完腿一软，瘫坐在地上。我和虎子把侯大嫂搀进屋子，缓了半天，她才回过神。

趁着侯大嫂清醒，我赶紧打听侯老清。

这侯老清原来是红枪会的一个小头目，年轻时跟土匪打仗，丢了一条胳膊，等到娶媳妇成了家，不像以前那么有冲劲儿了。因为这事，也招来红枪会里一些人的妒忌，说他占着茅坑不拉屎，自己㞞就别再当头儿了。

红枪会由民间各种习练金钟罩的刀会武装发展演变而来。民国初期，作为对盗匪猖獗现状的回应和政府社会控制力量不足的补充，红枪会等自卫性武装兴起。20世纪20年代的红枪会以抗匪自卫、保卫村庄为主要目的，以带有自卫性质的武装力量维持本村和本地区的治安。由此，华北、东北、华中的广大农村地区带有金钟罩色彩的红枪会等组织由秘密转向公开，就此兴起。

侯大嫂说，侯老清恨土匪，但觉得跟土匪干仗，打到最后也是杀人放火——他总念叨，这不跟土匪一个样了？这回离家去北京，他本是去找城里的亲戚救济家里，没承想把命搭进去了。我问城里他们的亲戚是不是姓陈，开炉房的，大嫂说不是。

我又问侯大嫂有没有听说一个精致的木匣子。大嫂想了想，说是有个木匣，听侯老清提过，那是本地红枪会几辈人传下来的物件，据说是堂主的信物。

“后来，老堂主被土匪害死，木匣就再也没出现。老堂主一死，他们这个红枪会没了主心骨儿，大家谁也不听谁的，谁也不服谁。”

我这才明白，为啥这么多人盯着这个木匣子。

离开前，我把身上带的钱留下，又嘱咐小虎子照顾好大嫂，找个时间给侯大哥入殓。出了院门，没走两步，刚到正街上，我就看见小宝着急忙慌地冲我跑过来。

“俩事儿，一是我找到木匣子了，但是挺奇怪的。”

我问他在哪儿找到的，怎么奇怪了。小宝说，他先是在城里瞎逛，这小城本身就不大，除了戏台和关帝庙还有个小衙门，剩下就是些民宅。衙门进不去，他就去城根关帝庙看了看，一看不要紧，就在关二爷的神像下面，供着那个木匣子。小宝想进正殿，被一个扛枪的拦住了，二话不说直接将他轰了出来。小宝想来硬的，看看人手里的枪，还是把火压下了，赶紧在城里找我。

我问第二件事儿呢。小宝说，这帮红枪会的，逮住一个土匪，正在城里的戏台子上审呢。

说着，一个老汉拿着锣咣咣地敲着，招呼老乡们去戏台看审土匪。戏台已经聚集了很多人，台上跪着一个被五花大绑的人，穿着

1930年拍摄的威海某处村镇戏台

已经看不出颜色的军服。一个黑胖的矮个子红枪会员走到台上，指使身边的人，把这土匪一顿揍，然后大骂土匪，台下的百姓和红枪会员连连叫好。

台上的土匪跪在那儿，起先还撅着脖颈子犯倔，听到越来越多的附和声，身子不由得哆嗦起来，等听说要处死他的时候，这个土匪急了，扯着嗓子开始叫骂。

"我操你妈，一群刁民，都他妈是贱命，谁能比谁强，你们也不得好死。我告诉你们，要是杀了我，我的兄弟们会把你们都弄死。我们有毒气，毒气一放，谁都跑不了！"

土匪越说越激动，唾沫星子横飞，台底下的人听到毒气都不出声了。小宝低声问我，什么毒气这么厉害。我想起在南口车站的那个司炉，他口吐血沫子，肺部却没有外伤，身上还有一股酸味。我告诉小宝，没猜错的话，应该是氯气①，吸进去直接就把肺叶子烧坏了。

小黑胖子一听毒气，有点儿慌神，冲台底下喊："乡亲们，这土匪胡说八道吓唬人，就是想让你们放弃抵抗，咱们不能轻信他的！哥儿几个，上刑！"从台底下走上来一个穿羊皮袄的，手里拿着一个大勺，勺里盛着滚烫的铁水②。

---

①氯气，化学式为 Cl_2，常温常压下为黄绿色，是种有强烈刺激性气味的剧毒气体，密度比空气大，可溶于水和碱溶液。氯气作为化学武器最早应用于第一次世界大战期间，因氯气的制备相较于其他化学武器更为方便，以致在战场上大规模应用。

②明代长城沿线驻有戍边官兵的眷村，在长城脚下驻扎的边民，会将铁器熔化成铁水，浇筑在城墙上，起到加固作用。逢年过节，专门的手艺人会将铁水泼溅到城墙上，俗称打铁花。

台上的几个红枪会员按住土匪，土匪还在大声叫骂，没等他骂完，滚烫的铁水灌进了他嘴里，土匪顿时没了声音，蹬了几下腿就死了。铁水顺着土匪的脖子流下来，空气中隐约有一股肉烤焦的味儿，我旁边有几个人，居然还咽了咽口水。土匪的死状，像极了炉房陈掌柜。

台下的人，默默地看着铁水逐渐在土匪身上凝固。慢慢地，有人低声耳语，议论着土匪死前说的毒气。议论声越来越大，人群里忽然有人冲小黑胖子喊道："你是就一个人，能豁得出去，我们这拖家带口的凭啥跟着你干？"这一喊，台底下的百姓炸了窝，小黑胖子刚才的神气劲儿都没了，站在台上也不是，下来也不敢。

忽然台底下有人吼了一嗓子："请堂主！"听到这一声，台下的百姓一个个儿都来了精神，顺着声音方向瞧。在一众武装的红枪会员簇拥下，一个人手里捧着木匣，走上了戏台。后面跟着两个人，抬着一张桌子，放到戏台正中央，铺好桌围子，摆上了香炉。

捧着木匣的人，毕恭毕敬地把木匣放在了桌子上——这人正是铁警叶佳桐。他换掉了铁警的制服，换了一身老百姓的衣服。

叶佳桐先上了三炷香，然后跪在木匣前三叩九拜，颇为恭敬。做完这些，他转身冲着台下的百姓说："这木匣是老堂主留下的信物，见物如见人。你们还记得老堂主为了保咱们，是怎么被土匪抓住害死的吗？"

叶佳桐喊道："既然土匪有毒气，咱们就必须主动出击，把土匪挡在城外，不能让他们靠近岔道城。"台上的人附和着他的提议，喊着要干掉土匪。台底下依然有小声议论的人，叶佳桐听见，愤怒至极，脸上拧成一团。他大吼一声，从旁边人手里夺过红缨枪，一枪扎在土匪尸体上——

“听到这畜生说的什么吗？土匪要放毒气毒死你们，到时候你家还能剩下谁？我也是有爹妈的，为啥现在就剩我一个？就是这帮土匪害的！总想求土匪发善心，高抬贵手，你们想瞎了心！越是胆小怕事，越想守着自己那一亩三分地，到最后就越是啥都剩不下！土匪就没把你们当人看过，咱自己要是还不把自己当人，活该让土匪杀光！”

他吼完一通，台下鸦雀无声，突然有人喊了一声：“杀光土匪！”人群马上跟着喊起来，戏台上下都狂躁起来。虽然有些人不情愿，但还是跟着一起喊，众人拥着叶佳桐往关帝庙走去。我和小宝愣在原地半晌无语，过了好一会儿才缓过神。小宝揉了揉胸口，自言自语道，这木匣子可比金册厉害多了。

叶佳桐在最初检查我们行李的时候，就发现了木匣；主动跟我们套近乎，也是为了木匣。侯老清在车上，应该也看到了木匣，才让虎子去偷。但如果不是虎子偷了木匣，叶佳桐在车上杀光头的同时，很可能顺带就把我杀了；那个光头土匪也有可能知道木匣的内幕。最后，侯老清死在了回家的路上，他偷到的木匣现在在叶佳桐手里。

小宝蹿上戏台，将刚才盛铁水的勺子递过来，让我看勺子上的戳，说：“他盯着咱可能不止一两天了。”我接过勺子一看，勺柄上刻着“合庆”两个字。我想起炉房掌柜被杀那天，炉房设备银两被洗劫一空。

我俩还没醒过闷儿来，一行人拿着武器，风风火火地从关帝庙出来。为首的是叶佳桐，他看到站在台子上的小宝，然后看见台底下拿着勺子的我，先是一愣，继而指着我们喊道："这是土匪的探子，抓住他们。"

小宝跳下戏台，我拽着他就往胡同里钻，七拐八拐，跑到了侯大嫂家，情急之下，翻墙进了院子。侯大嫂听见院子里有动静，从屋里出来，我赶忙示意她别出声。追赶我们的人，在附近找了一会儿，没找到，很快就回去集合了。

我听见人群走远，才松了口气，没等我跟侯大嫂解释，有人敲院门，我和小宝赶快藏在东厢房那堆废墟里。侯大嫂看我们藏好了才去开门，来人是小虎子，他气喘吁吁地跑进来，跟侯大嫂说，他怀疑是叶佳桐害死的侯大哥。处决土匪的时候虎子也在台下，他也看到了叶佳桐捧着木匣。

我见没有别人，从废墟里钻出来。虎子看见我俩，先是惊讶，然后赶忙回身关好院门。虎子提醒我们，外面现在都是叶佳桐的人，不过他们很快就要出城去打土匪，避过这阵风头就好。我和小宝只得先在侯大嫂家歇脚，虎子帮忙出去打探消息。我把事情的来龙去脉一五一十地跟侯大嫂说了，她沉默半晌，又抹了几把眼泪，说老侯就不该再搅和红枪会的事儿。

"小叶在咱这红枪会里，也算是个人物，他以前还跟着侯老清一起打过土匪，算是红枪会的老人了。上次从京城回来，还挨家挨户给我们发散碎银子，没承想竟是抢来的，这跟土匪有什么区别？"

半夜虎子才回来，他打探到消息，叶佳桐已经带着大部分红枪会的人，进山追剿土匪了。虎子说，这是一帮哗变的兵匪，跟一列火车在一起，毒气就装在车厢里，叶佳桐他们沿着铁轨去找了。

这趟八成就是那趟消失的列车。上个月报上就在说政府要往各地送氯气灭蝗灾，车上的特殊物资，应该是氯气[①]。

我问清了红枪会人的去向，跟小宝一合计，觉得得截住他们。

虎子带我们出了城，从城外的一间破草房里，拉出一辆手摇车，这是他很久之前从青龙桥站顺来的。沿着铁路找，兴许还能赶得上。

1909年拍摄的京张铁路上的手摇车

我又嘱咐虎子，让他带着城里人赶紧往北走，能走多远就走多远。氯气毒性大，千万别不当回事。

我和小宝跳上手摇车，沿着铁路走了。山路有坡，毕竟这车是手动的，累得我和小宝上气不接下气，最后只能把手摇车丢在道边。小宝忽然趴地上，耳朵贴在

1909年拍摄的货车厢

①受“一战”使用氯气的启发，菲律宾大学教员罗萨列阿博士利用氯气杀蝗虫。这种方法屡经实验，颇获成效。1916 年，学者胡愈之在《东方杂志》上发表文章《氯气除蝗法》，后在直隶地区广泛应用。

铁轨上听了听，说好像来车了。

我俩趴在铁轨边上的草丛里。一辆列车从山里转出来，费力地爬着坡，前后各一个车头，中间却只有三节车厢，除了两节客车厢，还有一节铁皮货车厢。我跟小宝说，正常火车没这么拉的，这很可能是土匪那辆氯气车。

民国时期的火车车厢之间不连通，图为车厢连接处等待上车的军人。

车速很慢，车厢里也没有灯光，等火车快到跟前，听见车里传来枪声并伴着淡淡的酸味，隐约看见有人从窗户里跳出来。等火车到了跟前，我跟小宝说，上去。小宝身子一蹿，跳上车头，伸手把我也拽了上去。我的帽子被风刮走，卷进了车轮底下。

我俩钻进锅炉房，见列车长和司炉死在地上，锅炉上全是弹孔，白色的蒸汽刺刺往外冒。叶佳桐大概已经跟土匪干上了。

我拉了制动闸，列车没有停下来的意思，应该是车尾的机车还有动力，依旧倔强地推动着整列火车前进。我给小宝一块湿透了的毛巾，让他罩住口鼻，这是我从侯大嫂家拿的，以备不时之需。我嘱咐小宝看住驾驶室，千万别让别人进来。

我丢掉外套，沿着连接处爬到车厢边，使出全身力气，扒着车厢爬上了车顶，感觉脑门上筋都要暴出来。

我趴在车顶往下探身子，透过车窗往车厢里看，叶佳桐坐在座椅上，四周至少有三个氯气罐，每个罐子都嗞嗞冒着黄绿色的氯气。车厢成了一个毒气室，几个土匪躺在地上，试图用枪打碎玻璃，子弹在玻璃上留下细小的弹孔，黄绿色的气体正从弹孔飘散出去。

再往里看，东倒西歪全是人，有红枪会的，也有土匪，大部分没了动静。还有点儿知觉的人，大口喘着气，嘴里在往外吐白沫。不知道叶佳桐是怎么把这些人都锁进这节车厢里的，也许在最开始的时候，他就想到要同归于尽了。

我继续往前爬，过了几节车厢到达车尾，跳进车尾的驾驶室拉下刹车闸，火车开始减速。我坐在驾驶室里喘气，等车停下来，一阵阵头晕。

小宝忽然跳了进来，说："有车来了，咱们怎么办？"我一愣，没明白。他拽起我到车门，往后一指——远处一辆火车正朝这边开过来。一声刺耳的汽笛声响彻山谷，那列车越来越近，可能发现了我们，也可能没发现。

这下怕是要完，我脑子"轰"的一下，差点儿没晕过去。小宝说咱们赶紧跳车吧，那边车厢里的人肯定没救了。我摇摇头，跟着他跳下车，望着前面的铁路，冷静了一会儿。

前面是一个"人"字形的大岔道，岔开的那条，应该是保险岔道。在对面车到之前，应该还有可能把这几节车厢改道去保险岔道上。

我重新跳上驾驶室，启动火车，让小宝往锅炉里加煤。车一

1909年拍摄的扳道亭

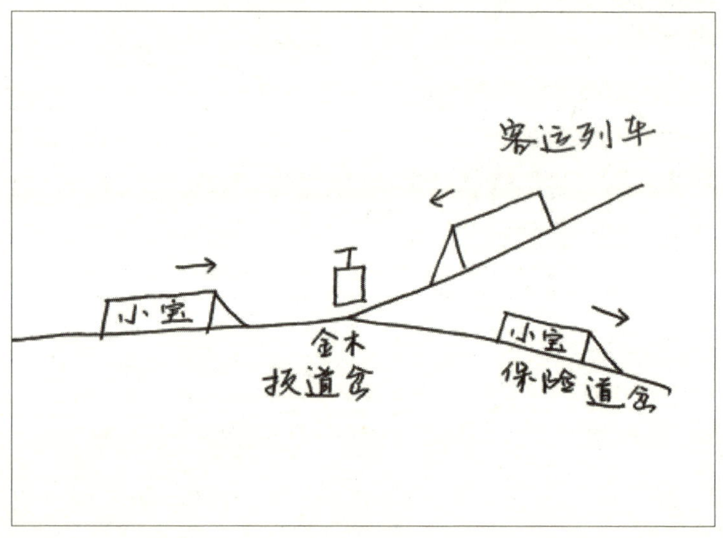

扳道岔示意图，小宝在氯气车上加速，金木扳道岔，让车进入保险道，然后再扳回去，让客车通过。

动，小宝说：“你疯了！”

我拿起铁锹塞到他手里，说：“相信我，玩命加，越快越好——加完跳车。”说完，我跳下火车，一个趔趄摔在路基上，腿被碎石子刮开一个大口子。我爬起来，死命往扳道亭跑，比正在加速的火车还快。

我边跑边大喊：“小宝跳车！”也不知道小宝听见没有。氯气从车厢缝隙飘出，我开始觉得头晕目眩。对面火车在减速，但依然猛烈地向前冲，车头已经可以看清楚，是辆客车。我头昏脑涨地跑到扳道亭，本该值班的扳道工不知去向，我猛地一扳道岔，一屁股坐在地上。

氯气车这时速度已经提上来，拐进了保险岔道。等那几节车厢完全进入岔道，客车已经来到面前。我浑身颤抖，爬起来抱住扳手，又把道岔推了回去。客车轰然驶过，行驶了上百米才缓缓停下。我只觉得脑子缺氧，眼前一片模糊，晕倒前看到保险岔道上那几节车厢翻倒在地。

后来的事是小宝在病床上讲给我的。

土匪劫了氯气车和我们去张家口那趟车的事情，北京方面根本不知道详情；那辆冲来的火车是客车，更想不到会在铁轨上遇到这种事。客车上的乘务员说，迎面开来火车，那可是报纸小说上才有的事情。

小宝在车翻之前跳了车，但还是摔断了胳膊；客车的乘客被及时疏散，送到了附近的康庄车站。我和小宝被送到了张家口的医院。所幸我吸入的氯气不多，但也需要休息一段时间。

小宝说，看见那岔道口才知道我为什么让他加煤，但当时很伤心。我问他怎么了。他说:“你只想着不撞车,就不怕我死了?”我说:“我喊了让你跳车。”小宝骂了一句,举起绑着绷带的胳膊说:“那时候能听得见吗?!”

我笑笑,说:“赌命的时候心里就想着俩字,相信——我相信你肯定会加煤,也相信你肯定能逃命。”

本故事整理者:掘坟仔

第十四案

老丐懒扎金腰带　少女情定流民图

至東河沿。房屋漸次稀疏。独立一列大屋。約十六七間之廣。屋首有門。覆蓋以棉簾。久未清洗。油膩發亮。推簾而入。乃是乞丐過夜之煖廠。門後有小床。管理員臥床熟睡正酣。屋内温暖異常。惜乎氣味不佳。屋内别無陳設。唯有一條大鋪貫通。床鋪之上。層層疊疊睡滿襤褸乞丐。一丐突起。罵曰。摸你爺爺屁股作甚。言畢。便與身後之丐廝打。余丐在旁。嬉笑起哄。

案发地点：博兴胡同
案发时间：1921年11月
记录时间：1922年年初

范旭东，民国化工实业家。1910年毕业于日本京都帝国大学化学系。1911年回国，在北京铸币厂任分析化验员。离职后到天津创办久大精盐公司，1917年着手创建永利化学公司碱厂，即亚洲第一座纯碱工厂，但困难重重，直到1926年，碱厂才正常运转。

民国十年（1921）十一月，立冬刚过，我去什刹海一位在日本留学时认识的老朋友家做客。这位老朋友姓范，字旭东，原来在铸币厂工作，后来辞职去天津办工厂。他在什刹海有间宅子，回北京时就住在这儿。

范旭东拿出一本小册子递给我，我接过来一看，是本画册，第一页题词“周臣流民图”。画册的每一页都画了一个衣衫褴褛的乞丐，耍猴、耍松鼠、牵羊、遛狗、卖野药、打鼓唱曲……个个儿不同，每个乞丐都画得怪异生动。

我正仔细看着，房门被猛地推

周臣，明代画家，《流民图》系他所绘。此画原为册页，共画了24个乞丐形象，后一分为二并各装裱成手卷，其中一卷现为美国克里夫兰艺术博物馆藏。

开，跑进来一个十六七岁的姑娘。小姑娘身穿绿袄裙，外罩红马甲，秀气的小脸带着怒容，门房跟在后面，一脸苦相。

小姑娘劈头就问：“你们管不管？我爹有危险，找你们帮忙还不让进！”范旭东茫然地看了我一眼，问：“你爹叫什么？是我府上的人吗？”小姑娘啐了一口：“谁是你府上的人！我爹是郑麻子，是个叫花子。你们不是朋友吗？”但看她的穿着打扮，一点儿也不像街上的叫花子。

袄裙，中国传统女装统称，泛指上身穿袄，下身穿裙。民国袄裙在传统基础上，受到日本留学生影响，从而改成上穿窄而修长的高领袄衫，下穿黑色长裙。图为西德尼·甘博于1917—1919年拍摄。

小姑娘眼尖，看见桌子上摊开的《流民图》，一把夺过去，胡乱翻了几下，怒道：“你们平时瞧不起我们叫花子也就算了，还画画嘲笑我们！”说着双手一扯，画册成了两截。我一下站了起来，范旭东拦住我，他确实有个叫郑麻子的乞丐朋友，而且是个奇人。

今年五月十三日，范旭东独自从天津开车回北京。走到半路，十几个骑马的人拦住了他。这些人个个儿蒙着面，背着枪。眼看他就要被马匪掳走，来了一个大个子乞丐。这乞丐长得很丑，满脸都是麻子，胳膊下夹着一个大铁锤，锤柄上拴着铁链。大个子乞丐二话不说，飞起一锤，竟把一个马匪的脑浆打了出来。其他马匪大惊，刚抬起枪，大个子乞丐飞旋铁锤，接二连三把好几个马匪打落马下，剩下的马匪拍马就跑。

大个子乞丐说他叫郑麻子，住在北京。范旭东开车带他回来，又拿出一百块大洋酬谢他。郑麻子说："给我钱可以，但你这样给不行，我之后会每月来你家讨，每次只需给我五十个铜板，不多不少，不然我就失了身份，不是叫花子了。"范旭东心里猜测，那群马匪是天津司令的人，要勒索赎金充军饷，自己正好留在北京避避风头，于是答应了郑麻子的古怪要求。郑麻子果然每月十三日准时来拿钱，五十个铜板，拿了就走。

昨天本是郑麻子来拿钱的日子，他没来，范旭东以为他被别的事耽搁了，就没在意。小姑娘听完，点点头说："不错，我爹是有点儿怪。"

范旭东又说："至于这画册，是自从见了郑麻子，就对叫花子很感兴趣，前几天有人卖字画，一眼看中这幅《流民图》，买了下来，并无嘲笑的意思。"小姑娘一低头，看见两手各拿半截画册。脸上一红，眼睛看向一边。

范旭东推了我一把，说："我这位朋友，找人有一手，可以帮忙。”我叹了口气，说：“我可以帮忙，完事了义胜居你请。”小姑娘将一半画册递给范旭东，另一半收进怀里，怕我们说话不算数，找到了再还另一半。范旭东笑了，说一言为定。

离开范家，小姑娘带路，我们一行往南边走。

小姑娘告诉我，她叫郑宝姝，我说我叫金木。郑宝姝说，他爹可能在一个危险的地方，然后斜眼看看我的长衫说：“你看着像读书人，敢不敢去？”我拍拍腰里，说：“我的枪法还行。”

到了南城大栅栏附近，拐进博兴胡同。胡同里妓院林立，路上干干净净，一个乞丐都没有。胡同深处有一个院子，上写着“公立教养织工厂”[①]几个隶书字，大门紧闭。

郑宝姝说，这厂子是宗人府办的，表面是一家毛毯厂，其实是黄杆子的老巢。她怀疑她爹被黄杆子抓了。

黄杆子这个说法，我略微知道一些。京师的乞丐分为两派，一派是旗人，叫黄杆子；一派是汉人，叫蓝杆子。黄杆子穿得阔，蓝杆子穿得破，一眼就能区分。两派向来不和，闹出不少事。[②]

我说：“那你爹一定是蓝杆子了，蓝杆子的信物真是一把青竹竿？”郑宝姝摇摇头，说：“那都是你们外人瞎猜，实话告诉你，我爹郑麻子就是杆儿上的（丐头），我从没见过他有什么信物。倒是黄杆子那边，真有个黄玉的烟杆，他们杆儿上的随身带着。”

---

①教养工厂，辛亥革命后，多数旗人不事生产，少数贵族又坐吃山空，导致旗人整体陷入生存困境。于是由宗人府带头，1919 年开办了教养工厂，收了百来名学徒，分别学习地毯纺织等手艺。

②京师乞丐，分蓝杆子、黄杆子两派。蓝杆子辖治普通乞丐，黄杆子辖治宗室八旗里的乞丐。黄杆子的一席，多由桀骜不驯的王公贝勒担当。

据郑宝姝说，郑麻子一直想把教养工厂抢过来，由于手下有人极力劝阻，这才作罢。

我们俩绕到后巷，翻过院墙，躲在一棵靠墙的树后，看见一伙穿着长衫、马褂的人，聚在院子里。郑宝姝小声说，他们就是黄杆子，个个儿穿新衣服，穷讲究。

院中间有两个人跪在地上，被反绑着手。一个黄杆子正拿鞭子抽打他们，两人苦苦求饶。一个说："我真不知道老爷子去哪儿了，一转头没看住，他就翻墙头跑了。"另一个连连附和。

听了一会儿，郑宝姝对我说："我爹肯定不在这儿，他们杆儿上的（丐头）也不见了正找呢，应该没工夫抓我爹。消息不准，我们走。"

我俩刚爬上围墙，其中一个跪着的人一抬头，正好和我对视上。他"啊"地喊了一嗓子。所有黄杆子都朝我们这边看，大呼小叫地追上来。

郑宝姝骑在墙头，右手一甩，跑最前面的人"啊呀"一声，捂着腿倒下，其他人脚步猛地慢下来。我们趁机跳下墙，跑出小巷，走到街上热闹的地方。郑宝姝向后看了看，没人跟来，便展开手掌。只见她掌心里并排搁着几根小铁钉，刚才她手里甩出去的，就是这东西。

我以为她扔的是飞刀。她说，好铁打的刀子，贵着呢。他们管这个叫捧手箭，丢了也不可惜。

郑宝姝叫了两辆洋车，我们一路向东。路上郑宝姝给我讲了黄杆子丐头的事儿。

黄杆子的丐头，自然是旗人，而且是勋贵世家，姓什么不知道，只知道名字叫杜度。杜度年纪轻轻就袭了侯爵，在紫禁城里做侍卫。三十岁那年，他抛弃妻小跑到外面当乞丐，有时候几个月回家一次，有时候几年都不回。回到家，家人拿山珍海味供着，但他也最多待三四天，就翻墙逃走。宫里轮到他的差事没人去，家人只好报病故，削了他的旗籍，让他的儿子继承爵位。后来大清亡了，旗人乞丐猛增，破落的宗室子弟十分仰慕这位叫花子前辈，共同推举杜度为黄杆子的丐头，以一根黄玉烟杆作为信物。

说话间，我们到了关王庙后街，进了一家名叫兴来的旅店。郑宝姝直奔后院，伙计也不阻拦。我跟进去，郑宝姝边走边说："这是我们蓝杆子的产业。有些事儿，叫花子的身份不方便，得有个幌子，钱是大家一起凑的。"

在后院见到了店掌柜，掌柜叫罗伟方，长着一个大脑袋。罗掌柜见了郑宝姝，很高兴地晃了晃脑袋。

罗伟方身边还有一个人，身材短小精悍，脸上一道疤贯穿左眼，左眼灰白。郑宝姝介绍，他是二丐头，大家都叫他独眼，在蓝杆子里，地位仅次于她父亲。听说我们去了教养工厂，独眼叹了一口气，说："你这妮子，还是好好在店里待着。大哥还没找到，你要再丢了，我没法交代。"

郑宝姝正要还嘴，突然外面传来一阵喧闹声。独眼起身，要出去看看，和罗掌柜两个人走了出去。我和郑宝姝也跟在后面。

门外站着两个人，穿着还算体面，一人敲鼓，一人唱。敲鼓的人突然把手一举，鼓槌指着旅馆大门，一动不动。唱的那个人喊了一句："黄杆子今日与兴来旅店交涉！"

郑宝姝对我说，他们也是黄杆子，但不是冲我俩来的。

伙计不知所措地看着这两人，独眼走出来，指了指门楣说："罩门没看见吗？还敢来要钱？"门楣上，贴着一张葫芦形状的红纸。

罩门，葫芦形状的纸张，有字的写着"一应兄弟不准滋扰"，无字的画着符号。乞丐来讨钱后将罩门给店家，店家贴在门上，意为其余乞丐不得再讨，否则店家可以找领头乞丐的问罪。

打鼓的人说："什么罩门？我们没看见。"唱的人上前一跳，将葫芦贴揭下来，几下撕碎。独眼掏出一把铜钱，撒在地上，说："拿了钱赶快滚。"两人还要发作，一看独眼身后，不知什么时候站了几个人，就匆匆捡了钱走了。

回到店里，罗掌柜说："二哥太心软，他们撕了罩门，说什么也得留下点儿东西。"独眼挥挥手说："如今大哥不在，多一事不如少一事。"罗掌柜晃晃脑袋，为我们张罗房间去了。

夜里我就在旅店客房住下，刚脱下长衫，正要上床。突然听见一声枪响，我正惊疑不定，接着看见窗纸上映得红红的，外面乱起来。

我跑到院子里，发现旅店四处燃起大火，但看不到郑宝姝，也不知她住在哪一间。独眼带着几个人把我围住，指着我大声说："这小子害死了宝姑娘，还放火烧店，抓起来！"我刚打倒两个人，马上又有其他人一拥而上，我来不及掏枪就被死死按在地上。

独眼吩咐人把我衣服脱光，只留一条短裤，绑在院子里的旗杆上："我们叫花子，最忌讳冻死、饿死，今天也叫你们有钱人尝尝冻死的滋味"。说完就带人离开了。我挣扎了几下，他们用的是浸过

大氅，一种大衣，罩在衣服外，用来挡风寒。一般都是对襟大袖，宽松有系带。

水的细绳，越挣扎勒得越紧，夜里天气寒冷，很快我的上下牙齿不由自主地打架，视线渐渐模糊。

不知过了多久，有人从黑暗中扔出一件大氅，盖住我的身体。

郑宝姝悄悄走过来，从后面割断绳子，把我放下来。我裹着大氅，跟着她出了后门，在胡同的转角，罗掌柜晃着大脑袋，哆哆嗦嗦地等着我们。

原来郑宝姝早就觉得独眼有问题，睡觉时把枕头放在被子下面，自己躲在门后。没多久，就有人从窗外朝床上开枪，然后放火。郑宝姝悄悄从后窗跳出去，逃过一劫。

郑宝姝说："独眼抓了我爹，又想害死我嫁祸给你，老罗都告诉我了。这个狼心狗肺的东西！"罗掌柜轻轻跺着脚，说："我也没料到二哥这么心狠，连你们也要害。今年冬天又冻死了好多弟兄，大哥的脾气越来越坏了，弟兄们都怕他。他总惦记着黄杆子的教养工厂，要找机会火并黄杆子。可弟兄们只想吃饱穿暖，不想惹出大事，万一跟黄杆子闹出人命就……"

郑宝姝打断他，问她爹被关在哪里。

罗掌柜说："具体地点不知道，二哥只说是把大哥关起来，不会害大哥的命。我就听到那个望风的会说几句英国话，也不知他在哪儿学的。"

正说着，十几个蓝杆子朝这边追来。没想到独眼还留了一手。

罗掌柜本来就站在暗处，"啊呀"叫了一声，往旁边门里一闪就不见了，我和郑宝姝连忙逃走。跑到东便门外，房子稀疏起来，眼前出现一排大屋。我空心穿着大氅，跑起来冷风飕飗往里钻，光着脚跑了一路，两脚已经冻僵。扭头一看，那伙蓝杆子影影绰绰，越追越近。

跑到大屋门口，郑宝姝拽着我，撞开油黑发亮的棉帘子，冲了进去，脚下感觉毛扎扎的，低头一看，踏进了一层厚厚的鸡毛里面。这是一栋鸡毛房，给乞丐过夜用的，地上铺满了鸡毛。门后面有张小床，管理员钻在被子里睡觉，没有发觉我们进来①。

屋里非常暖和，就是味道难闻，郑宝姝一手捂着鼻子，一手拉着我，往里面快步走。

屋里别无其他家具，只有一条大通铺延伸过去，有十几米长。房梁上续下许多绳子，吊着一张巨大的棉被，棉被下不知盖了多少人，被底传出雷鸣般的鼾声。大棉被上，每隔一段距离，就开着一个圆洞，估计是怕把人闷死，透气用的。

突然，从一个洞里伸出一个脑袋，对着被子下面骂："爷爷的屁股你也敢摸！"手脚在下面与某人厮打起来。其他圆洞里，纷纷钻出许多脑袋来，嬉笑起哄。一个穿着破棉袄的老头儿，提着裤子从后门进来，笑骂道："一群兔崽子，到鸡毛房里找相公来了。"

郑宝姝二话不说，掀起大被一角，就往里钻，老头儿转头看见郑宝姝钻进被子，连忙说："哎，这是我的位置。"我作了个揖，说："来不及解释了，帮个忙。"说着我也跟着钻进去，一股浓烈的酸臭扑鼻而来，只能凭一丝微弱的香气辨别郑宝姝的位置。

---

①鸡毛房，又称鸡毛坑，是种简陋便宜的客店，房里铺满鸡毛。寒冷的夜晚，乞丐都来这里过夜，躺在鸡毛上，相互依偎取暖，不至冻死。

我从圆洞偷偷向外看，那伙蓝杆子找了进来，走到老头儿面前。一个蓝杆子问："刚才进去的，是不是你们这儿的人？"老头儿嘿嘿一笑，趁他没有防备一拳打在他鼻子上。这时又从大被子底下钻出几个乞丐，两边人打成一团。

黄带子是皇帝授予的身份象征。皇太极规定，亲王以下宗室都束金黄色腰带，享受优厚待遇，由此也滋生了大量闲散人员，倚仗皇帝钦定的腰带，僭越律法。清末民初，黄带子随着朝代消逝，留下的也只有一条腰带。

老头子跳出战局，敞开棉袄，一条手指粗细的青蛇探出头，嗞嗞地吐着芯子。蓝杆子一看，都停了动作不敢妄动。老头儿的腰下，露出一截明黄色，我没认错的话，那是一条黄带子。

蓝杆子见讨不了好，拱了拱手，一行人快步离开了鸡毛房。

见蓝杆子走远，我俩赶紧爬出来。我向老头儿道谢，老头儿摆摆手说："不用，我不是为救你们，我就是喜欢跟蓝杆子打架，嘿嘿。"

我俩待到天亮才叫了洋车，回到我在西四羊肉胡同的家，路上还故意绕了两圈，确定没人跟踪。

回到家里，我先洗澡换衣服。郑宝姝不换，说自己是乞丐，这点儿脏不算什么。

中午的时候，小宝来了。前些天他出了趟远门，今天才回来。我给小宝讲了郑麻子的事，根据罗掌柜的说法，看守郑麻子的人，有一个会说英语的乞丐。乞丐说英语，说明乞讨对象是英美国家的人。吃过午饭，我们三人来到东交民巷。北京人都知道，东交民巷就是洋人的地盘。

沿着御河一路走，路两边都是些西式房屋，路灯、电线杆林立。街上的车夫都是一身洋布白褂，脚蹬双脸千层底布鞋。我随便叫了一辆洋车，叫郑宝姝和小宝等一会儿，绕了东交民巷一圈。

东交民巷，是北京城内最长的胡同。第二次鸦片战争后，7个国家在这里设立使馆，并把东交民巷改为使馆街。

中途问车夫：“拉洋人的活儿，是不是得会几句洋文？”车夫说：“别的车夫我不告诉，告诉您，您也不稀罕。我会几句德意志话，日本话也会一点儿。”说完，讲了几句德语和日语。德语我不懂，但他的日语不太标准，我顺口教了他几句常用日语，把车夫乐坏了，撒开脚丫，跑得又快又稳。

我问他：“你们这片儿是不是连叫花子也会几句洋文？”车夫说：“那可不，方尖碑底下有个叫花子，会说英国话，挣得比我多。”下车后，我多给了车夫几个铜板。

方尖碑在御河铁桥的桥头，我们三人过了桥，看见碑座旁边，一个年轻乞丐正向路过的外国人要钱。

位于北京东交民巷御河边的方尖碑，图为西德尼·甘博于1917—1919年拍摄。

他伸着脏手，嘴里说道："米斯托（Mister），行行好，赏花子几个考因（coin）。末西、末西（mercy）。"郑宝姝说自己从来没见过这个人，他应该也不认识她。

我们仨偷偷盯着年轻乞丐，他一下午都在碑下面没挪窝，一直到天色将晚，这才收拾包袱，往南边走去。我们一直跟到东河沿，天已经全黑了。年轻乞丐进了一个破败的小院，院里三间小屋，没一会儿，屋子里亮起昏暗的灯光。

院墙是几截倒塌的土坯，我们从缺口进去。年轻乞丐十分警觉，马上察觉到了，问了一声："谁？"郑宝姝回答："二哥叫我们来的，要见那个人。"年轻乞丐突然说了一句没头没尾的话："葫芦有多沉？"郑宝姝对了一句："闷嘴儿葫芦，称不得。"门开了，年轻乞丐看看我们三个，说："跟我走吧。"

年轻乞丐带路，一行人先沿着护城河向西走了一会儿，乞丐拐下河。河水已经结冰，走上去咔咔直响。

过了河，就是紧闭的水关门。乞丐从门下的水渠里进去，我们紧跟在后面，泥水混合着冰碴，全灌进鞋里面，好像无数小针一齐刺脚。

走到一道铁栅栏前，乞丐把右侧第二根铁栏杆晃了晃，是松的，然后向上拔出来，侧身钻了进去，我们也跟着钻进去。

正阳门东水关，是北京南北向御河的南出口。八国联军攻城时，无法攻破城门，直到一个印度士兵发现了干涸的东水关，才由此进城。后来洋人将东水关改造扩建成门洞，方便进出东交民巷。

明初新开一条河道，经正阳门东水关，入护城河。这条新开的河道上架了三座石拱桥，东交民巷内的是中御河桥，现今已改作暗沟，并入正义路。

走在御河的河沟底，踩着冰泥向北走了十几分钟，来到一座御河桥下，我望了望北面，河岸上不远处就是白天看见的方尖碑。

桥底有一个水坑，年轻乞丐摸了一块石头，把水坑的冰砸开，扩成可容一人进出的冰洞。年轻乞丐说："入口在水里，要浮水进去。"说完跳进冰洞里，很快不见了。我和郑宝姝相继跳进冰洞，小宝最后进来。

水坑只有齐腰深，泥水冰凉刺骨。坑底有个洞，斜斜地通往河岸方向。我紧闭眼睛，全凭手扒拉着洞壁前进，也不知蹚了多远，洞穴转向上，逐渐出了水。我睁开眼，年轻乞丐和郑宝姝正在拧衣服上的水，小宝没多久也出来了。

我向四周一望，我们正在一栋幽暗的建筑里面，四壁和穹顶都是青砖砌成，可能因为年代久远，砖块大多风化剥落。一面墙上有两扇拱门，原本是铁条包裹木板，现在木板腐烂，只剩下铁架子。

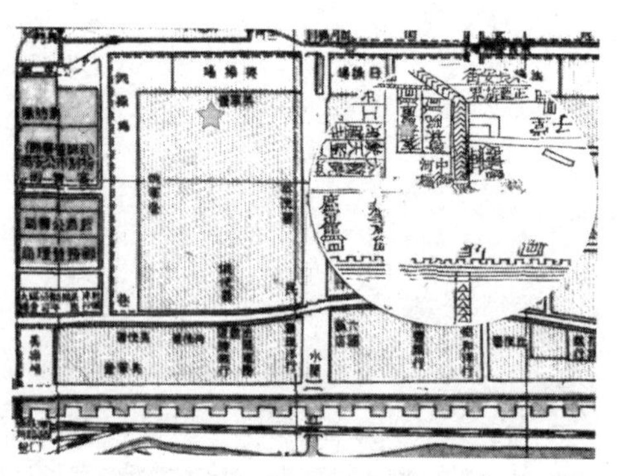

图为建在盔甲库遗址上的英国兵营，右上圆形对比图为乾隆年间的地图局部。

我们从铁架的空隙穿过去，迎面是一条长廊，两侧有两排小门。墙上燃烧着几盏油灯，只能照亮几米远。这里像是一座废弃的库房，到处是一堆堆的古代铠甲，已经朽烂得不成样子，甲钉散落一地。年轻乞丐说："我们现在在英国兵营的地库里，这里以前是大清的盔甲库。”

来到一扇稍大的库房门前，年轻乞丐嘟囔了一声：“奇怪。”推开门一看，里面横七竖八躺着几个人，每个人的头部都遭过重击，死状惨烈。屋角扔着一块青石板，像是从地板里扒出来的，石板上沾满了血。年轻乞丐叫了一声，跑出门外。

这时长廊走来一群蓝杆子，浑身湿淋淋的，显然刚从水道进来。领头的人身形短小，正是独眼。年轻乞丐朝他们喊：“不好了，人跑了。”

郑宝姝也看见了独眼，转身就跑，我一脚踹倒年轻乞丐，喊上小宝，三人向反方向跑去。跑到一处尽头，有段台阶，上到台阶顶，上面盖着一块铁板，是个死胡同。情况紧急，我喊了一声：“小宝！”小宝躺下使了一招“老兔蹬鹰”，双腿并齐蹬在铁板上，“砰”的一声，铁板翻出去，一股冷风灌进来，露出黑夜的天空。

兔子蹬鹰，本意是兔子遭遇老鹰袭击，装死骗老鹰近身，再以后腿蹬鹰。兔子后腿力量极大，蹬中老鹰不死也伤；没蹬中，兔子就被老鹰捉走。后来引申到武术招式，学的也是兔子的姿势。图为柔道选手李茂鉴在比赛中使出“兔子蹬鹰”。

出口不巧，在英国兵营的大门前，一队英国卫兵正在站岗，还有两个裹着头的印度人。为首的一个兵端起枪，朝我们大喊：“Stand! Unfold yourself!（站住！亮出身份！）”

小宝问：“说的啥？”我说：“别管了，快跑！”郑宝姝飞出钉子，射在说话的英国兵脸上，英国兵捂着脸蹲下去。我们三人赶紧一阵小跑，翻过河边护栏，跳进御河河沟。

英国兵营东门，一群印度士兵正在操练。

独眼带着众蓝杆子，刚追出洞口，就和英国兵打上了。我们听见岸上一阵杂乱枪声，还有人惨叫声。

我们三个在夜色的掩护下，趁乱溜出了外国兵营区。走到天桥一带，我们的肚子都咕咕叫起来。小宝说，前面珠市口有夜市，去那儿吃点儿东西。

到了珠市口，沿街有许多贩卖杂货、旧物的摊贩，还有许多卖吃食的小摊。我听见一声吆喝——“老豆腐开锅！”口水就流出来了。到了老豆腐摊前，一人叫了一碗，蹲在街边吃。

热气腾腾的豆腐上，撒了芝麻酱、酱豆腐、虾油、韭菜花、香油、辣椒油，一口气吃完，身上终于热乎起来。

舒了一口气，站起来，我看见豆腐摊另一边蹲着一大团黑影，是个大个子，也在呼呼地吃，前面摆了一摞吃完的碗。大个子吃完，抹了一下嘴，指着我们对老板说：“他们结账。”郑宝姝欢呼了一声：“爹！”跑过去，缠住这人的胳膊。我一看，郑麻子长得果然很丑，跟郑宝姝一点儿也不像。

郑麻子告诉我们，他逃出来后，并没走远，听见兵营那里骚乱，就远远地查看，正好遇见我们逃跑，就跟了过来。郑麻子听了郑宝姝讲完盔甲库的事，问我：“为什么不顺手杀了那个说洋文的花子？那小子有次送饭，故意倒在地上，该死。”郑宝姝说：“人出来就好，何必再多杀一个？”郑麻子哼了一声：“你们年轻人心太软，成不了事。”小宝正要反驳，被我拦住了。我问郑麻子：“现在独眼做了杆儿上的，你怎么办？”郑宝姝也担心地看着郑麻子。郑麻子嘿嘿一笑，沉下声道：“独眼那小子用阴谋，我就用阳谋，明天瞧好吧。”

我们几人找了家小旅店住下，过了一夜。第二天郑麻子起了个大早，不知道从哪里弄来一辆马车，自己大大咧咧地往车顶一站，对车夫喊了一句：“走，去齐化门。”车夫吆喝一声，马车向前驶去，把我和小宝、郑宝姝三人丢在后面。我们三人互相看了看，都不明白他要做什么。

大街上，一辆马车的车顶上站着个高大的乞丐，非常显眼，街上的人纷纷驻足围观。

一个乞丐跟了上来，叫了声“大哥”，跟着马车走。接二连三，跟上来的乞丐越来越多，从王府井大街转到东四大街的时候，马车后面已经跟了几十个乞丐。乞丐们边走边唱着小曲儿，手里的打狗棍敲着地面，声势浩大，几个巡警远远地跟在后面，不敢靠近。到了齐化门，马车周围聚集了上百个乞丐，一行人浩浩荡荡出了城门，向城外的花子院而去。

等我们三个赶到的时候，花子院里乱哄哄的，一群人揪着独眼，把他推来推去，独眼的衣服都被撕烂了，头发也披散着。最后郑麻子下令，把独眼装进一个木箱子里。

我见郑麻子的事了了，范旭东那儿也有了交代，就和小宝一道回家了。回到家，我打电话给范旭东，告诉他郑麻子的事，范旭东说有时间一定要好好谢我。

一个月后，郑宝姝突然找上门来。她一见我，就急急地说：“不好了，我爹带人去打教养工厂了！”

原来那日郑麻子把独眼囚禁在木箱里后，并没放他出来，独眼被活活饿死在里面。郑麻子还要对罗掌柜用刑，是郑宝姝救出罗掌柜，悄悄送到外地，这才幸免。今天他召集了百十个蓝杆子乞丐，冲到博兴胡同的教养工厂，见人就打。郑宝姝劝不住，只好跑来找我们帮忙。

我们三人赶到博兴胡同时，打斗已经结束。厂里被打砸得一片狼藉，纺织机也被捣坏了许多，有些房间还被人点了火，冒出滚滚浓烟。

我们找到后院，几个穿马褂的人倒在地上，不知死活，其他人估计都被打散，不知跑到哪儿去了。我们循着打斗的痕迹，一直追到北边火神庙的院子里，远远看见郑麻子高大的身影正追在一个老头儿后面。

我们赶到近前，发现那老头儿不是别人，正是在东河沿鸡毛房救过我们的老乞丐。郑麻子胳膊上绕着一串铁链，链子一端，连着一柄铁锤。郑麻子空中旋了一下铁锤，一松手，铁锤飞出一条直线，正捣在老乞丐的背上。老乞丐大叫一声，趴在地上不动了。

郑宝姝喊了一声“爹”，郑麻子转过头来，见是我们，哈哈笑了起来，说：“这个便是他们那边杆儿上的，人称老太爷杜度，今天落在了我的手里！”说完转过头不理我们，走到杜度的跟前，右手伸手到杜度的破棉袄里，翻找什么东西。

我突然想起那晚老乞丐亮出怀里的青蛇，大喊一声：“小心有蛇！”但是已经来不及了，郑麻子突然低吼一声，闪电般撤出右手，向后“噔噔噔”退了好几步，最后坐在了地上，左手死死捂着右手手背。

杜度慢慢爬起来，咳了几口血，从背后的棉袄里抽出一块木板，木板已经裂开。杜度嘿嘿笑了一声，说：“想拿我的黄杆子，当心杆子咬了手。”说完他站起来，慢慢向火神庙后面走去。

郑宝姝赶忙上前，拿起郑麻子的右手查看，手背已经肿得像馒头一样。郑麻子断断续续地说：“去，杀了那老东西。”

郑宝姝没有动手，而是将郑麻子带回了花子院。昏迷了几天，郑麻子醒了，但还不能下床，躺在床上大骂郑宝姝不孝，又骂手下众乞丐有异心，都想害死他。

过了几天，范旭东来看望郑麻子，郑麻子没醒。范旭东临走时对郑宝姝说自己要回天津了，办碱厂的事情不能耽搁，可能很久不会回来。郑宝姝听了，有些烦躁，哼了一声：“你们有钱人，一天也忘不了挣钱。”

范旭东沉默了一会儿，说：“你知道京城为什么遍地都是乞丐吗？”郑宝姝说：“还不是你们为富不仁。”范旭东笑了：“为富不仁的当然有，关键是老百姓的活路都被洋人抢走了，只好上街当叫花子。”说着指了一下郑宝姝的衣服，“你穿的袄裙，就是进口的洋布做的。”郑宝姝捏着衣角，没说话。

范旭东接着说：“我办工厂就是给老百姓开活路。人人有工作，谁还去当叫花子？”郑宝姝说不过他，一下站起来，转身进了屋。范旭东叹了口气，交代了医生几句，就离开了。

三天后，郑麻子死了。出殡的场面非常壮观，和尚道士都请来了，吹打响器、纸人纸马一点儿没落下。几百个乞丐披麻戴孝走在送葬队伍里，沿途的乞丐见了送葬队伍，纷纷跪倒磕头。

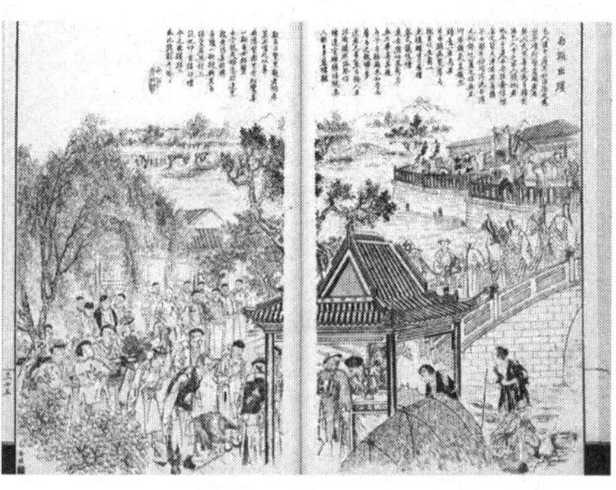

图为《点石斋画报》插画《丐头出殡》

葬礼之后半个月，郑宝姝来向我告别，她告诉我，她去把罗掌柜找了回来，推罗掌柜做了蓝杆子丐头。我问她自己有何打算。郑宝姝脸有点儿红，说："其实范先生说得对，上次他来看望父亲时忘记还画，这次准备去天津找范先生，把那半册《流民图》还给他。"说完她就走了。

又过了几日，我在《晨报》上看见一条新闻，大意是中央财政困难，旗人的饷银已经十个月没有发放了。

"京西旗兵，勾结京城旗人，秘密结成一小团体，约定如若端阳节前财部所欠饷银没有正当办法，凡是旗籍人员，不论男女老幼，在北京都市内，逢着卖吃食的铺子，就随便吃喝，吃完了记政府的账……"

放下报纸，我对小宝说，也不知道郑宝姝那小姑娘找到范旭东了没有。小宝说肯定找着了，要不早回来了。

我自言自语，找着了，那幅《流民图》能合二为一，是好事。

本故事整理者：桃十三

第10案

发廊惊现血手印

校场失盗木飞机

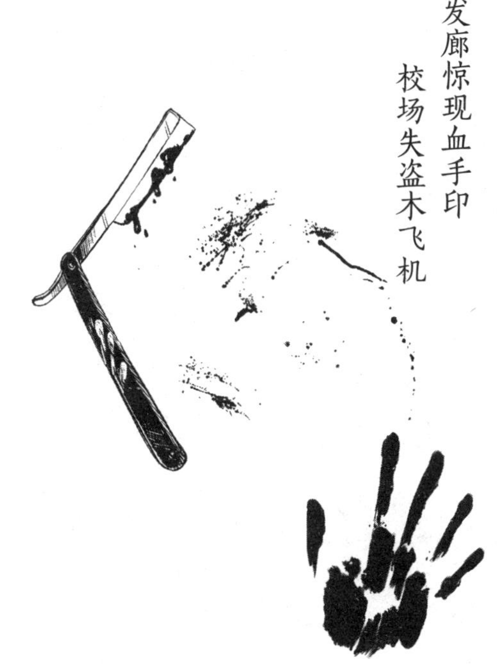

老槐下横陳一人。衣西服。雙目染血灼、目余上瞼盡為人割去。頭頸上有傷口。血濺于地。囟門髮剃去。後腦亦斑、童髮毳毛漫灑。滿頭滿面。余呼崗警至。崗警見之大驚。避退之。踏血濘中幾仆。以手扶覓。聲顫而問之。何故有此耶。

案发地点：新世界商场后门①

案发时间：1922年2月28日

记录时间：1922年6月底

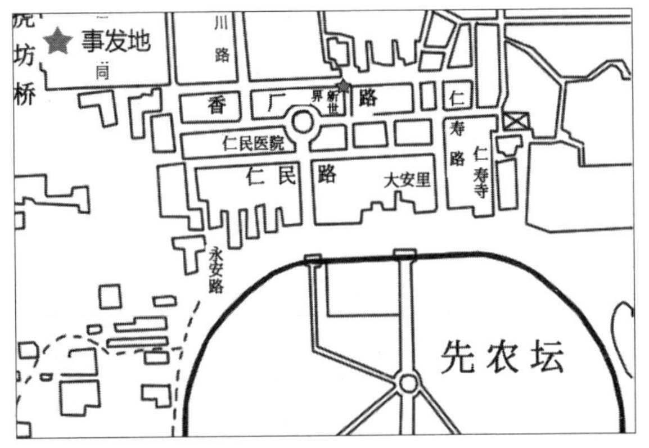

民国十一年（1922）二月初二凌晨一点多，我在新世界商场南门外溜达，街上没人，我手里点着烟，盯着对面看。应德理发店六点就关门了，红白蓝相间的旋转灯柱亮得晃眼。

我在等一件怪事的发生。

白天理发店的老板陈应德来找过我，他是小宝的宝坻老乡。他说店里出了怪事，一到晚上，三色转灯上就会出现血手印，瘆人得很。而且早上擦干净，夜里又会出现，连着七天，天天如此。

不光是血手印，理发店这段时间还出了好几起“血光之灾”。

先有个学徒刮脸刮出了朱砂（血），再是理发师剃头剃掉了眉毛，最后陈应德自己也栽了。他和客人吵起来，还鬼使神差地拿反了剃刀，刀刃对着虎口，划伤了自己。做了二十年的剃头匠，剃刀早就跟自己的手指头一样了，怎么可能拿反？

---

①新世界商场后门，靠近现今西城区东方饭店、宣武中医医院。

陈应德说自己右眼皮一跳，就知道有坏事。这次连着跳了三天，是大凶，肯定还要出事，这才找上了我。

三色转灯是理发行业的标志，传入中国后得以延续。1506年的一本医书中提到理发行业的柱状标志起源于放血：顶端的黄铜水池用于盛放水蛭，底端的水池用于收集血液；而柱子上的红色和白色条纹则源于中世纪时理发师将洗过的绷带悬挂于柱子上吹干的举动，风中这些绷带互相扭转，缠绕着柱子。

应德理发店开在香厂路，正对面就是北京的“大世界”——新世界商场。民国六年（1917）十一月商场刚开业时，每天有四五千人买票入场。后来发生了一起踩踏事件，警察厅下了明文，要求每天入场的人数不得超过三千。理发店沾了商场的光，生意一直很红火。

等到新鲜劲儿一过，来逛的人少了，加上商场年底翻修，顶楼花园又被封了好几个月。到今年年初，新世界原本限定的每天三千张门票竟然卖不完了。

陈应德说这事没这么简单。

仿照上海“大世界”，1917年北京在香厂新市区建成新世界商场。这座四层船形大楼里设有西餐馆、咖啡馆、哈哈镜和电梯，都是当时最新奇的东西。图为商场照片及1920年《顺天时报》登的商场减价广告。

他听了个传言，顶楼被封是因为有个年轻人从那儿跳楼了，坏了商场的“脉”（风水），所以生意才大不如前。更邪的是年轻人就摔死在理发店的门前，陈应德担心血手印是死人作怪。

我一听就笑了，顶楼的

露天咖啡厅我常去，有护栏和警卫把守，从没听说摔死过人。就算真的有人跳楼，隔着马路，再怎么也摔不到理发店门前。出现血手印，只能是有人恶作剧。我答应帮他查出恶作剧的人。

等了一晚上，口袋里的烟全抽光了，哈欠一个接一个地打，理发店什么事儿也没发生。我正要往回走，身后突然传来两声大喊，还骂了句“我操”。

一回头，远处的树影在晃动，隐约看见两个不高的人影，我追过去，两人撒腿就跑，追到胡同里没了影。

回到刚才的地方，我才注意到地面是湿的，反着路灯的光。老洋槐下横躺着一个男人，穿着西装，两只血红的眼睛瞪着我，上头眼皮没了。脖子开了个大口子，血淌了一地，脑门前的头发被扯掉了，露着头皮，脑袋后头也秃了好几块，碎头发散在脸上，有几根还扎进了眼睛里。

我喊来岗警，他被这场景吓得不轻，退了几大步，脚踩在了一小块带血的皮上。我说那恐怕是眼皮，岗警一屁股跌坐地上，手扶了扶帽子，哆哆嗦嗦问我怎么回事。

解释完情况，我跟他回警局做了笔录，还留了地址和名片。回到家已经凌晨三点多了，我脑袋昏昏沉沉，可一闭上眼，就会浮现那两只血红的眼睛。睡到下午，我又到胡同口的面馆一口气吃了两碗热腾腾的羊肉余面，才觉得缓过来神。

汪亮来找我，说外二区警署抓了个嫌疑人，让我过去指认一下。

尸体的身份已经查清楚了，三十来岁，叫吴阅奇。死因是脖子上的致命伤，挣扎痕迹不大，眼皮和头发是死后不久被割下和扯掉的，死亡时间大概在我发现尸体的五个小时内。汪亮说，警察在尸体右侧西裤口袋里找到了一把东方饭店的房间钥匙。

东方饭店于1918年2月19日落成，位于当时北京香厂路新市区的中心，今天西城区万明路11号。是一家全西式的饭店，房间内有卫生间、电灯、电扇、暖气和淋浴的热水，还有电话。鲁迅、郭沫若、巴金、老舍等文化名人都在这儿住过。

饭店前台的女服务员告诉他们，吴阅奇三天前住进了302，订了五天，还向她吹嘘自己是留法的飞机专家，马上要去南苑任职，以后有机会请她坐飞机。警察在房间里找到了吴阅奇的皮箱，里头除了几本旧书，只有一些贴身衣物，没发现南苑航空教练所的聘书。

民国时期，东方饭店有7辆汽车，专门用来接送客人。

汪亮笑了，这个吴阅奇可能根本不是什么飞机专家，草包一个，打肿脸装阔，箱子里没一样值钱的，房费都不够。

饭店的汽车司机做证，吴阅奇死的前一天，他去理发店接吴阅奇，看见吴阅奇和老板大吵了一架，还被轰了出来。当时老板挥着剃刀，满脸通红，眼睛瞪得圆鼓鼓的，要和吴阅奇拼命。

说到这儿，两个警察押着一个人过来，问我昨晚看没看见他。这人脸色发白，鱼泡眼肿得厉害，鼻子也红红的，是应德理发店的老板陈应德。

陈应德的两只肉乎乎的手抖得厉害，手铐哐啷哐啷响。他一看见我，眼睛泛起泪光，话到嘴边，被警察一瞪，又咽了下去。我苦笑一下，摇摇头，说没看见他。警察皱起眉头，又问了一遍，我说确定没看见。

昨晚两个身影的脸我虽没看清，但两人个头儿都不高，身材偏瘦，而且很熟悉胡同的地形，我追过去转眼就消失了。

汪亮凑过来悄悄告诉我，刚才让陈应德去看尸体，刚走到停尸间的门，他就两腿发软，要不是有两个警察拽着，他早吓趴下了。

“只看了一眼，脸‘唰’地就白了，龇牙咧嘴，神神道道的，嘴里喊什么‘鬼剃头’，根本不像能下狠手杀人和割眼皮的凶手。”

我点头，说了血手印的事，若陈应德明知道我昨晚会蹲守在那儿，还特意在附近杀人，这说不过去。汪亮点点头，又摇了摇头，警察从陈应德身上搜到了一把老式剃刀，刀柄的地方有暗褐色的血迹，他亲自看到的，错不了。

陈应德提过，他前两天让剃刀划了手，我告诉汪亮，血迹可能是那时候留下的。

我做了担保，警察答应放人，但叮嘱陈应德最近不要乱跑，要随时回来配合调查。出了警局，陈应德走路还是晃晃悠悠的，我一路扶着他回理发店。

应德理发店去年升了亨等，重新装修过。墙壁镶了黑、白两色的瓷片，十二把转椅分两行排开，椅子对面是长方形的镜子，镜子四边包了白色的花边。梳妆台和家具虽然是旧的，但都是洋货。

屋里开着暖气，伙计蹲在门口，五六个理发师坐在椅子上叹气，清一色穿着白衬衫，其中一个拿着剃刀和剪子正给另一个理发。

民国时期的西式理发店。当时的理发店分为“元”“亨”“利”“贞”四个等级，其中“元”“亨”两等理发店雇工七八人，高级理发师每月收入有十五六元。

见到我们，两个伙计“噌”地站起来，给我和陈应德倒茶，说早上侦缉队来抓人，客人全吓跑了。伙计嘴里还嘟囔，二月二龙抬头①，本来是生意最好的时候，警察一冲进来全搅和了。

陈应德进门第一时间先上了炷香，我注意到神龛空着，里头供奉的理发神不在。两杯热茶下肚，陈应德脸上恢复了血色，说了他和吴阅奇打架的事。

前天下午三点多，吴阅奇进了理发店。陈应德见他抹了发蜡，穿着上好的合身西服，还喷了香水，知道是个讲究人，不敢怠慢，便亲自上阵。剪发、洗头、修面一套下来，吴阅奇很满意，手抹在头发上，在镜子前转来转去，大赞陈应德的偏分西装头剪得好，有几分巴里（巴黎）的味道。

①龙抬头是每年的农历二月初二。传说这一天是尧王的诞辰。北方地区在节日期间有吃猪头肉，理发（剪“龙头”）的习俗。

陈应德听了很高兴，兴致勃勃准备露一手，就给他“打眼”了。

相传罗祖是理发行业的祖师，又叫罗真人，由于给皇帝理发救下了许多剃头师傅，被后人奉为祖师爷。农历七月十三日是罗祖的生日，这天北京全城的理发匠都会歇业庆贺。

“打眼”[①]就是把眼皮翻过来，用剃刀在眼球前轻轻刮擦，能去火明目。这是陈应德从一个宝坻老师傅那儿学的绝活儿，平时只有熟客和贵客他才肯打。

陈应德的剃刀刚挨着眼皮，吴阅奇大概是吓着了，从椅子上跳起来破口大骂。陈应德拉住他解释，两人动起手，撞到了桌脚，神龛摇摇晃晃，木制的罗祖像掉下来，砸在了吴阅奇的脑袋上。吴阅奇捡起来狠狠往地上一摔，罗祖的脖子被摔断，脑袋掉下来，滚到一边。

陈应德是“罗祖帮”出身，罗祖是剃头匠的神，侮辱罗祖比侮辱他还严重。“剃了半辈子的头，没受过这个气。那可是罗祖的脑袋，砸烂了，我能饶了他吗？”陈应德说自己一着急挥起剃刀就要轰他出去，手就是那时候弄伤的。

我问陈应德，在警察局时他喊的“鬼剃头”是什么意思？

陈应德说“鬼剃头”[②]就是斑秃，吴阅奇没有斑秃，死后的脑

①过去传统的剃头师傅，要掌握十六种技巧，为剃（头）、刮（脸）、梳（头）、编（辫）、掏（耳）、剪（鼻须）、剔（眼）、染（发）、捏、拿、捶、按、接、活、舒、补。

②“鬼剃头”即斑秃，是一种骤然发生的局部性斑片状的脱发性毛发病。其病变处头皮正常，无炎症及自觉症状。脱发时间非常快，有时当天睡觉还没有异样，第二天一早起来发现头上少了一片头发。所以民间将其称为“鬼剃头”。

袋却秃了好几块，眼皮子也被割了，只能是遭了报应，这就是得罪罗祖的下场。他边说边双手合十，朝天拜了几下。

理发师和伙计缩着身子，听得目瞪口呆，有个伙计还学着陈应德的动作拜天。

刚才给人理发的是个中分头，深眼眶，身材瘦削，年纪跟我差不多。我拿起他放在台子上的剃刀，这把刀的刀柄不新，但刀刃比一般的更锋利，像是刚开的刃，可能换过刀片。我把剃刀还给他，坐上转椅，仰起头伸出脖子，问："能不能给我也刮个脸？"中分头愣住了。

陈应德赶紧用胳膊肘推了一下他："小方，给金先生露一手。"然后笑了笑，得意地告诉我，小方理发、刮脸的技术都是一流的，还留过洋。

陈应德招呼伙计拿来热面巾，拍了拍小方的肩膀，小声催促。小方打开抽屉，拿出一盒剃须粉，洒在沾了水的刷子上，开始在我下巴上打圈。

刮脸的时候，我问他："刀跟新的一样，怎么磨的？"小方停了一下，说磨刀用的是老手艺，怎么找砥石，怎么磨，都是学问，说了我也不懂。他指着墙上挂着的一条皮带，接着说，单说这荡刀布，他用的就是马臀皮。

小方一只手拉起皮带，另一只手拿刀在上面快速地一甩，然后反过来再一甩，叭叭作响，反复荡了几遍。他说，荡过的剃刀，刀刃没有毛刺，剃毛的时候又顺又滑，就算不小心割伤了，都不知道疼。

正说着，我从镜子里看见门外站了两个穿青衣布袄的小伙，娃娃脸，十五六岁的模样，鬼头鬼脑地往屋里看。其中一个趴在玻璃

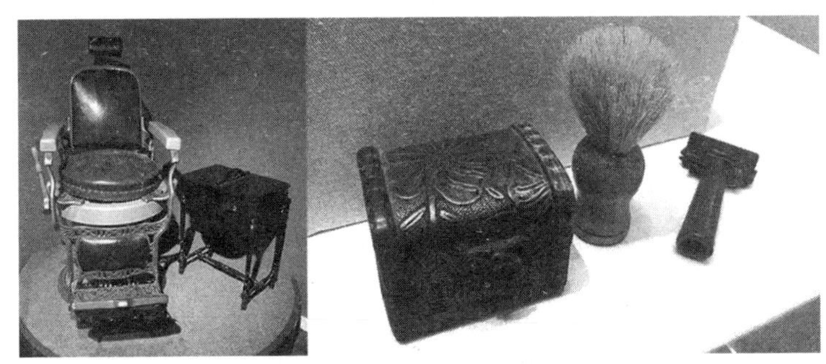

民国时期理发店的转椅和刮脸工具

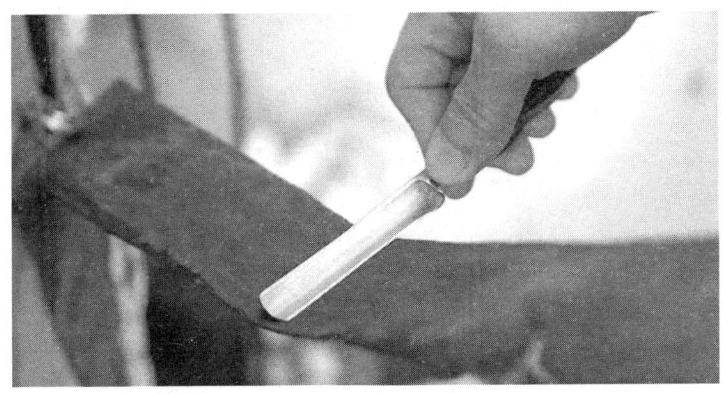

荡刀布，又叫庇刀布，是老式理发剃刀的辅助工具，多为生牛皮和帆布制作，用来保养剃头刀的刀刃。剃头之前，将剃头刀在荡刀布上来回地“荡”，可以去除刀刃上的毛刺，使刀刃更加锋利。

上的手，左手的小指头少了一截。我突然反应过来，猛地一转身，两个小伙盯着我看，我刚要起身，下巴迎在刀刃上，挨了一下，脸上冒出一道血印子。

小方赶紧用面巾按在我伤口上，弯下身子道歉，我打断他，边喊“那就是按血手印的人”边追出去，两个小伙撒腿就跑。陈应德也喊了一声，理发师和伙计也冲出来，跟在我后面追。

跑到街口，我拽住了其中一个的后背，他扭头飞过来一把剃刀。我一闪，一辆马车从跟前驶过，被扬起的土眯了眼。等土散了再看，两人已经不见了。

民国时期的马车，当时的马车多用来搬运柴火。

我捡起地上的剃刀，木头手柄已经被磨得光溜，刀上模模糊糊刻了几个字，已经看不清了。

小方先追过来，鼻尖上全是汗，问我那两个小伙呢。我说跑了，举起手里的剃刀问他认不认识，小方扫了一眼，说不认识，和店里的不一样。

这时跟在后面的人跑过来，陈应德喘了几口粗气，接过剃刀一看，说这种刀是老一辈的剃头匠的，现在已经很少人用了。他想了一会儿，说天桥以西还有几个剃头挑子可能会用。

小方接着问我，我怎么知道血手印就是那两个人干的。我说自己仔细看过灯柱上的血手印，是左手，而且上头的小指头缺了一截，刚才在理发店门口趴玻璃上的，其中一个人的手，小指头也短了一截，正好也是左手。

伙计们咬牙切齿，血手印是那两个人搞的鬼，肯定是眼红理发店的生意好。

那两个小伙都是圆寸头，个头儿也不高，背影很像吴阅奇死的晚上我看见的人影。陈应德问我，盖血手印和杀人的是不是同一伙。我说找到他们就知道了。我问他："你知道那几个剃头挑子住哪儿吗？"陈应德点了点头。

俗话说"剃头挑子——一头热"，指过去的剃头匠跳着一根扁担，一头放个洗头的铜脸盆，下面是小火炉，另一头是个带抽屉的、可供剃头者坐的"梢搭"。

第二天，我、陈应德，还有两个伙计一块儿到天桥，西面的胡同被我们翻了个遍。这些屋子大多臭烘烘的，门也不锁，里头又脏又乱，跟鸡毛房差不多。陈应德说他以前也住过这儿，十来个人挤在一间屋，吃喝拉撒全在一块儿。

有间屋子门口放了个铁桶，里头装着黑乎乎的水，一闻，有股血腥味，仔细看，上面还漂着几根鸡毛。我伸手进去蘸了点，往墙上一拍，盖出了一个暗红色血糊糊的手印，问大家，像不像店里三色转灯上的，几个人全部点头，错不了。

我和陈应德坐在屋门口，两个伙计躲在胡同口两头封住出路。等到天黑，有脚步声靠近，是那两个小伙回来了。这一回他们没跑掉，被我和陈应德一左一右抓住了。打开手电一照，两张娃娃脸，正是趴玻璃上的那两个。伙计把他俩摁在地上，缺了一截小指的那个愤愤不平，说生意都让理发店抢了，“有时候半个月只能搞到月中把”[①]。

我问他为什么要按血手印，他瞪了我一眼，说理发店的转灯不是好东西，一天到晚不停转，把财运都转到理发店去了。他们听过剃头匠讲“断脉”（破坏风水）的事，按血手印就是为了给理发店招晦气，断陈应德的财路。

“吴阅奇死的那晚，你俩为什么在那儿？”我问他俩。

两人倔得很，只说人不是他们杀的，其他什么都不知道。其中一个还瞪我，说他们也看见我了，我才更像凶手，为啥只怀疑他们。

陈应德沉默了很久，叹了口气，让伙计松开手，说自己以前也是跑天桥的，能理解，要是他俩愿意，可以跟着他回理发店干。俩小伙对视了一眼，有点儿发愣，犹豫了会儿，站起来拍了拍身上的土，还是摇摇头。

陈应德问他俩为啥不愿意，两人看着我往后退，我让他们放心，我知道他俩没杀人。年纪大点儿的圆寸头支支吾吾，说不是怕我，是怕给我刮脸的那个理发师。

那晚，发现尸体前，他们还撞上了一个人，有点儿面熟，像陈应德理发店的一个理发师。当时一直想不起来是谁，那天回理发店偷看就是想确定这个人。他们说的人，是小方。

---

①民国时期，小理发店和挑剃头担子的发明了“罗祖帮”的通用行话隐语：用“牛、月、汪、则、中、辰、星、张、崖、足”代替一至十的数字。理发同行之间问“你今天搞了多少个把头?”是问挣了多少钱的意思；回答“月中把”，“月中”就是挣了二元五角。

陈应德糊涂了，小方是杀人犯？我摸了摸下巴的伤，说还不能完全确认，只是有一点我很在意，他剃刀的刀片是新换的。前不久陈应德跟我提过，店里刚从和盛号进了一批剃头刀，根本用不着换刀片。

第二天一早回理发店，伙计告诉我昨晚小方急匆匆走了，说家里出了急事，突然就要坐火车赶回湖南老家。[①]

正阳门西车站，又称前门西车站，是京汉铁路在北京的终点站，始建于1900年12月。

小方叫方思超，来理发店三个月了。陈应德和其他人只知道他以前在法国留学，能说几句法文，但他不和其他理发师一起住，和谁都不太熟，唯一的爱好是在本子上写写画画，还不让人看。伙计说他偷偷瞥过一眼，画的全是些汽车、轮船、飞机之类的东西，而且特别像。

汪亮去前门西站打听，进站出站的人太多，很难知道方思超有没有坐车，去的是不是湖南。京汉线的快车一周只往返一次，这周的大前天就发车了，下一趟最快也得等下周。

一个大活人，竟然凭空消失了。

我在《白日新闻》登了篇寻人启事，写上方思超的名字，还贴了照片，说他失踪，我想寻找认识他的人。上头留了家里的电话和

---

①民国时期交通极不发达。以沈从文从北京回湖南凤凰老家为例，他从北平坐火车到长沙，然后转公路，坐车去常德，到桃源就没有公路了，只得改走水路，从桃源坐船到浦市，再坐两天的轿子才到凤凰，花去近半个月的时间。

地址，还强调有可靠消息者能获重酬。

登了报，打电话的人不少，但全是奔着酬金编故事的人。一周过去，电话也没了。

汪亮说我是白忙活，一个理发的小伙子好端端的为什么要杀人，根本说不通，还说我是长年调查案子养成了坏毛病，就爱把人往坏里想。我没反驳他，脑子里来回都是方思超给我刮脸的情景，我下巴上的伤，真的完全是意外吗？

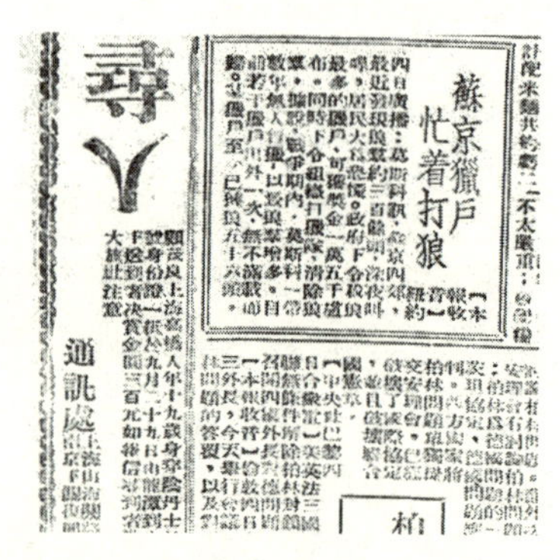
尋人

通訊處

蘇京獵戶忙着打狼

图为民国时期《南京人报》刊登的一起寻人启事

接到南苑航空教练所的电话，已经是半个月后。打电话的是一个姓孙的年轻学员，说话带点儿福建口音，说自己在食堂看到了报纸，觉得寻人启事上的方思超长得很像他们新来的维修技师。不过那人姓吴，不叫方思超，问我会不会弄错名字了。

我让他仔细形容一下这个吴师傅，他说，人很瘦削，深眼眶，常佝着背，不大爱说话。我越听越觉得像同一个人，问这个吴师傅全名叫什么，孙学员说："吴阋奇。"我惊得手心冒汗。放下电话，我又拨通了汪亮的电话，告诉他孙学员在电话里说的事。

汪亮提过，警察在吴阋奇的房间里没找到南苑航空教练所的聘书，当时以为这人可能是个草包，编造了身份，但其实有可能聘书已经被方思超拿走。方思超没有消失，用吴阋奇的身份到航教所任职了。

为防止打草惊蛇，我没把吴阅奇的死告诉孙学员，只说我想去拜访他。汪亮找了辆警用的两轮摩托，和我直奔南苑航教所。

南苑在郊外，路不好走，一路尘土飞扬，花了一个半小时才到。在航教所的警卫处登记完，我俩开着摩托进了机场。

机场的一边是兵营，北洋军的士兵正在训练，另一侧修了厂棚，门口一字排开停着七八架淡蓝色的双翼飞机和三四架深灰色的运输机。

民国早期把汽车叫摩托，摩托车则叫两轮摩托。警用摩托车外观与普通两轮摩托车别无二致，只是一般装有一个高音喇叭，用于喊话抓捕及指挥。

北洋政府在北京南苑兵营司令部旧址设立航空学校，1913年开始从部队中选拔学员。1928年北洋政府消亡，南苑航空学校随之撤销。南苑航空学校办校15年，共毕业四期飞行学员，共158名，这批人后来成为国民政府和各省所办空军的骨干力量。

跑道中间横着一架土黄色的小飞机，只有一前一后两个座位，飞行员已经就位。汪亮看见后很激动，说他认识，这是英国的教练机，叫爱什么罗。机头和机翼边分别站了两个技工师傅，穿着深蓝色的工作服，正在埋头做检查。

图为英国生产的爱弗罗（Avro）-504K机型的教练机，504K机型是英国皇家空军的教练机，也被作为战斗机广泛使用，一战时生产了超过8000千架。

其中一个技师的脸被木制的螺旋桨挡住了。只见他用力扳了几下叶片，叶片转起来，越转越快，发动机传来引擎声，隆隆作响。另一侧的师傅松开扶着机翼的手，飞机摇摇晃晃，往前滑了一会儿，便慢慢离开地面，飞了起来。

我一眼就认出右边那个是方思超，发型虽然改成了西装头，但深眼眶和驼背还跟之前一样。他看了看我，脱下手套，脸上很平静，我示意汪亮立刻报警。

警察来抓他的时候，他一直站在原地，没有挣扎，也没有逃跑，举着双手，好像在等他们一样。汪亮发动摩托车，我们往回走。

突然，飞机在半空转了个圈，朝我们冲过来，汪亮刚开始还开心地朝飞机招手，很快就意识到这架飞机失控了，正急速下坠，眼看就要撞上来。摩托车以最快的速度往前跑，飞机紧追在后，螺旋桨的声音越来越大，汪亮一个急转弯，背后轰隆一声巨响，飞机撞到地面爆炸了，碎片向四周飞射出去。

爆炸把所有人都吓着了，直到飞机残骸断断续续燃烧冒出浓烟，在场的所有人才反应过来，救火的、急救伤员的、找医生的，大家惊慌失措，四散开来。耳鸣声一直环绕在我的耳朵里，根本听不见来人朝我说了些什么，他把我和汪亮带到一个飞机仓库口，确认我们俩没事才放下心来，之后我和汪亮跟着警察一起回了城。

后来，目睹了飞机失事整个过程的一个机修厂工人说，飞机是右侧机翼先着的火，烟从那儿冒起来，然后火势变大，烧到机尾，最后整架飞机成了个大火球，机头在撞到草坪上的瞬间就爆炸了。

方思超被捕后，交代了杀害吴阅奇的过程，唯独对杀人原因含含糊糊，说自己也说不清楚。

当时吴阅奇进理发店后脱了西服外套，方思超把衣服拿倒了，口袋里掉出来一张对折的纸。方思超打开扫了一眼，是航教所的聘书。他趁人不注意，偷偷把纸塞进了自己的裤兜，晚上借捡到聘书的名义把吴阅奇从饭店约出来，将其杀害。

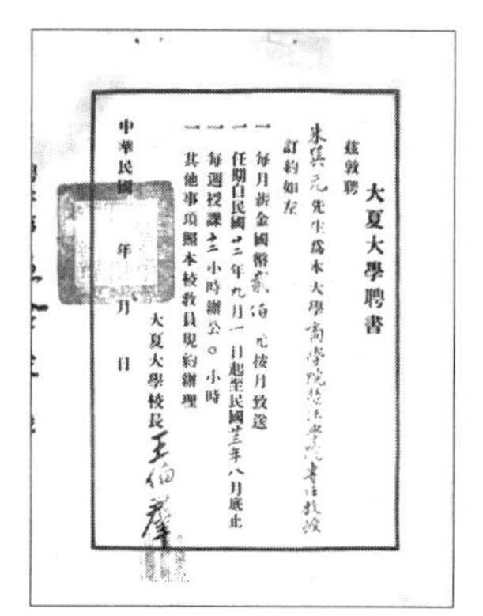
大夏大學聘書

茲敦聘

[illegible]先生為本大學[illegible]

訂約如左

一 每月薪金國幣[illegible]元按月致送

一 任期自民國[illegible]年[illegible]月一日起至民國[illegible]年八月底止

一 每週授課[illegible]小時辦公[illegible]小時

一 其他事項照本校教員規約辦理

大夏大學校長

中華民國　年　月　日

图为民国时期大夏大学的聘书

警察在航教所找到了吴阅奇的聘书，饭店的员工也核实了他来找过吴阅奇的供词。

我去监狱里采访方思超，他拒不见面。我四处打听，用电话联系到了他的家人。他大哥知道方思超杀人后，沉默了很久，在电话那头哭了。后来他大哥来北京探监，我们见了一面。方大哥递给我一个深色布包，里头装着一本破破烂烂的法文版《忏悔录》，三本写得密密麻麻的日记，以及一沓十公分厚的信件，都是方思超的随身物品。方大哥说，我想知道的东西，也许就在里头。

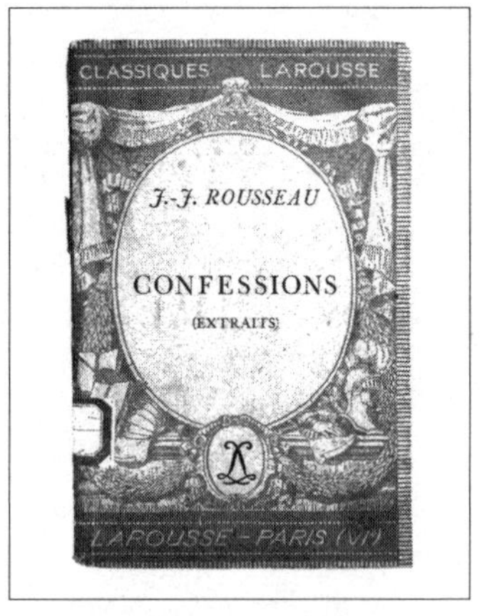

图为1912年法文版《忏悔录》

除了日记和家信，我还翻了很多旧报纸，断断续续花了几个月，从方思超的过去里，找到一段不为人知的历史。

民国九年（1920）年初，方思超和很多知识青年一样，想出国留学，但家里经济不够宽裕，又没考上庚子赔款的官费留美生。这时候，他得到一个消息，到法国留学，可以半工半读[①]。

法国虽然不比美国，但一样是西方，科学和艺术水平也很高，而且当时正在打仗，佛郎（法郎）币值低，只要掏得起每年六百元的学费，就可以去。

①1900年（庚子年），八国联军攻入北京，1901年（辛丑年）9月，中国和11个国家签订了《辛丑条约》，条约规定，中国从海关银等关税中拿出4.5亿两白银赔偿各国，并以各国货币汇率结算，按4%的年息，分39年还清。这笔巨款即"庚子赔款"。之后清政府不断就赔款进行谈判，美国率先统一退还一部分庚子赔款作为教育费用，挑选学生赴美留学，最终育成了清华学堂（1925年转为大学）。有了美国的先例，其他几国也陆续答应退还部分赔款用于培养留学生。

那时候方思超二十八岁，结婚三年，有个快两岁的儿子。刚开始，父亲不允许他出国，他绝食抗议，母亲心疼他，把自己的嫁妆和私房钱全拿了出来，妻子又去求大哥和二姐借钱，六百块的学费最后是这么筹出来的。

除了进工厂当车工、钳工，很多勤工俭学生到了法国还变成了挖煤的工人。图为《大留学潮》一书里记录的法国拉马西煤矿升井后，勤工俭学生合影。

方思超在日记里说，和他同船赴法的湖南青年超过三百人。我查过资料，从民国八年（1919）年初到民国九年（1920）年底，赴法人数达到一千六百多人，去的人来自全国各地，其中四川和湖南最多。这波留学浪潮被称为“赴法勤工俭学运动”①。

这些青年里，绝大部分人此前根本没学过法文，有的甚至像方思超一样，对“半工半读”存在误解，以为是一边读书一边做工，

①张倩仪在《大留学潮》中写，留法勤工俭学开始于 1912 年，当时的本意是节俭费用，推广留学之方法：以劳动朴素，养成勤洁之性质。1916 年和 1917 年巴黎和国内分别成立了华法教育会，组织赴法勤工俭学活动，从此逐渐壮大。1919 年 3 月 17 日，第一批留法勤工俭学学生 89 名乘日本邮船由上海启程赴法。第二批 26 人 3 月 31 日启程。从 1919 年 3 月到 1920 年年底，中国先后有 17 批学生赴法，总数达 1600 多人，甚至接近 2000 人，超过清华留美 20 年的学生总数。但赶上法国处于大战后的复原期，商业不景气，留学运动变得不合时宜。1921 年周恩来报道勤工俭学失败原因的时候，说：“普通都感于环境的痛苦为大，感于教育的不良为次，动一时之感情，受潮流之支配，慕勤工俭学之名，为冲动盲目的出国。”

没想到是先做工挣学费，等攒足了学费才能念书。

方思超出国前有一个梦想，他喜欢飞机，想去法国学工科，进工厂造飞机。抵达法国后，他确实进了雷诺飞机汽车发动机厂，但因为不懂技术，又不懂语言，只得当个钳工，干的是纯体力活儿，日子相当苦。

日记里有这样一段：

“今天迟到了五分钟，法国工头不让进场，说这班算我旷工，得等下一班，半天的工资就这么没了。三个月了，每天回去浑身是汗，动作一慢，还被人骂是中国猪。真不知道辛辛苦苦来法国是为了什么……”

方思超还有过救国梦，想和同乡一起翻译国内缺乏的工艺专业书，书名叫《铜铁冷作业实用工艺》。但由于房租和伙食费的压力很大，时间全让做工占满了，没时间看书学法文，晚上挤在又冷又潮湿的地下室睡不着，根本坚持不下去。

去年九月，正是留法学生闹得最凶的时候，勤工俭学生占领了里昂中法大学，抗议学校拒绝接收他们，却在国内另行招生。街上乱哄哄的，到处都是拉横幅游行的中国学生和抡着警棍的法国警察。①

① 1921 年 1 月，推动勤工俭学运动的华法教育会由于缺乏经费，发出通知要求学生自己解决问题，引发恐慌，2 月开始学生闹事，到了 9 月，里昂中法大学火上浇油。这所大学本身是中法两家合办，传闻部分经费还来自法国退还的庚子赔款，却拒绝接受勤工俭学生，反而在中国另行招生。学生情绪激动，占领里昂中法大学，部分还被拘禁，强制回国。这其中包括陈毅和李立三。

那几天，方思超闷在地下室里没出门。他接到家信，妻子上吊自杀了。

在他离开的一年里，妻子抑郁成疾，生了好几场大病，却没钱请大夫，为了不给家里添麻烦就自杀了，死的时候才二十六岁。哥哥来信通篇都在骂他，说家里欠了一屁股债，轩儿（方思超的儿子）的身体也不太好，让他赶紧回家还债。

北洋政府为了平息学生情绪，向愿意回国的留学生支付旅费，大部分勤工俭学生不愿意草草回国，而方思超犹豫再三，收了旅费，又问同学借了点儿钱，一周后就动身回国。

回到长沙，他只在家里待了两周，就上北京了。他以为凭着留洋的背景，混个中学教师的工作应该不难，结果却大失所望。应聘北京的中学教师时，他发现一起竞争的人里还有清华留美的硕士、博士，可他连毕业证也没有，想找一份体面的工作很难[①]。

家里不断催促他寄钱，凭着在法国学的那点儿理发手艺，他找到一家理发店做理发师。

日记里写道：

"每回陈应德在客人面前让我讲几句法文的时候，我心里就难受，在法国两年，难道就是为了回来当个理发师？"

---

①《为中国寻找现代之路：中国留学生在美国（1900-1927）》一书中写过，清政府专门对留学生指定考试，一年举办一次，通过考试的留学生得以进入朝廷成为官员。北洋政府结束了这类考试，原有的"仕途"招牌机制解体让很多留学生找不着北。民国时很多留学生回国后什么都干，只要能挣钱就好。有学文科的去修铁路，学机械的去搞教育，不得不放弃所学，只要是份工作就行。

方思超的日记写到这儿就没了。

翻到最后，日记本里夹着一张简报，是我登在《白日新闻》的寻人启事——他在我去之前就知道有人在找自己了。

▲保定航空隊之慘劇

▲電油瓶走火 ▲死傷十六員

保定通信云、上月三十一日午前十時三十分二十三師屬之航空隊 演習航行 乘員爲軍士教育團及二十三師八十九團官長、共計十六員、翔行空際 裝置電油之錫瓶、忽然破裂、一時電油大燃、將機身機翼燒燬、乘員着火後 體無完膚、紛紛下墜、其中僅有二名爲救護隊拯出、均受重傷、亦有性命危險、餘人當時俱已斃命云、

1922年3月31日（星期五）上午10时20分，保定航空队队员马毓芳驾驶"亨得利·佩治"式运输机在保定机场降落时，由于飞机进场高度过低，机尾挂住机场附近树梢，飞机坠地起火。驾驶员马毓芳和机上乘员十三人全部被烧死。此次空难是当时中国飞行事故遇难人数最多的一次。

那天的爆炸事发突然，我连小孙的面都没见到。五月我又去了趟南苑的航教所，一是想感谢小孙提供线索，二是也想把这场爆炸事故记录发表。

来到机修厂，工人们告诉我上次的飞机失事是意外。因为小电油瓶（汽油瓶）走了火，驾驶飞机的孙学员经验不足，教练又来不及反应，飞机迫降失败，才最终坠毁。

其中一个老师傅摇头，他觉得小孙虽然年轻，但也是老学员了，不会犯这种错误，倒可能是那个新来的技工检查不够仔细，没发现电油瓶的故障。

我愣住了："小孙？福建的？"

老师傅说："小伙子挺好的，就是他说话我听不太懂，可惜了。"说完叹了口气。

本故事整理者：草头鬼

第11案

金木夜访安福巷
稳婆接引畸形儿

眾嫗揮執鍋碗瓢勺、雞毛撣子。薄近醫院大門。跳蹤喧嚷。口詈不已。詈曰。醫院中人皆二毛也。路邊小販。引頸眺觀。販物為人所竊亦不知矣。一嫗飛剪中牌匾。剪略汪亮眼而過。匾上甡甡醫院四字。為之斑剝一點。汪亮大詈曰。險盲吾一目。繼以手侮眼。左右橫揶。宛如蟹行。眾嫗來勢洶洶。攻入大門。眾醫工死守。于大門處廝打。

金醉注：其中“剪略汪亮眼而过”现代汉语中实作“掠……过”。

案发地点：安福胡同①

案发时间：1922年4月中旬

记录时间：1922年6月

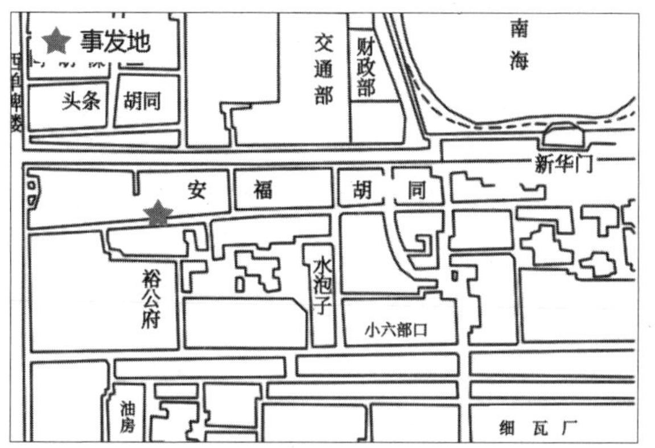

十一日夜里，我睡不着，在城里溜达，走着走着到了新华门。

民国以前这儿叫宝月楼，对面还有一座回回营清真寺，有人说是乾隆皇帝给他的一个妃子盖的。后来袁世凯看中了这块地，拆了清真寺，改建成了大总统府的正门，名字也换了，叫新华门。民国六年（1916）他死的时候，棺材也是从这儿运出的。

图为西德尼·甘博拍摄的宝月楼。1913年袁世凯把大总统府设在中南海，南面的宝月楼被改建为新华门，取代西苑门成了中南海的正门。袁世凯称帝时，中南海曾一度改名“新华宫”。

夜里的西长安街不比白天热闹，街上空荡荡的，守门的警卫孤零零地打着哈欠，还不如边上两

①安福胡同，现今西安福胡同，近北京音乐厅。

尊大石狮子神气。清明刚过去一周，夜里还有些寒意，我打了个哆嗦，准备往回走。

刚走两步，脖子后头一阵瘙痒，我伸手一抓，扯下几根长长的细丝。我正纳闷这空旷的路上哪儿来的蜘蛛网，一个黑影闪过，往南转进了安福胡同。

我快步跟过去，黑影却已经消失。借着月光，我仔细看了看手里的细丝，颜色发白，却不像蜘蛛丝能捻断，忽然反应过来，这是人的头发，我后背直发凉。再往胡同两头一看，冷冷清清，只有我和我自己的影子。

这时，胡同西面传来小孩哇哇的哭声。循着声音沿墙走去，有一户人家，屋里亮着微弱的灯，临街的小门紧闭，我把耳朵凑上去，隐约能听见一个低沉的声音在念叨着什么。突然“砰啷”一声响，传来女人的尖叫，我退后一看，屋里的灯也灭了。

我拍了几下门，没有动静，一着急使劲儿撞开了门。门打开，院子里大大小小几个人影齐刷刷地转过身，五六双眼睛惊恐地瞪着我。

不知从哪儿冲出来一个矮小的身影，佝偻着背，晃着把菜刀朝我劈来，嘴里还大喊：“天皇皇，地皇皇，夜星子，哪里闯？”我吓了一跳，边跑边躲，随手从墙头扒拉下一块碎砖，挡在身前。菜刀砍在砖头上，梆梆作响。

刀背上白光晃眼，半天我才看清，拿刀的是个道婆打扮的小老太太，额头的褶子像树皮一般粗厚。小老太踉跄了两步，手一松，菜刀重重地落在地上，人也险些一屁股坐倒。

有人点了灯，院子渐渐亮堂起来，几个人影慢慢清晰。

除了这个道婆，院里还站着一家四口。男人干瘦，女人脸色蜡白，怀里抱了个婴儿，老太太拄着拐杖，腰背挺得很直。男人一声不吭，老太太壮了壮胆，上前吼了句“来人是谁”，声音还有点儿抖。我赶紧举起手，说自己只是个过路的，听见声响才进来，没有恶意。老太太盯着我，手里的拐杖随时准备出击。

原来这家的小孙子生下来两个月，每晚哭闹不停，扰得大家无法休息。老太太请了个道婆，她一看，说孩子中了“夜星子”的邪，得作法捉住“夜星子”[①]，他就不哭了。

我问怎么才算捉住“夜星子”，三个人纷纷摇头，老太太说道婆作法不让看，说着领我进了厨房，男人和女人也跟进来。

只见灶台中央摆了个四方的木头笼子，各面皆糊了白纸，边上倒扣着一个碎成两半的粗瓷大碗。灶台底下的窟窿里还点了盏油灯，火光从下面照上来，白纸上灯影闪现。

我看看木头笼子，上下打量起道婆。她瞪了我一眼，两步走到老太太跟前，说刚才她一边念咒，一边敲碗，白纸上出现一个小棺材形状的影子，是“夜星子”来了。她正一刀砍断大碗，我却突然闯进来，她以为是“夜星子”现形了。

道婆说完，悄悄用手在白纸上戳了个蚊蝇大小的黑点，一本正经地说这就是“夜星子”。我们还没来得及细看，她就把整个木笼扔进火里，拍拍手说：“好了，‘夜星子’已经被彻底消灭了。”

我反问她：“你刚才不还说我是夜星子吗？会不会弄错了？”

---

①袁枚曾在《子不语》中提到过夜星子。小儿夜里哭闹不休，像中邪一样，谓之“夜星子”。“捉夜星子”就是专门针对小儿夜啼的“驱魔”。这些“驱魔人”大半只是些故弄玄虚的老妇。

道婆面露尴尬，这时从大门口冲进来两个凶巴巴的巡警，手摁在腰间的警棍上，质问我们大半夜的吵什么。听完解释，其中一个大胡子巡警把每个人都训了一遍，说夜里不要乱跑。

“前面上周才死了个老太太，年纪跟你俩差不多。再闹腾，信不信下一个死的就是你？”另一个白净的巡警边说边指着道婆和老太太。

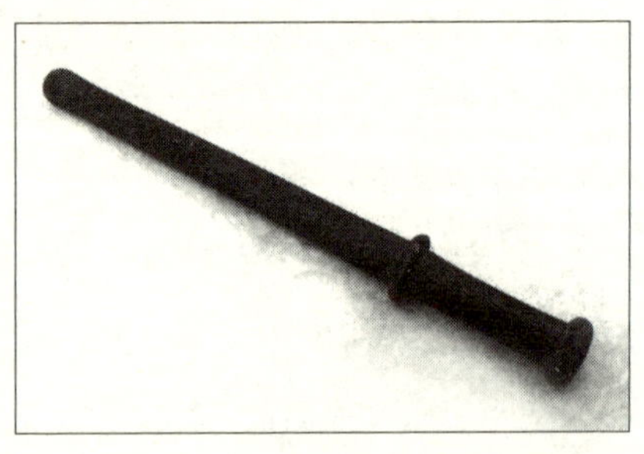

警 棍

两人低着头没吭声，巡警骂完转身就走了。道婆临走时，塞给老太太几张红纸，说这是“夜啼贴”，如果小孩再哭，就贴在卧房门后。红纸拉开是一排剪纸的小人，小人手拉着手。不过奇怪的是，经我们这么一闹，女人怀里的小孩竟真的不哭了。

专治小儿夜啼的符，将其贴在门上，能叫回小儿的魂，使其不再夜夜哭泣。有些符上会写：“天皇皇，地皇皇，我家有个夜哭郎；过路君子读三遍，一夜睡到大天光。”图为夜啼贴的两种形式，金木手绘的示意图。

道婆出了门一溜烟就不见了，胡同里又只剩我一人，阴气森森的，我心里直发毛，回家的步子也迈得大了起来。

第二天，我跟汪亮在西长安街吃早点，顺便向他打听昨晚巡警提到的安福胡同命案。

汪亮虽是个公子哥，梳油头，穿皮鞋，爱用西洋玩意儿，但在吃的方面并不讲究，喜欢街边小摊，炒肝就烧饼是他的最爱。汪亮咕嘟几下，一碗炒肝就见了底，再咬上一口马蹄儿烧饼，嚼得津津有味。

他边吃边告诉我，死者叫章钱氏，六十来岁，是个给人接生的稳婆。汪亮咂巴咂巴嘴，用手指指胸口，说："从这儿往下叫人划了道口子，一直划到下腹，尸体还被挂在树上，血顺着树干流了一地。"

我说完昨晚扯到白发遇见黑影的事，汪亮眯着眼，凑到我跟前，阴阳怪气来了句："你见鬼了。"我白了他一眼，抓起一块烧饼塞他嘴里，叫他别瞎扯。汪亮大口吞下烧饼，说他没胡说，昨晚正好是章钱氏的一七[①]，而且她有一头又细又长的白发。

正说着，街上一阵骚动，人扎堆往一个方向跑，边跑边七嘴八舌地说有帮老太太抄家伙正跟人掐架呢。汪亮大笑，两下吮干净手指站起来："走，去瞧瞧，老太太还能打架？"

打架的地方是一家新开的妇婴医院，门口聚满了小脚老太太，有二三十号人。老太太们挥着锅碗瓢勺、鸡毛掸子，冲医院大门一顿乱扔，边扔边骂西医都是二毛子[②]。

路边的小摊贩看傻了眼，一个卖干果的脖子伸得最长，连被人顺了东西也没发觉。

突然嗖的一下，一把剪刀贴着汪亮的眼皮飞过，砸中立柱上的

①一七又称头七，指的是人去世后的第七日。古人认为，死者魂魄会于头七回家，因此头七晚上也叫回魂夜。

②清末将洋人蔑称为"大毛子""洋毛子"，或"老毛子"。混血儿、信洋教的、为洋人办事的、接受洋人文化的中国人被称为"二毛子"，这种说法一直到民国还有。在西式医院里工作的中国人，也被叫作"二毛子"。

牌匾，“甡甡医院”四个大字中间顿时多了一块白点。汪亮大骂一声，说差点儿就瞎了。

老太太们气势汹汹，一拥而上，医生护士死死护着大门不让进，双方推搡起来。我拉住围观的一问，原来这些老太太是收生姥姥[①]。

民国二年（1913）政府开始约束稳婆，要求内外城四百多名稳婆接受考核，凭照经营。这两年西法接生兴起，妇婴医院为了抢生意，向政府倡议取缔稳婆。上个月《白日新闻》还报道过，东城抓了一批无证稳婆，全是些年纪大、没通过考核的老太太。

老太太断了生计，迁怒医院，跑来闹事。

巡警鸣哨赶来，拖住披头散发的老太太往外拉。可手刚碰着老太太，她们就扑倒在地上，抱着巡警大腿又哭又喊，说警察欺负老太太。巡警不便动手，只能使劲儿吹响铜哨子，老太太却装耳背，根本不理会，让巡警十分狼狈。

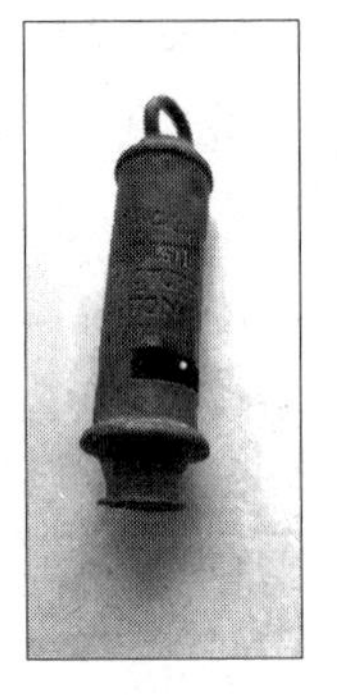

铜哨子

围观的人却看得过瘾，还鼓掌喝起倒彩。巡警瞪大了眼睛，抡起警棍要打，人群哗啦散开，场面更加失控，我和汪亮也挤散了。

混乱中，一个穿白大褂的女医生用手遮着脸，拉住一个闹事的老太太，从我身边挤过，出了人群。女医生个子不高，身材微胖，长

①收生姥姥，又叫产婆、稳婆，是“三姑六婆”之一。“三姑”指庙里的尼姑，观里的道姑和占卜算命的卦姑；“六婆”则指牙婆（买卖人口），媒婆，师婆（装神弄鬼、画符念咒的巫婆），虔婆（情色交易），药婆，稳婆（接生的产婆）。出自明代陶宗仪《辍耕录·三姑六婆》。

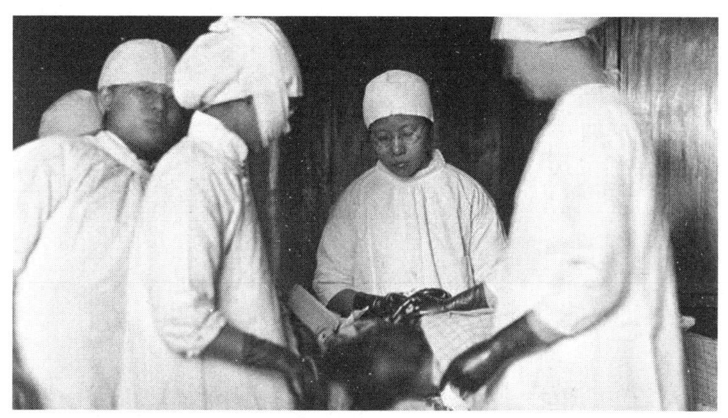

北洋时期北京的医院，以妇婴医院居多。图为西德尼·甘博于1917—1919年拍摄的妇婴医院手术室的医护人员。

了张大嘴；老太太戴了副金耳环，一双眼睛圆得像葡萄。两人一前一后紧挨着走，完全不像其他人拼个你死我活。

两人鬼鬼祟祟地拐进小巷。巷子又窄又短，走得太近容易被发现，我只能远远地跟着。

老太太掏出一个藏蓝布包，女医生接过去，又塞回给老太太一个更小的布包。小布包打开，里头有不少银圆。换完布包，两人说了几句话，就分开了。

我跟女医生回到医院时，步兵来了，老太太们已经消停下来，气喘吁吁。热闹劲儿一没，围观的也陆续散了，人群散了大半。

进医院前，女医生慌张地将布包藏在白大褂底下。一个年轻的小护士拉住她问："龚医生，你去哪儿了？"女医生没提老太太，光说被人群挤散了。

女医生撒谎，一定是想隐瞒什么。

过了两天，汪亮找上门，一进屋就大呼小叫，说煤市街的取灯胡同昨晚又死了一个老太太，也是个稳婆，叫许田氏。死法也和之前的死者一样，从胸口到腹部被划开，再挂到树上。

汪亮问我还记不记得去医院闹事的那些老太太，许田氏也在里头，这事会不会和医院有关。他这么一提，我立马想起大嘴女医生和圆眼老太太。我对汪亮说："走，去看看尸体。"

到了警局一看，尸体我认得，就是戴金耳环的圆眼老太太。汪亮说，仔细检查过尸体，值钱的东西都在，不像是抢劫杀人。

连着死了两个老太太，街上巡警多了不少。警察厅还在报纸上登了告示，建议五十岁以上的老妇夜里结伴出行，不要落单。

我对汪亮说，闹事那天有个大嘴女医生很奇怪，值得查一查。我记得她姓龚，到医院一问，只有一个姓龚的医生，叫龚月珍，不过人不在，被请去参加洗三[①]了。

洗三的人家姓王，住在地安门外的帽儿胡同。房子不大，排场倒不小，我混在亲友堆里进了门。洗三典礼在北面最大的厢房里，地上摆着个宽沿的大铜盆，里头盛着用槐条、艾叶熬成的苦汤，往外冒着热气，王家和客人按尊卑长幼往里一一"添盆"。

收生姥姥端坐炕上，你添什么，她就说什么，都是些吉祥话。

比如添清水，她说"长流水，聪明伶俐"；添枣儿、栗子、莲子一类的喜果，她说"早（枣）儿立（栗）子，连（莲）生贵子"。

不知从哪儿冒出一个阔气的亲戚，让小孩推来一辆藤编的婴

---

①婴儿生下三天后，请稳婆来家举行沐浴仪式，会集亲友祝福婴儿，称为"洗三"。据说这样可以洗去婴儿从"前世"带来的污垢，使之今生平安吉利。同时，也有通过这种"洁净"仪式预防疾病的意义。从形式上说，它有些类似于西方的洗礼仪式，只不过这种洗礼仪式带有更多的世俗意义而不是宗教含义。

儿车。收生姥姥当场结巴了，“嗯嗯啊啊”了半天说不出词，气氛有点儿尴尬。

人堆里传来一句：“车就是马，一马当先，马到功成，这孩子将来肯定大有作为。”一句话就把在场的人都说乐了，王家老太太笑得很开心，收生姥姥也松了口气。说话的人穿着件素净的绸缎衣裳，一张大嘴咧着笑，正是龚月珍。

图为赫达·莫理循拍摄的20世纪40年代北京街边的婴儿车

洗完三，龚月珍和一个方脸老太太走到一边说话。老太太身后还站着个大着肚子的小媳妇，小媳妇低着头不吭声。老太太哭丧着脸，对龚月珍说：“你看她这肚子圆的，这胎肯定还是个女孩。龚大夫，帮帮忙。”说完塞给龚月珍一个鼓鼓囊囊的红封套。

龚月珍收下红封套，老太太的眉头稍稍舒展，小声问她东西带了没，龚月珍宽袖子一抬，露出藏蓝色布包的一角，老太太伸手要去拿，龚月珍却一抖袖子，说这儿人多不便，让老太太一会儿去后巷等。我看那个藏蓝布包很眼熟，像死去的许田氏给她的那个。

没多久，龚月珍果然偷偷溜出后门，我跟了出去。老太太和小媳妇都不在。龚月珍打开布包，里头是一个精致的小木盒。我悄悄靠过去，看到木盒里装着几个人形的椭圆块，黑褐色，巴掌大小，表面皱皱巴巴的。

龚月珍看见我，急忙关上盒子，两手按在上面，我问她木盒里装的到底是什么，龚月珍没接话，慌慌张张往后退。我伸手去抢盒子，她急了，用尖指甲抓我，我手背上被抓出好几道血痕。争抢中，盒子掉在地上，里头的椭圆块撒了一地，还有些粉状物。我捡起一个椭圆块仔细看，黑褐色表面上有几处凹了下去，像一对眯起的眼睛和一张小嘴。

我顿时打了个寒战，浑身发麻，手里全是汗。这是尚未成形的死胎。

我拽住龚月珍正要继续问，突然后脑被重物击中，"嗡"的一声，我没了平衡，肩膀撞在墙壁上，眼前一点点变黑了。

醒来，我发现自己躺在医院的病床上，头晕乎乎的，后脑勺疼得厉害。

戴戴摇醒汪亮，两人的手在我眼前晃来晃去。我喉咙发干，从嗓子眼儿挤出一句："别晃了，我没事了。"

汪亮告诉我，昨天下午我去王家找龚月珍，被人打晕倒在后巷，是一个送菜的伙计发现了我。主家不认识我，报了警，来的警察见过我，把我送到医院，还通知了汪亮，戴戴是汪亮叫来的。汪亮说幸亏我隔三岔五跑警局，混得脸熟，这回救了自己一命。

喝了几大口水，我缓过神，第一时间问汪亮："龚月珍人呢？"汪亮摇头，说她失踪了。他们去医院问过，也去她家找过，人消失了。

我告诉他俩，龚月珍把死胎做成干尸，装在木盒里。以前查案子听说过，有些偏方用死胎入药。龚月珍和许田氏鬼鬼祟祟地交易，很可能就是在倒卖死胎。我一边说，戴戴一边往后缩，听到干尸小嘴半张，她已经退到了病房门口，嘴上却说一点儿不害怕。

等我说完，戴戴又跑回来，说以前在八大胡同，小班的姑娘不小心怀上孩子，去不了医院，就悄悄找稳婆打胎。她学起侦探的样子，摸了摸下巴说，许田氏的死胎可能就是给人打胎留下的①。

死的章钱氏和许田氏两人都是稳婆，龚月珍的失踪可能也与稳婆有关。

出了医院，汪亮说他再去调查一遍洗三的王家，袭击我的人很可能混在亲友里。

戴戴打听到这两年稳婆为了对抗医院，成天聚在一起开大会，还搞了个稳婆街，就在北剪子巷和口袋胡同一带。我要去看看，她不放心我一个人，非要跟着，还挥了两下拳头，说再有人偷袭，她会保护我。我哭笑不得。

插画吉祥姥姥布幛

这一带胡同里摆满了摊子，到处挂着布幛，写着“轻车快马”“吉祥姥姥”等字样，还真有点儿稳婆街的意思。

胡同口突然冲出来一个穿西装的男人，跑得东倒西歪，背后还湿了大半。四五个老太太在后头骂骂咧

①民国时期曾经先后实行三部刑法，都将堕胎视为非法，辟有“堕胎罪”一章，并规定了惩罚性的条款。

咧，领头是个大高个儿，没有眉毛，手里端着个还在滴水的铜盆。

无眉老太太弓着身子，半天挺不直腰，戴戴上前扶住她，问那个男的是谁，老太太咬牙切齿，说那是甡甡医院的狗屁院长陈仕邦。

甡甡医院我知道，上回老太太们打架就在那儿。

陈仕邦原来在中央医院当外科医生，因为半年前误诊，导致患者半条腿被截肢，被医院开除了。不过陈仕邦家里有钱，很快自己又开了一家妇婴医院，还三番五次喊着要取缔稳婆。

老太太去警察局举报他没有行医执照，证据确凿，医院本该关门，可偏偏陈家和警察厅厅长交情不浅，案子没几天就被压了下去，最后不了了之。老太太不肯作罢，天天跑到警察局闹，姓陈的拿了钱来封口，老太太却不买账。

“哼，几个臭钱就想堵住我的嘴，我呸！”无眉老太啐了一口。

我向她们打听章钱氏和许田氏，一听到这俩名字，几个老太太都板起脸，表情严肃，反倒先问起我和戴戴的身份。我实话实说自己是记者，戴戴是作家，话还没说完，戴戴突然搂住我的胳膊，小声对老太太说：“我们是来买……药的。”

几个老太太眼睛立马亮了，无眉老太太抢先一步，领着我俩走到一块写着“白氏收洗”的木牌前，搬来矮凳坐下，让我们喊她白姥姥就行。

白姥姥笑盈盈地看着我：“小两口是要求子？”我傻了眼，戴戴点点头，又拼命冲我使眼色，我也跟着点头。白姥姥拿来一个竹篮，从里面掏出一个小纸包粉末递给我，六块钱一包，连喝三包，保你们生个大胖小子。

我吓了一跳，问她："这是什么粉，卖得这么贵？"

白姥姥说这叫求子粉，喝了就能怀上孩子，而且怀的肯定是男胎。还说很多怀了女胎的也来买，喝了能转胎，女胎也能变成男胎，灵得不得了①。

我问白姥姥求子粉是用什么做的，她不说话，戴戴装作生气，起身要走："你不说我们就不买了。"白姥姥着急，拦住戴戴，悄悄在我俩耳边嘀咕了几句。戴戴腾地站起，大叫道："死胎磨成的粉怎么能吃？吃出病来怎么办！"

戴戴嗓门儿太大，巷子里的稳婆都看过来，白姥姥让她坐下小声点，脸上很疑惑："怎么会吃出病呢？这是好东西，很多人求着买。"我不相信真有人靠吃这个怀上，觉得太扯。

白姥姥拍着胸口向我保证有。去年有对姓林的夫妻，十年都没怀上孩子，来这儿买了五包，回去不到一个月就有喜了，一怀还怀了俩，是双胎。旁边几个稳婆凑过来，其中一个叹了口气道："可惜那个产妇身体不好，运气也差了点儿，最后难产了，唉，一尸三命。"

白姥姥赶紧打断她："但药是好的。吃完真的就怀上了。"其他稳婆也纷纷点头。

我买了一包求子粉，仔细看看也是黑褐色，跟龚月珍木盒里的很像。我顺着问："章钱氏和许田氏也卖这个？"所有稳婆都不接话，半天只有白姥姥吭声："她俩跟童姥姥一个德行，给人打胎。花姑娘、大小姐，不管是什么人，只要给钱，多大的肚子都敢打。算

---

①民间有流传"转胎丸"之类用来改变胎儿性别的假药，其实胎儿性别在受精的时刻就定了。

了，不说死人的坏话。”

一听见“童姥姥”，稳婆炸了窝，七嘴八舌议论起来。说童姥姥忘恩负义，勾结了那姓陈的医生，混成洋大夫进了蛀蛀医院，还让人喊她“龚医生”，明明自己也是个稳婆，现在却反过头来串通医院断她们的活路。我反应过来：“你们说的是龚月珍？”白姥姥和那些稳婆都点点头。

戴戴不明白，龚月珍姓龚，怎么都喊她“童姥姥”。白姥姥说，她们一开始都是跟自家婆婆学的接生，龚月珍的婆婆姓童，所以龚月珍就叫童姥姥。我问她，童姥姥什么时候跑去当了医生。白姥姥想了一下，说是两个月前，接生完林家之后。

“林家？死了双胎的那家人？”戴戴又腾地站起来。

好几个稳婆都点头，其中一个说：“当时还是剖腹取的胎，结果大的小的都没保住。”白姥姥说：“女人生孩子就是过鬼门关，生下来，是命；没生下来，也是命。哪怕是现在的洋人大夫，用西法接生，也不可能有十足的把握。产妇死了以后，姓林的天天来找童姥姥，哭得撕心裂肺，几乎赖这儿了。当时他好像还报了警，警察不管，又着魔似的回来挨个儿问我们：“好好的人怎么说没就没了？”突然有一天，他不哭了，也再没回来闹过。”

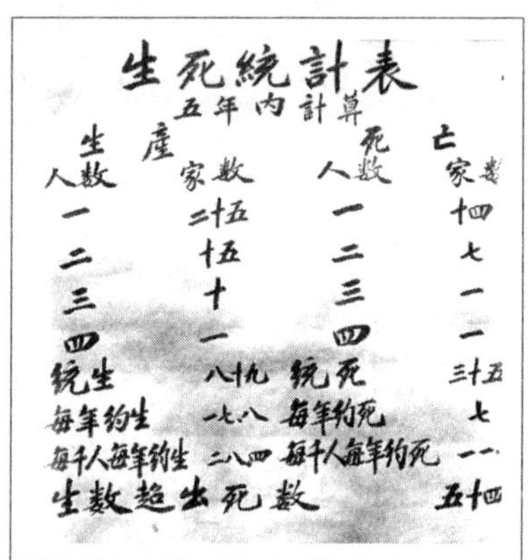

生死統計表
五年内計算

生產 人數	家數	死亡 人數	家數
一	二十五	一	十四
二	十五	二	七
三	十	三	一
四	一	四	一
统生	八十九	统死	三十五
每年约生	一七.八	每年约死	七
每千人每年约生	二八.四	每千人每年约死	一.一
生数超出死数			五十四

图为西德尼·甘博拍摄的教会统计的出生死亡人数。结论是每年生数超出死数54人。

我问：“为什么？他找

到童姥姥了吗？”稳婆都说不知道，白姥姥也摇头。一个年轻的小姑娘突然开口：“他知道他买的求子粉是用死胎做的了，是我告诉他的。”白姥姥瞪了她一眼：“别瞎说，跟我回家。”说完拉着她要走。旁边的稳婆告诉我，这小姑娘是白姥姥的女儿，想学童姥姥，进医院当医生。

清代民间流传最广的产科医书，作者一再强调产妇应有主见，不该轻信稳婆的话，提出临盆六字诀“睡、忍痛、慢临盆”。

小姑娘推开白姥姥，两人吵了起来。她声音突然提高：“学西医怎么了？你们说龚医生不好，她至少认字，读过《达生篇》，你们连报纸上骂你们什么都不知道！”刚才还叽叽喳喳的一群稳婆，顿时没了声。

戴戴用胳膊肘推了我一把，小声说“我们走吧”。

出了稳婆街，我问戴戴，她怎么知道稳婆卖求子粉，戴戴说，她只是想套她们的话，没想到诈出这么多事。回到家，我立马给汪亮打电话，让他调查龚月珍替林家接生的事，姓林的报过警，应该会有记录。

晚上汪亮过来，说他仔细盘问过厨子，除了送菜的，当天还有玉成号的人来送豆腐，奇怪的是，豆腐送完没拿钱就走了。汪亮一查，玉成号的老板正好姓林，叫林大成。他报过案，说妻儿让稳婆害死了。警察厅觉得这种事查不清楚，就把他打发了。

汪亮边说边叹气，这种事之前也碰过。有个产妇难产，说稳婆掏小孩的时候把头拧断了，身子扯出来，头还在里面。那家人要死

異事奇聞
嬰孩缺少肛門
穩婆用箸扎斃

【遵化通訊】本縣城西南西新莊子，有住戶王起明者，年三十餘歲，與人傭工爲生，妻齊氏，亦三十餘歲，貌其中姿、一鴻中年夫婦，亦頗相得 無如過門以來，已將六載 迄未生育，夫婦望子心切，遂多方設法，始獲懷孕，延至十二月五日，該婦生子之期將至，即令其夫，就近請來李姓穩婆收生，不意難產，迨至次日午時，仍未產生，遂又連請穩婆三名，始將嬰孩取出，視之乃一男孩、五官四體，完整無缺，但小便無尿眼，大便無肛門、李穩婆見其能吃不能拉，恐難久活，遂用火箸一條，由大便中間，與其扎入，不意用力太過，立將小孩扎斃、該夫妻雖痛子心切，然亦無可如何云。（伍）

图为1933年12月20日《益世报》新闻，题为《异事奇闻：婴孩缺少肛门，稳婆用箸扎毙》。写稳婆接生男婴，见其先天无肛门，忧其不能排便，竟以火筷子从后面插入，不料用力过猛，将男婴捅死。还说夫妻虽然悲痛，“亦无可如何云”。

要活，但稳婆硬说孩子的头本来就是断的。

如果林大成就是袭击我的人，那龚月珍很可能在他手里，得赶紧找到他，戴戴非要跟着我和汪亮一起。

玉成号豆腐坊离什刹海不远，过了李广桥①就是。一靠近就闻到一股浓重的腥臭味，豆腐坊还亮着灯，地上有黑乎乎的血水从里往外蔓延，两只野狗蹲在门口吧嗒吧嗒地舔。

往里走，血水上还漂着一幅送子神张仙的画像，血漫上来，画像从中间凹陷下去，看着像被撕成了两半。

尽管我已经料到龚月珍可能活不了，但还是没想到她成了这个样子。

我让汪亮拦住戴戴，她不听，还是进屋了，走了没两步就又冲

①李广桥，即现在的柳萌街。原为后海的小河汊，因状似月牙故又称月牙河。流经明朝宦官李广宅邸（据说是后来的恭王府），李广在河上修建了一座单拱石桥，命名为李广桥。1952 年河道改为暗沟，李广桥拆除，上铺沥青路，称李广桥南街。1965 年更名为柳萌街。

出去，扶着墙狂吐不止。不怪她，看见这番景象，我也在强忍着胃里的翻滚。

龚月珍被吊在房梁上，不仅从胸口到腹部被划了一道，整个肚子都被剖开，肠子也被扯出来，像一条巨大的暗紫色蛆虫往外游，拖在地上一直延伸到豆腐坊的石磨里。

张仙是中国民间供奉的吉祥神，能够让信奉他的人得子，因而得名“送子张仙”。《历代神仙通鉴》则认为张仙还有以弹弓逐打凶神“天狗”，保护世人生儿育女的能力。

林大成正一圈圈地推着磨盘，眼睛失了神，好像根本不知道自己在做什么，也看不见我们。黄豆和肠子一块儿被磨盘碾碎，再一点点从磨口往下漏，流进桶里，和豆渣混在一起，成了一坨恶心的黑血糊糊。

警察来清理尸体的时候，林大成还在继续推磨，警察上去拉，他两只手扒着推磨的木缸子不放，三四个人一齐竟也拉不走他。警察把林母带来，她跪在林大成的脚边，哭得呼天抢地。但不管林母怎么哭怎么闹，林大成还是一点儿反应都没有，只是一个劲儿推磨。

民国的豆腐坊。图为灯下驭驴拉磨，是将黄豆磨为豆浆的步骤。豆腐坊的工作艰辛，一般要凌晨起来制作豆腐。

他已经疯了。

最后林母瘫坐在地，不知过了多久，她开始絮絮叨叨地一点儿一点儿说出了所有的事。童姥姥也就是龚月珍给林大成的妻子江氏接生的时候，林母就站在旁边。

“童姥姥掏了半天没掏出东西，江氏的脸又越来越白，我心里发愁啊。这一胎我们等了十年，不能再等了，无论如何都得保住。”林母心一狠，让童姥姥剖腹取胎，没想到剖出来一个畸形儿。

“两个头，四条腿，却只有一个身子，这是生了个怪物啊！”林母手一滑，畸形儿摔在地上，当场就断了气。

她怕别人知道林家生了个怪物，也怕林大成受不了打击，怪她让童姥姥剖腹，害死了江氏。林母让童姥姥从中间切开连体婴。

《点石斋画报》上记载的中国最早的剖腹产。讲述博济医院某男医生，挺身而出，为难产妇剖腹取婴的事情。最后母婴平安，作者赞叹医生：“神乎其技！”

当时她不愿意，林母多塞了些钱，还叮嘱她千万别说出去，有人问起，就说是双胎，难产死的。

林母悄悄埋了连体婴的尸体，可林大成不相信，还硬把尸体挖出来，发现双胎尸体不全，认定是童姥姥捣的鬼。“刚开始他闹，去报警，警察没管；后来他又去找童姥姥，也没找着。闹啊闹，有一天突然安静下来，又开始做豆腐了。我还以为他想通了，没想到他竟跑去杀人了……”林母说到这儿又哭起来，还三番两次要撞墙寻死，都被我和汪亮拉住了。

哭到最后，林母没有了声音，只剩两张嘴皮一张一合，林大成像中了邪般还在继续推磨。戴戴看不下去，跟着红了眼眶。我想安慰林母，却又不知该说些什么。

警察找来一个会作法的道婆，满脸褶子，我认出她就是那个捉“夜星子”的小老太。道婆念了一堆咒语，林大成依然没反应。警察撸起袖子，说没办法了，只能连石磨一块儿抬走了。

突然冲进来一个枯瘦的女疯子，一头白发又细又长，林大成“啊”的一声大喊，手终于松开了磨，警察趁机冲上去抓住了他。林大成被抓之后，恢复了神志，承认章钱氏、许田氏和龚月珍都是他杀的。

案子终于结了。

之后有一天，我在报纸上看到一则新闻，说甡甡医院的院长陈仕邦发生车祸撞坏了腿，被拉回自己医院，让一个庸医治瘸了。

这事一传出来，再加上龚月珍的事，甡甡医院很快就倒闭了。有算命的说，是医院的名字没取好，四个生读起来像“死生”，生字里带了个死，肯定活不久。

又过了半个月，我、汪亮和戴戴在茶馆里喝茶，聊着聊着汪亮说他找到我看见的那个白发黑影了，就是那天冲进豆腐坊的疯女人。她被抓了，关在警局。她的那头长发，真的是又细又白。

汪亮说这个疯女人叫汤蓝氏，早年生了个女婴，一出生就让婆婆给溺死了，于是她头发白了，人也疯了，一到晚上，满城乱跑，到处吓小孩。戴戴说，可能她只是想听听小孩的哭声吧。

汪亮点点头，接着说那个捉"夜星子"的小老太太就是她的婆婆。我突然明白，原来这个疯女人就是"夜星子"，捉"夜星子"其实捉的是一个死了孩子的母亲。

本故事整理者：草头鬼

第12案

大耳旅店闹黑眚 护城河水走火丸

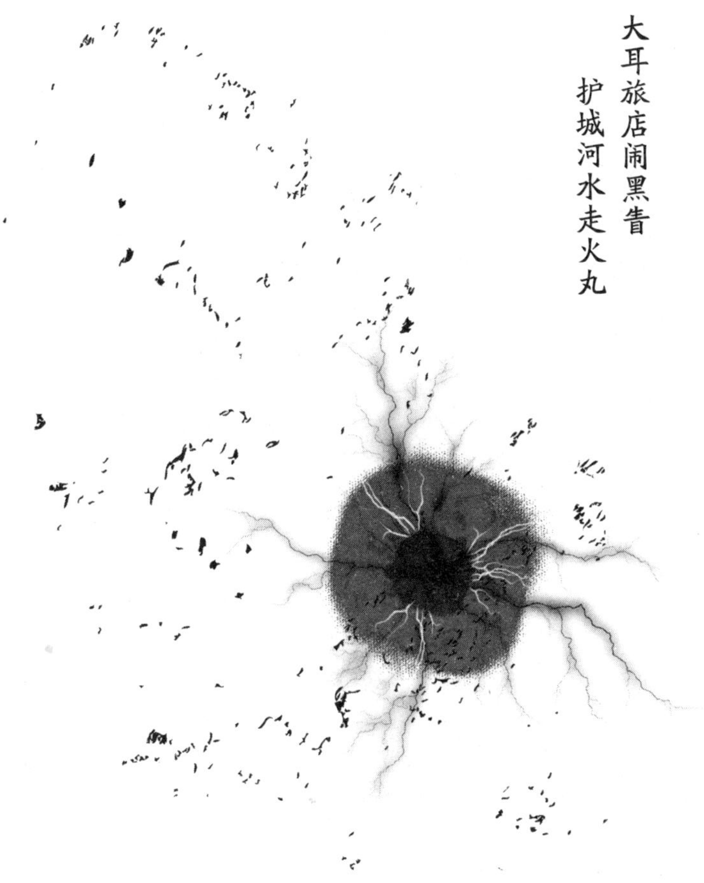

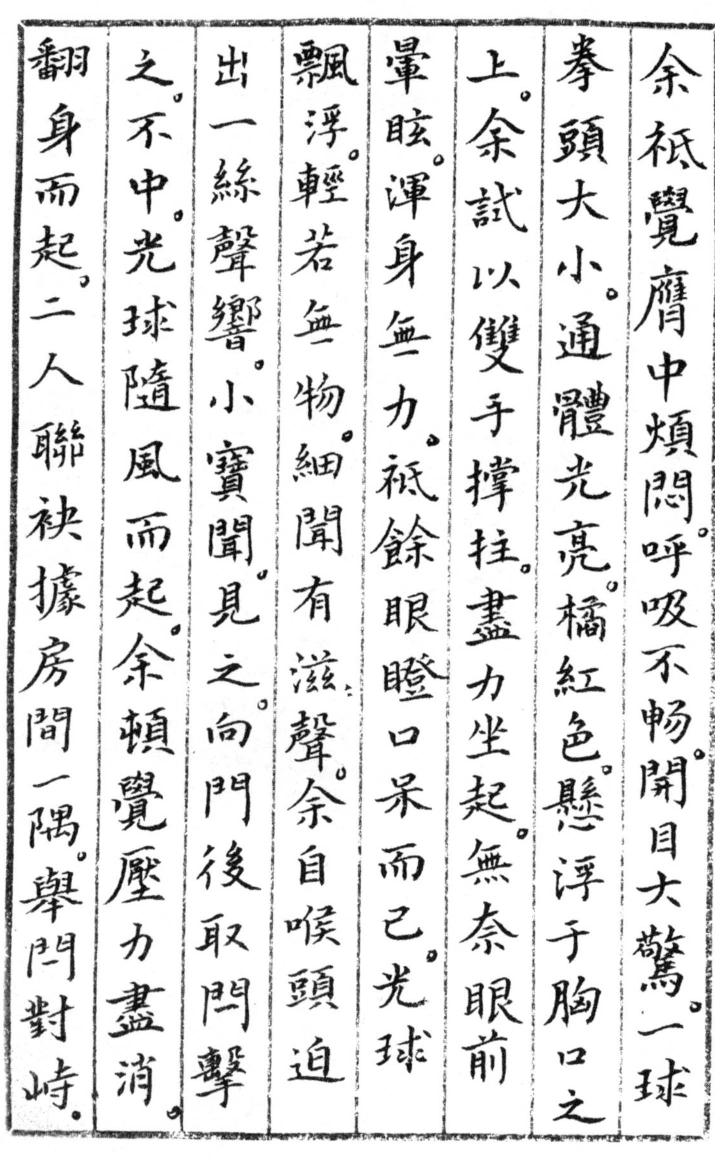
余衹覺腦中煩悶。呼吸不暢。開目大驚。一球拳頭大小。通體光亮。橘紅色。懸浮于胸口之上。余試以雙手撐拄。盡力坐起。無奈眼前暈眩。渾身無力。衹餘眼瞪口呆而已。光球飄浮。輕若無物。細聞有滋滋聲。余自喉頭迫出一絲聲響。小寶聞見之。向門後取門擊之。不中。光球隨風而起。余頓覺壓力盡消。翻身而起。二人聯袂據房間一隅。舉門對峙。

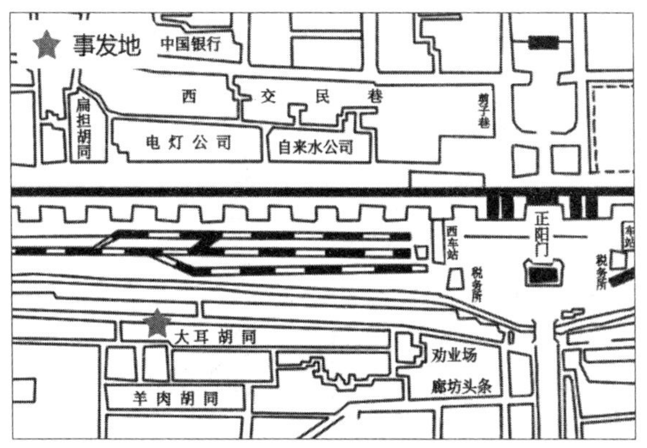

案发地点：前门外大耳旅馆
案发时间：1922年9月
记录时间：1923年1月

我查案多年，从民国初年起，就常以“夜行者”自居。有朋友却笑我，说你查那些事还是白天的多。

下面这个案子，是个地道的黑夜故事，可以为我正名。去年（1922）秋天，我一连花了六个晚上在前门摸黑调查，最后抓了只“妖怪”。

第一夜

九月中的一天晚上，我和小宝在前门的宝丰茶馆请人喝酒。这群人都是查案时打过交道的朋友，有些很熟，有些连名字也不太清楚。酒过三巡，一人要了碗烂肉面，用粗瓷大碗盛了，边吃边聊，一个个儿吆五喝六的，吹起牛皮。

喝到半夜，“咔吧”一声响，茶馆里的电灯黑了。伙计出门一张望，说停电了。我跟着人出门看了看，一片漆黑，近处什么也瞧不见，往远了能望见前门箭楼的巨大黑影。

半年前，电灯公司烧坏了一台发电机，全城停电两个星期，这次不知道要多久。

美国总统格兰特于1879年访问日本，顺便访问了上海，公租界的英国人在外滩举办了“水龙灯会”。会上有电灯展览，由一台小发电机驱动，这是电灯第一次走进中国。1888年，西苑慈禧太后卧室的天花板安装了电灯，是北京史上第一次使用电灯照明。而首次使用电灯的北京居民，则是东交民巷使馆界内的百姓。

伙计点起油灯，灯影下，人的脸都模糊了。不知谁起了个头，大家开始讲起最近的奇事怪谈，南城北城，荤的素的瞎扯一通。一个大胡子站起来，拍拍桌子，说：“大耳胡同，最近闹黑眚——死了好几个。”问他具体哪里，大胡子挥手往外一指，“出去拐弯，大耳旅馆[①]。”

角落里一阵骚动，一人往旁边人背上一拍说：“是你们家，陈芝！”顺着声音看过去，桌子一角坐着个清瘦的年轻人，二十出头的样子。小宝小声跟我说，大耳旅馆，就是他们家开的。好像真的死了人，警察已经把那儿的门封了。

一桌人围着陈芝问，他也不否认，结结巴巴地答应着，说旅馆主要是父亲在管，自己也不清楚。大胡子哈哈一笑，过去拍了拍陈芝，说：“没事，死人有啥好怕的？”又一挥手，“不如趁着今晚高

①乾隆年间编撰《普宁县志》中记载的一起崇祯十六年在广东潮州普宁县发生的妖眚事件。“有马流妖眚，状如萤火，飞人家作祟，搏之则散若群荧无数，聚则光如斗。妇女夜不敢寝，围坐中庭，街巷，男人围护之。马流光至，则群起噪逐搏之。”

兴，一起去旅馆里睡一夜，要是那黑眚再来，我们就把它抓住，明天扭到街上展览展览。”几个人一起哄，就往外走。小宝问我要不要凑这个热闹，我说，反正也不远，去看看。

陈芝跟出门，站在街上劝了几句，没人听。他跟上我和小宝，说：“金先生，这事不能乱来，要真出事了我爹这生意就彻底完了。”他凑近我的耳朵说，“之前已经死了三个。”我拍拍他，说放心，大家就一闹，酒醒就散了。他“嗯”了一声，没再说话，转身走了。

大胡子一马当先，领着大家往大耳胡同走去。石子路面上有一条条汽车马车轧出的沟，黑暗里看不清，踩上去一脚高一脚低。

大耳旅店很好找，就在胡同口靠近大街的位置，门脸是个二层的楼房。大门贴着警察厅的封条，上了铁锁。绕到后院，大胡子

清代末年，北京出现了第一条现代意义上的马路，铺设在总部胡同，是当时财政部长周自齐在自家门口改造的，由石子铺成。在此之前，北京的路一般是土路。当时的竹枝词唱：“大街拥挤忆当年，高在中间低两边。一自维新修马路，眼前王道始平平。”这种石子铺的马路，容易被车辆轧出小沟。图为约翰·詹布鲁恩拍摄。

翻进院墙，从里面开了门，四五个人一拥而入。旅店里空无一人，有人在楼下找到了煤油灯点亮，嚷嚷着上了楼，各自找房间睡觉。

我和小宝选了最东面的一间客房，房间在二楼的转角，两面墙都临着街道，各有一扇窗户，房间里有两张床。小宝酒量不好，挑了一张床躺下，很快打起了鼾，我扯了一条被子，给他盖好。

一阵凉风吹进来，我来到窗前，抬手关窗，发现窗扇坏了，根本关不上。我看向窗外，外面的夜空宽阔、阴沉，一个黑影站在街道对面绸缎庄的房顶上。我睁大眼睛，向前凑近，又一阵风吹来，窗子一晃，挡住了视线，我推开再看，夜空下的屋顶空无一物。吹了会儿风，酒劲儿涌上来，一阵恶心，我赶紧走到另一张床上，裹紧被子，很快就睡着了。

半夜里口渴醒来，我看了看四周，油灯已残，只剩豆大的火光。想起前半夜的荒唐事，我赶紧坐起来，寻思着要不要赶紧离开。向旁边一看，小宝还没睡醒。这时隔壁房间突然传来一声惨叫。小宝一骨碌爬起来，怔怔地看着我，不知道发生了什么事。我冲出门，小宝跳下床跟了出来。

来到隔壁门前，我们发现大家都惊醒了，聚集在门口，惊疑不定。推了一下，门反锁着，小宝飞起一脚，“咣当”一声踹开了门。只见大胡子坐在地上，抖得像筛子，裤裆里一片湿漉漉的。他眼睛瞪得直直的，盯着对面床上。那张床上，摊开着一个黑色的人影，走近了一瞧，发现是一层厚厚的灰烬。灰烬又细又轻，似乎经过大火剧烈焚烧，但底下的棉布床单，只有微微的灼痕，并没烧着。

我从怀里掏出钢笔，在灰烬里拨了几下，翻出一排金灿灿的颗粒。一人看见，叫了一声——程四儿！这是程四儿的牙！

程四儿原名不叫程四儿，只因为镶了四颗金牙，才都叫他程四儿。我扭头问大胡子："这堆灰儿是程四儿？"大胡子还是直着眼，嘴里哼唧一声，昏倒在地。

这时，进来个中年男人，戴着瓜皮帽，脸色黝黑。他看着房中的情景，连声叹气："这下你们把我害惨了！"这人就是旅馆老板陈书泽。

他半夜起床，来旅馆查看，发现后门敞开，赶紧跑上二楼，就看见这混乱的一幕。陈书泽说，程四儿的死和之前的三个人一模一样，都是半夜突然传出一阵响声，看到时就已经烧成了灰。①

"两人是在床上，还有一个是在窗口，风一吹连灰都没留下。"

陈书泽让我们赶紧走，这事儿他自己会处理，"事情是你们惹的，报警的话，都跑不了"。几个人把大胡子扛下楼，从后门离开。我掏出名片递给陈书泽，说警署我熟，这事儿能帮着查查，答应查不清绝不声张。陈书泽看了名片，犹豫半天，说："警察都查不出，恐怕是妖孽作怪，你们要再出点事我就得被拉去枪毙了。"小宝说："反正这旅馆现下被封了，万一我们能查出点什么呢，至少可以还你清白？"陈书泽皱起眉头，没说话。

我递给他一根烟，自己也点上，告诉他这事儿让陈芝吓得不轻，早查清也好，"你也知道，那帮巡警查不出就会糊弄过去了"。

---

① 1853 年，英国小说家狄更斯出版长篇小说《荒凉山庄》，里面有一个名叫克鲁克的邪恶酒徒，最后自燃而死。然后人们开始关注这个现象，其中比较著名的案例是美国妇女玛丽•里瑟 1951 年在屋内自燃，浑身烧成灰烬，只剩穿着拖鞋的脚和一小截骨头，办案人员估计她生前体重有 175 磅（约 80 公斤）。

他抽了两口烟，又叹了口气，摆手带我和小宝上楼。

陈书泽带我俩挨个儿看了房间，所有朝南的窗户，都有大大小小的损坏。“不知道怎么回事，一个月前发现的，修过一次又坏了。”我问是客人弄坏的吗，陈书泽摇摇头：“为这事跟几个客人吵过，但怎么可能人家专门弄坏窗户呢？”他又看了看床上程四儿烧剩的灰，“只能是黑眚。”

小宝问，黑眚到底是什么鬼东西。陈书泽说他是广东人，老家自古有妖眚的传说，也有说是马骝精的。“一到夜里，这东西就从荒野沼泽里飞出来，跟火球一样，浑身冒黑烟，有时候还嘎嘎响，人一碰到就死。”小宝说：“这么厉害，能把人烧成灰？”陈书泽擦了一把汗，说北京的这个好像厉害了许多，“可能北方的妖力更大些”。[①]

外面天蒙蒙亮，小宝困得打哈欠，我跟陈书泽告辞，让他别担心，是不是妖，晚上我们再来看。

第二夜

第二天夜里，我们真的遇见了陈书泽说的妖眚。

从六点多太阳落山，我和小宝就都睁着眼睛等在房间里。老

---

①邱仲麟在其作品《黑夜与妖眚——明代社会的物怪恐慌》中写过，嘉靖年间，广州城郊妖眚大作，亦有火光漂浮，“于是人见火至，以青竹稍击之，或变为乌，或散作火，逐往他家，火日渐多”。广东肇庆府也有妖眚，“有声如风，始如萤火，击之散为数十，击甚或变为禽兽，鱼虫，木烬之类”。广东连州府出现黑眚，“相传始至若萤火，击之转多”。广东高州府电白县亦然，“有妖物疏忽若一星之火，飞入人家”。广西南宁府横州也有此妖，“家家夜聚，击锣鼓，持柳枝以防之。来则聚击之，则散为星火，顷复堆为一毬，冲簷（通‘檐’）而去”。

板陈书泽也留了下来，在楼下自己的房间里。窗外是沉沉的黑夜，没有月亮，也看不见星星，房间里点着煤油灯，灯光昏昏。

等到半夜，外面有了动静。我正趴着打瞌睡，听见楼道里传来轻微的咔咔声，像老鼠啃东西。我和小宝站起身，轻手轻脚地走出房门，越靠近楼梯间，声音越大，老鼠不可能弄出这样的声响。转过墙角，看见陈书泽正蹲在楼梯转角处的一扇门前，不知在捣鼓什么，我松了一口气。看见我们，他站起来说，自己还是不放心，再确认一遍门窗都关紧了，“自从出事，我就没再敢在这儿过夜了”。回到房间，我和小宝有一搭没一搭地聊天，不知不觉睡着了。

恍惚中，我做了个梦，梦里是一片长满了芦苇的沼泽地，一个人影出现，鬼鬼祟祟地走动。我无声地喊：“谁？”那人影扭头看我一眼，朝沼泽深处跑去，身影随着地形高低忽隐忽现。我追上去时人影却突然拉长，变成一团巨大的黑影反扑过来。我转身想躲开它，却一点儿也动不了，黑影越变越大，发出一阵咆哮，朝我喷出一股炙热的火光。我胸口一阵恶心，猛地睁开眼睛，只见一个拳头大小的橙色光球，悬浮在我的胸口上。我双手撑向床板，尽力抬起上半身，但眼前一阵眩晕，跟在梦里一样使不出任何力气，只能眼睁睁地看着那团光球。光球轻巧地飘浮着，还发出轻微的嗞嗞声。我从喉咙里挤出一声：“小宝。”

小宝“噌”地从床上坐起来，伸手抄起靠在床头的顶门杠，往我这边扫过来。光球感应到气流，轻轻地飘向高处，轨迹十分顺滑，甚至有点儿优美。我胸口一松，立刻翻身下了床，退到小宝身边，我俩慢慢往门口移动。光球飘飘荡荡，又朝我们过来。小宝再一挥木杠，光球又稍稍退却。

我打开门，看见陈书泽正猫在走廊里，憋着嗓子冲我俩喊："不要出气，不要动。"小宝动作稍微迟疑，但还是放下木杠。我们三人憋着气，像木雕一样一动不动。那光球也不再动，在半空中盘旋了一会儿，越缩越小，最后发出一声爆响，消失了。

陈书泽这才走过来，长长舒了一口气，黝黑的额头上满是汗珠。他瘫在椅子上喘了半天，说："看见没？这玩意儿就是妖眚。听说它还会跟着人跑，人越跑它越跟，所以不能出气。"

我问："你见过？"

陈书泽摇摇头："我都是听说的。"

天一亮，陈书泽收拾东西离开了旅馆，走之前给我们留了电话，说查到什么打给他就行。

整理金木笔记时，我曾怀疑他遇到的是传说中的球状闪电。这是一种自然现象，属于闪电的一种。图为20世纪西方人画的大火球，疑似球状闪电，场景和金木故事讲述的很接近。

第三夜

第三天夜里，还是没来电，我和小宝在旅店继续分开蹲守。他从窗户翻出去，沿着房顶爬上街口的牌楼。我一个人待在旅馆里，双手拄着木杠，坐在床上等着。十一点多，有人往窗户上扔石子，嗒嗒砸了几下。我在窗前侧身开了个缝问是谁，黑暗中传来一个细弱的声音："我。"

"你是谁？"

"是我，陈芝——金哥，咱们一起喝过酒的。"我点燃打火机往楼下晃了两下，陈芝穿着件大褂，揣着袖子站在楼下。我问是不是他父亲叫他来的。

"不是的，金哥，你下来一下。有重要的事情。"陈芝抹了抹分头，"我……我不敢上去。"我只好下楼。

来到街上，喊了一声陈芝，他朝我这边跑过来。我扬起打火机，看见陈芝抿了一下嘴，低下头指指怀里，说有人匿名往他们家送了一封奇怪的信，上面写的是一些古怪的洋文，没人认得，想叫我看看什么意思。我问他："你父亲呢？"他摇摇头，说："不知道。"

这时，胡同里一阵喧闹，闪出一片亮光，一大群举着火把的人拥出来。领头的几个敲着铜锣，旁边还有几个拎着锅在敲，后面的人也都跟着大声吆喝着。在人群前面不远的屋顶上，晃晃悠悠地飘着一个圆圆的光球。陈芝看见光球非常害怕，抓住我的袖子，脸上僵住了。我拍了他一下，说："别动，没事"。

人群中跟着几个巡警，其中一个巡警卸下背上的长枪，端起来朝光球射了一枪。光球被子弹打到，瞬间分成两个，两个光球在半空弹了几下，一个飘向屋顶，另一个朝人群冲了过来，围

汉阳造长枪，图片来自武汉博物馆。

观的人群都被吓了一跳。陈芝惊叫一声，拔腿就跑，光球被他衣角带起的风一撩，跟了过去。陈芝越跑越快，光球如影随形。

我大喊："别动，憋住气！"陈芝充耳不闻越跑越快，我赶紧追了过去。跑出百步远之后，光球渐渐追上了陈芝，和他的身影合在一起。陈芝身上瞬间腾起黑烟，随即浑身通红，红光甚至从衣服里透了出来，三四秒钟后，"轰"地燃起火苗。陈芝发出凄惨的号叫，在地上来回翻滚。

我看见街边有防火烛的水缸，赶紧上前拽住陈芝的两个衣袖，把他往水缸那边拖。没拖几步，陈芝身上陡然一亮，照亮了路边的房屋，又瞬间熄灭。我手上一轻，一屁股坐在地上，手里还握着两条焦黑的断手，而陈芝的身体，已经变成一堆灰烬。陈芝焦黑的右手紧握，露出一片未烧净的纸。我想起他说的信，将残纸抽出，装进口袋里。

街上目睹这一幕的所有人，都傻在原地。

我抬头再看另一个光球，已经在房顶上空飘出几十米远。光球突然一抖，往西飘过去，亮光里一个道士正提着个笼子在它前面飞跑，笼子里扑扑腾腾传出一阵公鸡叫。眼看光球就要追上那道士，他突然转身将手里的鸡笼丢向光球，大喊一声：“去你的吧！”鸡笼撞上光球，里面的鸡“嘭”的一声化为飞灰，那道士一脚踩空，从房顶上滚落下来。有人大喊：“抓妖道！”一群人大呼小叫，上前把他扭住。

巡警过来，从道士的大袖子里搜出几个木盒。每个木盒里都装着一枚红色的铁针，用手一拨，灵巧地颤动起来。那老道站起来，伸手要盒子，说：“别乱摸，都给我弄坏了。”人群里一个老头儿说，这个是罗盘，肯定是这妖道作法的法器。

一个巡警上前，一枪托将老道砸倒在地上，道袍底下露出双皮鞋。两个巡警捆了他，一左一右架着去了附近警署。我找人去通知陈家，然后坐在台阶上抽了会儿烟，摸出陈芝留下的那张纸片。纸片是张普通的信纸，烧得只剩下半句话：“behold,the LORD will come”。这行英文字写得歪歪扭扭，像小孩初学字母时画下的。

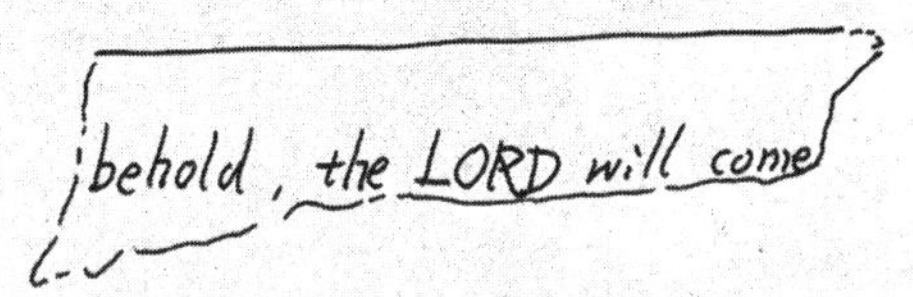

信纸残片，金木笔记中的手绘示意图。

等到天亮陈家也没来人，我从旅馆找了张床单，把陈芝留下的灰烬和残肢包了，放在旅馆柜台里。

快六点时，小宝才回来——他竟然迷路了。

昨晚十点多，小宝守在牌楼上，在一片黑暗中看见西北方向有一个光点在移动。起初像一只萤火虫，随着光点的接近，渐渐看清正是那种奇怪的光球。小宝见光球又来，就沿着房顶一路跑回旅馆报信，看见有间客房的窗口有人。

“他正在捣鼓窗户——不是陈老板——我马上过去看，被他听到动静，人一下跳到外面的电线杆上，溜了下去。”小宝说他跟着跳下屋顶，追过两条胡同，那人一转眼就不见了，小宝却发现自己竟转回了原地。

我跟他讲了陈芝的死和老道的事情，小宝连连叹气，后悔没追上那人。“是个瘸子，但跑得很快，他对这片儿应该很熟，把我绕丢了——窗户是他弄的，可能会和火球有关。”

上午十点多，我俩到警署找那老道，值班的警察却说他早上就已经被放走了，还是署长亲自放的人。我问：“查清楚了吗？不是说他是妖道吗？”那警察“嗐”了一声：“什么妖道？据说是大学教授，姓郑。他说晚上在屋顶做的是什么科学实验，我也不懂，反正一大早学校就来人把他保出去了。”

最早的电线杆，都是木杆。后来钢筋混凝土普及，用离心力原理制造出的锥形水泥杆、等径水泥杆，代替了大部分木杆。不过一些国家如美国，木头电线杆还在大量使用。

现在我们的线索只剩下陈芝留下的半句英文：behold,the LORD will come，这句话的意思，只能找个神父问。中午吃过饭，我带小宝去了宣武门的南堂。

宣武门天主堂是位于北京市西城区前门西大街141号的天主教教堂，也是北京最早设立的天主教教堂，俗称南堂。始建于1605年，现行的三层巴洛克建筑建于1904年。现亦为天主教北京教区的主教座堂。

小宝问："你自己不也懂英文吗？为什么要找神父？"我摇摇头，说我只认识词，但猜不出更深层的意思。我指着纸片上的单词behold给他解释，这个behold是"看"的意思，不过这个词很老，就跟中文的之乎者也一样，一般在诗里才用。

"所以这是一句诗？"

我说，不一定，这人字都写得歪歪扭扭，不像会读诗的人，关键是"lord"这个词。这词是大写的，是天主的意思，我怀疑可能是跟《圣经》有关。

小宝听得迷迷糊糊，我也跟他解释不清，就说："我怀疑写信这人信天主教，神父可能猜得出后面是什么。”

南堂的神父已经听说前门闹妖眚的事，听我说完陈芝昨晚的遭遇，他文绉绉地说：“既然是如此邪恶的力量，我辈理当提供协助。”他接过纸片，默念起残存的句子，过了一会儿，从口袋里掏出本《圣经》，翻了一会儿，说：“找到了。”然后闭眼画了个十字，小声念道，“看哪，耶和华必在火中降临。他的车辇像旋风，以烈怒施行报应，以火焰施行责罚。”

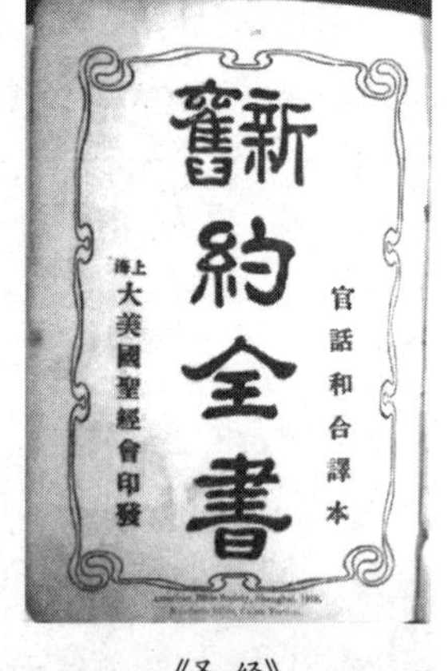

《圣 经》

朱开敏，名希孟，字铭德；号季球，后改为开敏；国籍耶稣会(Society of Jesus)会士；天主教海门代牧区主教(1926—1946)，天主教海门教区主教(1946—1960)。

我接过神父递来的《圣经》，看到了这句话的原文：

“Behold,the LORD will come with fire, and with his chariots like a whirlwind, to render his anger with fury, and his rebuke with flames of fire.”

小宝挠头：“还是不懂呀。”神父说，这是《以赛亚书》里的话。这个写信人，或许是寻仇。我点点头，又问神父：“如果写信人和那火球有关，那火球一定是人造的了？”神父摇摇头，又闭眼画了个十字说：“说是恶魔，也未尝不可”。

第四夜

天黑时分，陈书泽总算来了旅馆。见到我，他眼圈一红，哽咽不语。他跟我要了根烟，抽了一会儿才缓过劲儿来。“这孩子命不好，也算白养了他一场。”说完自顾自地走了，叫他也不答应。

夜里十点多，那老道——郑教授又来了，还是提着鸡笼在房顶上鬼鬼祟祟。小宝大骂一声，跳出窗外一路追过去，把他扭了回来。这人看上去四十来岁，身材高大，唇上留着一抹胡子，穿着一身半旧的西装，看上去好些天没有洗了，头上还扎着新绷带，那是昨晚被巡警用枪托打的。虽然没有道袍，但是依旧提了一个鸡笼，里面蹲着一只公鸡。

我叫小宝松开他。

“你们要是绑票，那可找错人了，我身上一分钱也没有。”他把鸡笼往地上一搁，“这鸡倒是可以拿走。”

我笑了一声，递他根烟，说：“你不是做科研的吗？在房顶上研究鸡？”郑教授一瞪眼：“你懂个屁，没见昨天杀人那东西？我是研究它！”他说起话来如铜钟般洪亮，甚至在屋里引起了回响，“我可以肯定，这东西不是什么黑眚。”

他拉了把椅子在窗前坐下，指着窗外说，民间传说的黑眚，其实是地壳运动漏上来的沼气。这些沼气携带大量由于地壳摩擦产生的电荷，就会吸附一些很轻的物体，比如说毛发、纸屑，还有比较轻的金属，比如说铁针。人碰上这东西，确实会受伤，也可能有性命危险。但什么妖怪伤人之说，实在是无稽之谈。

我问：“妖眚其实不带火？”

“带不带火，要看沼气有没有被点着，如果摩擦产生的电荷多了，就会着。”

小宝“嗐”了一声，说这下又没他的事儿了，昨天是英文，今天又搞什么“电荷”，还不如是妖怪呢，能抓来揍一顿。郑教授呵呵笑了一声：“小伙子别急，这东西背后肯定有人。”

他说自己最近正在写一篇论文，名叫《古今邪祟现象之科学解说之二三议》，一听说有黑眚，就每天跑来等着。为了追踪光球的来源，他制作了许多小盒子，里面装了涂上颜色的磁针，分散放置在附近的房顶。“光球飘过，临近的磁针就会偏转，留下颜色痕迹，收回所有木盒，统计出其中磁针偏转位置，就可以在地图上画出光球的路线了。”

我说：“你的意思是，这东西和磁场有关，不是火球？”郑教授解释，能让人一碰上就烧成灰，肯定不是一般的火。根据他的观察，那东西不但可以顺风而动，还能逆风而行，推测与磁场有关。

小宝问他为什么要装扮成道士，又为什么整天提着个鸡笼。郑教授手一挥，说：“我不能见人就解释什么是磁场吧？他们也不一定能听懂。还不如干脆扮成道士，说盒子里装的是辟邪的法器，可以驱赶妖眚。这样一来，他们就抢着要我上房去安装，哈哈，还塞给我钱。至于这公鸡，说是用来驱邪的，关键时刻是挡箭牌。”说完，他又哈哈笑起来，声音像闷雷一样在房间里滚来滚去。

小宝琢磨半天，又拿起那些小盒子看了看，问他是不是收齐这些针就能找到火球的方向。

“是啊，不一定准，但能摸个大概。”

后半夜，我和小宝就给郑教授当助手，拎着盏大保险灯，在房顶忙活到天亮，收集了全部的磁针盒子。

大保险灯是一种手提的防风灯

第五夜

按照收集回来的磁针偏向，郑教授画了一天，在地图上标出了火球的来源方向：前门附近的电灯公司。这家电灯公司是北京最早的发电厂，后来电力不够用又嫌煤烟污染，就迁到了郊区，这里剩下的发电机机组渐渐闲置了。

郑教授检查了大耳旅馆里里外外，发现旅馆的电灯路线和避雷针都被动了手脚。“外面的电线杆上，可能有一条电线是假的，用来引导光球。”小宝说，他想起来前天看见那个光球，就是顺着电线飘行的。①

前门电灯公司在城墙根下，是个巨大的院子，院子的铁门紧锁。我们翻过铁门进去，院里大部分厂房荒废了，长满了杂草，只有一条小路依稀可辨。小路的尽头是一个小院。郑教授说，那里面可能就是被人在盗用的发电机组。

---

①唐《炙毂子》记载：汉时柏梁殿遭火灾，巫师建议，将一块鱼尾形的铜瓦放在屋顶，就可以防止雷电引发天火。屋顶上所设置的鱼尾瓦，可认为是现代避雷针的雏形。

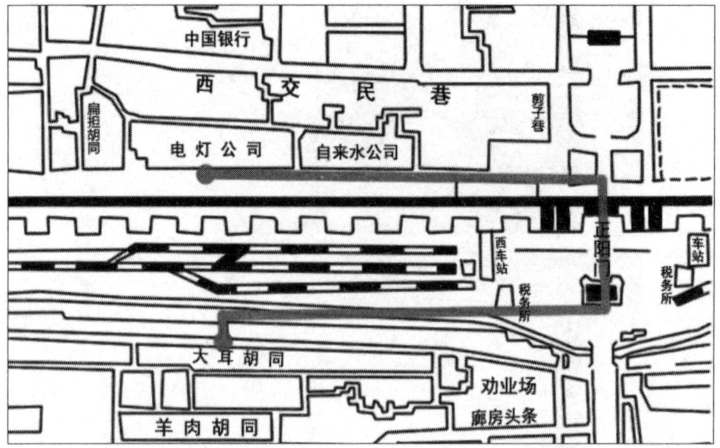

金木笔记中手绘的示意图，从大耳胡同的一端开始，往北延伸，越过城墙，一直到了前门附近的电灯公司。

北京最初建立的小发电厂位于前门外。1919年，电灯公司从英国购买较大的新发电机，造成污染，不得不搬迁。时任北京警察总监的吴炳湘呈递内务部的备忘录写道："查该公司原有发电厂距离公府颇属接近，其顺城街现又展修马路，已由僻静改为冲繁，该公司发电即不添购新机设厂地点，其势已不相宜，将来新机购到，若拟设于原处窒碍尤多，不便于公共卫生。际兹添安新机之时，饬令该公司择地迁移，实为最好之机会。"

还没走进小院，院门却开了，出来的人是陈书泽。见到我们，陈书泽摆摆手："金先生，你们大概是知道了。这事是我以前的恩怨，你们就别管了，我自己能处理。"

"我以前不叫这个名字。"陈书泽叹了口气，"陈芝也不是我亲儿子，是收养的。"

陈书泽从前叫陈维汉，是个洋行商人，借着做生意，专门把中国人骗去美国淘金，也就是俗称的"贩猪仔"。这些中国人到了美国，就变成了奴隶，到死也回不来。

"是你从前骗过的人来找你？"

陈书泽点点头，从怀里掏出一封信，说是昨天收到的。从旅馆出事后的第三天，连续收到过几次信，但都是英文的，昨天收到一封信，才写明了缘由。来寻仇的人叫周力，十七年前被陈书泽骗上船，送到美国挖矿。同一条船上的人早就没了音信，不知道为什么，周力竟能从美国回来。

"早知道是他，我就不该让你查这事。"

正说着，院子里的电喇叭突然响了起来，一个沙哑的男声传出来："姓陈的，既然来了，就留在这里吧。"顺着声音的方向望过去，远处高耸的塔楼上，出现了一个移动的风灯，像是一个人正从梯子上快速地跑下去。陈书泽朝我摆摆手，转身往塔楼的方向追过去。我们跟着他也跑了过去，进了塔楼下一个巨大的厂房里。

厂房空空荡荡的，唯有正中间坐落着一个造型古怪的巨大机器。机器由数根黑色的柱子集成，上面拱起一个银色的大球，四周围了一圈金属栅栏。一个人站在机器上面，远远的，看不清脸。

小宝大叫一声："我操，什么东西？"郑教授一拍脑门："妈呀，完蛋了，这人要电我们！”话音未落，那人推动机器上的把手，无数闪电从银色的大球上四射出来，我眼前一亮，浑身一通酸麻，就什么都不知道了。

第六夜

我醒来时，发现自己还在那间厂房里，但浑身上下被捆得结结实实，扭头一看，小宝、郑教授和陈书泽也被捆在旁边，只有陈书泽还昏迷着。那个把我们电晕的人，拿了一杯水走过来，脚有点儿跛。他把水泼在陈书泽脸上，陈书泽醒了，缓缓抬起头。

陈书泽抬头看着那个跛子，叫了声“周力”，沉默一会儿又说：“没想到你能回来。”周力一撸袖子，露出胳膊上的一串疤痕，仔细看，是一串烙铁烫出来的阿拉伯数字。周力说：“这编号我每天看一遍，想的就是你，想到怎么回来弄死你，我才撑得下去。”

“我回来，就是想让你尝尝失去一切的滋味，你的旅馆、你的儿子。”

陈书泽笑了起来：“儿子？你制造的怪球，杀死的是自己的儿子。”

周力变了脸色，上前打了陈书泽一巴掌：“你死到临头，还在骗人。”

陈书泽吐了一口血沫：“骗人？当年把你送上船没多久，你老婆丢下你儿子，跟外乡人跑了，我就把他抱来养了。你儿子来的时候，脖子上挂着双头麒麟金锁。哦，还有，他胸口有一个核桃大小的青斑胎记……”还没说完，周力上来疯狂地踢打，一直打到陈书泽没了声气。他拉起陈书泽，大叫一声：“我儿子在哪儿？快告诉我！”

陈书泽抬头看着他，缓缓地摇了摇头，周力扔下陈书泽，向后踉跄了几步蹲在地上，抱着头看不见表情。趁两人又哭又闹，小宝自己松脱了绳子，悄悄滚到我身边，给我也松了绑。

这时周力已经拖着陈书泽，将他用电线绑在了那台古怪机器的银色金属球上。他推动扳手，陈书泽身上盘绕着无数电光，噼啪乱响。跛子继续往上推，电光把陈书泽笼罩起来，他的脸上身上开始冒出青烟，很快变成了一个火球。不一会儿，只剩几块黑炭掉在地上。

晚清时远赴海外工作的华人苦力。招工馆等中介公司以淘金为诱惑，欺骗他们到海外，如东南亚、美国、加拿大及澳洲，甚至远至古巴、秘鲁，在那里许多人失去人身自由，艰苦劳作，最后客死异乡。19世纪中后期至20世纪初，这些出国劳工都会签约，称为契约华工，俗称为“卖猪仔”。贩运、交易“猪仔”的地方名为招工馆，俗称为“猪仔馆”，葡话叫Barracoon（音译名巴拉坑）。澳门在19世纪时期是人口贩卖中心。

电光继续凝聚，逐渐形成一个更大的球体。

周力看着大光球突然急了，猛地推下扳手，机器却没停，球体仍在继续扩大，整个机器剧烈颤抖。突然一声巨响，大光球落了下来，像巨型车轮一样滚动。周力转身就跑，但还是被光球碾了过去，一声没吭就消失不见了，风吹过连灰都没留下。那台机器烧得通红，软塌塌地陷了下去，慢慢化作一大摊铁水，流过的地方，只留下一片青烟。小宝来不及解开郑教授的绳子，一把扛起他就跑，我死命跟在后面，只觉得后背一片滚烫。

刚跑到外面，厂房在身后轰然倒塌，一个巨大的光球冉冉升起，四下如白昼一般。光球在半空中悬浮了一会儿，从城墙上掠过，缓缓向南飘去。郑教授叫了一声："不好，要出大事！赶紧给我解开绳子！"

我们三人一直跑到西河沿才追上光球。光球也许是过于巨大，正贴着地滚来滚去，几个巡夜的巡警想拦住光球，我们没来得及阻止，巡警从远处开了枪。枪声惊动了附近的住户，连带着附近的狗都狂叫起来。这时，光球滚到一排电线杆下面，突然拐了个九十度的弯，直向上飞去，最后吸附在电线杆顶端。一排排电线开始融断，纷纷垂落。

郑教授说，人一多，就更危险了。小宝大嚷："我们当然知道危险，该咋弄灭它？"郑教授指指护城河："河，河，能弄水里就行。"

我四下里一看，瞅见河边有辆粪车，叫上小宝一起推着粪车冲向电线杆。"咣当"一声响，粪车翘起来，骑在电线杆上，电线杆的木桩子撅起来，缓缓倒下，顶端浸入河中，大光球缓缓被河水淹没，周围的水沸腾起来，刺刺作响。光球继续下沉，光亮从水底透射出来，一束束射向天空，水面渐渐形成一个漩涡，越变越大，越转越急，隐隐有风雷声。突然一声闷雷爆响，河水炸开，电线杆和粪车飞起，我们三人埋头趴在地上，全身给溅起的河水和粪水浇透。

之后的半个月，发电厂的案子传遍了全城，光我就听到三种不同的说法。有人说，周力就是传说中的妖眚；还有人说，大耳旅馆受到西方恶魔的诅咒，周力和陈书泽都是被恶魔附体了。

直到十月的一天，南堂的神父来找我，才算还原了周力和陈书泽没讲完的往事。

神父说，出事前的半年里，常常有个跛脚的教徒去找他告解。那人说，自己是曾经被卖到美国挖矿的猪仔，后来逃出矿井在外面流浪，遇到好心人的救助才活下来。我问神父，周力是个矿工，怎么会懂电磁机器。

“他说，有个恩人救了他，他要在主的前面称颂恩人的名字，类似中国的长生牌位。这个人的名字是Nikola Tesla（尼古拉·特斯拉），或许，你可以设法打听一下这个美国人。”

我向美国的朋友发了一封电报，请他帮我打听这个叫Tesla的人。几个月后，朋友回信告诉我，Tesla是个科学家，他曾经在一座岛上修建了一座几十米的高塔，用来研究无线输电的技术，他有个华裔仆人在那里看守。后来那座塔倒掉了，清理废墟的时候，发现少了许多设备，那个仆人也不知所终。

我留学时虽然学过物理知识，但完全不懂这些电磁什么的。跟郑教授打听，他也觉得太传奇，那个巨大的电磁机器，实在搞不懂是怎么造出来的。或许，那个仆人就是周力；或许，是神父搞错了。

我也不知道。

两周后，城里恢复了供电，这件事很快也和黑夜一起消失了。

本故事整理者：桃十三

第13案

女生惨遭黑狗血
老妇大破偷窥秀

陳大悲面為之赤。欲言。聞臺上異響。轉瞬間。觀席一片寂然。自二樓一側。有黑水傾下。沃男女主角立處。赤紅似血。但見二人淋漓立于臺上。頭面皆為血模糊。目光灼灼。自血後透出。女主角身著白洋裝。亦為之赤。且其雙手染血。渾身戰慄。觀眾誤其戲也。鼓噪叫好。一女生厲呼。起身奪門而逃。眾人乃隨之逃。陳大悲與眾學生上臺。撫慰之。二人兩腿發軟。

案发地点：香厂路新明剧场
案发时间：1923 年 4 月
记录时间：1923 年 5 月

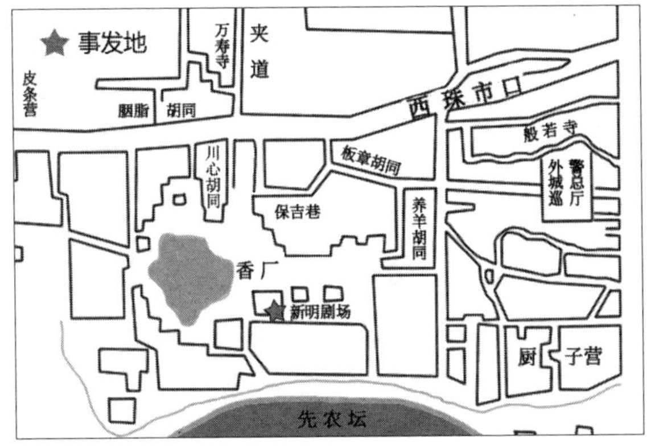

民国十一年（1922）二月份，几个女高师（女子高等师范）的学生首次登台，自编自演了四部话剧。女学生演戏，报纸上炒得热闹，剧场里也很热闹。骂的人多，抢着看的人更多。连着三天，场场爆满，观众最多的时候有两千人，挤得教育部大礼堂水泄不通。

今年四月七日，下着小雨，我受邀到新明剧场[①]看话剧《娜拉》彩排。这回的《娜拉》更厉害，找来人艺剧专（人艺专门戏剧学校）的男学生，破天荒地要做男女合演。但剧场后来出了事，演戏的事情被迫中断了。

那天我到得早，离表演开始还有一段时间，就去布景室旁边的过道溜达，顺便翻翻剧本。这剧讲的是一个挪威女孩，有一天突然想离家出走，不想跟丈夫一起过了。这种故事确实新鲜，我在日本也没咋见到过。

---

① 1919 年，天桥西面香厂新建成新明大戏院，是京城首次自称“戏院”的戏剧场所，以示与北京戏园的区别。

可能是第一次彩排，后台的学生慌里慌张的，一会儿说壁炉的木头找不着了，一会儿说圆桌的腿瘸了，状况百出。突然传来“啊”的一声大叫，一个高个子女学生把一件白色洋装扔到地上，脸色发青，大步往后退，活像见了鬼。她一边退，还一边哆嗦地指着洋装的裙摆，上头绣了一个红色的字母N。

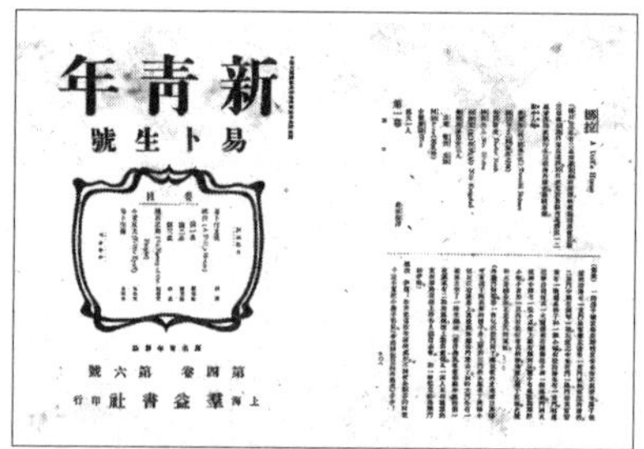
新青年
易卜生號
第四卷 第六號
上海 羣益書社 印行

1918年6月《新青年》杂志出版“易卜生专号”，刊载了胡适的《易卜生主义》、胡适与学生罗家伦翻译的《娜拉》（《玩偶之家》）、陶履恭翻译的《国民之敌》（《国民公敌》）、袁振英的《易卜生传》等。

陈大悲，原名陈听奕，浙江杭州人。中国话剧最早的职业演员、导演、剧作者、剧作翻译，是中国现代戏剧先驱。民国十一年与蒲伯英共同创办中国第一所培养现代话剧人才的北京人艺专门戏剧学校，任教务长。右图为陈大悲在上海进化团时期的女装演出照。

我正纳闷，一个穿白西装、戴黑领结的男人走过去，捡起洋装。女学生一见他，低下头连连道歉，接过洋装走了。白西装转过来，晃晃大脑门，冲我笑笑，说戏服拿错了，这正是邀请我来看戏的陈大悲。

陈大悲是这出戏的舞台监督（导演），他这人一提话剧就停不下来，硬拉着我转了一圈剧场。边转边介绍舞台用了镜框式，幕布是黑丝绒的，观众席的座位都是靠背椅，全是按照西方最先进的剧院建的。简而言之就是，旧戏已经过时了，新剧才是未来。

开场前十分钟，戴戴来了，她头发乱糟糟的，手指上还有墨水印。因为听说女高师要排《娜拉》，激动得不得了，顾不上明天就是截稿日，放下笔就赶过来了。

来看彩排的除了学生，还有一些小贩和车夫，都是奔着看白戏（免费）和男女合演的噱头来的。

表演以对话为主，男女主角经常走到舞台一侧的圆桌说话，两人的脸一个朝内，一个朝外，声音很小，稍不留神就听不清楚内容。二十分钟过去，男女主角还在对话，有人不耐烦，开始离场，只有戴戴看得入迷。还有个卖干果的嗑起瓜子，指指点点，嫌台上的女演员抹脂粉、涂口红，没一点儿学生样儿。台下越聊声音越大，剧场里闹哄哄的，完全盖过了台上表演的声音。

陈大悲几次面向观众站起，贴着嘴唇竖起食指，示意大家安静。观众看不懂，但有样学样，也冲他竖起食指，还嘿嘿发笑[①]。

陈大悲急红了脸，正要说话，突然台上“哗啦”一声，一桶黑乎乎的水从二楼侧面泼下来，浇在了男女主角的头上。两人湿漉漉地愣在舞台上，从头到脚全是血。特别是女主角，满头满脸的血，衬得眼白很分明，一身白洋装被染成了暗红色，女孩受到惊吓，喘着粗气，浑身发抖。嘈杂的观众席瞬间安静了。

观众以为这是表演的一部分，还有人鼓掌叫好。一个女学生突然尖叫，站起来就往门口跑，其他人反应过来，也跟着往外跑。表演中止，陈大悲和几个学生上台扶住受惊的男女演员，他俩两腿发软，连下台都很困难。

---

①中国观众习惯了热闹的戏园子气氛——喝彩、叫好、嗑瓜子、喝茶。西方传来的剧场表演以及剧场礼仪，大多人是陌生的。

我扫了一眼二楼左侧，血水是从那儿泼下来的。墙柱的阴影里站着一个人，个头儿不高，像是个女的。半边脸藏在黑暗里，另外半边白发散开，眼睛发红，手里提着一个铁桶，正恶狠狠地瞪着底下的演员。

我逆着人群往楼梯上走，上了楼又往前走了几步，才看清楚是个白发老妇，穿着一身黑衣，后脑勺秃了几块，裸露着头皮。她看见我，把铁桶冲我一扔，转身往楼下跑。铁桶里还有点儿没泼完的血，溅到我裤腿上，腥臭扑鼻。

戴戴守在楼梯口，一把抓住了老妇，带回休息室问了半小时，没问出一点儿线索。老妇眼神涣散，不说话，无论我问什么，只一个劲儿抠脑袋上的斑秃，我稍微一往前，她就缩着身子后退。再问，老妇突然大哭起来。戴戴用胳膊肘捣我，觉得老妇可能是害怕我，让我先出去。

出了剧场，我走到大门的铁栅栏边点了根烟，街上两个小贩正在比画刚才剧场泼血的事，往里添油加醋，说还是新剧过瘾，女学生衣服都湿了。

我兜里的烟抽完，天也黑了，剧场要关门时戴戴才出来，阴沉着脸。我见她身后没人，问她："老妇呢？"戴戴叹了口气，说让老妇走了，然后递给我一张照片。照片上是一个不到二十岁的年轻女孩，丹凤眼，薄嘴唇，一身短袄长裙，长得跟刚才那个演娜拉的女孩有点儿像。

戴戴说这是老妇的女儿，叫沈郁，是女高师的学生，半个月前在学校割腕自杀了。沈郁也是陈大悲剧团里的，演的就是剧里的娜拉，如果她没死，今天站在台上的应该是她。沈母去认尸的时候，发现沈郁身上伤痕累累，大腿根附近有瘀青，胸上还有一圈儿牙印。

“她说的那种伤以前我见过，沈郁可能被人强暴了。”戴戴说完陷入了长长的沉默。

女高师是女校，沈母怀疑这事跟合演的男学生有关。但她心里乱，谁也不敢说，知道学校要办彩排，就到狗肉铺要了一桶狗血，跑来剧场闹事。

戴戴说，她闹完就后悔了，让沈郁念书，本来是为了沈郁能嫁得更好，没想到现在名声坏了还闹到自杀，没法收场。我让戴戴回家专心写稿，沈郁的事我来查清楚，一定把人揪出来。

第二天，我给陈大悲打了电话，向他打听沈郁，但没提她死前受过伤。

宣统元年，清学部在石驸马大街（今新文化街）建立京师女子师范学堂，民国后改称北京女子高等师范学校，1931年与北平师范大学合并，定名国立北平师范大学，即现在的北京师范大学前身。京师女子师范学堂旧址现为北京市鲁迅中学。

陈大悲替沈郁可惜，说她是当演员的料。我问沈郁和其他男学生关系如何，陈大悲向我打包票，戏里戏外他的学生都不曾欺负过沈郁，大家关系很好。我又问能不能到学校采访参演的学生，陈大悲答应替我跟学校打声招呼。

放下电话，我让陶十三拉我上石驸马大街。一听要去女高师，十三脸上一红，路上步子迈得飞快，半小时的路程不到二十分钟就到了。

下车时，三四个女学生从学校门口出来，都身穿白衣黑裙，踩着高跟皮鞋，有个女孩的鼻梁上架着一副无框眼镜，还有一个女孩的上衣斜襟别了一支自来水笔，风一吹，齐刘海一甩一甩。门口的车夫一窝蜂上去拉客，眼睛直勾勾地跟着女学生走，盯着裙底下露出的小半截脚踝，咂巴着嘴。

五四时期的女学生装。这种上袄下裙学生装在当时还有个称谓，叫“文明新装”。浅蓝色圆摆小袄、黑色素裙、白色布袜和黑色布鞋，是19世纪20年代最时髦的女性装扮。

其中一个车夫脖子粗短，把泛黄的汗巾甩向女学生，趁对方伸手挡脸的工夫，顺势摸了一把女学生的胳膊，摸完以后还把那只手揣进了裤裆。女学生一愣，脸立马红了。

我看不下去，故意撞了粗脖子一下，顺手扯掉他的裤带。粗脖子正陶醉着，裤子哗啦一下掉了，手上的动作让其他车夫看见，大家哄堂大笑。粗脖子没了兴致，两手提起裤子，冲我骂了几句。

进了学校，陈大悲不在，回剧专上课了，他的助理连连叹气，说我不赶巧，剧团的学生都聚在排练室闹辞演。

排练室的门前，果然围了十几个学生。领头的是昨天剧场后台的那个高个子女学生，她手里拿着一沓黄纸写的符，一张接一张往门窗上贴，嘴里还念念有词。

我问一个短发女学生，这是在干什么。女孩很警惕，上下打量我，反问我是谁。我说自己是陈大悲的朋友，是个记者，来采访剧团的。

她告诉我，排练室不干净，墙上有眼睛，在里头时总觉得有人盯着自己，昨天彩排又出了意外，高个儿女孩就到火神庙求了符，驱驱邪。

我问她认不认识一个叫沈郁的女孩，之前也演娜拉。短发女孩想了想，压低声音，说沈郁就是在排练室自杀的，是她发现的尸体。

那天早上轮到短发女孩打扫排练室。她到的时候发现门从里头反锁了，于是趴在窗户上往里看，发现沈郁靠在椅子上，背对着她，脑袋耷拉到一边。她以为沈郁是睡着了，拍了好久的门也不应，又从窗户里往下看，才发现地上全是血。

后来校警来把门撞开，进去的时候，沈郁脚边横着一把短刀，脸上没有一点儿血色，左手腕上有数十条划痕，深浅不一，看样子是铁了心想寻死。短发女孩还说，沈郁死的时候还穿着娜拉的戏服。

“她手巧，女红课成绩好，喜欢拿红线给每件戏服的裙角绣

火神庙主要供奉南方火德真君。图为地安门火神庙，全称敕建火德真君庙，俗称什刹海火神庙。位于北京市西城区地安门外大街万宁桥西北侧，什刹海东岸，是一座道教正一派宫观。在北京众多火神庙中规模最大、历史最悠久。

N，N就是娜拉的首字母。”[①]

难怪昨天高个儿女孩那么害怕，那件戏服绣了N，是沈郁的。

我又问了几个学生，还打听到了两件事。一是沈郁和聚顺和干果铺的任家二少爷有婚约，原本定在年底结婚。年初时，她参演《娜拉》的事被任家知道了。任家嫌她抛头露面，还跟男人演戏，执意退婚，退婚信寄到了学校，全校都知道了。

二是沈郁死前很反常，对排演不怎么上心，曾好几次夜里偷偷出去，早上才回来，问她去哪儿了，她也不说。学生们还说沈郁什么都好，就是老是心事重重的，不怎么说话。

我拿着沈郁的照片，到学生宿舍找到舍监，打听沈郁死前夜里出校的事。

舍监姓魏，三四十岁的年纪，打扮很古板，上衣领口高至脸颊，还留了一个男式的中分头，不说话都看不出来是个女人。

“不可能。宿舍有门禁，学生出入都得登记，晚上七点半以后，是不允许外出的。”魏老师板着脸，很不耐烦。

图为20世纪初流行过的高领袄裙。20世纪初的立领崇尚越高越美，几乎可以遮住半个脸颊。

我问她要桌上的登记名簿，也不给看，还说这是女校，让我赶紧离开。几个女学生下楼收衣服，躲在宿舍楼的一侧，探头探脑看

①女高师与男高师主要区别在于女高师设置了“女高师家事科”，主要教授烹饪、刺绣、缝纫、生理、医学、育儿等课程，几乎囊括家庭生活的方方面面。

1942年齐鲁大学的女生宿舍内外

我。魏老师上去就是一顿骂："没见过男人吗！"女学生撇撇嘴，转身散了，有一个走到一半又回头冲我做了个鬼脸。

魏老师瞪着我，我只好假装从校门出去，趁校警抽烟的工夫又悄悄溜了回来。我绕到宿舍后面，那个做鬼脸的女孩还在。

我给她看沈郁的照片，她摇摇头，又歪着脑袋想了一会儿，说好几次晚上她睡不着，偷偷到走廊透风，看见有五六个女生鬼鬼祟祟地从侧门出了学校，不知道里头有没有沈郁。

她听见我和魏老师说话了。

我请女学生帮了个忙，让她引开魏老师，我趁机翻看了登记名簿。果然，不只沈郁，好几个女学生都在夜里出校，早上才回来。查出她们去了哪儿，也许就能知道沈郁死前发生过什么。

离宿舍不远的操场墙根处，有个搭给剧团里外校男生暂住的简陋木棚。我找了个隐蔽的角落蹲着等天黑，一蹲就是几个小时，脚底都发麻了，站起来刚一抬腿，听见有脚步声，又赶紧躲起来。我一看，发现是两个校工在给墙补洞。其中一个跟另一个说："好家伙，没完没了。前天才堵上，今儿又凿一个洞，连这旮旯也有。外头那些痞子，想女学生怕是想疯了。"

夜里十点多，宿舍楼下的灯亮了，有三三两两的女学生出来，挨着墙往侧门走，走得很慢，看上去不情愿，最前面的是个女老师，催促她们走快点儿。

我甩甩腿，悄悄跟在后头。校警看见了也不问，打开校门让她们出去。门开了缝，露出外头站着的几个车夫。其中一个的脖子又粗又短，就是白天把手揣裤裆的人。

其中有个女学生上了粗脖子的车，我正要追，身后一只手重重拍在我的肩膀上，拽住了我，一回头，是中分头魏老师，眼神凶狠，劈头盖脸地骂起来："臭流氓，早就看出来你不是个好东西。"

她死死抱着我的大腿，我不好跟她动手，没一会儿，校警和警察都过来了。我百口莫辩，最后还被当成可疑人物带回了警局。

解释半天，汪亮来保释了我。他一见我话也不说，先狂笑了五分钟，说我厉害，闯女校耍流氓。我没搭腔，塞了根烟给他。从警局出来已经是第二天了，汪亮有事走了，我往家走，没几步就饿得发昏，找了家卤煮店坐下，点了一碗面茶，就着吃了两大盘羊眼包子。

随着民主科学思潮传入，一些知识女性接受妇女解放思想的启蒙，仿照男生剪短发，短发样式有"拿破仑"头、"华盛顿"头。

吃着吃着，三个女学生打扮的年轻女孩走过。不过她们烫了鬈发，脸上粉很厚，七分袖也挽得比一般女学生高些。我几口吞下包子，付了钱，跟在她们后面。

她们先进了一家深宅大院，后来又去了天兴楼，最后七拐八拐，竟然到了胭脂胡同一家叫如意班的妓院。我也跟进去，掌班以为我是客人，招呼其中一个女学生过来，我这才明白，原来这些"女学生"是妓女假冒的。

我摇摇头说认错人了。掌班见我没兴趣，也不生气，倚着门框勾起腿，手搭在我的肩膀上。她告诉我，前不久她这儿的姑娘让人叫局[①]，去了才发现对方是几个女学生，还让去的姑娘唱曲儿，这不明摆着羞辱人嘛！"先生看着像文化人，您评评理，女学生有啥好？"说完还努了努嘴。

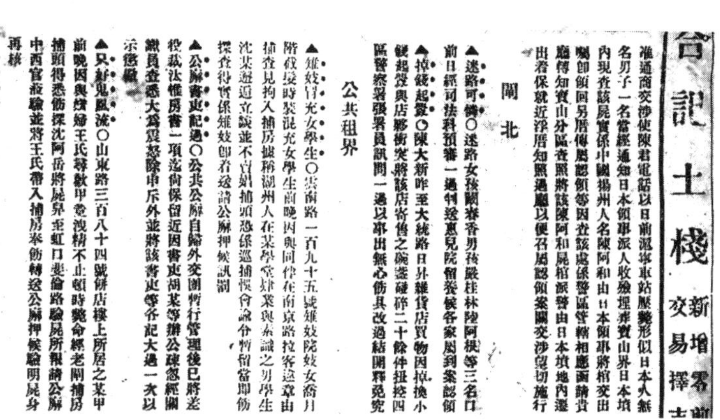

□記土棧 新增零□ 交易擇□

准通商交涉使陳君電話以日商滬寧車站驗屍形似日本人無名男子一名當經通知日本領事派人收殮埋葬寶山界日本墳內現查該屍實係中國揚州人名陳阿和由日本領事將棺交出囑即領回另厝傳屬認領等因查該處係警區管轄相應函請貴廳轉知寶山分區查照將該陳阿和屍棺派警由日本墳地內遷出着保就近浮厝知照過屬以便召屬認領案關交涉望切施行

閘北

▲迷路可憐○迷路女孩顧春香男孩嚴桂林陸阿根等三名口前日經司法科預審一過判送惠兒院留養候各家屬到案認領

▲掉錢起釁○陳大新昨至大統路日昇雜貨店買物因掉換小錢起釁與店夥衝突將該店寄售之碗盞碰碎二十餘件扭控四區警察署張署員訊問一過以事出無心飭具改過結開釋免究

公共租界

▲雉妓冒充女學生○雲南路一百九十五號雉妓院妓女喬月階截髮時裝混充女學生前晚因與同伴在南京路拉客違章由捕查見拘入捕房據稱湖州人在某學堂肄業與素識之男學生沈某邂逅立談並不肯如捕頭恐係巡捕誤會諭令暫留當即飭探查得實係雉妓即着送請公廨押候訊罰

▲公廨書吏記過○公共公廨自歸外交團暫行管理後已將差役裁汰惟房書一項迄尚保留近因書吏胡某等辦公疎忽經關讞員查悉大為震怒除申斥外並將該書吏等各記大過一次以示懲儆

▲只新鬼風流○山東路三百八十四號餅店樓上所居之某甲前晚因與妓婦王氏尋歡甲登洩精不止頓時斃命經老閘捕房捕頭得悉飭探沈阿岳將屍舁至虹口斐倫路驗屍所報請公廨中西官蒞驗並將王氏帶入捕房奉飭轉送公廨押候驗明屍身再核

1913年《申报》报道妓女冒充女学生的新闻。

①如有酒局，招妓女来陪坐，谓之叫局。

这时，一个男人摇摇晃晃地从屋里出来，两个女学生打扮的窑姐一左一右架着他。他脸上微微泛红，人我认得，是那个粗脖子的车夫。

我伸手要抓他，粗脖子看见我，突然撒腿往外跑。我追出去跟着，但粗脖子毕竟是个拉车的，腿脚有劲儿路线又熟，我跑得大喘粗气，还是被他轻松甩掉了。后来打听到粗脖子是个包车车夫，专门拉女学生，拉多了心里犯痒，媳妇又跟人跑了，没处发泄，就到妓院找“假女学生”。他不仅爱嫖，还爱赌，我在一个赌坊找到他时，他正输红了眼。

我扔给他十个大洋，问那晚他拉的那些女学生去的是哪儿。粗脖子愣了一下，又想跑，被我一个扫堂腿踢倒在地，捂着脚踝哇哇叫。

粗脖子说他只认识坐他车的那个女孩，其他的不认识，她们去的是一家茶馆，每次都在那儿下车。我问他女学生去那儿干什么。粗脖子摇头，说他只负责接送，每周两次，每次都是夜里十点左右走。看完沈郁的照片，粗脖子点点头，这女孩他接过，但最近都没见到。

粗脖子说的茶馆在珠市口西的石头胡同，叫“四海升平”，是一家落子馆[①]，门口有个“大茶壶”（伙计）在拉生意。

落子馆从外头看像筷子楼，只有几根细细的木头柱子支撑，看着破破烂烂，比天桥的二等茶馆好不到哪儿去，进去了却别有洞天。屋里很亮堂，茶座中间是“T”字形的舞台，最前头站着一个穿蓝紫色碎花衣裙的女人，年纪不轻，眉眼化得很浓，裹了小脚，

①落子馆，“落”字音唠，指女鼓书艺人表演的茶馆，又称坤书馆。

手扶着齐腰高的栏杆，跟台下的茶客眉来眼去。

这女人应该是个唱大鼓的，有个茶客“戳活儿”（点唱），让她唱《马寡妇开店》。她打着竹板一开嗓，茶客都乐了，没一个音在调子上，但依然叫好。

这种唱淫戏的茶馆按理早被禁了，没想到在这儿还能听到。[①]

舞台后头还坐了一排女艺人，同样是浓妆艳抹，还没轮到她们唱，就跷着二郎腿，跟靠近舞台的茶客打情骂俏。前边这个唱大鼓的一边唱，一边拨弄头发，手贴着胸前、腰间游走，动作幅度越大，台下鼓掌的就越多[②]。

唱到最后她冲我眨巴眼睛，还从舞池边伸出手，要拉我上台。旁边一个戴眼镜的突然急了，推开我，抢着去拉唱大鼓的手。我没站稳，撞到桌角，桌上一个茶杯倒了，茶水洒到了另一个茶客的大腿上。这个茶客火了，一拳头过来，我躲开，拳头打中了那个戴眼镜的。戴眼镜的浑身酒气，转身对着茶客也是一拳。

其他人看着起劲，一起哄，两人打了起来，桌子板凳被砸了几张。伙计把我们几个都赶了出来，临走还骂，让我们弄清楚这是谁的地盘。一群人越闹越乱，我决定先返回学校，继续追查女学生夜不归宿的事。

经过上回一闹，几个校警都认得我，大门是进不去了。学校的

①许多所谓的“风骚戏”，如《马寡妇开店》《张绣刺婶》《宝蟾送酒》等，本身剧情其实没有太多情色成分，而是女伶表演时，为迎合男观众，往往抛开剧情，在唱词、身段上卖弄风情。

②清朝政府尤禁女伶演戏。康熙五十八年（1719），官方以“不肖官员人等迷恋，以致罄其产业”为由，禁止秧歌妇女、堕民婆进入京城，否则“进城被获者，照妓女进城处分”。到清末民初时，禁令才渐渐松弛。

侧门挨着东铁匠胡同，离教育部很近，附近有几家小酒馆，我找了一家能看见学校侧门的，在里头守了两晚，没看见有女学生出来。第三天凌晨，我正要打道回府，突然看见两个黑影磨磨蹭蹭地走到学校外墙。借着灯光一看，这两人身材高大，穿着长及脚踝的黑裙，还戴了圆帽，看打扮应该也是女学生。

其中一个先蹲下，另一个撩起裙子，踩着她的肩膀，扒上墙头翻进学校，然后从里头打开门，让另一个进去，再把门闩上。

我跟过去，没一会儿，听见里头有女子尖叫，紧接着有人大喊“有贼”，那两个高大的女学生翻出墙头，假发和帽子掉了，露出圆寸头，慌慌张张地要跑。我愣了一下，反应过来这两人是男的，伸手一把扯住后面那个人的裙子，“刺啦”一声裙子破开，露出大腿上毛茸茸的一片黑毛。

为达到某种犯罪目的，有些男性歹徒乔装打扮成女性以掩人耳目。这是民国时期抓获的男扮女装犯人吴功仕。

后面这个圆寸头一瞪眼，从裤兜里掏出把枪，指在我头上。我弯腰抓起地上一把土撒在他脸上，摁住他的手要夺枪。争抢之间，我跟他滚在地上。圆寸头扣动扳机，“砰砰”两声，子弹擦着我的右肩过去。学校的校警和警察听见声响赶来，几人合力，把圆寸头摁在了地上。

我跟着到警署做笔录。受害的女学生个头儿小，蜷着身子趴在桌上哭，哭得眼睛鼻子都红了，一个劲儿地猛摇头，说夜里出来上厕所，碰上了那两个女扮男装的军人抢她东西。警察问她被抢了什么，她又不肯说。警察没办法，只好写了个抢劫未遂的罪名。

我给一个老警察递了根烟，问他："这事就这么算了？"老警察叹了口气，那孙子是新华宫的护军，丫头不肯做证，学校也说不追究了，最后赔了点儿钱，这事儿就算了。老警察把烟掐灭，扔在地上，嘴里又骂了几句。

我做完笔录，那个圆寸头正好被放，我跟在他的后面出了警局。看他进了胡同，我随手拉了一个路边垃圾筐，跟进胡同，从身后把垃圾筐连汁带水套在圆寸头的脑袋上，一脚把他踹倒。

我拿过他的枪，指着他脑袋，问刚才进学校干了什么。圆寸头哆嗦半天交代，他俩进学校是想抱女学生。他坚称自己没碰那个女孩，只是负责摁着她，捂住她的嘴。两人都是头一回，也害怕。

曹锟，民国初年直系军阀首领。1923年10月重金收买议员贿选成为第五任中华民国大总统。1924年10月，第二次直奉战争爆发。冯玉祥等人发动政变，将曹锟软禁。

我问他为什么要袭击女学生。圆寸头吞吞吐吐，说听队里说的，有军官到茶馆看完女学生的表演回来说："那腿，可真白。"他和另一个护军打听到地址就去了，结果人家嫌他们档次不够，没让看。茶馆有后台，背后是曹大帅的人，他们不敢闯。"都说女学生好，就想知道到底怎么个好法……"

我把枪砸在他脑门上，打断了他的话，让他以后离女孩远点儿。

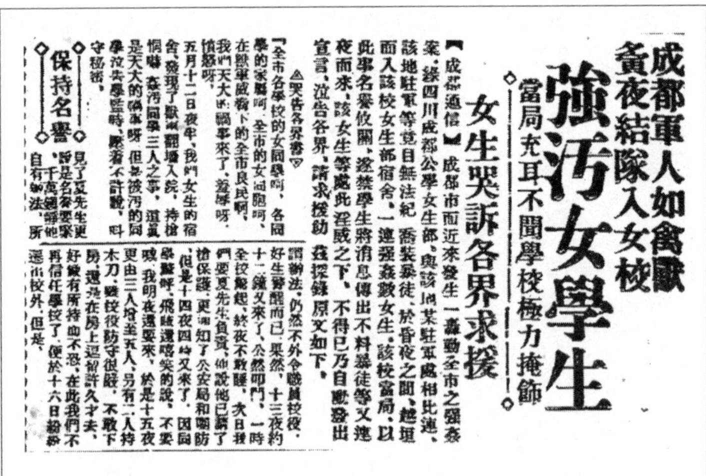
成都軍人如禽獸
黃夜結隊入女校
強污女學生
當局充耳不聞學校極力掩飾
女生哭訴各界求援

【成都通信】成都市面近來發生一轟動全市之強姦案，緣四川成都公學女生部，與該地某駐軍處相比連，該地駐軍等竟目無法紀，喬裝暴徒，於昏夜之間，越垣而入該校女生部宿舍，一連强姦數女生，該校當局，以此事名譽攸關，遂禁學生將消息傳出，不料暴徒等又連夜而來，該女生等處此淫威之下，不得已乃自動發出宣言，泣告各界，請求援助，茲探錄原文如下，

△哭告各界書▽

「全市各學校的女同學啊，各同學的家屬啊，全市的女同胞啊，在駐軍威權下的全市良民啊，我們天大的禍事來了，羞辱呀，憤怒呀，

五月十二日夜半，我們女生的宿舍，發現了獸兵翻墻入院，持槍恫嚇，姦污同學三人之事，這真是天大的禍事呀，但是被污的同學泣告學監時，監着不許說，叫守秘密，

保持名譽

見了夏先生更說是名譽要緊，千萬別聲張，他自有辦法，所謂辦法，仍然不外令職員校役，好生警醒而已，果然，十三夜約十二鐘又來了，公然叩門，一時全校驚起，終夜不敢睡，次日我們要夏先生負責，他說他已請了槍保護，更通知了公安局和團防，但是十四夜四時又來了，因同學驚呼，飛賊還嘻笑的說，不要嚷，我明夜還要來，於是十五夜更由三人增至五人，另有二人持木刀，雖校役防守很嚴，不敢下房，還是在房上逗留許久才去，好像有所恃而不恐，在此我們不再信任學校了，便於十六日紛紛遷出校外，但是，

天津《益世报》刊载的成都军人强污女学生的新闻

圆寸头说的茶馆竟然和粗脖子说的落子馆是同一个地方。第二天晚上，我去落子馆的时候已经快打烊，里头没几个茶客，舞台也空着。上回那个唱大鼓的还在，换了一身素色衣裳，梳了发髻，脸上也没搽白粉。她认出我，给我倒了杯茶，还抓起一把花生米，让我猜枚[①]。

我没接话，指指茶杯里漂着的一根白头发，说这茶不干净。唱大鼓的笑了，说新来了一个年纪大的老妈子，干活儿不仔细，然后把茶杯推到一边，说："你不是来喝茶的吧？"我把沈郁的照片递给她，问她见没见过照片上的女孩。

唱大鼓的先是一愣，想了想说："她啊—— 今儿没来，但今

①猜枚，饮酒时一种助兴取乐的游戏。把瓜子、莲子、黑白棋子等握在手心，让别人猜单双、数目或颜色，猜中者为胜，不中者罚饮。此处猜中了花生米数目，可以免茶钱。

晚有其他女孩。喜欢西洋油画吗？我们这儿有名画场景。”见我愣住，她对我说，“放心，保证不会让你失望。”说完比了个十的手势。我很好奇，什么样的表演，要花十个大洋？

付完钱，唱大鼓的跟伙计打了声招呼，让我在后院稍等，自己出了门。过了一会儿她又回来，领我走到对面燕家胡同的一个宅子里。

宅子是个两进的小四合院，外表很普通。院里杵着俩伙计，从我一进门就盯着我，身材看着像打手。东面的两间屋子的门窗全用黑布包着，其中一间亮着灯。唱大鼓的领我进了那间亮灯的屋子。

屋子从中间被厚木板隔成了两间。四堵墙全被刷成了橘红色，顶上是一盏鹿角吊灯，黄色的光线一照，屋里充满暧昧的味道。朝北的墙上钉着一块红布，墙跟前放着一把皮质的沙发椅，扶手雕了花，上面搭了一身女学生的校服。

唱大鼓的让我一会儿听见琴声后，撩开红布，就能看见表演，又指指校服，说刚脱下来还是温的，最后递给我一条干净的面巾，叮嘱我完事用这个擦，别抹到墙上，说完就出去了。我听见她从外头把门关上了。

过了十分钟，对面的房间里响起了钢琴声。

我坐在沙发上，撩开红布，墙上竟有一个比拳头稍大的圆形玻璃孔。我把头探过去，眼睛贴在玻璃孔上，里头的画面让我难以置信。

对面房间被布置成了一幅画框，两侧有红色绸缎做成的幕布。最里面摆着一架棕红色的钢琴，一个穿睡裙的女孩在弹琴。

近处摆着一张桌子，铺着浅色桌布，两个女孩面对面坐在桌

民国的钢琴。图为美国战地记者海岚·里昂1940年在重庆拍摄的宋氏三姐妹在钢琴前合影。

加布丽埃勒·埃斯特雷及其姐妹维拉尔公爵夫人画像，法国枫丹白露画派的重要代表作品。作者不详，据推测画中描绘的是法国国王亨利四世的宠姬加布丽埃勒和她妹妹维拉尔公爵夫人沐浴时相互戏玩的情景。本案篇章页插图灵感即来源于此画，同时暗合本案内容。

后，上身赤裸，头发高高梳起，脸上略施脂粉，口红很淡，还戴着珍珠耳环。左边的女孩翘起兰花指，手往右伸，轻轻捏在右边女孩的乳头上。两人的脸微微发红，眼神闪烁，嘴巴一动一动的，好像在聊天。

一个西装男突然闯入画面，裤裆支棱着，两个女学生叫喊起来，手挡在胸前，西装男扑上去，摁倒一个。我从椅子上站起，撞开隔壁房门，院子里的伙计也冲过来，进屋拽着西装男往外走。大门开着，弹琴的女孩跑了，唱大鼓的去追她。

表演的房间里，两个女孩一丝不挂，坐在地上发怵，一只手挡着胸前，另一只手挡着下身。其中一个丹凤眼很面熟。

突然，我被推了一下，沈母提着一只大茶壶，在我身后站着。壶嘴对准了丹凤眼的女孩，滚烫的开水浇到光洁的身子上，女孩疼得打滚，不停惨叫。另一个吓傻了，也跟着大叫。

我从沈母手里抢过茶壶，女孩的脸上、身上、手上已经变红，很快冒出大大小小的水疱。再看沈母，她双眼无神，嘴里重复着同一句话："让你不知羞耻，让你不知羞耻。"我这才认出，被烫伤的丹凤眼是那天在剧场演娜拉的女学生。

直到后来警察把沈母带走，惨叫还在继续。

西装男趁乱逃走。我把受伤的女孩送去了医院，才知道她姓邵。医生替她可惜，说即使水疱消了，脸上的疤恐怕也很难彻底恢复。

第二天再去警署，沈母已经疯了，不会说话，只念叨"郁儿"两个字。

警察说，据唱大鼓的交代，沈母在落子馆的厨房干了好几天。这几天没有表演，她可能一直在等机会。戴戴说，小邵长得像沈郁，沈母可能是把她当成自己的女儿了。看见小邵裸着身子给男人表演，就好像看见沈郁在卖身，哪个母亲能受得了？

落子馆出了事，事情传到学校，几个涉事的女学生全部被开除了。这些女孩没脸回家，落子馆也被封了，无处可去，好几个人进了八大胡同的妓院，穿上校服，装成女学生接客。戴戴打听到那些女学生进了哪家妓院，找到其中一个女孩，了解了事情的始末。

沈郁、她和小邵都在那个宅子里表演。她和小邵是从家里逃婚出来的，为了考上女高师，欠了不少钱，还在落子馆唱过大鼓。沈郁家里也不宽裕，父母花钱大手大脚的。

“偷窥秀”的主意是小邵出的。她知道女学生值钱，想了个法子，不用像妓女一样卖身也能挣钱。

她从一本外国书里看见过偷窥秀，在一个木头柜子上装几个小孔，透过小孔往里看。她们几个又都学过表演，只要把房间想象成舞台就行了。

美国的乔治·伊斯曼与爱迪生合作发明了“电影视镜”，是一种装有放大镜的匣子，可以透过目镜看里面放大的画片或短片。因为最初画片多是西洋画，所以叫西洋镜。洋人叫“Peep Show”，北方人叫“拉洋片”。

最开始表演很单纯，来钱很容易，几个女孩在房间里弹琴跳舞演话剧，就有人愿意给钱。后来沈郁开始脱衣服了。

“她喜欢油画，想照着油画的场景表演，可挑的都是没穿衣服的画，还说那叫艺术。”女学生说那时候沈郁被退婚，可能心里难受吧。

此后沈郁一发不可收拾，还私下跟一个男客人交往。小邵和她都劝过，可沈郁不听。女学生说那个军人对沈郁不好，她见过他动手打沈郁。说到这儿，女学生眼睛红了。

她揉揉眼睛，对我说，当女学生太累了。我想起以前戴戴对我说过，她在八大胡同的时候，很羡慕女学生，觉得她们命好。我看着这个女学生，不知道该说什么。

五月，《娜拉》[①]首次公演，据说迫于压力，最后放弃了男女合演，仍然用的是全女子班底。戴戴没来，我一个人去看了。

开场前我听见后台几个女生聊天，说有个女老师在学校排练室的墙上凿洞，偷看男演员换衣服。那个女老师爱穿高领，打扮像男人，没想到居然有偷窥的癖好。眼前浮现魏老师那天抓我时，两只手死死抱着我的腿，我打了个寒战。

整场演出索然无味，我看到第二幕就退场了。这场公演从剧本翻译、舞台设计、布景灯光到演员表演，每一个环节都遭到业内的强烈批评，以失败告终。

过了一段时间，《白日新闻》上登了一则报道，标题是《为抢庚子赔款，高校竟让女学生陪酒》，写的是北京几个高校资金短缺，

①女高师理化系学生在新明剧场公演《娜拉》一戏，学生的表演和剧场声效设计都被人诟病，徐志摩还在观剧中途退场，随后引发了一场笔战。

为了抢经费，记者拍到某学校夜里安排女学生上教育总长家陪酒的事情。[①]

我又看了一遍新闻，文章里没指明到底是哪个学校。

本故事整理者：草头鬼

①庚子赔款有一条附加条件，赔款大部分要用于中国教育。北京教育界捷足先登，首先抢到俄国庚子赔款。其后北京各大高校、中小学、公私学校为争夺赔款，曾闹得满城风雨。京外教育界则愤愤不平，就赔款如何分配争吵持续十几年，后被国民政府收归国库，落得一场空。

第14案

静安寺乌龟暴走
徐家汇火烧连船

一龜之後。數百龜緊隨。密如溪中亂石。團團蓋下。頭爪掀動。傍地爬行。向宴廳而去。年輕侍者見之。瞠目難言。有役人挂棉球者。輟棉球而呼。龜亡矣。龜亡矣。群龜之後。一胖廚隨行。氣喘不已。一時間。宴廳卷堂大亂。婦驚呼。男讓罵。杯盤交疊。跌落脆響連連。闊婦人除去高跟鞋。赤足立于案上。園内警衛亦入廳捉龜。一時間。衆警衛疾走如織。一衛趁人不察。

案发地点：上海哈同花园（今上海展览中心）
案发时间：1923 年 12 月
记录时间：1924 年 10 月

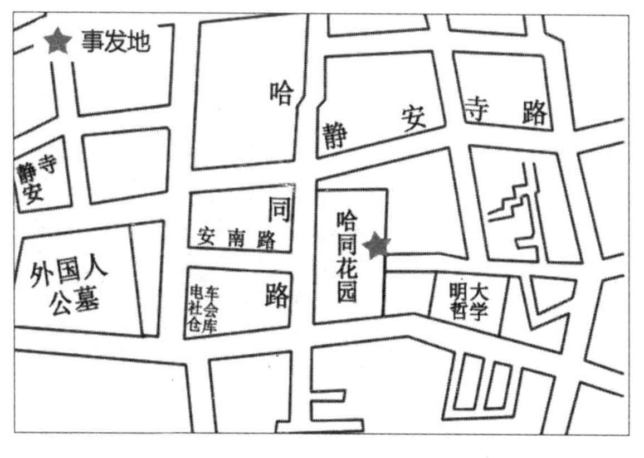

乌龟

民国十二年（1923）年底，我去了趟上海，参加上海新闻记者联欢会的周年庆。

我对这种应酬不感兴趣，但这几年查案没少麻烦上海的朋友，就还是去了。原本打算点个卯，吃几筷子就出来，没想到宴会上出事了——记者搞联欢，自己反倒上了第二天的报纸头条。①

这回周年庆，也是一场慈善会，来的都是有头有脸的人。宴会在静安寺路（今南京西路）的哈同花园里，摆了四十桌，一些做中餐，一些做西餐，还有两桌做素。

中间的圆桌上，有《申报》的老板、《时报》的总编、《新闻报》的大记者，还有地产界的华人巨富。人人都端着倒满香槟的高脚杯，凑过去套近乎。个个儿西装革履，梳着油头，讲英文的比讲

①上海新闻记者联合会成立于 1921 年 11 月，名义上是要促进新闻记者交流，推动新闻业的发展；实际只是负责出面组织各种娱乐活动，每月都有聚餐。

中文的多。我闷得慌，走到门口抽烟，一个系领结的用人马上跟出来，递上大衣。

门口的矮树上挂了彩灯和白色的棉花球，他小声问我：“密司特（先生）也过洋冬至吗？[①]”正要回他话，他喊了一声“王八”！低头往我脚上看。

哈同花园位于静安寺路（今南京西路），是旧上海最大的私家花园。花园主人是赫赫有名的地产大王、犹太富商欧爱司·哈同。园子以《红楼梦》中的大观园为设计蓝本，从1902年扩建，到1910年竣工，耗时8年，占地300亩（20万平方米），景致绝佳，轰动上海滩，曾被称为“海上大观园”“海上迷宫”。现为上海展览中心。

我低头一看，皮鞋上趴着一只黑乌龟，正朝裤腿里钻。我一抖脚，乌龟翻倒在地上，缩进壳里。用人已经回了大厅，边大声喊着“王八跑了”——密密麻麻上百只乌龟，从后厨方向钻出来拥进宴会厅，大厅里炸了窝，女人尖叫，男人喊骂，用人趴在地上捉乌龟。

一个胖太太脱了高跟鞋趴在桌面上，杯子盘子掉下来，碎了一地。警卫也跑进来，抡着警棍赶乌龟。我也弯下腰，捡起只乌龟，一抬头，撞在一个旧麻袋上。

背麻袋的是个瘦小的男人，穿青灰布袄，肩膀和袖子都破了好几处——不知道什么时候进的大厅。他浑身酒气，涨红着脸，盯着我看了一会儿，转身走到大厅中央，肩上的麻袋晃晃悠悠。他一把

---

①圣诞节进入中国时被叫作“洋冬至”。因为这两个节日时间接近，热闹气氛也像，所以报纸在谈及圣诞节时，都会以“西国冬至”“洋冬至”“外国冬至”这样的俗名类比说明。

扯下桌布，把麻袋搁在圆桌上，扯开嗓子喊——“秦林参！”一连喊了五六遍。

所有人都停下来，大厅逐渐安静，地上的乌龟也默默四散开。有个记者听懂了，说这人的话带广东口音，喊的是上海地产巨富程家的二少爷程霖生。

大家看了一圈，没见着程霖生。

有人说程霖生刚刚还在跟他喝酒，转眼就不见了。旁边一个胖女人接过话头，说程家二少换口味了，连“下只角”[①]的姑娘也不放过。一个厨子从人群里钻出来，指着背麻袋的男人，大叫一声“周乌龟”，扭脸对警卫说：“就是他！是他放的乌龟！”

三个警卫冲上去，周乌龟往圆桌上一扑，一只手死死护着麻袋，另一只手扣紧桌沿。又一个警卫跑过去，拉起周乌龟一条腿，将他拽在地上。几个人推搡着，麻袋掉在地上开了口，露出一条薄薄的花被子，被子的一角摊开，耷拉出一只小手。周乌龟惨叫一声，揪住麻袋口，警卫又一扯，露出大半个女孩的身子，身上的蓝棉袄上凝结了一片乌黑的血迹。

是具尸体。

尸体全身发紫，血肉模糊，脸中间凹进去一大片，鼻梁处有小半截骨头折断露了出来。警卫松了手，一屁股坐在地上。周乌龟猛地扯开麻袋，用花被子裹起尸体抱在怀里，疯了一样跑出大厅。麻袋丢在地上，里面留了只红鞋子，鞋面上有干掉的血迹。

---

①角念“goo”（弱声），上海地名用语。在老上海话里，“上只角”指租界地区，比如静安、黄埔、卢湾等；“下只角”是“滚地龙”和棚户区密集的闸北、普陀等，住的都是底层贫民。

人群这才乱起来，夹杂几声尖叫，闹腾了几下，散了个干净。大厅一角留下只白色哈巴狗，对着地上的乌龟叫。

我拉住厨子，问他周乌龟是谁。厨子说，烤乌龟是哈同花园的大菜，晚宴上都会有，每回的乌龟都是周乌龟来送。今天晚上周乌龟来晚了，还喝了酒。厨子正纳闷他送多了乌龟，发现周乌龟把铁丝笼子全打开，乌龟一拥而出。我再问尸体的事，厨子摇头，只说周乌龟是外地捕鱼的，其他都不知道了。

我走出大厅抽烟，外头飘起雨点。

律师

哈同花园大门口的墙根下，杵着一个戴眼镜的男人，穿格子西装，胳膊肘底下夹了个旧皮夹。每出来一个人，男人就点头哈腰，递上去名片，边发边问："要打官司伐？"看门的往外轰他，男人的名片撒了一地，他皱起眉要骂人。我认出来，这人叫丘岳峰，是青浦人，我在日本留学时认识的他。他学法律，回国后在上海当了律师。

我在上海的几年，常找他打听事，那时他混得还不错，去北京后就再没联系过。

我拉住看门的，捡起地上的名片递过去，叫了声"老丘"。老丘愣了愣，一把接过名片塞进兜里，冲我尴尬地笑笑。我们寒暄几句，老丘说自己去年替人打官司，得罪了租界的外国人，被人背后捅刀子，快一年没生意了。老丘掏出张名片让我留着，说他现在就想接几个案子糊口，也想重新打出名头。

老丘正是冲着周乌龟的案子来的。

几天前，法租界出了一起车祸，一个有钱人家的司机撞死了一个小女孩。女孩的父亲是徐家汇的渔民，叫周浦明。老丘想帮周浦明打官司，但没找着人，听说周浦明定期给哈同花园送乌龟，就跟了过来。

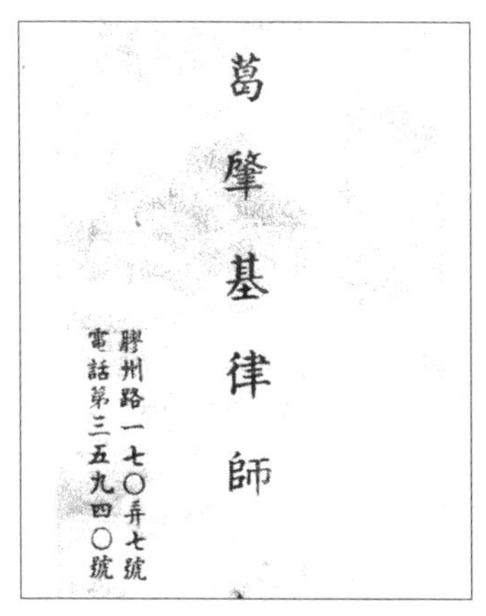

葛肇基律師

膠州路一七〇弄七號

電話第三五九四〇號

民国时期律师的名片

“这一闹，报纸肯定得炒作。要能平了这事情，我就能东山再起。”老丘给我递了根烟卷，一脸认真地说。

我把名片装进口袋，说：“我还得在上海停几天，一起查吧。”

晚上回家，翻了翻这两天的《申报》，找到了车祸的新闻：

“五日下午六时，法租界金神父路（今瑞金二路）到辣斐德路（今复兴中路）段内有西人司机开一辆黑色福特汽车，撞死一名中国女童。”

汽車碾斃女孩之發落

▲汽車夫押三月　▲事主賠損失百元

1923年《申报》上的车祸判罚新闻

我给《申报》的老同事打了个电话，确认撞人的福特汽车登记的车主是程霖生，车祸发生在法租界内，肇事司机又是个美国人，叫崔弗，案子归会审公廨管。昨天下午已经出了判决结果，司机被判了三个月，罚款一百块。

第二天一早，我去找老丘。

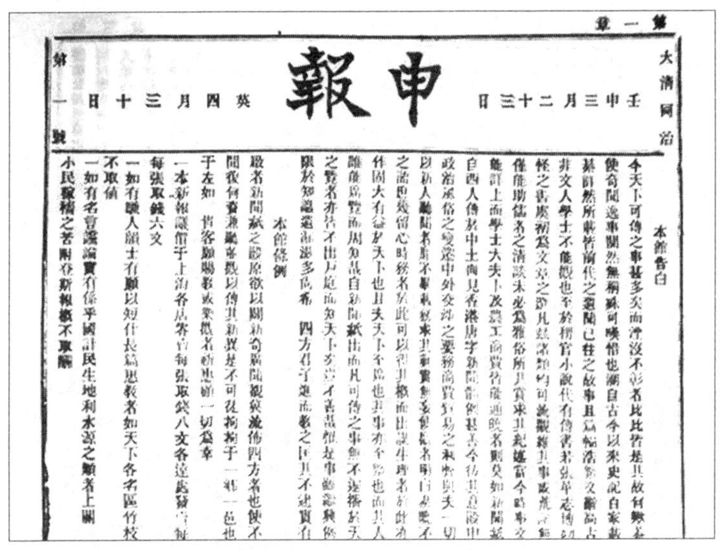

第一號

大清同治壬申三月二十三日

申報

英四月三十日

第一號

本館告白

本館條例

《申报》是民国四大报之一，创办于1872年，直至1949年停刊，是近代中国发行时间最久的报纸。登载内容从世界新闻、国家大事，到本地信息，影响力极大。

会审公廨是北洋时期外国租界内的司法审判机构，是租界国对租界地中国的司法机构不信任而产生的机制，例如，上海有上海公共租界会审公廨、上海法租界会审公廨。会审公廨使用的程序法也是中国惯用的程序法和外国程序法的融合体，兼顾中国对租界行使司法主权的主张和租界国主张的治外法权。所谓“会审”，指的是这些法庭审理案件时有代表租界国领事的外国官员参与，或“陪同”中国官员进行审判工作。

老丘住在赫德路（今常德路）[1]嘉禾里，离哈同花园只有几百米，却破破烂烂的。弄堂又旧又窄，两侧的屋檐隔一段就横着一截竹竿，上头挂了各式各样的东西——女人的内裤、婴儿的尿布、破洞的袜子，很多没拧干，还湿漉漉地往下滴水，一路走一路滴，等找到老丘住的房子，头发都湿了。

楼道里一片黑，刚打开电灯，一只铜盆扔下来，差点儿砸到我的脸。老丘连人带行李从楼梯上被轰下来，胳膊肘磕倒了楼梯口的瓶瓶罐罐，乒乒乓乓一阵乱。楼上亭子间的门开着，一个小老太太还在往外扔东西。老丘揉了揉胳膊，对我叹了口气，三个月没交房租，房东老太太要他搬出去。

我替他付了房租，一共二十一块。掏钱的时候我扫了一眼屋里，只有一张窄床和一张破桌子，天花板和墙壁受了潮，全是黑点。

老丘摸摸口袋，掏出半张报纸，递给我看："你们记者真是快，案子闹大了。我一定得平了这事儿！"我展开报纸，是《外滩新新报》，头版写着，"富人聚会大啖乌龟，穷人冤死无人问津"。

我扫了几眼文章，从头到尾都是评论，中间登了张昨晚宴会上的照片，是警卫抢麻袋的瞬间。我把报纸塞给老丘，说这报道没什么可看的，事情没写清楚，全是煽风点火。老丘又盯着报纸看了看，叠好装进口袋。

他说："这写得也没错，可不就是穷人吃亏嘛。"又指指身后，"看我这地方，就知道穷人有多惨了。"

---

①赫德路（Hart Road）在公共租界，路名来自掌管中国海关税务总司 50 年的英国人罗伯特•赫德（Robert Hart）。路上有张爱玲住过的公寓，也有郁达夫住过的嘉禾里。1943 年后，改名为"常德路"。

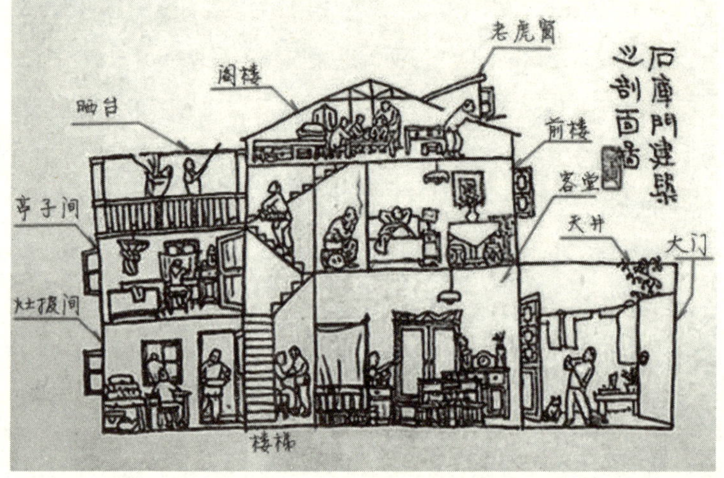

亭子间，是上海石库门房子里最差的一间房。在楼梯转弯处，底下是灶披间，上面是晒台，面积很小，一般只有六七个平方米，冬冷夏热，所以租金也比较便宜。插图作者为连环画家贺友直。

抢 尸

出了弄堂，我找了两辆黄包车，往南去上周浦明住的徐家汇路。车夫长得壮实，听我是北方口音，说自己是大名府濮阳县的，上海人瞧不起北方佬，在这儿干得挺不得劲儿。

徐家汇路在肇嘉浜以北、法租界的边界上，对面就是华界。河道被煤渣、烂菜皮堵着，又脏又臭，车夫还隔得挺远就不愿意往前拉了，我和老丘只得下车走过去。

河边一字排开了几十条“旱船”，底层的渔民、船民吃喝拉撒全在里头。走到近处，有几条船被砸烂了，草帘做的门塌了一半，舢板上还有拳头大的窟窿。五六个黑黄干瘪的男人抱着麦秆和旧木板，正往舢板上铺，他们脸上手上都有瘀青红肿的伤。

肇嘉浜本是老城厢内的一条干流，上海开埠后，河道淤塞、水质变臭。到了20世纪二三十年代，先是一大批船民拖船上岸，住在旱船上，随后河道两岸又搭起更多的棚屋和“滚地龙”，成了底层贫民的聚居地。

旧上海巡捕房里的警察也有等级之分。最高等的当然是英美人、法国人，华捕为次，再是印度人和越南人。越南人多在法捕房，又被称为“安南巡捕”。安南巡捕喜欢嚼槟榔，牙齿发黑。

我说找周浦明，他们停下活儿，瞪着我和老丘，不说话。老丘摆摆手，说自己是律师，来帮他们的。船舱里出来一个十来岁的小姑娘，穿着件红棉袄，外头套着件男孩的旧袍子。她说，早上来了一帮戴斗笠的“黑牙差人”（巡捕），上船就到处翻腾，嚷着要找“巴地”（尸体），谁拦着就打谁，还把船砸了。

周浦明死守着女儿尸体，抱住一个巡捕要跟他拼命，巡捕围上去一顿打，然后带走了周浦明。小姑娘说，她父亲因为打了巡捕一拳，也一起被带走了，罪名是殴打租界巡捕。她走到老丘跟前望着他说：“你真能帮我们吗？”

程霖生是个大人物，连公董局的法国人也得卖他人情。娘的，这巡捕比记者更快，老丘叹了口气，说这事很麻烦，已经闹大了。

他掏出那张《外滩新新报》，打开给小姑娘看，小姑娘不认字，摇摇头。老丘指着新闻讲给她：“不认识不要紧，巡捕打人也怕登报。我去想办法，你们等着。”

离开棚户区，我和老丘赶到巡捕房，给领头的安南巡捕点了烟，又塞了几个大洋。他懂点中文，我们指手画脚，说了半天好话，最后巡捕咧嘴笑笑，招手喊来两个华捕，从里头领出两个人。

周浦明在前，耷拉着脸，一瘸一拐，跟着的是个蒜头鼻胖子，边走边绷脸瞪着华捕，大概是那个小姑娘的父亲。我和老丘说明了身份，两人松了口气，跟着我们出了巡捕房。我说先去吃饭，让老丘找个馆子，周浦明死活不让，领着我们进了一家普罗饭馆①，说要谢谢我们。他和蒜头鼻各点了八块大排骨，两碗猪油饭，还多要了一份打底的鸡毛菜，狼吞虎咽吃完，又揣了两把清煮毛豆。

周浦明和大鼻子老家是广东香山（今广东中山）的。两人祖上混过小刀会，咸丰三年（1853）起义的时候，杀过清兵和洋鬼子，起义失败才回了老家。到周浦明父亲这一代，不甘心待在老家，又回到了上海。他俩虽然出生在上海，但从小讲粤语，口音很重。

吃饱饭，我问周浦明为什么去哈同花园闹事。周浦明低下头，说去哈同花园找程霖生是一个记者的主意。

前天，案子在会审公廨审理完，美国司机被判了三个月，赔偿周浦明一百块大洋。案子审完，几个戴帽子的跟着周浦明走到公馆马路（今金陵东路），其中有个小眼睛的，说自己姓徐，是记者。周浦明看看我，说："佢话想帮我，让我去搞事（他说想帮我，让我去闹）。"我递给周浦明一根烟卷，让他继续说。

姓徐的是《外滩新新报》的记者，他告诉周浦明，撞死他女儿的美国司机有前科，两个月前就撞伤过人，没蹲几天就出来了，这

① "普罗"是俄语"普罗列塔利亚"，即无产阶级的缩写。普罗馆子，就是适合穷人去解决温饱问题的平民化小饭铺。

小刀会是清末秘密结社组织三合会的一支，发源于福建厦门一带。清咸丰三年（1853）大批流寓沪上，加入小刀会的广东、福建流民，趁着太平天国攻打江南地区形势混乱，以“反清复明”为口号，在上海发动了小刀会起义。

次肯定也一样。因为他后头有人，车主是程霖生。姓徐的说，程霖生是个阔佬，半个租界的地都是他家的。

“佢话，有钱仔惊癞嘢，搞得越大镬，鬼佬司机判得越重，赔啲钱越多（他说，有钱人怕事，闹得越大判得越重，赔的钱越多）。”

周浦明不相信，回去跟同乡商量，和大鼻子喝了点酒，胆子一大，就想不如闹闹看，说不定有用。程霖生恰好要在哈同花园出席宴会，周浦明几乎每周都去那儿送乌龟，路熟得很，里外警卫也都认识。他俩装了满满几铁筐子乌龟，周浦明把女儿的尸体放进麻袋里背上，直奔哈同花园，“搞一搞好易啫（闹一闹也不麻烦）”。

说着说着，周浦明不吭声了，也没提后来是怎么跑出来的。大鼻子拍拍桌子，骂了几句：“有钱仔穿金戴银，话晒一条人命，比得（只给）一百？”他抹抹嘴，说早上“黑牙差人”来砸船抢尸，背后肯定也是姓程的指使的。

老丘说，他也觉得赔偿金给少了。司机有撞人的前科，程霖生包庇过他，这事闹大了对程霖生没好处。我看了看老丘，说先查清车祸，小报越闹越不清楚。

真 相

周浦明和大鼻子也跟着我们一块儿调查。发生车祸的金神父路，是法国人二次越界筑路[①]时修的，这一带的房子是新式里弄，路平坦宽敞，两边种着梧桐树。

案发当天的下午六点左右，周浦明的女儿闹着要去霞飞路买糖，看红帽子的圣诞老翁。周浦明和女儿一前一后，走到金神父路，一辆黑色的汽车突然从右边的辣斐德路冲出来，撞上了周浦明女儿。

周浦明强调，司机撞到人以后，还继续往前开了几十米，但这个说法很快让一个目击车祸的鞋店老板否定了。鞋店老板说，看见车减速后才撞上小女孩。

"一个卖橄榄的跑到路中间吆喝，车为了躲他，就往金神父路拐。"鞋店老板跑上马路给我们比画，"小女孩不知道从哪儿冒出来的，当时刹车来不及了。"

我查过美国司机的证词，和老板说的一致。

证词里说，他从辣斐德路左拐到金神父路，是为了躲开一个

---

①越界筑路，就是租界当局以各种借口，在《上海土地章程》规定的地段外修筑马路，并沿路铺设水管、电线等公用设备，把越界筑路地段变成"准租界"区域。

卖橄榄的小贩，当时他的手已经伸出窗外，打了转弯的手势。[①]小女孩是正对着车冲过来的，他马上踩了刹车，但已经来不及了。

我根据大家的描述，做了一个合理推测，还原了当时的情况：当时为了躲避这个卖橄榄的小贩，司机在拐弯的同时，把手伸出窗外打了拐弯的手势，小女孩看到，以为在向她招手，所以跑了过去。会审公廨就是按照意外下的判决，按以往惯例定了赔偿。

周浦明和大鼻子不相信车祸只是一场意外。

我们又在附近守了三个晚上，终于等到了那个卖绿橄榄的小贩。小贩承认，车祸那天出摊比平时早，白天没睡好，眼皮直打架。走到路中央恍了个神，突然有辆黑色的汽车迎面开过来，他当时以为自己要死了，心扑通地跳，眼睛闭得死死的。

咣咚一声撞击，他再睁开眼，自己没事，车也拐到路口停下了，但好像撞着了什么。当时很多人围过去，他没敢看，转身就跑了，后来才知道，一个洋人开车撞死了一个小女孩。

周浦明听完，脸全白了，腮帮子一抽一抽的，抱着脑袋蹲了下去，嘴里嘟囔着：“点解会是意外（为什么会是意外）？”

过了一会儿，他站起身问老丘，案子判得到底对不对。

老丘点点头。

大鼻子攥起拳头，拉起卖橄榄的小贩就要打，我拉住他，摆手让小贩离开。老丘拍拍周浦明，让他别担心，是不是意外，都能想

---

①民国时期，司机上路前要学“手号”，即刹车、减速、倒车的各种手势。转向也有手号，司机把手伸出窗外，小臂平伸，手部在空中顺时针画圈，是右转弯，逆时针画圈就是左转。

办法让程家多赔点。

老刀牌香烟是最早传入中国的香烟之一。最初由英国惠尔斯公司生产，正式名称是“海盗”，“Pirate Cigarette”。烟标是一名水手站在甲板上，右手叉腰，左手持刀。因为“海盗”香烟定价较低廉，抽烟的人大多不识英文，加上烟标上的“刀”又显眼，就衍生出了“老刀”这个俗名。

我到路边的香烟摊子买了包老刀烟递给周浦明，他掏出烟抽了几口，突然缩起身子，手捂着脸大哭起来——“妹妹连啖糖都未食到，就冇咗（女儿连口糖都没吃到，就没了）。”

两天后，老丘找到程家的律师协商。不知他用了什么办法，程霖生答应将赔款加到三百，另外再多付两百，用来好好安葬周浦明的女儿。

五百块，周浦明卖十年的乌龟也挣不了。老丘说，程家只有一个要求，要周浦明签字画押，保证不会去找报纸乱说话。周浦明想了一会儿，看了看大鼻子，点头答应。临走他弯腰谢谢我和老丘，说想回广东老家了，把女儿也带回去。

洋蜡烛

签协议的那天，周浦明迟到了。

我和老丘在公馆马路的一家广东酒楼，点了叉烧、鹅肠、砂锅鸡，从中午等到下午，菜凉了，酒楼的客人全走了，周浦明还没来。我们到徐家汇路一看，河边的旱船塌的塌，坏的坏，焦黑一片。几十个人身上披了一层稻草，光着腿，哭丧着脸，蹲在烧焦的船跟前。稻草底下全是光膀子，风一吹，牙齿直打战。

大鼻子瘫坐在地，哭得捶胸顿足，旁边放了一大一小两卷芦席。那天见过的小姑娘也在，低着头，身上那件男孩袍子满是黑灰。芦席底下盖着的，是周浦明和他女儿。

昨天夜里旱船着了火，一连引着了十几条，火正旺的时候，周浦明钻进船舱找女儿尸体，没出来，烧死在里头。救火队一晚上来了三拨人，才把火扑灭。

救火队即消防队。上海最早的救火会成立于1866年，其后，租界当局成立火政处，统一管理各支消防队。到了1933年，租界已有9支消防队，700余名队员。

上海的棚户区是火灾集中地区，火情蔓延迅速，与这一带拥挤着草棚、瓦屋，且里弄狭窄、弯曲有很大的关系。图为1953年一场棚户区大火。

被烧的船里，除了周浦明和大鼻子他们的，还有很多宁波渔民的船。救火队的人推测，火可能是从宁波人的船上烧过来。

广东人的船上，最先被烟味熏醒的是大鼻子的女儿阿莲——那个穿男孩袍子的小姑娘。阿莲说，她醒来的时候就看见外头稻草垛烧着，噼里啪啦响，一撮撮冒着火往下掉。

救火队在稻草灰烬里找到几小截没烧尽的红色洋蜡烛，推断起火原因是蜡烛点着了稻草，这种事太常见了。河边不通电，晚上两眼一抹黑，只能靠蜡烛或者煤油灯照明。船身里里外外铺的是稻草和芦苇，一旦灯油和蜡烛横倒点着，烧起来就是一大片。棚户区每年都得烧几场。

临走的时候，大鼻子凑过来，结结巴巴地问老丘："程家的五百块还能要着吗？"老丘想了想，说这事他得回去再跟程家商量。

周浦明刚死，就来要他的钱？我皱起眉头，看着大鼻子。大鼻子使劲儿冲我摆手，不是他自己想要钱，是安葬周浦明父女俩需要钱。"我同阿明一场乡里（同乡），佢衣家唔响了（他现在不在了），我会呃佢地（骗他的）钱？"大鼻子说完眼睛红了。我叹了口气，翻遍口袋，把身上的几十块钱全给了大鼻子，让他先安葬周浦明父女。

一星期后，老丘给大鼻子送去了五百块。他后来告诉我，程霖生的律师说，没签协议不给钱，是他私下找了程家老爷子要的。

巧克力

我计划在上海过完圣诞节后回北京。两天后的圣诞前夜，晚上八点多，我拦了辆黄包车在街上溜达，霞飞路上圣诞味很浓。西餐馆的橱窗上画了圣诞老翁，有的叼烟斗，有的坐雪橇，还特别推出了圣诞大餐，买一只火鸡送一杯葡萄酒。

我让车夫停车，自己下来走走。走着走着，我经过一家西式糖果店，有两个鬈发的洋人小男孩扒着门往里看。我想起周浦明说，车祸前，他正要带女儿去买糖吃。我进店买了一铁罐的太妃糖和两块巧克力排，拎在手里又不知道该送给谁。

出了店，把糖罐和巧克力给了正进门的两个洋人小孩。其中一个穿深棕色斗篷的小孩，激动地蹦起来，连着对我说了几声

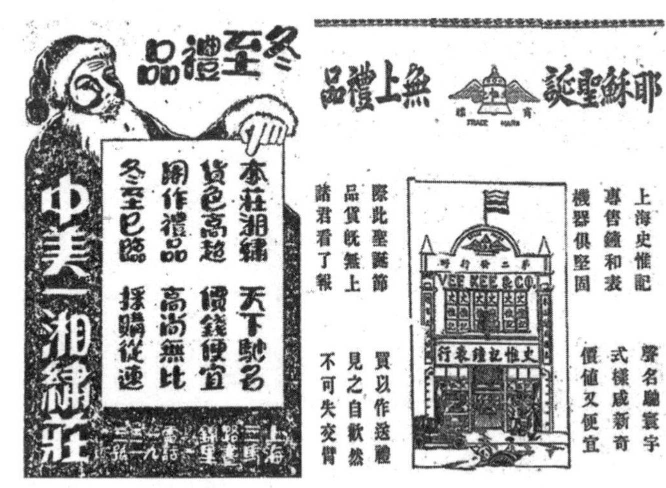

20世纪20年代，圣诞节在上海流行起来，圣诞老翁被广泛用于各类广告。西餐馆也趁热打铁，推出圣诞大餐。

“Merry Christmas”，圣诞快乐。

一对洋人夫妇走过来，冲我点头，他们是这两个小孩的父母。女的指了指远处一座锥形尖塔建筑，说他们要去教堂。

“沙利文”最早是个糖果行，1914年开在南京路。1925年，美商沙利文糖果饼干股份有限公司创立，“沙利文”这个牌子渐渐蜚声沪上，成了高档货。

我沿着海格路（今华山路）继续走，走到一半停下了——一拨拨人迎面跑过来，还有人喊，教堂出事了。一个高个子白人一头撞在我身上，我看见有血从他的耳朵往脖子上流。他一手捂着耳朵，一手推开我，摇摇晃晃地继续跑。

我逆着人群往教堂走，一边走，一边找刚才带小孩的洋人夫妇。眼前全是哭喊着捂头疯跑的人，不只是洋人，还有很多华人，男女老少全在跑。我赶到蒲西路天主教堂时，门口堵满了人，进不去。

徐家汇的天主教堂在1910年竣工，是天主教上海教区的主教座堂。整幢建筑为砖木结构，外观是典型的欧洲中世纪哥特式，高5层，可同时容纳3000人。

十几个男人围着两棵倒在地上的圣诞树，后面的还拽着前面人的胳膊往里挤，去扯圣诞树上的彩色电灯和小礼品。不一会儿就断的断，烂的烂。突然又响起咣当几声，旁边的彩色玻璃窗被砸烂了，一个洋教民从窟窿里往外爬，手掌扎在了玻璃碴儿里，爬了没几步就停了。五六个男人冲上来扯他的裤子。

街上黄包车翻到一边，小贩竹篓子里的芝麻大饼、肉粽、橄榄、苹果也撒了一地。所有人像疯了一样，一窝蜂地冲上去抢一切能抢的东西。连撒在地上的木制小十字架也有人在抢，有人抢了塞进怀里就跑，有人握着长的一头朝其他人的眼窝扎去。

我看见那个穿棕色斗篷的洋人小男孩倒在地上，脸上磕了一块，张嘴大哭，手里攥着我刚给他的那块巧克力。

我绕开横冲直撞的人群，朝洋人小男孩走去。一个车夫抱着七八条带鱼冲过来，后头一个卖带鱼的小贩在追。我俩稍微错身，他的带鱼掉了几条，车夫狠狠瞪了我一眼，捡起来继续跑。这人我认识，是给我拉过车的濮阳车夫。

我看见一个围头巾的女人踩着小男孩的手跑过去，抢起地上的巧克力，连着锡纸塞进嘴里，小男孩举着一只手，手指头已经被踩折变形。我骂了一声，冲过去抱起他，躲开人群往远处跑。街上乱成一团，已经分不清洋人、华人，相互打成一团。

我带着他躲进路边的弄堂，小男孩那只折断的手指已经肿了起来，越哭越厉害，他伸出另一只手，捶我的后背又指着马路对面。我顺着方向看过去，一个白人女人正跑过来，是小男孩的母亲。她经过一个卖臭豆腐的小贩，小贩伸手拉住她手里的包，女人停下来往回拽，小贩掀起炉子上的油锅，泼在女人身上。

我捂住小男孩的眼睛，转身一口气往弄堂深处跑，身后传来女人撕心裂肺的惨叫。

骚乱从傍晚一直持续到凌晨，最后有近百人受伤。后来赶到的华人巡捕里有人鸣了枪，枪声引起了更大的恐慌，人群和巡捕也打了起来，很多受过巡警欺负的车夫，抓着落单的巡捕就直接抢了枪，然后往死里打，数十名巡捕被打得头破血流。

市公安局
難禁屠殺烏龜
未聞政府頒佈禁令
礙及衛生查明取締

中國保護動物會、因據會員報稱、本埠徐家滙沿河一帶、常年停泊小船多艘、平日專以捕捉烏龜爲業、秋冬之交、宰殺尤甚、每見屠殺之際、竟將挖肉、鮮血淋漓、慘不忍覩、且烏龜雖屬微物、然害於人羣、亦非佐食之品、何妨聽其生死自在、因於日前函請市公安局出示、飭屬一體嚴禁屠殺、以維仁慈、而救衆生、詳情已誌本報、茲悉該局昨特函復中國保護動物會、略謂、查佛教以慈悲爲懷、力主戒殺之說、其用意固未可厚非、但揆之實際、究不能引此作政令上之依據、夫龜之爲物、滋養家每每出資收買、藉以放生、而社會上嗜之者仍衆、政府機關、來採放任主義、從未聞頒佈禁令者、復按本市徐家滙一帶、爲天主教主教巢之所、大都嗜龜若命、但一旦驟予禁止、事實有所扞格、誠屬不無顧慮、來函所稱、血肉狼藉、蚊蠅叢集各節、如礙及公共衛生、自在取締之列、擬令飭該管六區二所查明核辦、

民国时期，上海流行吃乌龟，1934年的《申报》里还有关于徐家汇吃乌龟难以禁止的新闻。这些吃乌龟的多为天主教的洋教士。

被捕的参与者里，大部分是肇嘉浜附近的渔民、船民、车夫和小贩，《申报》在事后的报道中把他们称为“一群失去理性的底层贫民”。很多参与者后来回忆，根本不记得自己当时干了什么。他们不知道前面发生什么了，看见人都往一处挤，就跟上去；看见其他人砸窗户抢东西，自己也跟着砸、跟着抢。至于抢的是什么和为什么要抢，已经不重要了。

在巡捕房里，我采访了一个姓吴的宁波渔民，他是那晚领头骚乱的其中一个，他的船和周浦明的船一起被烧了。

救火队说起火原因是洋蜡烛的时候，他也在跟前。但因为船被烧前，他见过洋教士来河边买乌龟，就一口咬定放火的就是洋人。

我问他：“怎么就能确定是洋人放的火？”他没回我，朝我吐了口痰，说：“凭索嘻杰拉好兜到钞票（凭什么他们能要到钱）？”他指的是周浦明和大鼻子从程家要到了赔偿。

火灾后，他跟其他的宁波人说，“洋冬至”的晚上，教堂里有火鸡和洋酒，去的人都是“阔佬”。洋人都是阔佬，阔佬都不是好人——不只棚户区的人这么觉得。我找到那个濮阳车夫，他也说：“俺穷，他富，拿点东西不算犯罪吧？”

后来，我查看了巡捕房的详细记录，去教堂的“洋阔佬”有很多也是附近贫民窟的穷人，比岸边的渔民好不到哪里去。

雪茄

我退了车票，把受伤的小男孩送到医院，通过法租界巡捕房联络了法国公使。之后，又在上海待了半个月，独自去了几趟棚户区。

离开上海那天，我找出老丘那张名片，打电话约他见面。他刮了胡子，头发也理得干干净净，还换了一身崭新的灰色西服。一见面先给了我两百块，说是感谢我替他付房租。他说自己进了泰利洋行，做道契[①]代理的华人顾问。

“说起来，我得感谢周乌龟。”

周浦明背着尸体大闹，程家倒不觉得事大。但事情让小报记者知道了，天天堵在程公馆外面，程霖生好长一段时间出不了门。几天不露面，就有人传消息，说程霖生肯定出事了。

“沪西好几单大的道契生意，全让陶百万捷足先登了。”

老丘说的陶百万，叫陶善钟，是个浦东人，和程霖生齐名的华人地产巨富。陶百万的泰利洋行人手不够，老丘最近去应聘，去了就接到一堆金融案子。他掏出一个木制烟盒，递了我一根雪茄。

我摆摆手，掏出自己的卷烟，抽了一口问道：“从车祸一开始，你就盯上周浦明了吧。”老丘笑笑，没接话。

我接着说，我找过那个《外滩新新报》姓徐的记者，问他怎么知道那个美国司机有前科，他说这事是一个律师告诉他的。那个律师成天守在公廨门口，到处打听案子。我问老丘：“徐记者说的这个人，是你吧？”

老丘哈哈一笑，说：“你知道了啊——还好事情办成了。”后来，老丘知道周浦明要去哈同花园闹事，表面上是要帮周浦明申冤，其实他是在帮自己，跟程家协商赔款时，他在中间也没少拿。现在他还靠上了陶家。

---

①道契是上海租界内的土地买卖契约。租赁协议签订后，由上海道署发给地契，叫作道契。由于只许洋人租地，所以华人道契在办理时，要找挂名的洋商（也称代理商）出面注册登记，同时要出具权柄单，指明土地真实权利的归属人。

老丘摘下眼镜说："人算不如天算，到最后赔款还不是全让大鼻子给拿了？"他苦笑了一声，"也好，穷人可怜，该拿点钱。"

我摇摇头，说他肯定不知道大鼻子现在怎么样了。

三天前，我去棚户区找过大鼻子。他瘦得不成人样，半死不活地躺在一块棺材板上抽大烟。我问他出了什么事。大鼻子说，钱到手后，他吃喝嫖赌，还没开心几天，阿莲拿了剩下的钱跑了。

阿莲早就想离开棚户区，但大鼻子不同意，想留她在身边照顾，靠着女儿挣钱养他。更何况，家里也没钱让她走。我掐灭烟头，看着老丘。

"大鼻子说，阿莲跑之前告诉他，火是她放的。"老丘张大了嘴，皱着眉头看我。

周浦明去哈同花园闹事前，跟大鼻子商量过赔款的事。大鼻子相信姓徐的记者，富人怕事，事情大一点儿就能要到钱。他觉得该去闹一闹，多要点赔偿。背尸体闹事，是大鼻子出的主意。周浦明说，不管能多赔多少，都分大鼻子一半。他们商量到半夜，全被阿莲听见了。后来，周浦明背着尸体在哈同花园一闹，赔款就加了几百块。

大鼻子说，阿莲临走时告诉他，自己只是以为，船上起了火，周家事情会变得更大，就能再多要点赔偿，没想过要害死周浦明。老丘瞪大了眼："就为这个，放火烧自己家？"我说"不知道"。

老丘猛抽几口雪茄，问我："阿莲怎么知道她一定能拿到钱？程家要是不赔了呢？"我说："你别急，小报记者怂恿周浦明闹事，是想试试；周浦明去闹了事，也是想试试——你跟记者合作，赌这案子给自己翻身，不也是试试？"

“阿莲可能也是想试试能不能多拿点钱，你不是教过她，报纸很厉害？”老丘有点儿急，要我别瞎说，他可没教。他抬起脚，用皮鞋底踱灭雪茄，说：“这事到此为止。金木，我劝你也别管了，还是先顾好自己吧。”说完，他转身就要走。

我叫住他，想告诉他，大鼻子喝多的时候曾跟我讲，他怀疑女儿想烧死的是他这个爹——“人地阿明死咗个囡，就攞到钱。话唔定我死咗，我个囡都可以攞到钱（人家女儿意外死了，当爹的能拿钱。要是我意外死了，说不定当女儿的也能拿钱）。”

但我没开口，朝他摆摆手，老丘点了点头，走远了。干这行这么多年，查过上千个案子，见过数不清的人，我从没觉得像现在这么寂寞过。

本故事整理者：草头鬼

第15案

猛虎出走花炮厂
恶童创立真火教

瘋婦全身浴火。恍若蠟炬。人樹俱燃。合二為一。火中婦人猶直呼曰。火降京城。若海湯沸。如是者三。聲漸次不聞。大火燒至天白。古槐枝葉盡童。化為焦木。周遭樹木全毀延及。二消防員自樹洞中取婦尸。面目炭黑不辨。盤腿趺坐。狀若佛尊。

金醉注：其中，“若海汤沸”应为“苦海汤沸”，“古槐枝叶尽童”应为“古槐枝叶尽毁”，为金木日记笔误。

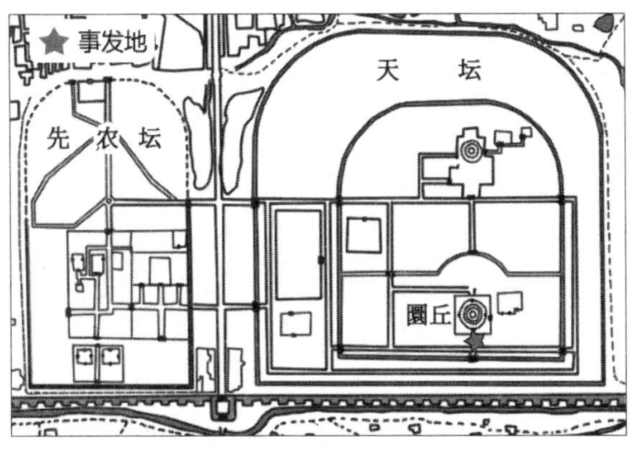

案发地点：天坛圜丘
案发时间：1924年5月
记录时间：1924年11月

民国十三年（1924）四月初二傍晚，我出远门回来，在永定门车站下车。燕墩旁边站着个人，光着膀子，白褂子搭在肩上，是好久不见的杨小宝来接我。

我赶了一天路，嘴里又干又渴，小宝指指城门，说那儿有家小酒馆，边喝边聊。我一愣，看着小宝："你不是在理吗（入了理教）？能喝酒？"小宝摸摸后脑勺："嗐，今儿破个戒，不讲理，走，不醉不归！"[①]

进了酒馆，我三两杯就到头了，从耳根子到脑门儿涨得通红。小宝平常滴酒不沾，喝起来却很猛，小半斤酒一刻钟就没了，还越喝越多，嘴里嚷着没醉，一头砸在桌子上，胳膊没挨着，

①理教创立于明崇祯年间，结合了儒、释、道三教之长，加入者称为"在理"。理教以忠孝、五伦、八德为教义，以"淫盗妄烟酒"为戒律，倡行戒烟戒酒，讲求伦理道德。光绪年间，清廷令理教在北京设立"总公所"，此后理教开始在各地设立教公所，颁配证明书。鸦片进入国内后，理教大力宣扬戒食鸦片，并投入实际行动，大受好评。

眼睛已经闭上了。

我脑袋发昏，胸口闷得慌，抬头看看，店里的电灯已经亮了不知多久。这时突然听见外头有人大喊："鬼火，鬼火啊！"我扶着脑袋起身，循声往外走，门口老板仰头张着嘴呼呼大睡，伙计不知去哪儿了。

燕墩在北京永定门外约400米处，其东侧毗邻永定门外大街，北侧紧靠京津城际铁路。燕墩本名烟墩，也称烽燧、墩台，即人们常说的烽火台，是我国古代一种用来传递消息的军事设施。图为20世纪初的燕墩。

跨出门我才发觉都已经到了后半夜，东边天坛方向有火光，浓烟顺着风往这儿飘。喊叫声忽远忽近，我刚站定，一团团火光发出凄厉的声响，像一片火雨，朝我飞来。一团火光擦着我的头掠过，险些点着我的头发。

火光飞到拐角，啪嗒啪嗒掉下来。我猛晃了几下脑袋，睁大眼睛走过去，地上几块黑团在扑腾，火星子一闪一闪，慢慢灭了，生出一股烧焦的肉味。蹲下细看，黑团有尖尖的喙，是几只被烧死的乌鸦，其中一只扯着脖子动了几下才断气。

喊话的人早没了影，火势逐渐变大，天坛南面被迅速照成一片火红色。我酒劲儿彻底醒了，跑到近处，着火的是圜丘外围一棵巨大的古槐。

古槐和其他松柏离得远，孤零零地站在中轴线上，火从树干蹿到树冠上，烧着的枝丫噼里啪啦往下掉。

天坛上回祭天已经是十年前袁世凯上台的时候了，园子早已荒废，林子里的老树经常被盗伐也没人管。消防队员戴着铜帽，推了三辆水龙从天桥赶来。布好防火线，一个宽肩膀的老消防员指挥其他人到护城河取水，水管不够用，就提着大木桶来回跑。小宝也过来搭把手，他酒刚醒，脚下还站不稳。

圜丘坛是天坛祭天的祭坛

1914年12月袁世凯在天坛祭天

老消防员一声令下，水龙两侧的人用力上下压杠，几个人拖动水管，老消防员抱起水枪，把喷口对准古槐。喷出的水柱击中着火的树枝，“刺啦”一声冒起白烟。剩下两辆水龙也同样，分别从两个方向朝古槐喷水。但火势蔓延的速度远远超过了水龙喷水，小宝嘴唇紧闭，抄起斧子，冲了两步就被热气逼了回来，无法靠近古槐。

我擦了把汗，注意到角落里有一个长发遮脸的女人，双手作揖，冲着火的古槐磕了三个响头，嘴里反复念叨“老祖显灵，老祖显灵”，然后猛地站起，往身上撒了一把粉末，发疯似的穿过防火线。所有人都忙着灭火，我伸手去拉她，可已经晚了。

疯妇一头扎进火里，钻到中空的树洞里。火顺着她的长发烧到脸上，这才看出她的样貌——她的眼皮掀起，眼白和眼睑裸露在外，嘴角的皮扯到腮帮，牙齿残缺不齐，鼻梁塌陷，朝一侧歪斜，可怕的面容在火光下更加吓人。疯妇身上的粉末加速了燃烧，脸很快被火吞没，她端坐在树洞中，一动不动，任由火在身上烧。

一个消防员把水枪对准她，喷口噗了几下就停了，水柜的水已经用光。老消防员拦着我，不让往火里冲，他摇摇头，叹了口气："已经尽力了，咱们赶紧报警吧。"

图为宁夏消防官兵在演示清代消防工具"水龙"。水龙是清代出现的引水灭火工具，其工作原理是一压一抬木质手柄，装在桶里面的水受压就会通过软水管喷出来，这时只要将软水管对准着火点，就能灭火了。早在同治年间，老城就有民间自发成立的消防组织"水龙局"，人员分为扛龙夫和挑水夫两种，一架水龙需配备十担水桶跟随。

疯妇变成火人，与燃烧的巨树融为一体，用尽全身的力气嘶吼："火降京城，苦海汤沸！"然后渐渐消失在火海里。[①]

大火一直烧到天快亮才灭，古槐被烧成一根光秃秃的焦木。两个警察从树洞里抬出疯妇的尸体，尸体面目已焦黑难辨，却仍然保持端坐的姿态，像一尊佛像。经过我旁边时，从尸体上掉下一枚铜钱，我捡起来捏在手里，还有些余温，铜钱两面都生了锈，只能隐约看见一个"天"字。

小宝问是什么东西，我说是一枚旧铜钱。

①苦海幽州，是旧时百姓对北京的戏称。幽州是北京古称，苦海是因为北京城多是苦水井，极少的甜水井，供给王府大院。老百姓只能喝到苦水，所以百姓称北京为"苦海幽州"。

第二天全北京的报纸都在讲这件事。

《白日新闻》的标题是《天坛五百岁古槐自焚，疯妇冲进火场求死》，副标题写着，《水龙不敌火树》。报道里说疯妇姓王，长了张奇丑无比的脸，人称“鬼婆子”。这鬼婆子是个算命的，平时号称能知天命、断祸福，千算万算，倒把自己算死了。

警察在鬼婆子的尸体上发现了黄磷（白磷）粉末，是制造火柴的原料，鬼婆子死前撒在自己身上的大概就是这种东西。

黄磷，即白磷，有毒，能自燃。20世纪20年代，北京的火柴公司依然用黄磷制火柴。

之后一段时间，天干物燥，北京经常起火，谣言满天飞。有人传天坛的一把火让邪气入了城，导致火灾肆虐。

月中，西四牌楼的一家茶叶店被烧，还烧出了一起杀人案。

掌柜的是安徽人，在店里代卖花炮，夜里一着火，门口的几捆爆竹和八角形烟花盒子噼里啪啦全着了，门面被烧得一干二净，掌柜自己也死了。活下来的小伙计，一条胳膊被砸下来的砖块压折；消防队为了推火道，把隔壁一户人家的西墙弄塌了，这家人没了住处，天天堵在消防队门口闹赔偿。[①]

消防队在现场找到了两具尸体，除了掌柜，还有一具无名尸。尸体是汪亮解剖的，他说肺里很干净，没吸入多少烟尘，人在茶叶店起火前已经死了。再往下查，尸体对上号了，是永顺记花炮作坊的老板

①旧时建筑之间间距窄，一栋建筑失火，为了阻止火势蔓延，会将失火点周边的建筑推倒，以阻隔火路。

陈水生，已经失踪半个月。茶叶店与花炮作坊业务上有来往，小伙计告诉警察，陈老板有一阵子没结账了，掌柜的整天咒他死。

警察怀疑茶叶店掌柜是杀人犯。

茶叶店离我家不远，掌柜的我也认识，嘴巴是臭了点，但不像有胆子杀人。这事越传越邪乎，有人说陈水生死不瞑目，茶叶店的火是死人点的鬼火。我想起那晚天坛起火，也有人喊“鬼火”，夜里做梦，梦见鬼婆子自焚时那张可怕的脸。

第二天，我到内左一区警署找汪亮，要了花炮作坊的地址，想去看看。警局里只有汪亮一个人，昨晚象房桥又突然起火，差点儿烧到众议院门口，听说是有人蓄意纵火，警察全出去抓纵火犯了。

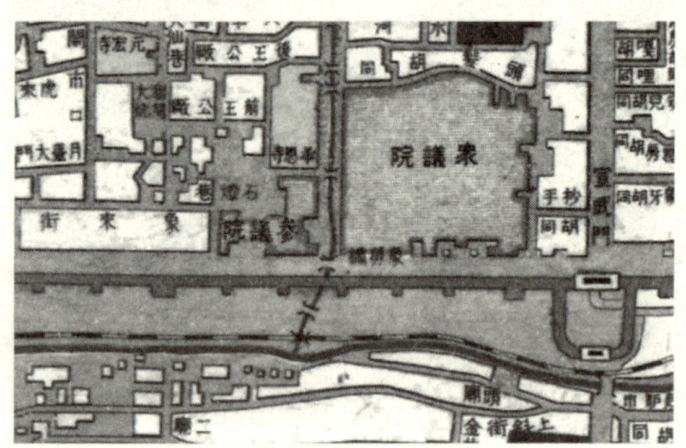

明清时期进贡的大象被驯养在宣武门内西南城根的象房，旁边通往护城河的水道上有座象房桥。

汪亮叹气：“最近真是邪乎，哪儿哪儿都着火，没完没了。”

永顺记花炮作坊在阜成门外，月坛夹道。去之前我调查过，陈水生欠了不少外债，好几个月前就发不出工资了，用花炮给工人抵薪。

小宝一听有案子就来找我，要跟着去，路上才说了实话。他听说陈水生在花炮作坊养了一只大老虎，想去见识见识，跟老虎过几招。我听了哭笑不得。

花炮作坊里工人都跑了，门口只剩一个老头儿在贴封条。老头儿糨糊刷子一甩，要赶我和小宝走："来几趟都一样，没钱，真没钱。老板都死了，哪儿来的钱？"我说我们不是来讨债的。小宝左右张望后兴奋地跳起，指着老头儿身后的仓库说："老虎在那儿呢！"老头儿板起脸拦住小宝："别打仓库的主意，里头没东西。"小宝不信，说："仓库里肯定有猫腻，没东西能专门养只老虎守着？"

正门进不去，等天一黑，我俩绕到侧面，翻墙进了院。月亮让云挡住了，院子里没光，黑乎乎的，啥也看不见，只听见铁链被扯动，在地上摩擦得咣啷作响。小宝倚着墙，小心地往前挪，我屏住气，打开钢笔手电，从左往右照。

仓库大铁门前，一只身形魁梧的老虎卧倒在一边，大头微微抬起，挺着腰背，脖子上拴着粗粗的铁链，另一头扣在墙角的一个旧铜环上。老虎往前走了两步，额头上白底黑褐色条纹一抖一抖，底下一双大吊眼瞪着我和小宝。

小宝来劲了，深吸一口气，直直往老虎跟前走。

我把手电照过去，老虎头扭到一侧，两只前爪在空中胡抓，嘴里呼哧呼哧大喘粗气。小宝身体绷直，握紧拳头，稳稳地扎好马步，冲老虎摆出架势。老虎看看小宝，低吼了几声，突然后退两步卧倒，一骨碌侧翻，露出了毛茸茸的半个肚皮。小宝试探着把手伸过去，顺着肚皮的白毛轻轻摸了几下，老虎打了个哈欠，嘴巴张开，两侧的尖牙被磨得光光的，竟像只大猫一样往小宝腿上蹭。

我哈哈大笑："小宝，看来老虎很喜欢你。"小宝耷拉下肩膀，一脸沮丧，边抚摩老虎边叹气："什么吊睛白额大虫，原来是只纸老虎。"[①]

突然，墙头有动静，我关掉手电，和小宝躲到一排矮树后。

有两个人翻墙进来打开了后门，门外停了一辆卡车，车上又下来一伙人。领头的打着手电，穿着衬衫皮鞋，顶着个大脑袋，满头满脸的汗不住地往下流，深色衬衫湿了一半。他指挥其他人往仓库走，我看见这伙人手里都有枪。其中一个小伙看见老虎，哇地喊出声，脚下一踉跄，"砰砰"就是两枪。

"别开枪！"领头的大脑袋冲上去，狠狠抽了开枪的小伙儿两耳光。子弹打偏了，老虎来回躲，嗓子眼儿里发出低吼，退到角落，缩成了一个团。

领头的随手指了两人，两人抄起铁棍，走到仓库一侧蹲下身，在地上敲了几下，然后撬起一块石头盖板。盖板底下是空的，领头咬着手电下去，转眼就又上来了，嘴里大骂："操，东西没了！"说着冲手下招手，让他们把设备搬走。伙计挨个儿下去，抬上来两个死沉的大家伙，运到车里。

外头汽车一发动，我和小宝溜到仓库一侧，地上散着弹壳，盖板没合上，手电一照，下头有石阶，从下往上冒出一股火药味。正看着，听见"嗖嗖"几下，从墙外头扔进来几束火把，火把上沾了煤油，院子很快烧起来。小宝拉起我就跑，门被火堵住，我踩着小宝肩头扒上墙头。

---

①大虫，指老虎，这个叫法最早出自干宝的《搜神记》。吊睛白额大虫即眼睛竖起，额头有白色斑纹的老虎。民间方言说，蛇为长虫，狗为咬虫，鸟为小虫，虎为大虫，而人是苦虫。

一回头，老虎拼命扯着脖子，猛然一下，铁链子从半中腰断开，老虎挣脱出来，从火里穿过，撞开门逃了。小宝一个跟头翻过墙，笑了："它也不完全是只纸老虎嘛。"

几天后，北京出了一件大事。

丹霞火柴公司经理刘船士在金鱼胡同的家中被捕。罪名是串通永顺记花炮老板陈水生，利用花炮作坊之便，私造军火，还带人到象房、花炮作坊纵火，以图制造政变，推翻曹大总统（曹锟）。《晨报》的要闻栏登了一张刘船士的照片，我一看，就是那晚在花炮作坊的大脑袋。

我想起来刘船士早年在日本留学，回国后跟人合办火柴公司，上过报纸，当时还是民族企业家，谁料到一夜之间就成了反党。小宝看过报纸，叹了口气说："怪不得要在花炮作坊养老虎，原来是偷着造军火。"

抓住刘船士的警察分队立了大功，带头的警察连升两级，但还是让他的儿子跑了。巡警和步兵满大街抓人，符合年龄身高的小伙子全被带去警局问话，学生也不例外，全北京的学校因此停课两天。但那批私造的军火迟迟没找到，刘船士坚称军火丢了。

有人大胆推测，陈水生和刘船士只是小鱼小虾，造军火这么大的事，刘船士背后肯定有大人物撑腰。这事儿水很深。

几天后广安门、东四接连起火，警察厅乱成一团，军火的事就不了了之了。

往年五月底，总有卖艾草火绳[①]的沿街叫卖，家家户户都会买

---

①艾草火绳，端午前后，百姓取艾草搓成草绳，盘成圆墩，点燃用以驱蚊。燃烧时，有淡淡的艾草芳香。

来驱蚊，但今年宁可让蚊子叮得满头包，夜里也没人敢点火。人人都害怕，一个谣言越传越厉害——大灾要来了。

这段时间，北京又出了一件怪事。

有人传言，在各处火场的废墟中，可以挖到价值不菲的鬼钱。

一开始，有一两个人半夜偷偷去废墟里找，后来，一传十、十传百，附近百姓也加入，带着铁铲、铁镐，甚至还有人用铁网筛土。火场废墟成了工地，人们干得热火朝天。巡警根本拦不住。后来残垣塌了下来，砸死了两个人，挖鬼钱的风潮才稍稍平息了一点儿。

我拿着那枚从鬼婆子身上掉落的铜钱，去琉璃厂找了家相熟的古玩店。掌柜捏起只有一个“天”字的铜钱，凑到厚厚的眼镜前看了半天，小心翼翼地从柜子里找出一个火柴盒大小的锦盒，用食指捅开，拿出一枚同样大小的铜钱。

他把两枚铜钱并排捧在掌心，把手伸到我面前，说我这枚铜钱应该是天启通宝，但上面的天字字体圆厚，不如通行的细秀，也许是传说中的鬼币。

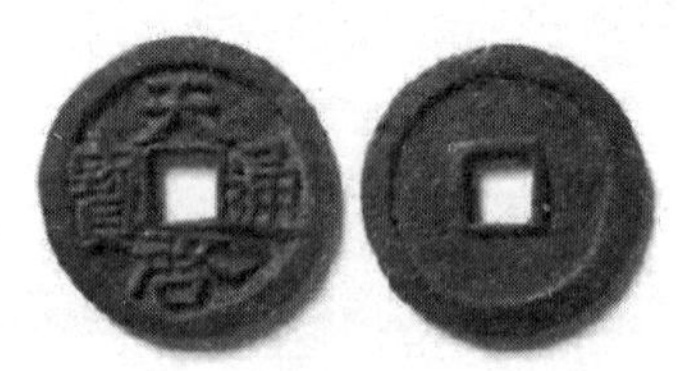

天启通宝是明朝铸造的铜钱，是明代流通量最大的钱币之一。

鬼币其实是官币，出自南方的铸币厂，并非诡异之物。不过大家口口相传，说是民间私铸，丧葬用的，所以有鬼气。

“信不得，信不得。”掌柜说完却从兜里掏出一块蓝布，擦了擦碰过鬼币的手指。

大火，天启，我突然想到明代末年的一件异事。告别掌柜，我匆匆回家，小宝在家等我。

我从书柜里翻出一本明代的笔记，其中有篇文章，叫《天变邸抄》，文章记录了当年天启丙寅五月初六发生在北京的一场大爆炸。

“天启丙寅五月初六日巳时，天色皎洁，忽有声如吼，从东北方渐至京城西南角，灰气涌起，屋宇动荡。须臾大震一声，天崩地塌，昏黑如夜，万室平沉……”

一六二六年五月三十日（公历）上午九点左右，北京城西南宣武门一带突发大爆炸。以王恭厂为中心，爆炸半径八百米，死伤军民上万人，有黑色蘑菇云升起（“有如灵芝黑色者，冲天而起”）。

小宝告诉我，他问了许多挖鬼币的人，循着线索摸下去，火场有鬼币的谣言最早是从舍饭寺胡同传出的。舍饭寺胡同本身是一

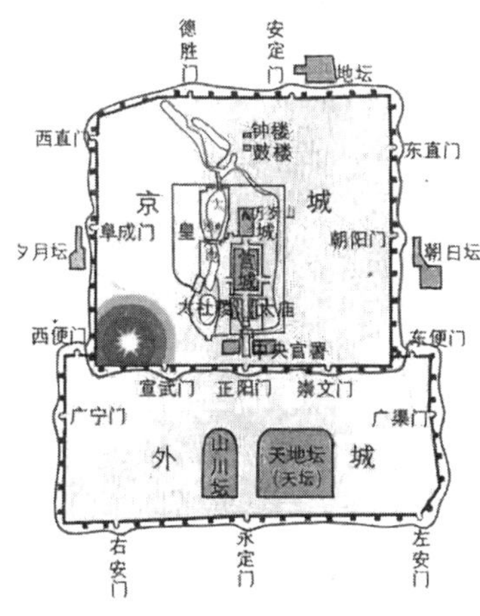

图为王恭厂大爆炸的示意图。王恭厂是明代的军工厂，又称火药局。明朝天启六年王恭厂发生了一场奇特的爆炸，引起烟云遮日，火光冲天，塌屋数万间，死伤上万人，甚至动摇了皇室的统治，加速了天启皇帝的倒台。

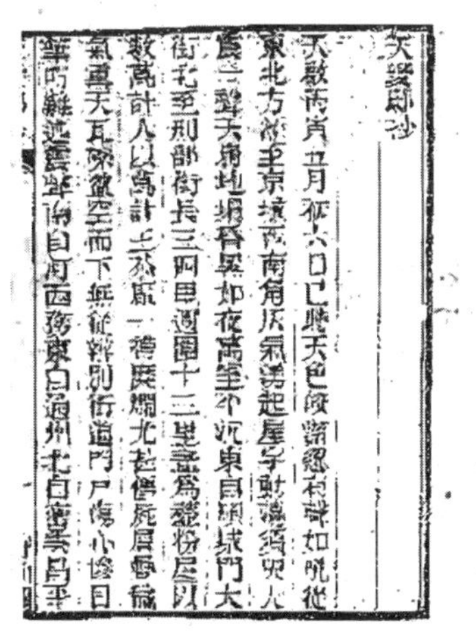

天變邸抄

天啟丙寅五月初六日巳時天色皎潔忽有聲如吼從東北方漸至京城西南角灰氣湧起屋宇動蕩須臾大震一聲天崩地塌昏黑如夜萬室平沉東自順城門大街北至刑部街長三四里周圍十三里盡為齏粉屋以數萬計人以萬計王恭廠一帶糜爛尤甚僵屍層疊穢氣熏天瓦礫盈空而下無從辨別街道門戶傷心慘目筆所難述震聲南自河西務東自通州北自密雲昌平

天变邸抄是明朝明熹宗天启六年（1626）在北京一份由民间报房编辑发行的邸报。内容集中报道了同年五月初六的王恭厂大爆炸。

个慈善组织的总部，叫红卍字会，常年办施粥会，也给无家可归者提供住处。

小宝说最近那儿去了一伙人，很古怪。在大门口挂腊肉，其实根本不沾荤腥，整天拉拢人吃素，还偷偷在院子里祭拜火神，自称真火教，信什么末世天启之劫。

“卍”，音万，是佛教的吉祥符号，表示光明普照、吉祥万德的意思，以人道主义为宗旨的佛教慈善团体选中卍字作为自己的标记。1922年当时的政府内务部批准“世界红卍字会中华总会”正式成立。

我对小宝说：“这帮人行事太高调，警察说不定已经盯上了。你去舍饭寺盯着，有事就来告诉我。”小宝听了我的话，去了舍饭寺胡同。

我被《天变邸抄》的文笔吸引，又聚精会神地看了下去。不知不觉一抬头，外面天已经黑了，再低头，书上的字迹已经看不清了。我正要起身去开电灯，小宝跑进来，衣服全湿了。

“开——打开了。”

嗓子眼儿里挤出三个字，小宝就开始喘气，好一会儿又抄起茶壶，对着嘴喝了一气，然后继续说：“大兵把那儿全围了，连马队都来了，说是出来一个就绑一个。”

我和小宝赶到舍饭寺胡同，远远就看见火光，胡同里人声鼎沸，到处是穿着土黄色军装的士兵，提着枪跑来跑去。红卍字会的院子门前，架着一挺机枪。

院子里有人号哭，还有些人连衣服都没穿好，从墙上翻出来逃走，被官兵抓住，全都双手反绑，脸朝下放倒，在胡同口排成一排。附近的居民围观，一个老妇对着协助维持秩序的巡警絮叨。

“我早看出他们不是好人，听说是信了邪教，不吃肉。他们门口挂的腊肉，我每天数一遍，根本没吃过。”

院子里突然传来几声枪响，围观的居民个个儿缩了头，全跑回家了。

我和小宝绕到旁边白庙胡同的一栋阁楼上，往院子里看。士兵举着火把，把几个被抓的教民押到院子中间，院子角落里，还横七竖八地躺着好几具尸体。一个军官模样的人，提着个食盒大声对这些人说：“这是从外面馆子买的蒜泥白肉，你们食菜事魔，政府要取缔邪教，吃了蒜和肉，就是平头百姓，可以立刻回家。”说完一个兵端着肉，挨个儿传过去，被俘虏的教民都抢着吃，有一两个不愿意吃的，当场就被击毙。

这时候，小宝往西南方向一指：“看，那儿有个人。”

西南边偏院，有一个肥胖的身影，蹒跚地走到矮墙边，他两手攀着墙上沿，两脚向上缩，肥胖的身子向左微倾，十分努力的样子。院子里的官兵还没有发现这个偏院，我和小宝下了阁楼，赶到矮墙的外面，正好接到胖子跳下来。

胖子没料到外头有人，吓得直接跪在地上作揖求饶，还从怀里掏出只鸡腿，一下咬掉半只，边嚼边含糊地说：“我吃肉，我吃肉。”这胖子身上一股酒气，官兵来抓捕的时候正在偏院喝酒吃烧鸡。

我和小宝把胖子拎到远处的背巷，一问，这胖子大有来头，居然是个副教主，名叫简大吾。他二话没说，全部招了。

教主计划在京城各处放火，画出一个“天”字，他说着从怀里掏出一张沾着鸡腿油渍的纸。我点燃打火机，才看清楚这是一张北京城地图，上面圈着十一个点。我快速辨认了一下位置，之前茶叶店、象房桥、东四、广安门，甚至天坛的火灾，都是圈中的地点。这些点被连起来，形成一个歪歪扭扭的“天”字。

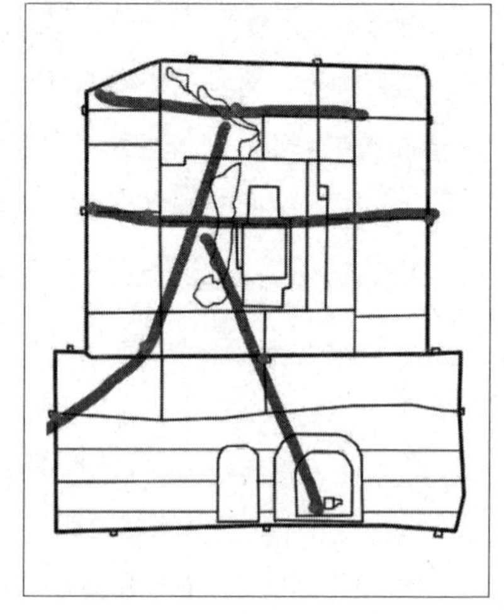
根据笔记绘制的火灾地点示意图

我问简大吾，教主现在在哪儿。简大吾拼命摇头，说他从来没见过教主。教主都是派一个圣使来传递消息，放火杀人的事都是圣使做的。他这个副教主只管一些教里的俗事。简大吾还说他全是为了钱，什么无生老祖[①]，他根本不信。

我和小宝将简大吾交给巡警带走。

这时，围捕也已经接近尾声，军警押着教民开始撤退，一旁的巡警议论，说是抓到了一个教民，是个消防员。有教民指认，消防员就是圣使，他没否认，问他教主的事，却死活不肯说。

我和小宝回到家，已经是半夜了。

---

①无生老祖，也叫无生老母，源于明中叶出现的罗教，创始人罗梦鸿。罗教及其支派认为，无生老母既是造物主，又是救世主。明清的民间宗教，几乎都以无生老母为最高神祇，其八字真言流传甚广，“无生父母，真空家乡”。

第二天，围捕邪教的消息传开，纷纷传言死难者之多，把整个胡同都填满了，但就是没有抓到教主。

督军责令全城搜捕，在各处路口关隘都设卡盘查，连行李都不放过。旅店住宿必须登记，验明身份。可这教主身材、容貌一概不知，只知道他的背上有个双龙图案。

几天过去，连教主的影子都没抓着，不过也没有新的火灾发生，抓人的事闹了一阵子，慢慢也就没声了。

简大吾供认了十一处纵火点，还剩最后一起没实施，就是西直门内老城墙西北角的炮局，正好在地图的“天”字起笔处。

这不是随机选择的地点。当年王恭厂大爆炸后，火药局北迁，并改名“安民厂”，当时“安民厂”的所在地恰好就是西直门的炮局。而后天又正好是五月初六，当年王恭厂大爆炸就是这天。

五月初六早上，我去了西直门的炮局，打算碰碰运气。

到炮局胡同溜达了一圈，不见有异样，还有一刻钟就到九点，当年天启大爆炸是在巳时，时辰就要到了。胡同东北角有棵大槐树，树前坐了一尊约三尺高的石虎，后面是座土地庙，里头有个男

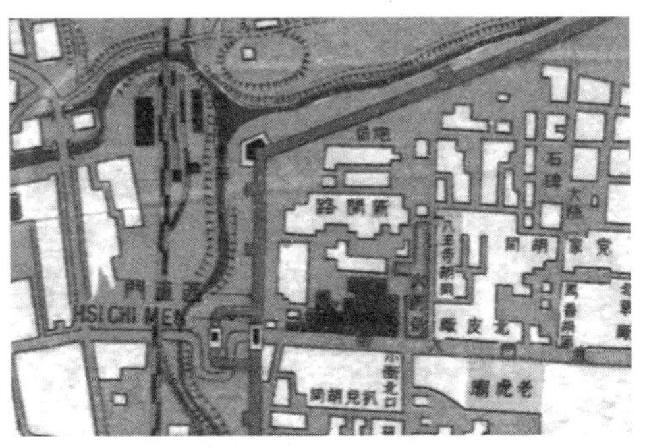

1914年北京地图。清代正红、正黄两旗的炮厂地界，泛称炮局。

孩，穿着破裤子，光着脊梁，嘴里哼着歌，背对着我蹲在地上玩。

土地庙的外墙根立了一根旗杆，旗杆上的杏黄旗已经被扯烂。我走到旗杆边，发现脚下的土很松软，像被人翻过。扒开土，发现底下埋了个大黑坛子，坛子用煤油布塞着，取出布一看，里头全是硝料和各式火药。我把坛子搬到地面上，底下露出一个黑洞，拨开洞边的土，发现里面连着个大坑，坑里是满满当当的黑坛子，少说也有二三十坛，一直延伸进庙里。①

看了一下怀表，马上就要到九点，我快步往外走，得赶紧离开这个危险的地方。没走两步，想起刚才的男孩还在庙里，我转身往回跑。男孩还坐在地上，我冲他大喊："快跑！"男孩转过脸，面无表情地看看我，一只手拿着火柴梗，另一只手里，引信正刺刺地蹿着火花。

我扭头就跑，霎时间一股巨大的推力砸在背上，将我拍飞出去，我摔进了一个窨井里。失去意识的一瞬间，我眼前忽然浮现之前看见的小男孩后背，上面隐约有两条深红色的龙纹。

再醒过来，已经是四天以后了。

《晨报》报道了当时爆炸的情形：

"六月七日上午九时，西直门炮局胡同发生爆炸，十余人死亡，近三十人受伤。有母女二人，行至新开路东，突遇爆炸，双双身亡。胡同北面城墙被炸开半米大的洞，露出夯土。西直门车站的月台发生坍塌，砸死直隶旅客一人。"

---

①古代火药储存在瓦罐中。明沈国元《两朝从信录》卷三十："身系厂中，本撮火药人役。但见飚风一道，内有火光，致将满厂药罐烧发。"

爆炸威力如此巨大，应该就是那批消失已久的军火。我掉入窨井，躲过了爆炸的冲击，身上虽然多处受伤，所幸并无大碍。有人在西教场旁的观音寺发现了一小截孩童的胳膊，但小男孩的头没找着。

爆炸的消息传到监狱里，被捕的消防员突然松口，向警察供认了教主的身份。

这个让警察追捕了半个城的教主，正是那个点火的小男孩。消防员口中的教主，是个天赋异禀的神童，叫李启明，昌平人，今年刚满十一岁，父亲死得早，从小跟着母亲沿街给人算命。他母亲长得奇丑，就是那个在天坛自焚的鬼婆子。

启明很小的时候，就能记住每一个来算命的人的名字和生辰八字。认字后，他就把这些信息偷偷记在本子上，还模仿母亲算命时说的话，在各人的信息底下写了“某某能升官、某某能发财、某某喜得子”的内容。他把本子写满后放到一个石盒里，埋在一棵大树底下，然后喊来一伙小孩，夜里跑到树下围起篝火学狐狸叫。连着喊了几晚，被人注意到树下有异，挖出了石盒。有人认出本子里记录的人。一打听，那些人果然升官的升官、发财的发财。本子的最后写道：教徒劝一个人戒荤，就能升官发财；劝十个人戒荤，则全家长寿；要是劝一百个人，子孙数代都能积福。

启明和鬼婆子到处向人宣传，那些升官发财的人，都是听了他们的话，入了教，戒荤吃素积的德。事情一传开，吃素的人倍增。

本子的封面上还有一句话，见后背有双龙印者，即为教主。有人说鬼婆子的儿子启明，是贵人相，大家找到启明，在他的后背上果然发现了两条龙，于是追捧他为教主，还给送贡品。随着教徒越来越多，后来的教徒甚至都没有见过教主，包括副教主简大吾。

有一天，启明不知从哪儿得到一块天启鬼币，又听说天启大爆炸的异事，便一口咬定自己名字里的“启”字，就是“天启”的意思。

消防员说，从那以后，不知是不是受了鬼婆子的影响，启明走火入魔，一心一意要发动天启。还给这个教取了个名字，叫真火教。

后来我去了趟鬼婆子和启明的住处，发现了双龙印的秘密。他们睡觉的破床板上有一块凸起的地方，纹路正好是两条龙。

又过了几个月，十月二十三日直奉战争爆发，冯玉祥发动政变，推翻曹锟的政府。有人在新上任官员名单里，发现了之前被当成反党抓走的刘船士的儿子。

本故事整理者：草头鬼

第16案

当铺掌柜失双目　大清皇帝谋珍宝

余置絹畫于案。隨展隨捲。目光所之。只見絹布泛黃。所繪景物乃是城外一溪。溪畔幾株歪樹。一隊驢由遠而近。漸次展開。人煙繼而繁盛。城郭。舟車。市肆。橋樑。不一而足。畫中人、牲。竟至千百之數。余目之久。眼光繚亂。只覺得眼前小人自動。于街市中行走、談笑。再看若已身已隨畫中世界。流連勾欄瓦舍。飲茶、聽書。忘其返也。數十尺長卷。閱之一完。不知時光之流逝。卷尾有跋。跋曰。翰林張择端。字正道。東武人也。

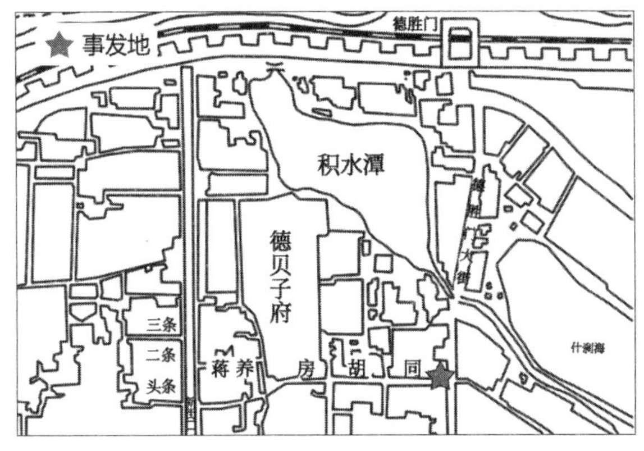

案发地点：蒋养房胡同（现新街口东街）
案发时间：1924年9月下旬
记录时间：1925年5月

民国十三年（1924）深秋的一天，我的朋友王饵邀请我参加一个私人聚会，地点是他新开不久的当铺，叫增裕当铺，听说还专门找了两个行里的好手合伙。春天的时候，王饵的产业被一把大火烧个干净，栽了个大跟头，没想到这么快就东山再起了。

当铺招牌

新当铺在德胜门大街蒋养房胡同一进口处，当铺外面有个大大的“当”字招牌，十分显眼。

我进门的时候，王饵已经等在柜台外面了。他身后的柜台高出人头顶一尺多，墙上挂着黑红棍，像在假装这里是衙门，不知是不是为了吓唬顾客。

寒暄了两句，我悄悄问他哪儿来的钱。王饵含糊其词，只说是一个关外来的东家，给了一笔钱，叫他专收金银细软。我一笑，不再问了。

到了客房，里面已经坐着几位客人，大多是他的当铺同行，过来道贺的。大家一阵恭维，喝了几杯茶，王饵叫皮肤黝黑的大缺[①]拿来一些字画古董。

王饵拿起一卷画，叫大家看看他最近收的好东西。正说着，画轴一头的盖子掉了下来，从里面滚出两颗圆圆的东西。王饵嘟囔一声："这是什么？"捡起一个看了又看，突然又扔在地上。

我上前细看，两个圆球黑白分明，黑色瞳仁直对着我，白色部分爬满血丝，尾端牵连着一些筋脉。一个客人凑过来看，又猛退了几步，叫道："哎哟，这个不是人的眼珠子吧？"屋里屋外都是人，不知道是谁报了警，侦缉队的人很快就来了。

一开始侦缉队只说拿眼珠去查验，确认到底是不是人眼，后来他们又改了主意，要连王饵一起带走。领队的是内四区的蒋五，是个大白胖子，穿着灰布的裤褂，甩着袖子敞着怀，露出里面的白洋布汗衫。蒋五声音尖细，要王饵去分局"配合一下"。

蒋五抓走的人，不拿钱赎别想出来。王饵也不怕事，大大咧咧地跟着走了。

柜上一片混乱，我拉住一个伙计，问他最近柜上有什么异常。

①大缺，尊称"掌柜的"，是当铺内的营业员。"缺"字，为旧时官员出现空额时的说法，只有称呼当铺职称时用到。这个职务一般是由有经验、长于业务的人担任。职责是掌握开门关门的时间，处理业务，对收到的当物进行甄别和定价。二缺是仅次于大缺的二号营业员。

伙计想了一下，说二缺有两天没来了，但大缺没告诉老板。

二缺李德全，家里原来在旗，年轻的时候见过好东西，有眼力，被人推荐到王饵的当铺里看柜。根据打听到的地址，我来到在皮裤胡同的李德全家。

院门没闩，我喊了几声，没人应，就走了进去。这是个两进的宅院，看样子很多年没修葺过，东西厢房都塌了，干脆用砖封了门。最里面的北屋挂着帘子，掀开一看，屋里乱糟糟的，跟被人打劫了一样。屋里站了个小伙子，身材不高，挺壮实，一副老实人模样，看见我很惊慌。

侦缉队的便衣

我亮明身份，说自己是王饵的朋友，来看看二缺，这个人的情绪稍微稳定了一些。他是王饵当铺的打更的，今天在铺子里见过我，他说："屋里不安全，出去说。"我俩出了胡同，在街上随便找了家二荤铺，点了几个炒菜。

打更的一开口，吓了我一跳："眼珠子是我放进去的，那是二缺的眼珠子。"

前天夜里，当铺已经上了板，打更的在柜台后面铺好床，接着到院子里巡视一圈。一切跟平常一样，他正准备回去睡觉，听到有人急促地叫了一声，马上就没了声音。

打更的循着声音来到后门，透过门缝看见几个人把二缺按在地上，捂着他的嘴，二缺手脚正死命地挣扎。大缺站在一旁低声问："东西呢？"见二缺摇头，大缺走到紧挨着的河沟旁，一扬手，把手里的东西丢进河沟。大缺命令那几个人把二缺捆上马车，往北去了。打更的摸到河沟边，打着灯笼找了一会儿，看见两个眼珠子，被一根树枝子拦着，没有流走。

说到这里，打更的红了眼圈，说一猜就知道是他们把二缺的眼珠子挖下来了。他跟二缺交情不错，还经常一起来这家二荤铺喝酒，但他不敢去报警，觉得大缺连人眼珠子都敢挖，就没有什么不敢干的。

二荤铺，即北京街边小吃摊。二荤的叫法有不同的解释，有的说是猪肉、羊肉合为二荤，有的说是肉和下水共称。二荤铺菜品价格低廉，店面一般不大，一两间门面，有的灶头就在门口，座位沿街或者在门面里。

今天早上，趁大缺从库房里取出字画古董，一错眼的工夫，打更的把其中一幅画的画轴盖抠下来塞进眼珠，然后松松地盖上，只等在众目睽睽之下掉出来。打更的说，王老板有势力，过一阵就能从里面出来，说不准侦缉队能查到大缺。

打更的这个方法是聪明还是愚蠢，我一时竟判断不出来。

分开的时候，打更的说这两天大缺走得很晚，当铺下午五点上板子，他非要等到八九点才走。

我问打更的知不知道大缺把二缺捆上马车去了哪儿，打更的说：“出了胡同奔北，估计是出了德胜门，骡车还是我叫的。今晚还要出去，车都预订了。今天出了眼珠子的事，大缺肯定得去一趟不可，跟着他说不定就能找到二缺。”

德胜门外有个苇塘，我常常去那里夜钓，靠东边的几个钓鱼地点，可以望见城门。我准备今天晚上先去那里等着。

离开二荤铺，我去找了小宝，让他晚上在天擦黑后，骑自行车去德外苇塘找我。小宝问我要干啥，我说去了就知道了。之后回了

图为德胜门的箭楼、瓮城。德胜门为明清北京城内城九门之一，位于内城北垣西侧。1915年修筑环城铁路需横贯瓮城，因此瓮城、闸楼被拆除，使箭楼与城楼脱离。1921年城楼因梁架朽坏，在内城九门中率先被拆除，仅存城台及城券门。

趟家，拿上钓竿、饵料、鱼篓，骑着自行车出了城。

苇塘连着护城河，就在德胜门外西北。三年前，德胜门被拆，只剩下箭楼，平时没什么人，巡警也不会过来打扰，夜钓最合适不过。

天还没黑，小宝就骑着一辆破自行车来了，远远地卷起一阵尘土。下了车，小宝从怀里摸出一小瓶酒，又掏出一个油纸包，打开是两只烧鸡。

我夸小宝聪明，北京秋天的夜晚，城外尤其冷。虽然我酒量不行，也忍不住抿了几口取暖。我俩一边吃鸡喝酒，我一边告诉小宝，王饵新开当铺的事情。

小宝听见当铺，哼了一声："远瞧一座城，近瞧是木笼。里头装着嘎杂子王八蛋，还有骗爷爷的那点儿铜。"让我猜说的是啥。这段骂街的谜语，谜底就是当铺，看来这小子以前没少吃当铺的亏。[①]

我接着讲了眼珠子的事，还有今夜蹲守大缺的计划。小宝说，八成是二缺看到了不该看的东西，所以被挖了眼，现在估计是凶多吉少。

正说着，大路方向出现一辆骡车，顺着城门的下坡一路冲下来。映着车上的灯，我认出赶车人就是当铺的大缺。

我来不及收拾渔具，跨上自行车就追。小宝把剩下半瓶酒揣进怀里，骑车紧跟在后面。小宝熟悉路，说这条路往北，一直通到十三陵，当年明朝皇帝出城祭祖，就走的这条道。我问他从这儿到

①民国当铺在收当时主要收取两种物品，古玩金银及衣物。穷人多以典当衣物为主，掌柜在收当时必定要对当物贬低一番，故意压价。写当票时也会故意压低原物成色，如新衣必写"油旧破补"，玉器必写"假石"等。在典当物品时，当票上写当 10 元，当铺只付 9 元，如要赎当，则需付 13 元，称为"九出十三归"。

图为西德尼·甘博拍摄的骡车

十三陵有多远，小宝说也就七八十里吧。

幸亏骡车没有去十三陵，过了南沙河，就停在一座城门前面。没想到北京城北面还有个小城池。小宝小声说，这个城池叫巩华城，以前是明朝皇帝的行营，早就荒废了。

骡车进了城门洞，我俩没直接跟过去，而是由小宝带路，贴着城墙绕到城南。南边的城门更大些，门洞上有一块汉白玉的匾额，刻着“扶京门”三个大字。

我俩把自行车扔在城门外的空地上，沿着墙根走进去。里面是一个瓮城，骡车正停在瓮城西门的门洞里。西南角有几间并排的破房子，只剩下半边屋顶，另一半用油毡布搭在上面。

瓮城中间，有一个半人高的土台。我和小宝猫着腰跑过去，窝在土台后面。

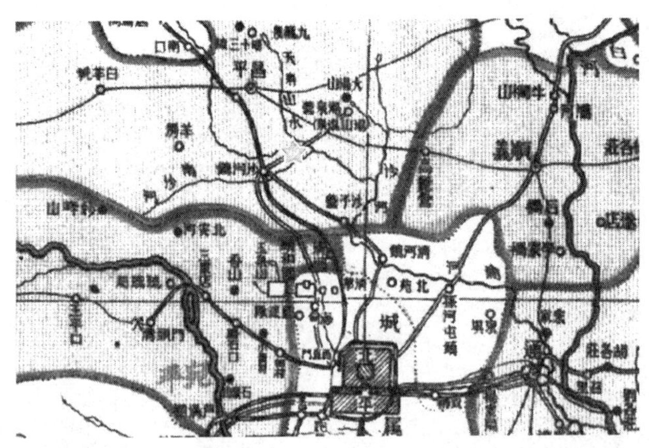

巩华城，明成祖朱棣迁都北京后在京北沙河修建的一座行宫，作为皇帝巡狩和后代子孙谒陵停留的地方。城呈方形，辟四门：南名“扶京”，北名“展思”，东名“镇辽”，西名“威漠”。巩华城瓮城。瓮城为古代城市的主要防御设施之一，可加强城堡或关隘的防守，是在城门外（亦有在城门内侧的特例）修建的半圆形或方形的护门小城，属于中国古代城市城墙的一部分。

大缺下了车，从车厢里又下来一个我没见过的人。两人站在车边说了一会儿话，然后一起进了破房，破房里有了光亮。荒郊野外，又是夜里，声音传得很远，隐隐约约听到屋里有人说话，似乎在询问着什么。

没多久，这个生面孔先走出来，上了车。

大缺后出来，却没有上车，而是绕到南墙，用手推着墙，身体一耸一耸地动。南墙早已破败，被他推了一会儿，竟然跟着晃动起来；之后大缺改为用后背顶，动作像狗熊蹭树一样。我突然看明白了，他是要把墙推倒。我立刻爬起来冲了过去，小宝反应更快，边跑边把怀里的酒瓶飞了过去。

酒瓶“砰”的一声砸在大缺头上，大缺向后倒下，同时，南墙朝前倒塌，整栋破房跟着被压垮。我和小宝已经冲到破房前面，反应不及，直接踏在瓦砾烟尘里，我踩在碎砖块上绊倒了。大缺刚站起来，小宝身影一闪，把他一脚踹倒。突然响起一阵枪声，子弹打在城墙上，墙上的夯土稀里哗啦往下掉。

是城门洞里骡车上的人在朝我们开枪。我和小宝伏在瓦砾里，大缺趁机跑进门洞，马上传来催动马车的声音。小宝想追，被我拦住了。

很快，瓮城里一片寂静。借着月光，我和小宝徒手扒开瓦砾，有个人蜷缩在废墟下，满身满脸都是尘土。这人双眼紧闭，眼下有两道干涸的血痕，眼睑软塌塌的，显然没了眼珠，他应该就是失踪的二缺。小宝见他还有气，掐了一下他的人中，二缺渐渐缓过气来。得知我俩的来意，二缺断断续续地描述了事情的经过。

原来二缺受聘到王饵当铺后，发现库房里有许多货物并不是柜上收来的，账房的账目也混乱不清，就起了歪心思。前几天东家来铺子，大缺从库房里拿了一方画石的印章给他，东家随手装在口袋里。二缺偶然看见，发现这方画石价值不菲。

画石是当铺行话对田黄石的称呼。田黄石简称"田黄"，产于福州市寿山乡寿山溪两旁之水稻田底下，因色泽呈黄色而得名。

晚上东家没回去，住在客房，二缺趁没人注意，溜进客房偷走了印章。但没两天就被大缺查到了，只是这中间的事情，王饵被蒙在鼓里一概不知。

小宝听了，气狠狠地说："妈的，不就偷块石头，要下这样的毒手？”

二缺说，他偷石头的时候，发现东家口袋里还有一张纸，他当时没细看，用纸包着石头一起拿走了，大缺他们要的就是那张纸。画石他已经给了媳妇，叫她连夜回老家，那张纸还在身上没被搜走。如果自己咬牙不说，还能多活几天。

说着，他从废墟里摸出一根火筷子，在喉咙里搅了几下，“哇”的一声吐了一地。然后哆嗦着手，从秽物里摸出一个石丸。将石丸搓成两块，里面是空心的，掉出一个纸团。

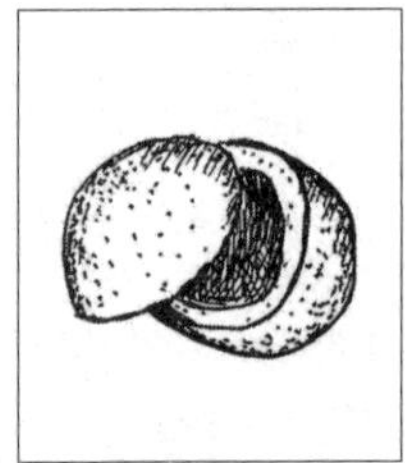
金木手绘石丸示意图

展开纸团一看，是张电报纸，上面写的是日文，大意如下（根据太爷爷笔记翻译）：

寄北京小池三郎君收

津使馆人员已就绪。现寄去钱，宝笈三编所搜，择其精华继续收集，不得有误。

九月十三日于奉天本部

大缺幕后的东家原来是日本人，他们所图不小，竟然是宝笈三编的国宝。[①]

---

①《石渠宝笈》为书画著录书，著录清内府所藏自古至清代的列朝帝王和名家的书画作品，按所贮殿堂分卷，如乾清宫、养心殿、重华宫各八卷等。书画著录的项目依次为：作品名称、质地、书体、本人款识、印章、他人题跋、收藏押缝诸印等。对各件作品的介绍详尽客观，不加评论。此书是对清皇室宏富的书画收藏的整理成果，“既博且精，非前代诸谱循名著录者比也”。

二缺没能撑到天亮就断了气，我和小宝用瓦砾将他先草草掩埋了，之后在砖堆里又坐了一会儿，等天大亮。回城还得骑四十里路，得恢复体力。

过了中午，我俩才回城，吃了点儿东西，就赶到王饵的当铺去。

蒋养房胡同口，停着两辆货车，几个扛活儿的正把大木箱一个个往车上搬。我们拐进胡同，混到对面看热闹的人堆里，看见几个人拿着当票要进当铺赎当，被伙计拦下了。

民国时期美商慎昌洋行所售的货车

这时候，从铺子里出来一个中年人，穿着长袍，外面罩着褐色皮袄，正是昨晚在巩华城见到和大缺一起的人。中年人看见赎当的和伙计争执，走过去，伙计喊了声“东家”让到一边。东家对赎当的人说：“对不住，这都是死当，不能赎了。要是短您的钱，拿当票到账房支去。”

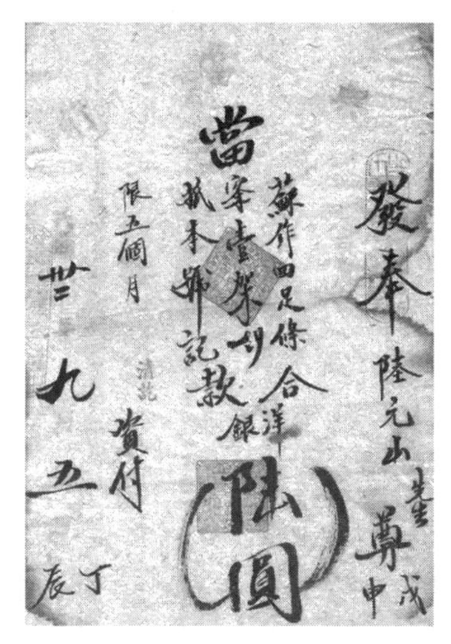

当票

这位东家，应该就是电报纸上提到的小池三郎，北京话说得很地道，难怪王饵看不出他的真实身份。他说完，三两步走到胡同口，上了一辆黑色汽车，向南边去了。小宝问:“他们这是不是要关板跑路呀?”我一眼就看见从德胜门大街拐进来三个人,对小宝说,再等等,他们可能一时跑不了。

来的三个人里,领头的是侦缉队蒋五,一上来就吆喝,命令工人停下来,还掏出了手枪。大缺急匆匆地从当铺里出来,恭恭敬敬把蒋五等人迎进去。我对小宝说,蒋五这人,贪得很,当铺出了案子,还不得逮着蛤蟆攥出团粉来,咱们先回去补个觉再说。

夜里我和小宝再来的时候,当铺已经关门,上面贴着封条,卡车还停在门口,不过上面的箱子都卸空了。我注意到一个驼背老人,已经在胡同里来回溜达了好几趟,眼睛不停往当铺大门瞅。

我走过去,刚问了一句:“您要当东西?”老人“哎哟”一声,转身就跑,被我一把拉住,扯到一旁小巷子里。老人挣扎道:“太妃命我出来采买,你们不能抓我。”

我问他:“什么太妃?”老人看看我,又看看巷子口的小宝,不挣扎了,嗔道:“嗐,吓死爷们儿了,我还以为你们是护军的便衣。”老人嘴上没胡须,说话声尖细,明显是个太监。

去年皇宫起火后,驱逐了所有太监,但其实太妃、王爷处,还各留有一二十名太监。留下的太监抓住一切机会偷窃宫里的物件。[①]

老太监说,王饵的当铺比同行多给三分利,如果只押不当,价钱还会更高。没多久王饵的新当铺就在这群太监里打开了名气。

“现在宫里都乱了,那些宝贝谁不拿谁是傻子!剩下的老兄

① 1912年,民国成立,在清帝逊位同日,民国政府与清廷签订《优待皇室条例》,清朝皇室依旧居住在紫禁城中。但皇城秩序混乱,太监和宫女将宫中珍宝偷出变卖。1923年6月27日,紫禁城内存放宝物的建福宫神秘起火,溥仪怀疑是太监们监守自盗,纵火毁灭证据。7月16日,溥仪以此为由驱逐太监出宫。

弟、老姊妹，以后出宫的养老钱，全指望这个啦！”老太监笑了，满脸的褶子堆在一起。即使今天当铺关了门，这些太监也攒够了棺材本。

第二天下午，我和小宝再次来到当铺，大吃一惊。当铺的封条已经被撕下，里面人去屋空，卡车也不在了。我们正懊恼，打更的在路对面的茶馆里叫我。原来昨天半夜，大缺带人回来继续搬货，装上卡车走了，打更的在后面跟了一路。还好在城里车开得不快，最后跟到前门火车站附近，西河沿有一排仓库，卡车在一个仓库院里卸下了木箱。

我把二缺的死告诉打更的，打更的抹了两把眼泪，雇了一辆车，去巩华城为二缺收尸。

我和小宝往前门火车站赶去，到了所说的仓库院子外面，有两伙人正在打架，我和小宝躲在一间空的铁路值班房后面。其中一伙人打不过，朝铁路方向跑去，领头的是王饵，不知道他什么时候被放出来的。

王饵没跑多远，就被几个青衣人抓住了，王饵喊了一嗓子：“杨锦文（大缺的名字），你他妈敢黑我的东西……”没说完就被拖回仓库的院子里了。

等到天黑，我俩爬上房顶，院子一览无余。那些从当铺拉来的大木箱，都码在院子里，一群青衣人正在把木箱搬进库房。我没有看见大缺的身影，不知道他去哪儿了。

青衣人搬完箱子，也跟进了库房，关上了铁皮大门。

我和小宝悄悄跳进院子，有一个看门人住的小房间，门没锁，王饵被捆得结结实实，丢在屋子的床上。屋子一角的地上，趴着一

前门火车站是清末北京东车站，全称为京奉铁路正阳门东车站，位于前门大街东侧，始建于1903年，1906年正式启用。从清末至1958年北京新火车站建成的半个多世纪，前门东车站一直是北京最大的火车站。

个胖大的人，我翻过来一看脸，是蒋五，身上有好几处刀伤，尸体都僵硬了。

蒋五贪心，本打算敲诈当铺一笔钱，没想到惹到日本人，把命也丢了。王饵告诉我，昨天他的兄弟把他从内四区的分局里保释出来，就得到消息，大缺把当铺的库房搬空了，往这边运。王饵还以为是黑吃黑，带了几个兄弟就赶来了。王饵说："那个东家他妈是个日本人，我算是栽了。"

我叫小宝带着王饵先离开，小宝问我干啥去，我说我要去看看木箱装的里到底是啥宝贝。王饵说："你傻了吗？咱们还是赶快颠儿了吧。"小宝说他先带着王饵翻墙出去，会等在外面随时接应。

我走到大铁门前，拍了拍门，里面有人用生涩的中文问："是谁？"我用日语说自己是小池先生派来的，要检查一下货物。大门打开，一个青衣人上下看了我几眼。我接着说："奉天本部的命令，这一批珍宝关系重大，我特来协办。"青衣人一听，提起身子，向我一低头。我也点了一下头。

来到一个大木箱前面，我指指木箱，用日语说："打开。"

两个青衣人，拿着铁撬棍过来，撬开木箱。木箱里面衬着厚厚的蓝布，一个个圆柱状的东西，套着蓝色布套，整整齐齐地码在箱子里。

这时，又有人叫门，进来四个人。我瞥了一眼，四人中有一个瘦弱的青年，头戴黑色瓜皮帽，脸上架着副圆墨镜，身穿白长袍黑马褂，手里还拿着一个文明棍。

后面跟着一老一少，似乎会些功夫，青年身边站着一个穿西装的矮个子。矮个子一眼看见我前面的木箱，指着我责怪道，这是怎么说的，怎么给打开了，弄坏了可不得了。我假装听不懂，矮个子见状，用不太流利的日语又说了一遍。

瓜皮帽为清朝流行的一种男式帽子，也叫小帽。相传由朱元璋所创，帽子顶分为六瓣，取自"六合一统"之意。因为外表像半个西瓜皮，因而被称为瓜皮帽。

原来他是那个瘦弱青年的翻译。我用日语告诉他，我只是要检查一下，确保没出差错。那青年听完翻译，找了张椅子坐下，跷起二郎腿，咧开厚嘴唇笑了笑，扬起文明棍指了箱子一下，“叫他们东洋人也见识见识咱们中国的宝贝，看吧”。

听他说话是北城口音，带点儿官腔，有一种很熟悉的感觉。我不等矮个子翻译完，捧起最上面的蓝布套，打开是一卷绢画。我把绢画放在旁边的案子上，一边展，一边卷，看了起来。①

绢布泛黄，先出现的是一处郊外的景象，溪水旁大路上，歪树几棵，一队驴子由远而近。随着画卷展开，人烟渐渐繁盛，城门、舟车、市肆、桥梁一一展现，画中人物、动物，竟然有成百上千之多。我看到后面，眼花缭乱，觉得眼前的小人都自己动了起来，正在街上行走、交谈。再看，仿佛自己就置身于这座古代的城市，走到勾栏瓦舍里喝茶、听书。

几米长的画卷，我不知看了多久，结束的地方，有个署名“燕山张著”的人写的跋，我还记得几句：“翰林张择端，字正道，东武人也。幼读书，游学于京师，后习绘事……”

合上画卷，长长地舒了一口气，我才感觉后背出了一层汗，恋恋不舍地把画卷放回去。

瘦弱青年等得不耐烦，和翻译说起话来：“这次出来，我是冒着风险的。以前这些事情，都是交给老二来办，我不放心，自己来看

---

①展阅画卷时，绦带，别子，平顺放在包首上，双手大拇指在内，四指在外，随展随卷。手指不接触画面，防止卷尾未展部分掉落地下。收卷时双手随时整理斜度。卷毕，一手握住外杆，画卷垂直放于案上，一手掌心按住侧面顺势将画卷卷紧。

一下。”我越看这个青年越觉得他像一个人，正在出神，小池三郎带着大缺进了仓库，大缺远远看见我，用手一指：“你不是……”

我一激灵，反手一拳，打倒了身边的一个青衣人，夺下他怀里的枪，打倒了另一个扑上来的青衣人。抬头再看，小池三郎护着瘦弱青年，快步离开了。

大缺指挥青衣人朝我围过来，这时小宝从外面冲进来，手里拿着夺来的短刀，王饵提着一根撬棍跟在后面。小宝、王饵埋伏在附近，听见枪响，冲到门口，正看见小池三郎和一行人上车离开。

青衣人纷纷亮出手中的武器，有拿手枪的，更多的是肋差短刀。①

我们边打边退出仓库。大缺冲在最前面，一枪差点儿打中小宝，小宝顺手把肋差刀飞过去，正插在大缺的胸口，大缺“啊”的一声倒下，眼见是活不了了。

我们三人一口气跑到前门城楼这才停下，歇了口气。王饵不打算回家，说是北京城没法待了，要乘火车南下。

“日本人什么事都干得出来。”王饵一声不吭发了会儿呆，竟跟我要了根烟抽，“妈的，我说怎么好心给我投钱开当铺——钱太好挣了，准没好事。”

我问他身上还有没有钱坐车。他变戏法一样，从怀里掏出几样金器珠宝，是刚才救我的时候顺手拿的。说完，他掸了掸衣服，对我和小宝抱拳道了句“后会有期”，就走进人群里。

---

①肋差刀长度通常在30至60公分，是日本武士用来刺入甲胄缝隙和贴身战斗的短刀，多用于室内及其他狭小空间遭遇突发敌人时，或打刀、太刀不利于使用的情况下自卫。

回到家，我结结实实地睡了一天。醒来后，我去找打更的，打更的告诉我，收殓了二缺以后，葬在皇姑坟附近的义地。二缺媳妇没露过面，只托人把皮裤胡同的宅子卖了。

十月二十二日深夜，冯玉祥带兵回北京，从北面安定门入城，切断了全城的电话，包围了总统府。第二天，我上街的时候，每个路口都被大车封锁，街上布满了站岗的士兵，士兵臂上缠着“誓死救国、不扰民、真爱民”的白色袖章。听人说大总统曹锟被囚禁在中南海了。

到了十一月五日，冯玉祥下属，北京警备司令鹿钟麟率部进入紫禁城，奉冯玉祥之命，驱赶末代皇帝溥仪，整个过程只用了两个多小时。下午四时十分，溥仪及其后妃亲属离开故宫。溥仪在醇王府住了一段日子，执政府解除了对他的监视后，他马上逃往东交民巷日本使馆。

次年二月，溥仪又在日本人的保护下乘车逃往天津，住在日租界的大和旅馆。

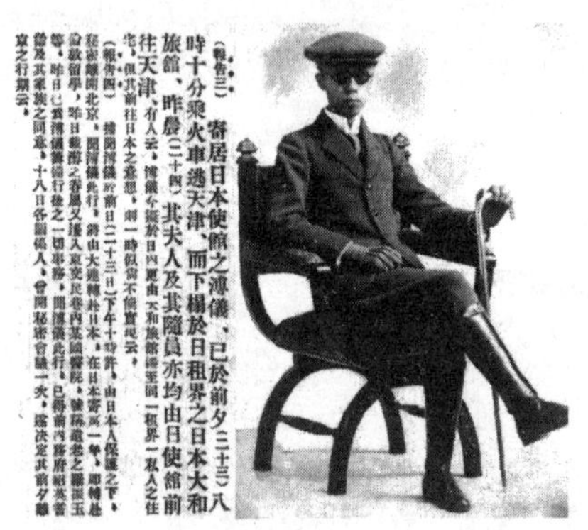

（報告三）寄居日本使館之溥儀、已於前夕（二十三）八時十分乘火車逃天津、而下榻於日租界之日本大和旅館、昨晨（二十四）其夫人及其隨員亦均由日使館前往天津、有人云、溥儀今猶於日內更由大和旅館遷寓一租界一私人之住宅、但其前往日本之意思、則一時似尚不能實現云、

（報告四）據聞溥儀於前日（二十三日）下午十時許、由日本人保護之下、秘密離開北京、聞溥儀此行、將由大連轉赴日本、在日本寄寓一年、即轉赴[illegible]歐留學、昨日載灃之眷屬又遷入東交民巷內某國醫院、號稱遺老之[illegible]振玉等、昨日已爲溥儀籌備行後之一切事務、聞溥儀此行、已得前內務府紹英耆齡及其家族之同意、十八日各關係人、曾開秘密會議一次、遂決定其前夕離京之行期云、

溥仪从日本使馆逃往天津的新闻

几个月后，我看到报纸登出消息：

“溥仪来津后之开支甚大……故抵津后，已运来数批古玩，向某国商人押款用度。昨又由小池三郎从北京运来古玩行李一百余件……”

本故事整理者：桃十三

第17案

典狱长贪酷遇刺
偷猫人借气锁命

一女披髮立燈下。手曳一少年。詈罵不已。作勢欲打。胖巡警勸于旁。有花貓委于地。肚腹上翻。口鼻流血。舌吐于外。狀如方死不久。貓尸頭側。掉落小魚一尾。反顧少年。手持套索網兜。分明是偷貓賊。以毒魚餌貓。以圖獲之。戴：見並非黑貓烏白。心下稍安。長出一口氣。余為胖巡警燃煙。巡警歎曰。近來京師興咲貓之風。貓賊愈眾。貓

案发地点：京师第二监狱
案发时间：1924 年 10 月 23 日
记录时间：1924 年 11 月中旬

霜降前一天（金醉注：1924年10月23日），天突然冷了。我一大早出了门，小宝闷得慌，在院里对着两棵柿子树练拳。

戴戴推门进来，怀里抱着一团黑乎乎、毛茸茸的东西，是只黑猫，全身乌黑一片，四只爪子却雪白得很。戴戴喜欢得不得了，说这猫可稀罕了，还有个名堂，叫踏雪寻梅，边说边递给小宝，让他抱会儿。

小宝一脸嫌弃摆手撤得远远的，说这猫爪子白得像穿孝鞋，一看就不吉利，别往屋里带。话音没落，黑猫两眼一瞪，后腿一蹬，扑向小宝张嘴就咬。小宝躲开，黑猫扑了个空，落到地上，嗷地叫了一声。

中国最早的猫书《相猫经》划分了猫的毛色：纯黄为上，纯白其次，再次为纯黑。身背纯黑而腹爪皆白的叫乌云盖雪，只有四蹄为白的则是踏雪寻梅。

忽然刮起一阵风，卷得扬尘乱飞，迷得小宝和戴戴直揉眼。等风停了再看，黑猫不见了。戴戴又急又气，这猫是她为了学西洋油画，专门跟美术学校的学生讨来的，这下可好，画还没动笔，猫就丢了。

戴戴让小宝出去找猫，小宝双手一摊："这猫能听懂人话，怪邪门儿的，跑了就跑了呗。"戴戴白了小宝一眼，小宝没辙，只好出门陪着找。两人沿着西四牌楼一路往北，转悠了半天，连黑猫的影子都没见着。

图为20世纪20年代西四牌楼的热闹景象。1924年12月18日北京第一条有轨电车运行，轨道由前门经西四至西直门。为方便电车在牌楼底下通行，原来的牌楼被改造加高，木柱也换成了钢筋水泥柱，前后所有戗柱（支柱）都被取消。

小宝后来跟我说，戴戴的脸黑得跟那只猫一个样，他就知道自己闯祸了。

他俩走到一家干果店跟前，店门口支着铁锅，老板正在翻炒大栗子，棕红油亮，香气扑鼻。小宝捧着买好的栗子打算赔罪，一回头却不见了戴戴，倒见一个算命先生捂着帽子，慌里慌张地从面前跑过。原来戴戴找算命的问丢猫的事，算命先生一听，连连说了两遍“此为不祥之兆”，丢下摊子就跑了。

小宝安慰戴戴，恐怕这黑猫真的不吉利，看把算命的都吓跑了，丢了未必不是好事。戴戴急了，还让小宝找我一起帮忙。她偏不信邪，无论如何要把猫找回来。

当时，我人正在德胜门外京师第二监狱的教诲堂，帮《白日新闻》的记者老冯做个采访，报道新式监狱提倡的“感化教育”。

北京有三所新式监狱，京师二监是个榜样。听说二监的典狱长梁平甫会经营，感化教育做得也好，监狱的厂房都是犯人自己建的，工厂产出多，每年还能挣不少钱。

感化教育就是给犯人讲道理，二监每周都有各种教会的人来演讲。监狱教诲堂里的讲台上头，一个牧师端着本《圣经》在讲“末世审判”。他背后，两个监丁正踮着脚往墙上贴孔子的画像。

京师第二监狱位于德胜门外下关之北（原功德林庙宇），成立于1913年，由顺天府习艺所改建而成。1915年开始新监改造，1919年竣工，监内有大小监房16座，监房总数359间，可容纳犯人千名以上。

民国监狱教诲堂，墙上贴着的画像是耶稣、老子、孔子、约翰·霍华德和穆罕默德。其中的约翰·霍华德是英国监狱改革的先行者。西德尼·甘博拍摄。

救世军是从事基督教传教、慈善活动与社会服务的国际性组织，1865年在英国成立，1916年传入北京。1922年在王府井大街71号建成中央堂。图为1926年救世军教会门前聚集的灾民。

我问看守："明明讲的是基督教的事，怎么贴起了孔子像？"知道我是记者，看守没好气地"嗐"了一声："上周还是阿弥陀佛，这周来了什么救世军，管他什么教，都是瞎扯淡，犯人还有能被感化的？"

讲台对面，是一排排四面木板围起的隔间，里面站着犯人，从外头只能看见犯人露出的半个额头。

效仿西方的监狱礼堂，民国监狱的教诲堂实行一囚一位制，前后左右的犯人互相看不着对方，以此阻碍犯人之间的交流。

我从没见过这种玩意儿，就走过去看，突然一只手从隔间里伸出来，扯住了我的后背。我回头看，里面犯人激动地跳起，冲我张着嘴，咿咿呀呀要说话。看守一个箭步过来，抡起枪杆，冲犯人露出的小半截头狠狠捣两下，当当作响。犯人捂着头，一声不吭地缩下了身子。

"我们这儿不让乱说话，憋久了，一见生人就想叫唤，没出息。"看守收起枪，嘿嘿一笑，让我别见怪。

这时一个人推门进来，冲我招手。来人四十多岁，浓眉大眼，理着平头，留着微翘的八字胡，穿了身棉布袍子，一副文人打扮。看守挺直了腰背，介绍这是典狱长。

出了教诲堂，梁平甫告诉我，刚才那犯人原先是昌平一带劫匪的头儿，捅过三个人，出了名地狠。进来才两年，老实多了。"你现在就是把刀放他手里，他也不一定会用。"梁平甫边说边搓着胡子，一脸得意。

绕着监房走了一圈，梁平甫带我登上中央瞭望亭，指着各处让我挨个儿拍照，“这是最新的全景式瞭望亭。从这儿往下看，监里任何角落、任何小动作，全都能看得一清二楚——请都给报道报道”。

梁锦汉，字平甫，广东新会人。从日本警监学校毕业后，1914年经司法部任命，接管京师第二监狱，任典狱长，全权负责改建工作。著有《京师第二监狱报告书》。

见我兴趣不大，梁平甫又指了指高墙上的电网，说自打建成以来，二监就没有过越狱成功的犯人。他指着底下操场：“你看他们现在这样，能跑多远？”操场里十几个犯人在排着队跑步，一个个儿佝偻着背，慢吞吞地拖着步子绕圈。

参观完，梁平甫送我出监狱。走到大门口，见守门的哨岗空着，梁平甫正要发火，抬头看见外面一棵柏树底下，里里外外围了几圈，看守正在赶人。

民国监狱效仿日本，采用了扇形、十字形与丁字形相结合的建筑结构，以中央瞭望亭为圆心，五条监区向外扩散，俯瞰时外形状似王八，又叫“王八楼”。

梁平甫过去问："怎么回事？"看守支支吾吾，说不知道是谁搞恶作剧，往树上吊了只死猫。我拨开人群，一眼看见那只猫，身上打了个哆嗦。

那猫脖子上绑着根麻绳，打了死结吊在树枝上，浑身上下被扒了皮，暗紫的肉裸露在外，拳头大的脑袋两侧垂着一对小三角，身上还套着件小孩穿的宝蓝色褂子，不细看根本认不出是只猫。梁平甫拉着脸，让看守立刻割断绳子，把死猫放下来。死猫胸前，挂着一把长命锁。

长命锁是一种金属的儿童颈饰，前身是汉代的"长命缕"。许多儿童从出生不久就会被挂上长命锁，一直戴到成年，为的是辟邪消灾，"锁住"生命。长命锁正面一般刻着"长命百岁"等祝福语，有时也刻名字，后面多是祥云等图案。

围观的人慌了，一个小脚老太拍着大腿叫道："猫阎王啊，肯定是猫阎王还魂了！"一个抱孩子的女人让她别喊，说别吓着孩子，哪儿来的猫阎王。老太一瞪眼，指着地上的死猫："不是猫阎王，谁敢干这事儿——你说？"

这个"猫阎王"我听过，是个偷猫杀猫的高手。他瞅准的猫，全都逃不了，所以才得了这个名号。一年前，他的窝点叫巡警给端了，这事报纸还登过，按理说这会儿人应该还在服刑，怎么就成鬼魂了？

我正纳闷着，人群里探出个圆脑袋，是汪亮。汪亮在警署当法医，有时也干侦缉队的活儿，他是我在日本留学时认识的，这些年好几个案子都帮了我的忙。

汪亮皱着眉头，扫了我一眼，没吭声，直奔梁平甫过去。他低头小声说了几句，梁平甫脸唰地就白了，从死猫身上扯下长命锁，慌慌张张地挤出人群，走了。

我喊住汪亮，递他根烟，问他跟梁平甫说了什么。汪亮把我拉到一边，从我外套口袋摸出打火机，点上烟猛抽了两口，说："出大事了，梁平甫的儿子昨儿在东安市场叫人给掳走了。家里人不敢告诉梁平甫，找了一晚上，今早才报的案。"

东安市场始建于1903年，不仅是北京最早的综合市场，还是最"洋气"的市场，从咖啡馆到照相馆，一应俱全。来北京的人，都要到东安市场逛上一逛。

说完，他掏出我的烟盒，捏了两根烟揣在兜里，急急忙忙走了，走了两步又回头："这事儿，你可别管——麻烦。"

看守架走了胡喊的老太，看热闹的还没走，又聊起这个小脚老太，说她没儿子，养了一屋子猫，结果全死在"猫阎王"手里了，难怪人疯了。

回家一进门，看见戴戴两手攥着把剪刀，在院里转圈，我说："你疯了？"她不理我，继续走来走去，嘴里念经一样念叨，走进厨房，往灶台上放了碗水。我问："小宝，她这是怎么了？"小宝拉我进屋，说了早上丢猫的事。

“有人说这么拿剪刀一整，猫就自己回家了——她可能是疯了，这偏方也信。”我说了二监门口死猫的事，让小宝找来猫阎王被抓的报纸。

新闻是去年七月的，上头说猫阎王叫郭顺，家住吉市口四条，同伙众多，在同行里是有名的偷猫高手，尤其擅长活剥猫皮。

“前夜三时许，侦缉五小队，巡查行至朝阳门神路街，见有一人弯腰行走，形迹可疑。遂强行施以检查，竟从腰间掉出黄色大猫一只。另有捕猫夹子七个，及各种猫食诱饵……据其供称，自己名郭顺，住朝外吉市口四条，专以偷猫盗狗为生……同伙甚多，其窃术多为郭顺所教，凡猫被郭所见，鲜有活路，人称猫阎王。”

戴戴听见死了猫，慌得不行，生怕是她的踏雪寻梅。我告诉她那猫被人扒了皮，看不出颜色。小宝踩了我一脚，冲戴戴摇头：“肯定不是黑的。”

晚上九点多，戴戴还在缠着我俩出主意找猫，汪亮火急火燎地找过来，说他们忙活了一天，小孩影子都没找着。他从兜里掏出张照片，给我和小宝看，照片上一个圆脸小男孩，嘟着嘴，穿件绸缎褂子，头戴一顶黑猴毡帽[①]，胸前挂着把长命锁。

---

①毡帽是早年北京秋冬最为实用的一种帽子，有里外两层，冷时翻出左右两面，能像鸟翅膀一样护着耳朵，暖和极了。北京最有名的毡帽点是前门鲜鱼口的杨少泉帽子店，因其店门前摆着一个木制的黑猴，得名“黑猴毡帽”。“黑猴毡帽”无论是选材、款式还是做工都极为讲究。

“孩子刚过完四岁生日。昨儿他姑姑领着去恒昌照相馆照相，路上碰见个熟人说话，一扭脸，孩子没了。”我把照片凑近了看，指了指那长命锁：“是猫身上那个？”

“这褂子也是。”汪亮杵了杵照片上小孩的衣服。小宝说：“这人抢孩子，还整了个死猫，肯定不是一般的拐子。”

“梁平甫为人和善，也没跟人结仇，谁会冲他的孩子下手？”汪亮使劲儿挠头，弄不明白。

我问汪亮，猫阎王郭顺怎么死的。“上个月越狱未遂给电死了，尸体当天一早就送去医学院练解剖了，公函我都找出来看过。死人还能掳孩子？”

汪亮说梁家的人都快愁死了，让我赶紧想想办法，帮忙一块儿查查。我点了根烟，说：“这事不是不让我插手吗？”汪亮说：“算我多嘴——这种道上的事儿，侦缉队哪儿有你厉害？”他看向戴戴，“戴戴不也正找猫呢？这事儿八成跟偷猫的有关！”

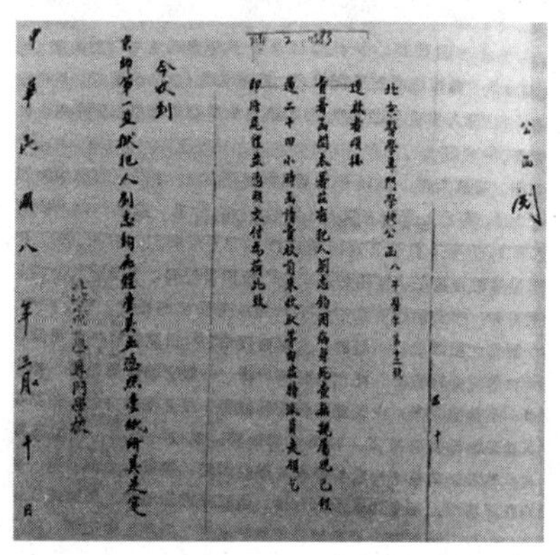
公函
北京医学专门学校公函八年医字第十三号
中华民国八年三月十日

民国时监狱的犯人死后，尸体除了交还家属或由监狱代埋外，有时也会交由医学院进行教学解剖。直到南京政府，死刑犯的尸体用作解剖的惯例依然存在。图为京师一监致北京医学专门学校收取犯人尸体的公函。

我一看，戴戴还在院里拿着猫食转悠。我叫住她，说：“赶紧回去吧，都几点了。”戴戴搁下盘子，说反正她的踏雪寻梅是在我这儿丢的，我就得负责。她出门没走几步，又跑回来了，朝我们大喊：“外头逮着偷猫贼了！”

胡同口路灯底下，站着一个披头散发的女人，手里揪着个十来岁的男孩，正劈头盖脸地骂，男孩手里抓着个带旧渔网的套索，旁边一个胖巡警在劝。地上一只花猫翻着肚子，嘴里衔着条小鱼，从里往外冒着血沫。这孩子是个偷猫贼，先用毒鱼把猫毒死，再拿网兜套走。

戴戴见不是黑猫，舒了口气。

我给胖巡警点了根烟卷，巡警叹气："也不知怎么了，最近北京流行起吃猫，偷猫的人多起来，家里养猫的都拿狗链把猫拴着了。"

我看偷猫的小孩嘴皮子都冻紫了，女人仍然揪着他的耳朵，不依不饶，非叫男孩赔猫不可，就让小宝给了女人三块钱。女人拿着钱骂骂咧咧地走了，戴戴蹲下，脱下外套给男孩披上，问他偷了猫往哪儿卖。男孩撇撇嘴，说崇文门的鬼市（东晓市）有人高价收猫，活猫两块，死猫一块。[①]

戴戴起身就要去鬼市，说猫找不着心里不踏实，我让汪亮一块儿去，说不定能查出点儿什么。汪亮说自己去不了，警察厅欠了四个月的薪，署里快没人干活儿了，梁家的人还在等消息，他得回去。

鬼市在药王庙以西，我们到的时候快凌晨一点。道两边摆着地摊，中间晃荡着各路买货人，手里提着马灯，在地摊前照来照去。我和小宝、戴戴转了一圈，没见着有人收猫卖猫。这时，从南面走来一

①北京有三大鬼市，德胜门的北小市、宣武门的西小市和崇文门的东晓市。东晓市夜半开，天明散，来销赃的人很多。《知音阁杂记》里纪晓岚就提到自己丢了个大铜烟袋锅，家人为他惋惜，他却说："不必忧虑，明天清晨去东晓市可以把我这原物买回来！"第二天，家人果然在东晓市买回了铜烟袋锅。

个打小鼓的收货人，我拦住他，骗他我手里有猫，问找谁能卖。

这个打小鼓的很警惕，见我们面生，只上下打量，一句话也不说。我给小宝使了个眼色，小宝从打小鼓担的竹篓里捞出一个玉镯，打小鼓的伸手要抢，没抢着。我接过玉镯，装模作样地皱起眉头：“你这镯子从哪儿收的？看着像赃物，跟我去署里走一趟？”

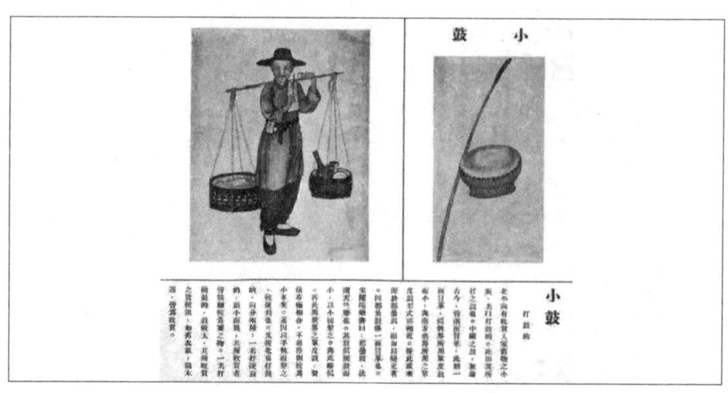

北京走街串巷收买旧货的手里一般拿着鼓，叫“打鼓的”，从旧衣服到家里的破烂，他们什么都收。根据所收东西的贵重程度，又分为打硬鼓的和打软鼓的。打硬鼓的，鼓小而脆，收的大多是金银首饰等贵重物品；打软鼓的则相反，鼓软而大，收的多是旧衣服、旧木件等东西。

打小鼓的收起竹篓，转身就要走，我拉住他，把镯子丢回去，说东西我也不要，就想知道收猫的在哪儿。打小鼓的赶紧把镯子揣怀里，磨叽了半天才开口，说在西边的陈家馆子见过一个坐狗的，收猫的或许也在那儿。①

①坐狗人，即向狗作坊提供狗的人。他们专挑肉肥毛好的狗下手，一般会先踩好点，抓狗时用大块的熟马肺诱狗，趁狗低头吃肉时，以右手掐住狗脖子，左手按住狗后胯，用力坐在狗腰上，通常狗当即腰断身死，严重的还会两头冒肚肠，极为惨烈。出自金受申《老北京的生活》。

陈家馆子是个狗肉作坊，门前竖着块招牌“正宗狗肉陈后人”。这会儿天还没亮，馆子里就坐满了人，还有人直接蹲在门口捧着碗吃。店里的每口锅边上都围着一条蒜辫，里头盛着热腾腾的糊狗肉（金醉注：炖狗肉），小宝眼馋，被戴戴瞪了一眼，流到嘴边的口水又咽了下去。

没见着猫，戴戴看不下去，拉着我们要走。这时，我听见门边桌上两人聊天。

瘦子说入秋就得吃点儿狗肉，滋补。另一个肥头大耳的，说他老家有个叫“龙虎斗”的吃法，把蛇肉和猫肉炖在一起，光吃一口就能过冬。小二听见这话，眯着眼睛凑到胖子跟前，小声说：“猫肉有，就是得等两天。”

戴戴耳朵尖，上前一把扯住小二的衣服，问他哪儿来的猫肉。小二一愣，甩开戴戴，说：“你这女的疯了？”哼了两声转身就走。小宝走过去拽住小二：“怎么说话呢？我想吃肉，问问哪儿来的还不行？”

小二瞅了瞅小宝，脸拉下来：“猫肉狗肉都是鬼市上碰巧买的，我哪儿知道他们咋弄来的。”

“碰巧买到的能让你们把店开成老字号？”小宝揪起小二，作势要打。

我拦住小宝，给小二塞了一块钱。小二装了钱，说德胜门真武庙也有卖的，现杀。

戴戴攥紧拳头：“杀猫的，就该千刀万剐！”她瞪了门口的胖子瘦子一眼，猛踹了一脚两人桌子：“吃死你丫的！”桌上一碗狗肉汤被泼翻，两人一脸发蒙。

第二天一早，我和戴戴、小宝去了真武庙，还没进庙门，就听见猫惨叫哭号的声音。来到后院，见一个光头的小个子正把一只大白猫摁在树桩上，另一只手里握着把血红的尖刀。旁边四五个大汉围观，勾着眼看光头用刀挑开白猫后腿的皮。

德胜门真武庙位于箭楼之下，建于明万历年间，是座道教庙宇。庙宇坐北朝南，山门居中，门外有雕花影壁。真武庙在1953年被拆除，1992年复建，被改成了北京古代钱币博物馆。图为瑞典学者喜仁龙（Osvald Sirén）在20世纪20年代所拍摄的真武庙。

一条后腿已经被割了大半，白猫死命挣扎。小光头使劲儿一扯，白猫整条后腿被扯下，血染红了白毛，没了腿的后肢仍在上下扑腾。小光头转过来，竟是个半大孩子，脸上一双冷冰冰的吊眼，看上去不过十四五岁。戴戴冲上去要救猫，我拦住她，这猫已经活不了了。

小光头面无表情，三两刀就把白猫剁成几块，分给围观的大汉。他以为我们也是买猫的，指指后头的麻袋，让我们自己过去挑。袋子鼓鼓囊囊，打开一看，里头全是被踩得奄奄一息的猫。几个汉子拎了猫肉走出庙后，进来一个疤脸，从麻袋里揪起一只猫，甩到小光头面前，让他剥皮。

“慢点儿整，皮我要完整的。”

戴戴大喊一声，护在前头不让杀，小光头一愣，小宝趁机夺下他手里的刀。一个血淋淋的猫头飞来，险些砸着小宝的脑袋。扔猫头的是疤脸，他推开戴戴："咋了？杀着你家的猫了？这猫我给了钱，我要他剥皮他就得剥皮！"小宝不等他说完，一拳抡在疤脸下巴上，两人打了起来。

这时，不知从哪儿钻出个小男孩，悄悄捡起滚到地上的猫头。这孩子是那晚的偷猫贼，一见是我，他抱起猫头拔腿就跑。小光头也转身要逃，我顾不得男孩，跟着小光头追了出去。小光头左拐右拐，翻过一道半截墙头就不见了人，只有小宝赶了上去。

直到中午，小宝才回来，说追到朝阳门外，还是让小光头跑了。戴戴笑他连个孩子都跟不住，小宝撇嘴："那小子路太熟，比猫都狡猾——把我绕晕了。"

顺着小光头逃跑的方向，我们去朝阳门外打听。在东岳庙附近问到，有人认得真武庙杀猫的小光头，说他住在景升东街的一个破院里。我往内一警署打了电话，给汪亮留话，景升东街有了线索。

晚上七点多，天擦黑，我们找到了小光头住的院子。院子确实是破，挨着一条臭水沟，院墙塌了两边，连门都没有。院里孤零零一口水井，井沿上湿漉漉的。悄悄摸进堂屋，屋里没点灯，黑乎乎的。

我打亮手电，四下里看，地上全是死猫，皮肉分离，角落里还有两个生锈的铁丝笼子。小点的笼子里又套着一个更小的铁笼，趴着只死鸟，旁边卧倒着一只猫。小宝不小心碰着了猫笼，里头一声尖叫，吓得戴戴往后退。原来猫还没死，只是尾巴被笼门夹了个半断，里外各露一半，中间连着筋丝。

戴戴拿过我的手电，照了一圈，不见有她的黑猫。

我拾起根树枝，去拨另外一个大铁笼子。右上角不知什么动了一下，滑下来一整片褐色的毛皮，我凑近看，好像是块猫皮。

这时门外突然响起一阵急促的脚步声，走到门口又没了声响。我伸手捂住手电，让戴戴赶紧关掉，拽她躲在柴堆背后。戴戴没缓过神，踉踉跄跄被树枝绊了一下，手电掉在了地上。

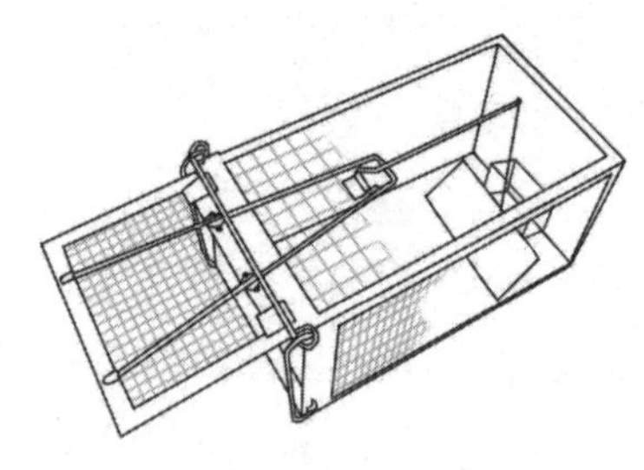

这是现代的捕猫笼，民国时候用的应该和这个差不多。笼子里关着一只麻雀。夜里，等麻雀扑腾翅膀，猫抵挡不住诱惑，往往会主动钻进笼子。猫爪一踩到踏板，笼门立即关下，夹断尾巴，猫也就失去了自由。

门口进来一个端着蜡烛的黑影，昏黄的光线照着脸，正是那个杀猫的小光头。小宝要出去抓人，我按住了他。小光头端着蜡烛，点着桌上的油灯，屋里亮堂了不少。这才看清墙边竖了一排木架，上头平摊着十几张猫皮，底下的铁桶里全是血水。

图为西德尼·甘博在河南拍摄的晒兽皮场景

小光头发现了手电，拾起打亮，警觉地左右看看，我和小宝、戴戴都屏住了呼吸。他在堂屋里站了会儿，走到西屋门口，推门照进去。灯光扫过，我看见里头摆着副棺材，敞着口。他突然跑到大铁笼子前，打开笼门，往里一照。在猫笼子角落里缩着的，竟然是个小孩——梁平甫的儿子。

小孩脸上脏兮兮的，眼皮半张，嘴里塞着布，身上套了猫皮，两条小细腿被捆在一起，脑袋怯生生地往回躲。戴戴一把抓紧我的胳膊，指甲都掐了进去，还是叫出了声。

我们三个同时跳出来，小光头吓得一愣，手电掉在地上。这时，大门被一脚踹开，外头冲进来一群人，是汪亮和梁平甫带着巡警找上门了。

小光头看看我们，再看看他们，突然一把抓起小孩抱在怀里，纵身从破窗户跳了出去。我离得最近，翻身跳出窗户，跟了出去。小光头抱着孩子，跑不快，见我跟着，他拐进了一条小胡同。

我追进去，他却停了脚，转身从裤腿里掏出一把剃头刀，横在小孩脖子上。

我停下脚，往后退了一步，让他把刀放下，“杀人是要偿命的”。听了这话，少年的眼睛红了，把刀往孩子的脖子上一挪，刀刃压着肉，细细的血丝往外冒。

小孩早吓得一声不吭，脸上惨白，他慢慢伸出一只手，拽了拽小光头的袖口。小光头皱起眉头，低头看着小孩，咬了咬嘴唇，刀尖往下一划，割开小孩腿上的绳子。见小孩愣着没动，小光头使劲儿一推，小孩扑倒在地上。

我迎上去抱起小孩，掏出小孩嘴里的布条，他突然反应过来，咳嗽了几下放声大哭。小光头看着我，退了几步，转身跑了。汪亮和小宝带着警察从后面追上来，汪亮大喊：“郭小九，别跑！”

“这小子，是猫阎王的儿子。”汪亮说。二监的人把郭顺的同伙审了个遍，有个人说郭顺好像有个儿子，叫郭小九。父子俩原是一块儿被捕，本来念在他年纪小，刑期没满就提前释放了，没想到他又走上歪路。

“你说这边儿有线索，我就知道八成是这小子。”

梁平甫摸着儿子胳膊和腿，看着上头又是抓痕、又是细绳勒的血印，心疼得直抹眼泪。梁家的人对我很感激，说我救了他儿子，我点点头，没说什么。其实不是我救了他的儿子，是郭小九放过了他的儿子。

汪亮说，西屋里还摆了个灵堂，棺材里头是郭顺的尸体。我问他：“郭顺的尸体不是捐给医学院了吗？”

“就是从医学院整出来的——那玩意儿泡过福尔马林，黄不拉几的，都成干尸了，看着瘆得慌。”

汪亮说，郭小九很可能用死猫和医学院做了交易，换来了尸体却没钱下葬。戴戴一听，惊了：“医学院还收死猫？”[①]

小宝说，他听过猫会借气续命，临死的人通常见不得猫狗，也许郭小九是反过来，杀猫要给郭顺续命。

尸体的事情，后来也没查清楚。但从那天之后，内一区和内三区两个警署，同时发布了对郭小九的通缉令。街面上的孩子却把他当成英雄好汉，隆福寺附近的告示栏前，还有孩子冲通缉令磕头，一口一个九哥。

两天后，我找到汪亮，让他悄悄给郭顺又验了一次尸。尸体放得太久，没法验出郭顺到底是不是被电死的。但是，他根本不可能越狱。根据尸检情况，郭顺的两个膝盖都变了形，大腿根上的筋肉都已分开，一双腿早就废了。汪亮告诉我，他很可能在狱里遭受过酷刑。

①中国早期的医学院，解剖课程比较少，会收购动物尸体来做教学和实验。20 世纪 30 年代的《益世报》曾报道，协和医院收购死猫，每只 1 块大洋。

“膀胱打开，里头还有一块积石跟一段弦线，这手段，叫猪鬃探马眼。”①

除了几处重伤，郭顺从头到脚，没几处好地方。要真是被折磨死的，也怪不得郭小九下狠手报复。

十月三十日，报上登消息，郭小九去警署自首了。他说自己不想被枪毙，点名要进二监。小宝说，这是好事，“这郭小九怕死，还知道悔改”。我给梁平甫打了个电话，说想再去监里跟郭小九见上一面。梁平甫答应得很爽快，周日是开放参观日，还邀请我去给犯人讲几句话。

京师二监的改造，建筑工作大多由犯人完成。

十一月二日一早，天阴沉沉的，我和小宝赶往二监。把门的看守不让小宝进，说没有他的邀请函，还收了我的枪。小宝挥起拳头要硬闯，我给劝了回去。

①猪鬃探马眼，一种把猪鬃（猪颈背上刚硬的毛）捅进生殖器或尿道的刑罚，犯人会因剧痛而无法小便，被长期施以此刑的犯人，膀胱里一般都有积石。

进了内院，办公楼在外墙搭了个两层楼高的木架子，上头站着三两个犯人，手里拎着涂料桶在刷，底下几个孩子摇着架子，“咣”的一声，一个犯人被晃了下来，重重地摔在地上。

黑脸的小个子看守倚着墙，嘴里嚼着“棺材板”（金醉注：腌萝卜片的戏称），在嘿嘿笑，孩子拍着手，也跟着笑。摔倒的犯人爬起来拍拍身上的土，瘸着腿，半步半步地往前挪，脚上的铁镣一晃一晃。

小个子看守看见我，向我跑过来，我认得他，是上回见过的白看守长。我见那些孩子穿的不是囚服，手脚都没戴镣铐，就问白看守长他们是谁。

“香山感化院[①]来参观的，都是些穷孩子。典狱长的意思，叫他们多看看，长大了少干坏事。”

严景耀，浙江余姚人，1924年考入燕京大学社会学系，师从法学家王文豹。接触犯罪学后，1927年暑假在京师第一监狱当了3个月的“志愿犯人”。毕业后留校任教，后成为中国著名的社会学家、犯罪学家，著有《中国监狱问题》等。

这时接待室里一前一后，走出来梁平甫和一个大脑门的年轻人，两人边走边争吵着什么。梁平甫看见我，说正好，让我给劝劝。这个年轻人叫严景耀，是燕京大学社会学的学生，三番五次要来调查罪犯，还想自己入狱当个“志愿犯人”。

我礼貌地点了点头，说年轻人志气不小。

①感化院，民国监狱人满为患，轻型犯会被转移至感化院。有些犯人出狱后也需要在感化院接受教育，此外感化院还接收老人与小孩儿。

距离演讲开始还有点儿时间，梁平甫忽然来了兴致，说要带我们见识见识监里的戒具，领着我们进了炊场（金醉注：监狱的厨房）背后的一个屋子。

屋子一进去，扑面而来一幅布制的如来画像，阴气森森。墙上桌上全是形状不同的木制器具，上头好像还染着血。梁平甫随手从墙上取下一块木板，伸腿穿过木板上的两孔，介绍这是专门对付越狱的，叫“木狗子”——板子卡住双腿，两腿不能自由伸缩，时间一长，腿就自然废了。

“多亏了它，监里越狱的人极少。”

严景耀哼了一声：“整坏犯人的腿，你们这不是伤害吗？”他有点儿激动，一转身碰倒了一根杵在墙角的木桩子，桩子轰隆隆滚过地板。梁平甫用脚停住桩子，轻轻摸了摸上头的木纹，“木头是从过去的站笼上锯下的。有不听话的，拿这个捶腿，捶到筋是筋，肉是肉，再用手捏住大腿的肉，这么一卷”，梁平甫说着用手比画了下。

站笼又称立枷，是清朝的一种木制刑具。木笼上端叫枷，卡住犯人的脖子，脚下垫有砖块若干，罪行的轻重与能活多久，全在于抽去砖块的多少。《老残游记》中的酷吏玉大人动不动就喜欢把人“站死”。图为国家博物馆收藏的清朝站笼照片。

“简单得很，就跟卷饼一样，特别好用，再闹腾的也能安静下来。”他对严景耀呵呵一笑，“犯人嘛，管得严点儿——才能感化。”

严景耀从桌子上拿起一片铁板，发现上头黏着小半截指甲盖儿，赶紧松了手，气冲冲地说：“什么模范监狱？到头来靠的还不都是酷刑！”

梁平甫摇头：“这么说就不对了，犯人和我们不同，他们麻木得很，不这样根本感觉不到疼。有个犯人为了逃避劳动，把自己的手腕都扳折了，你说，哪个正常人能干得出来？”

非刑种类次数表

非刑种类	打手板	捶腿	打脚趾头	跪锁	压杠子	绞腿	皮板打额	打手指头	上钻子	灌煤油 辣椒面	长跪	藤条打身	猪鬃刷脚心	钻指甲盖	炉灰塞嘴	钻肋	倒背手	压合骼	卷饼	绞手指	坐板凳	举竹杠	[illegible]
次数	24	18	9	11	5	4	4	4	4	3	3	3	2	2	2	1	1	1	1	1	1	1	105

严景耀的《刑罚概论》记载，他入狱调查了150个犯人，其中有32人受过残酷的非刑，且非刑种类繁多。

见严景耀还想争辩，梁平甫拍了拍他的肩膀，宽慰他不要放在心上。

下午的演讲在运动场的中央，用的是临时搭起的木台。白看守长先开场，磕磕巴巴地念了些各科的作业成绩。台下的犯人规规矩矩站成几排，耷拉着脑袋，我来回扫视，总算在藤竹科的犯人里找到了郭小九。

民国监狱效仿清代习艺所，对犯人实行劳动改造。京师二监设有窑科、木科、藤竹科、鞋科、印刷科等17个劳动工种。图为西德尼·甘博于1917—1932年间拍摄的藤竹科的少年犯在编织竹筐。

郭小九眼窝凹陷，嘴皮干裂，穿着件比他身形大了半截的囚衣，显得更瘦小了。囚衣左边的袖口被撕掉了一半，露出胳膊内侧一条一指长、半指宽的伤口，伤口发黑，缝有粗线，还往外流着脓，他用另一只手按着。

梁平甫讲了什么我一句也没听进去，只记得感化院的孩子在底下唱起了歌，什么痛改前非，什么勤习生业。

天色暗下来，云层里响了声闷雷。梁平甫从台上下来，朝我挥挥手，穿过犯人的队伍走过来。这时，郭小九突然低下头。他把手铐压在了左臂的伤口上，缝线上冒出一个硬角，他狠狠一抠，撕开皮肉，竟抠出一截刀片。他的手臂成了个血窟窿，半块皮撕开，能看见里头白森森的骨头。

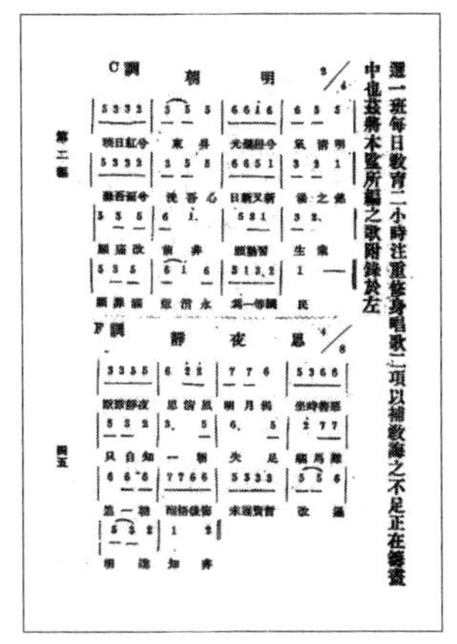

民国新式监狱教育主要有识字、算术、修身、常识等基础教育科目，每日在工作之余，犯人会上2—4小时的课。图为京师第一监狱所编的《朝明》《静夜思》等歌曲的歌谱。

我使劲儿往前挤，边喊郭小九，唱歌的孩子堵着路，我只能一步步往前挪。郭小九攥起血淋淋的刀片冲向了梁平甫，刀锋直冲着梁平甫的脖子挥去。一旁的看守傻了眼，愣了半天才反应过来，整个身体扑了上去，将郭小九重重压在地上。郭小九的刀片仍在手里，他踹开看守，翻了个身站起来。

我挤出人群，一把拽住郭小九的胳膊，甩掉刀片。

郭小九认出了我，苦笑一声：“怎么又是你？”我没说话，拉他起来，看他的伤口。几个带枪的看守走过来，要从我手里拉走郭小九。我犹豫了一下，松开手，告诉看守找医生看看他伤口。

看守拉过郭小九，一脚将他踹翻在地，用枪托按住，几个看守围上去一顿猛踹，脚还碾着他胳膊上的伤。郭小九跪在地上，使劲儿弓着身子，也不喊疼。看守踹他的动作就像在踹一只小猫。

梁平甫走过来，摆摆手，两个看守就一左一右押起郭小九往监房走，郭小九的血流了一地。他们越走越慢，快进监筒的时候突然停了。

看守推他往前，他却晃起肩膀拼命挣扎，好几个看守过来也按不住他。混乱中，他转过身，瞅了我一眼，接着一把抽出看守腰间的佩刀，往自己脖子划下去。血从喉管里喷出，溅了看守一身，看守哇哇大叫，解下佩刀带子，撇到一边。郭小九软软地倒了下去，脖子里的血还在往外冒，他的腿蹬弹了几下，不动了。

民国时期，新监的监舍呈“凸”字形，监房中间是笔直的监筒（过道），监筒顶上装有玻璃窗，光线能透进来。图为西德尼·甘博于1917—1932年间拍摄。

梁平甫看着郭小九，叹了口气，掏出手绢捂住嘴，冲我叫了一声，说：“金先生，咱们先出去。”但是，我已经来不及出去了。

郭小九的死引起一片骚乱。走廊里一个犯人大声号叫，举起手铐扑向身边的白看守长，用手铐勒住他的脖子。白看守长脸憋成黑紫，瘫倒在地。人群里的小孩吓得尖叫，其他的人也惊了，相互挤撞，不知该往哪儿逃，乱作一团。其余的犯人也跟着疯起来，追着看守，跟野兽似的又扑又咬，看守手里明明握着枪，却张皇失措，四处逃窜，全然没了方寸。

一个犯人朝我扑来，我下意地识想掏枪，摸到腰间却是一空，身后一个看守抡起枪杆敲晕了他，拉我往监筒跑。那人打开洪字监的锁，推我躲进监房。“早知道里头闹成这样，我费这么大劲进来干吗？”帽子甩开，露出小宝后悔的脸。小宝说他偷偷和一个看守换了衣服，听见动静，混了进来。

监狱突然响起巨大的电铃声，我和小宝捂住耳朵。脚底下传来沉闷杂乱的脚步声，地面似乎都在晃，整个监狱的看守和犯人都在跑。开放日，成了暴动日。

犯人逃走　〇〇 〇〇 〇〇 〇〇 〇〇 〇〇　每二聲一斷
暴　動　〇〇〇〇 〇〇〇〇 〇〇〇〇　每四聲一斷
火　災　〇〇〇〇〇〇〇〇〇〇〇〇〇　接續不斷
農作各場如有右列事故時以警笛代之除運動場工場炊場洗濯室外聞者警鐘
第二科聞警後立即召集休憩看守兼他科看守應援（惟第二科現有職務之看守
非有長官之指揮不得擅離職守）一面按照非常警備線將召集之看守分布各處
其召集之法以警笛為號
(己)武器　典獄長以下佩指揮刀部長佩手槍看守佩刺刀但看守之在
緊要崗位及在牆外之非常警備線配置地點者則持大槍
(庚)戒具　關辦費豫算表中列窄衣手銬及鈦三種惟窄衣及鈦我國現
無購處且看守又無能使用窄衣之人故本監僅於有逃走或自殺之虞
者僅使用腳鐐手銬捕繩三種
第四　作業事項
第二編　三三

民国时期监狱的警报电铃，发生暴动时电铃为四声一断。

电铃停了，门外又传来“砰”的一声，我和小宝爬上窗，扒着巴掌大的窗户往外看，只见一个犯人应声倒地，血从他胸口漫开。开枪的是瞭望亭上的警卫，接着又是一枪，又一个犯人倒地。几枪过后，地上的看守终于想起手里的枪，用枪口对着犯人，报复性地把子弹打在犯人的身上。

没一会儿，暴动的犯人死的死，伤的伤，剩下的蔫了气，被看守用枪抵着，蹲在墙根双手抱头，场面算是得到了控制。梁平甫重新捋好长衫，挺直腰杆，站在一边看着，一声不吭。

看守很快就清了场，参观的人都被赶出来，我甚至没来得及和梁平甫打声招呼，就和小宝随着人群出了二监。走到监狱门口的时候，天下起了大雨。

第二天，家里订的三份报纸都提了二监，但都只写了梁平甫的演讲，一点儿没提暴动的事。只有《晨报》含糊地写了一句：“因参观人数太多，监内反应较大，故活动提前结束。”

我本想写篇稿子，汪亮劝我，这事捅出来对谁都没有好处。老冯告诉我，这个梁平甫是个厉害角色，打点到了司法部新上任的张总长。

“就算你写了，《白日新闻》也不敢登。”

再提起这事的时候，已经过了好几天。我约了严景耀在六味斋吃饭，我俩吃不下肉，点了个素狮子头。严景耀说他也认识郭小九，他在感化院教过识字，郭小九曾经是他的学生。

郭小九、郭顺父子是顺义人，刚来北京的时候在天桥根拾煤核。大冬天的冷得受不了，偷了件毛绒披肩，发现是猫皮做的，值钱，此后就干起了偷猫盗狗的行当。

晨報
THE MORNING POST
鳴謝金星人壽保險公司賠款迅速
中原實業銀行廣告
電話 南局
電報掛號
總經理黃鏡人
香山靜宜園避暑房屋出租
河南修武縣焦作中原公司付紅息公告
久大精鹽公司發給紅利廣告
金魚胡同十口人一夜遭屠戮 年紀最幼男童僅八歲

图为1923年《晨报》所登的灯市口灭门案新闻

严景耀把郭小九练字的旧报纸拿给我看，说他的“善”字写得特别好，能把“善”字写好，却不能从善，太可惜。我跟他讲了郭小九放走梁平甫儿子的事：“也许他确实想从善，但没机会。”

我拿起郭小九写字的报纸，翻过来看到上头登了一则《金鱼胡同十口一夜遭屠戮 年纪最幼男童仅八岁》的新闻，是去年灯市口灭门案，讲的是一个年轻的车夫杀了主家满门的事（详见《北洋夜行记第二十二案》）。说不定，郭小九写字的时候，也看到了这新闻。

后来听小宝说，鬼市的狗肉作坊叫人查封了，老板被抓的时候一个劲儿撇清，说自己从不吃狗肉。

戴戴已经死心不找猫了，说肯定早让郭小九杀了。她和那些丢猫的人在真武庙办了个葬礼，还让裱糊匠做了个窝，要烧给她的黑猫。

不到半个月，小宝却在阜成门关厢[①]的一个烟馆找到了那只黑猫。不过，它变了个模样，脑门上多了个灰白色的月牙。

駭人聽聞之
猫出殯

图为1925年《顺天时报》登载的一则给猫入殓的新闻，猫主不仅为猫准备了小棺材，还遵循了停柩七日等京俗。

---

①关厢，指出城靠近城门的街，重要城门的关厢大多是十分热闹的。北京最热闹的关厢当属朝阳门外东岳庙一带。

烟馆老板告诉他，那只黑猫整天跟着烟客混，就爱往烟管前凑，比人的瘾还大。有个客人拿烟枪捣了它一管子，烧掉了额头一簇黑毛，正好缺成个月牙形，变了个包公脸。

戴戴听了直惋惜。小宝摸着它的背说，这是只公猫，踏雪寻梅这个叫法太秀气了。我正抽着大前门，朝这黑猫吹了一口，它闻着烟味走近我，靠着我的脚踝半躺下来，我哈哈大笑说："这猫跟我有缘，就留下吧，乌云白雪，又黑又白的，就叫它乌白好了。"

大前门香烟的品牌创立于1916年，最初在青岛、天津、上海三地生产，产品很快遍及全国。它曾经是英美烟草公司的当家产品，最初烟标上的厂名为"BRITISH CIGARETTE CO.LTD"（大英烟草公司）。故意去掉外国的名字，是由于1905年美国发生虐待华工事件，全国人民掀起抵制美国货的运动，英美烟草公司为转移目标，将厂名改写为"大前门"。

黑猫听见，呜呜叫了一声，从脚边爬起来，往墙头纵身一跃，扑到一只鸟，摁在爪子里玩弄。它冲我嗷嗷叫了两声，张嘴咬在鸟脖子上，叼着给我送来。

本故事整理者：草头鬼

第18案

红小生假戏真做
女明星鸠占鹊巢

攝影又啟。蒙面人書生返臺上。書生跽坐頤指。意氣甚嘲之。杏村越眾登台。將手中臺本成筒。以筒作刀。凌空擬之。作刺殺狀。曰。如此這般。汝知否。蒙面人不言。唯有點頭而已。開拍。蒙面人突入。擰身旋腕。疾刺書生。刀沒胸。書生大呼而仆。杏村擊掌讚曰。汝悟之矣。蒙面人轉入臺後。不意書生卧于草叢中。久久不起。青袍僕人上前攙扶。大驚跌倒。呼曰。何血流若是耶！

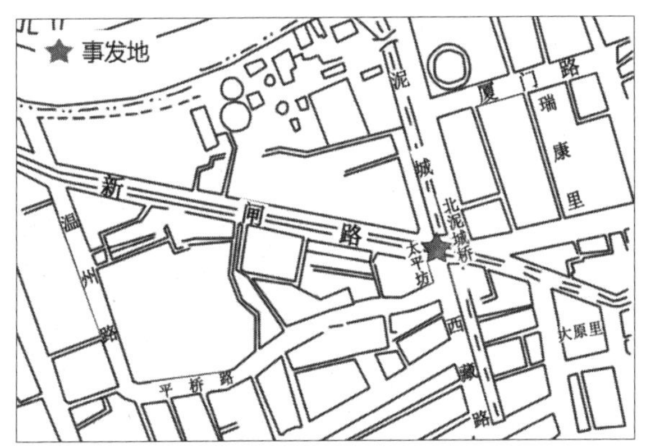

案发地点：上海新闸路116号
案发时间：1925年6月初
记录时间：1925年12月底

梅雨季节的上海，细雨下个不停。六月二日午后，我到新闸路116号孔雀公司的摄影棚去看拍电影。

电影名叫《妖夜荒踪》，说的是一位北京少侠，在一座荒寺里偶见妖洞，并与洞中妖怪打斗的故事。布景台上栽满了假草，堆了几个假坟，三面围着幕布，布上画着假山假云。一个书生装扮的演员坐在草丛里，另一个演员穿着夜行衣，蒙着脸，手拿一把尖刀，作势欲扑。正对着台上，是一个三脚架，上面架着摄影机。导演头戴鸭舌帽，手摇摄影机转柄，嘴里念念有词。

这张名为《亚细亚中国活动影戏公司全体办事摄影》的照片，摄取了张石川、依什尔在“亚细亚”露天摄影棚导演拍片的情形，是现存最早的一张中国电影工作照。

突然，导演大喊一声“停”，丢开转柄，快步跑到台上，嘴里骂着：“要果断！要果断！看你手哆嗦的，没吃饭吗！”我在台下笑了，这个演杀手的确实不太灵，都重拍好几遍了。杀人这事儿，想得容易，做起来难。

导演看不是事儿，挥挥手，叫大家休息。一个穿蓝褂子的跟班儿跑上来，扶起演书生的人，走到旁边备好的椅子上坐下。蒙面人垂头丧气，往后台走去。我趁这个空当儿，去跟导演聊几句。

程树仁，福建闽侯人，字杏村。16岁考入北京清华学堂，参与了五四青年运动，记录发表梁启超《君子》演讲，清华校训即从此而来。1919年赴美留学，后改为电影专业。1922年在美国纽约创办孔雀电影公司，1923年回国，主编中国第一部电影年鉴，花费5年时间，拍摄电影《红楼梦》。于中国影界，多有开创之功。

导演程树仁，平时我都称呼他的字杏村，生得阔鼻大嘴，戴着一副圆眼镜。杏村在北京上的清华学堂，他是校刊记者，己未年（1919）那会儿闹学潮，跑得比谁都快。我们年纪相仿，来往几次便成了好友。后来他去美国留学，回国后，立志要拍电影，听说我在上海，就找我帮忙写电影说明书。他说我文笔好，北京人写北京故事，太合适了。我接了这个活儿，顺便来看他拍电影。

朱飞，上海人，毕业于远东商业学校管理科，曾跟美国贝兰女士学艺，英语流利。以拍香烟广告入行，成名后厮混情场，染上大烟瘾，后来被电影公司开除，无处可去。

我看着布景台边，穿蓝褂的跟班儿正给书生打扇。书生涂着黑黑的眼影，细眉细眼，鼻梁直挺，非常英俊。我问杏村："这演员哪儿找来的？"杏村大嘴一咧："哦，是朱飞。"杏村告诉我，朱飞是上海社交圈里有名的小生，长得英俊人又风流，很多女人迷他。后来因为整天和女人厮混，又染上大烟瘾，拍不好戏，就被大公司赶出来。好歹他还有些影迷，就开了个低价请过来。

电影重新开拍，书生和蒙面人回到台上。书生懒洋洋地卧倒，等着看蒙面人洋相。杏村跑上去，把手里的台本卷成筒，凭空比画了一下，说：“就这样，晓得了伐？”蒙面人没有说话，点点头。

电影说明书，是20世纪20年代出现在中国的舶来品，用来帮助观众理解剧情。凡是影片故事、剧照工作照、演员访谈、导演心得、观众评价，都可以写进说明书。许多大师，比如费穆、朱石麟，都亲自动笔写过电影说明书。

喊完开拍，蒙面人突步上前，拧身转腰，手腕一转一刀刺过去，又快又准。书生中刀，用手捂着胸口，大喊一声倒在地上，看不见表情。杏村大喊一声“好”，倒把蒙面人吓了一跳，转头看了他一眼。他说：“你总算领悟了，过了过了。”大家四散休息，蒙面人转入后台。

只有朱飞还躺在草丛里，蓝褂跟班儿跑过去看了一眼，一屁股坐在地上，大喊：“血，血！”道具师傅慌忙上前，这场戏不用拍特写，还没用上假血呀。我赶紧跑上台。朱飞躺倒在地，胸前一个刀口，还在汩汩地往外冒血，四周衣服都被染红了。

杏村摘下眼镜擦汗，一面冲其他人喊：“老廖，快去找老廖！”几个人连忙跑去后台，老廖就是演蒙面人的演员。我对杏村说，杀人的很可能不是老廖。刚刚这次拍摄和前几次的动作太不一样了，凶手捅人的时候，用的不是街上流氓打架的招式，而是军中的刺枪术。

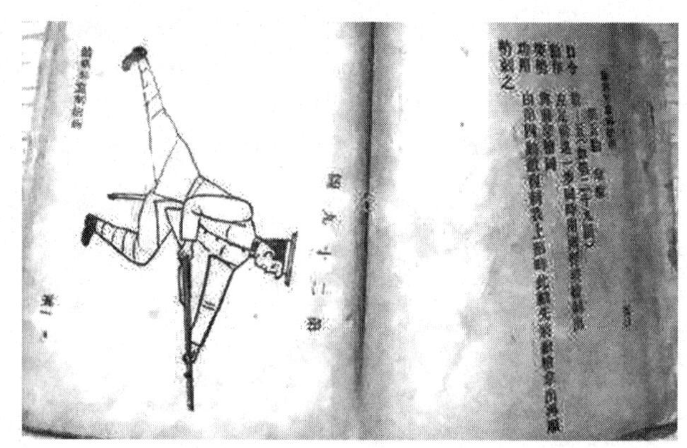

刺枪术(Bayonet Drill),步枪安装刺刀与敌人格斗的技术,是白刃战的一种。世界各国因历史、步枪不同重点各异:美军重视力量与速度,日军重视踏步,中华民国国军重视防御与刺击等。1904年,英、日两国在上海举行刺枪术团体赛,日本选手使用日式的铳剑术,英国军官使用劳伦斯刺杀术。

他们在后台找到了老廖,老廖只穿着内衣裤,被人用刀抹了脖子,死在一个大道具箱里。报警以后,法租界工部局的巡捕来到现场查看了一遍,然后挨个儿问话,登记了姓名住址,就让我们回家了。

我上海的住所在虹口吴淞路上,附近是日本人的商店街,开了很多居酒屋和日本诊所。五卅惨案才过去没几天,街上来往的日本人比平时更谨慎,回家的路上比平时安静许多。我替杏村兄担心,出了命案,电影估计要黄,说明书也不用写了。到家我就先给杏村兄打了个电话。杏村兄最担心的,是片子不能按时拍完,场地器材都被巡捕房查封了,员工的薪水还得照付,拖下去公司就要关门。巡捕房的探子只拿钱不干事,只好托我帮忙查一查,我答应了。

打完电话,我去四川北路广茂香吃饭。刚坐下,楼上传来一阵叫骂声,一个胖子被人从二楼扔下来,先掉在门口的棚顶,又滚到地上,一动不动地躺着。扔他的几个人随后下了楼,直接从他身边走掉。等那几人走远，胖子坐起来若无其事地拍打西装上的土。他一抬头，看着我笑了，叫出我的名字，我半天才认出来，是卓韦。壬子年（1912）我在《申报》做记者时，跟卓韦搭档过几个月，现在他发福了，胖得像个气球。

他来我桌边坐下。我问他刚刚是怎么回事，卓韦也不回答，递给我一张名片，上面写着“《晶报》特别记者”。卓韦说他在跟踪打探一个明星的隐私，明星请了几个道上的人，给他点儿“颜色”瞧瞧，“什么活儿都接，赚钱嘛”。

我说他在《申报》薪水也不低，为什么跑来干这个。卓伟说：“耐（你）勿晓得，明星都是万人迷，但是除了拍电影，人家回家干什么，谁也不知道。个么老百姓就爱看他们回家干什么，我拿到一条消息拆开卖给三家小报，能挣三份钱。耐讲吾吃这碗行当有前途勿前途？”

我点的招牌烤鸭上桌了，便邀请卓韦一起吃，顺便跟他说我正要查件案子，上海的明星圈子他熟悉，请他帮帮我。然后给他讲了今天片场的命案，卓韦听完一拍桌子——“这可是绝好的素材”。这个朱飞，他知道其老底。这风流小生肯定做梦也想不到，自己会

四月份誕生的影星

卓韋

生於四月份白羊宮下的人們，有許多才智之士，無論是做領袖，企業家或藝術家都有卓絕成功之希望。

他一定有向上的決心和卓絕的毅力，來應付一切，他必有先見之明，可爲自己或他人決斷一切，他忠實於愛人，且能爲朋友犧牲一切。不顧他人批評的意見如何，他將一意孤行，百折不撓，即遇阻力。只足以促成他的成功。他有非常的精神與活力，他富於天才，喜創新，但往往因無恆心而失敗。

以上是生於四月份白羊宮下的人的特性，今把好萊塢影星誕生於本月份的寫下一些：

四月一日——華雷斯皮萊。四月二日——貝迪埃勃璉。四月四日——歐琴李納特，羅維瑪麗蘭，佛蘭茜絲蘭馥，桑密斯海恩斯，葛璐麗史都，四

卓韦曾在报纸上发表的署名文章

死得这么有戏吧。嚼完一块鸭肉，卓韦告诉我，朱飞与过气女明星夏莺梦相好过，而且这件事除了他，没人知道。

第二天一大早卓韦就到我家敲门，等着我一道出门。我们来到公租界武昌路，夏莺梦家在东华里38号，是一栋白色西班牙小楼。走到门口卓韦又停住了，说夏莺梦的司机凶得很，上次还动了手，那司机肯定认得他。我只好一个人去按门铃，卓韦躲在街角。

开门的是个男人，中等身材，脖子粗壮，穿着司机的制服，好像还兼任号房①的听差，应该就是卓韦说的人。司机脸色冷冷的，问我找谁。我介绍自己是《申报》的记者，想采访夏莺梦小姐。司机回了一句“不见”，就要关门。

这时门里传来一个女人的声音：“叫记者进来吧”，司机低头说了声“是”，将我让进门后就出去了，在外面关上了门。

我一进门，看见一个女人走下楼梯，白净的脸，没有化妆，头发有些蓬松，穿着赭褐色香云纱的旗袍，脚上趿拉着拖鞋。好像刚睡醒，旗袍的扣子开了半边，露出一边锁骨。她请我落座，自己也在对面坐下，一边系着扣子，一边问：“你是哪家报社的？”

我说是《申报》。她说：“你是来问朱飞的事情吧。没错，我们确实有事情，不过也只有那种关系。”她这么坦白，我准备的话都没用了，只好随便说了一句：“警察会找到凶手的，你不要太伤心。”

夏莺梦笑了笑，没回答，拿起茶几上的杯子，倒了水递给我。我伸手接水，她趁机在我腰间一摸，随即又坐了回去。我腰上别着一把手枪。她说：“现在记者都带枪采访了？你是个探子吧。”我摸

①号房，旧时守门者的俗称。后称门房，类似今天的传达室。

摸鼻子，没回答。她接着说，朱飞的死跟她没关系，那天她在新世界演文明戏（舞台剧），在场的几十号观众都看着呢。我留了地址电话，告诉她无论想起什么线索，都可以找我。

离开夏莺梦家，卓韦上来问我如何，我说她的眼挺尖的。走到乍浦路的拐角，一辆轿车从后面冲过来，我拉着卓韦一跳，躲到马路台阶上。轿车里的人探出头，是夏莺梦的司机。他压着嗓子说：“离我们家小姐远一点儿，不然下次就没那么容易躲了。”卓韦不忿，要上前理论，司机一踩油门，轿车扬长而去。

晚上下了雨，夏莺梦突然来访，她的头发都淋湿了。一见我，她就哭倒在我怀里，香水味扑了我一鼻子。我只好扶着她坐下，这才脱身。我递给她一条毯子，叫她擦干头发。夏莺梦说自己很害怕她的司机，司机脾气暴躁，跟她好的男人，他都怀恨在心。我问为什么不辞掉他。她说她不敢。

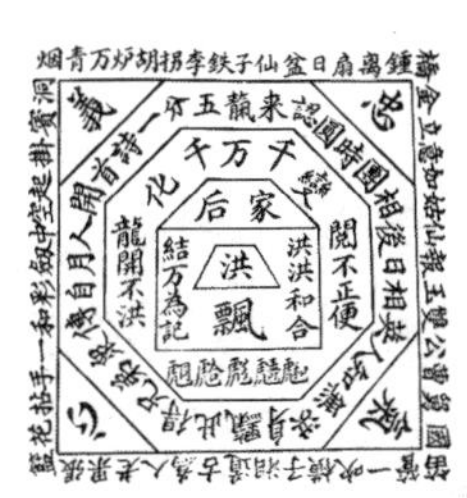

洪门，明末清初的地下秘密组织，起源于“汉留”，经南明东宁总制使陈近南发展，转化为洪门。图为19世纪末厦门洪门三房腰牌。

夏莺梦的司机叫叶江生，据说父亲是洪门中人，叶江生自幼练过一些拳脚。但没有子承父业混江湖，反而去当了兵，在沪军中给军长开车。后来当了逃兵，经老乡介绍，到夏莺梦家里做司机。夏莺梦怀疑，因为自己和朱飞相好，惹恼了叶江生，他一怒之下去杀了朱飞。

我问她要我帮她什么。夏莺梦又哭了，脸色发白，说不知道。我答应她去摸摸叶江生的底，又安慰了她一番。过了一会儿，雨停了。我送夏莺梦出门，叫了辆汽车，看着她上车离开。白天的夏莺梦和晚上的夏莺梦，简直是两个人，不知道哪个才是真实的。

六月五日，我租了一辆车，停在武昌路的转角，等着叶江生出门。一直等到下午，叶江生才开着车出来，向北驶去，我连忙发动汽车跟上。沿着厂桥路，一直向北，跟到郊外的北长生公所附近，四周荒凉起来，全是一人多高的芦苇。

到了一片芦苇荡，叶江生把车停在路旁，提着一个包袱下来，拨开芦苇秆走进去。我远远缀着观察。过了一会儿，叶江生两手空空地从芦苇荡里走出来，径直上车走了。

确认他已离开，我进了芦苇荡，沿着叶江生刚才的脚印，走到一洼水坑前。我先用枯枝探了探底，淤泥下是硬的土，于是我慢慢蹚进水里，摸了半天，摸到个包袱。在水坑边的干地上打开，里面是一把手枪，枪管下还有个奇怪的装置，这不像是真枪，更像是道具。

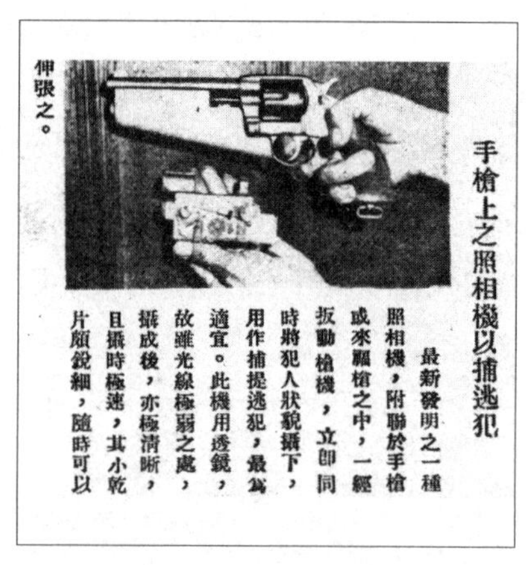
手槍上之照相機以捕逃犯
最新發明之一種照相機，附聯於手槍或來福槍之中，一經扳動槍機，立即同時將犯人狀貌攝下，用作捕捉逃犯，最爲適宜。此機用透鏡，故雖光線極弱之處，攝成後，亦極清晰，且攝時極速，其小乾片頗銳細，隨時可以伸張之。

手枪上带微型照相机的发明，最初用于警察执法，类似现在的执法记录仪，后来转为民用，现在的手持相机、录像机，都是源于此发明。

我带着这把枪开车回城，直接去了孔雀电影公司。杏村看见枪，一眼认出来是剧组丢的道具枪。他指着枪上的装置，说这是微型相机，按下钮就会连续拍照，但按钮很隐蔽，不懂的人根本不会用。

第二天晚上，杏村兄带着洗好的照片急匆匆地赶来。照片内容是连续的景象，先是一个蒙面人举起双手的影像，然后几张是蒙面人脱下黑衣的过程，接着影像倾斜，道具被枪放在了一边。最后一张，出现了叶江生的侧影。从照片可以看出，叶江生用假枪逼蒙面人演员就范，脱下黑衣；然后叶江生用刀杀死演员，穿上黑衣，上台行凶。这个过程中，叶江生误触微型相机的按钮，相机自动拍下了他犯案的连续影像。

拿着照片到巡捕房报警，我和两个巡捕乘着警车，还有四个印度差役扒在门边，向夏莺梦家驶去。

行驶到东华里，一转过街角，猛然看见那栋白色西班牙小楼着火了，火苗正从窗户往外冒。大门外，我看见卓韦胖胖的身影，正坐在台阶上发呆。

上海英租界巡捕房成立于1854年，1863年英美租界合并，并于1893年更名为公共租界。巡捕房最初完全由欧洲人组成，主要是英国人，并于1884年加入印度锡克巡捕（Sikh Branch）。锡克巡捕头戴红色的头巾，老上海对印度巡捕的称呼“红头阿三”来源自此。

原来今天中午夏莺梦给卓韦打电话，说有跟朱飞案子相关的事要爆料，约好了在她家见面，结果等他到这儿的时候，屋子已经烧起来了。卓韦说：“我看见那个叫叶江生的瘪三从院子里跑出来，不晓得哪里去了。”这时候，几辆救火会的救火车驶来，一群打火员下了车，忙着把水龙的水喷向屋子。

经过巡捕房勘查现场，发现一具女尸，已经被烧得面目全非，无法辨认身份。警察经过几日的查探，收集分析线索和证据

虹口救火会(Hongkew Fire Station),俗称沈家湾救火会,位于上海市虹口区吴淞路560号,即吴淞路与武进路的东北转角处。该建筑由上海公共租界工部局火政处于1867年年初建,1915年改建为今日规模。救火会由三层砖木结构的专用房屋和高36米的瞭望台组成。租界时期,虹口救火会主要负责公共租界北区的大部分消防任务,是上海乃至中国设置的第二座现代消防站,现今该救火会为虹口消防中队营区。

明星电影公司,成立于1922年3月的上海,创办人为张石川、郑正秋、周剑云等,1937年因抗战爆发而停业。该公司先后拍摄了《孤儿救祖记》《玉梨魂》《火烧红莲寺》《十字街头》等200多部影片,1934年亦曾拍摄粤语片《红船外史》。是当时中国营业时间最长的电影公司。

后，推定死者是夏莺梦，并给出了案件推论：司机叶江生暗慕女主人，因情发狂，杀死女主人之情夫，继而杀死女主人，纵火焚尸，亡命遁逃云云。还在全上海张贴通缉令通缉叶江生。

一个相机小发明，成了破案关键，并以此推测出了叶江生的作案动机，我甚至觉得这两桩案子破得太容易了。

夏莺梦去世的新闻刚出街，电影公司就搞起了纪念重映，票房异常火爆，报纸上又夸赞起昔日影星的风采。《妖夜荒踪》未映先热，追加投资，换了演员继续拍摄。之后一段时间，我总是想起这个案子，想起夏莺梦不施粉黛的脸，有一种莫名的遗憾。

SHANGHAI MUNICIPAL POLICE.
CRIMINAL INVESTIGATION DEPARTMENT.
$300 REWARD.

The above named person is wanted on a warrant for embezzling, during the month of September 1915, the sum of $6,016 the property of Messrs Jardine Matheson & Co., Ltd. $300 reward will be paid for his arrest and $100 for information leading to his arrest.
If located or arrested, please notify,
Captain Superintendent of Police, SHANGHAI.

賞格洋三百元

1915年，上海总巡捕房的通缉令，赏格300大洋，通缉一个公款私用的洋行职员。

六月中旬，我找杏村兄吃饭。他说一会儿有公事要谈，投资电影的青帮老板要当面谢我破了朱飞的命案，正好带我一道去。我俩先去了贵州路的明星影片公司总部。这位青帮老板在明星影片公司也投了钱拍摄新电影。新电影的名字叫《灯火阑珊》，主演是现在当红的明星林佩佩。

在二楼的小办公室里，除了明星公司老板、青帮老板，我还见到了大明星林佩佩。她穿着黑色旗袍，刘海偏在一边，这是林佩佩的标志发型。老板将我介绍给林佩佩，她问了好，低下眼，眼皮上一抹紫色。我礼貌性地点了点头，注意到林佩佩脚上穿着一双绣花鞋，鞋上绣的鸳鸯造型奇特，是小花园吃素人的手艺，相同的图案我在夏莺梦的脚上也见过，我的记性一向不差。

我说起对拍戏感兴趣，问能不能加个龙套，叫我客串一下过过戏瘾。老板当即答应了。过了两天，轮到拍我的戏，我早早到片场候着。场地外来了许多年轻的女影迷，梳着与林佩佩一样的发型，化一样的妆，全都是来看林佩佩的。

拍摄的过程其实很简单。化好妆，导演请林佩佩坐到布景里，我在一旁候着。一声“开麦啦（camera）”后，拍摄开始。然后就听导演指挥我入场，一会儿又张一下嘴型。摆了几个动作，我的戏份就算完事了。

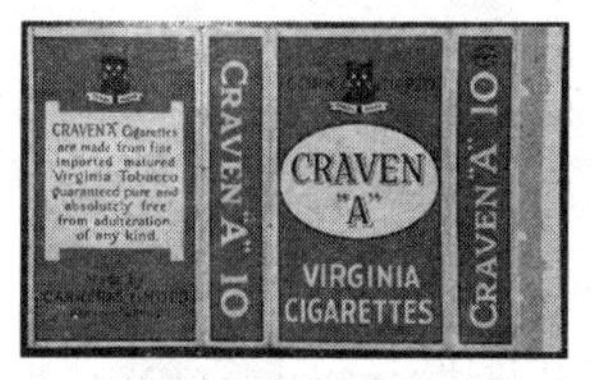

黑猫香烟，即英国的卡芬香烟，20世纪初上市，曾经风靡上海，因为烟盒上印着一只黑猫，俗称黑猫香烟。本文故事发生的时候，抽黑猫香烟的还不多。

接下来另一位年长的女星与她对戏。两人演的是一场争执戏，最后林佩佩走到镜头前，一个梨花带雨的特写，导演连声夸赞。刚一拍完，工作人员和影迷都簇拥着向林佩佩去了。那位对手戏女星脸色难看，趁人不注意，啐了一口，小声骂道：“江北的小猪路（猡）！”林佩佩招招手，将被人群挡在场外的烟童喊来。烟童端着大木盒，一路小跑，林佩佩要了一盒黑猫香烟，打开盖子，抽出一支，熟练地抽起来。

旁边一个打杂的工人，不看林佩佩，一直在看我。我用余光一扫，这个杂工身材圆胖，竟是卓韦假扮的。一星期不见，不知道他又在搞什么。我对他使了个眼色，然后走到一处僻静的地方，卓韦没多久也跟来了。我笑道：“你不是要挖我的小道消息吧？”卓韦说：“谁认得你，我是跟着林佩佩来的。”

卓韦怀疑，林佩佩与死去的朱飞、夏莺梦间存在着三角恋，曝出来肯定能火。他还奇怪林佩佩什么时候开始抽烟了。我问卓韦："知道吃素人的鞋子吗？是个什么行情？"卓韦说"知道"，吃素人的每双鞋子，都是独一无二的花样。上海的太太小姐们一鞋难求，就算是二手货也很有市场，甚至有人专门收购转卖。[①]

能在大火前拿走绣花鞋，只有叶江生。如果叶江生在逃亡中手头紧了，很可能把鞋卖了。这鞋如何到了林佩佩脚上，有两种情况，一是中间层层转卖，林佩佩不知情；二是叶江生直接给了林佩佩。

卓韦问起我怎么跑起龙套了，有料别忘了告诉他。我笑了笑，催他赶紧回去打杂。

过了几天，卓韦来找我。他气呼呼地甩出一份报纸，我拿起来一看，报道题为《昔日好友夏莺梦惨死，林佩佩哭诉思念情》。卓韦掏出一张照片给我看，照片有些旧。是两个女学生的合影，二人牵着手，神态亲密，背景是"明星影戏学校"的大门。[②]

卓韦说林佩佩上过明星公司办的影戏学校。他去学校打听，才知道死去的夏莺梦，是林佩佩上学时的闺密。据认识的人回忆，二人同吃同住，好得穿一条裤子。当时的风气，女子登台露面有伤风化，学校招不来女学生。后来想了个办法，女学生报名，不但免学费，吃住也免费，如此招来了一批穷苦人家的女孩子。林佩佩与夏

---

① 1922 年 3 月 30 日《晶报》刊登"上海最近一百名人表"，吃素人名列其中。姓名不详，是个在小花园卖女鞋的人。因为吃素人能抓住时髦，眼光精准，所卖的女鞋受到上海名媛的追捧。

② 1922 年 3 月由明星影片公司创立。一是为了培训演员，二是为了安置原"大同交易所"的人员。地址在贵州路 2 号。首届录取 87 名学员，女生 17 名。1924 年停办。

莺梦都是江北乡下出身，宿舍里其他女孩子虽然家境贫困，但好歹是城里人，不免排挤两个乡下女孩。相同的际遇，使她们俩抱团取暖，成了好姐妹。

卓韦花了一笔钱，从管档案的校工那里，买到她俩的合影。他拿着照片去找林佩佩，暗示她们与朱飞的三角关系，想要一笔封口费。谁知林佩佩大怒，当场把他赶出门。随后不久，林佩佩召开记者会，坦诚了她与夏莺梦的好友关系，还发起怀念活动，舆论一片好评。报纸上纷纷写林佩佩“富贵不相忘”“德艺双馨”等。

我说：“你这不是捕风捉影吗？一张同学合影能说明什么问题？”卓韦挠挠腮帮子：“我也只是试探一下，没想到林佩佩反应这么大。我敢打赌，他们肯定有问题！”我看了报纸，哈哈一笑，说：“卓韦你倒是帮我解决了一个疑问。”但没说是什么。

既然林佩佩与夏莺梦是私交很好的朋友，那么夏莺梦把鞋子送给她，是很正常的事情。卓韦吃了个闷亏，白白花了钱，却满不在乎的样子，说“事在人为”，然后就走了。我打消了心中的怀疑，就回了北京。再来上海，已经是十一月了。

正值林佩佩的新电影上映，一时间在沪上大获好评。观众痴迷林佩佩在电影中的标志佩佩头和紫色眼妆，街上多了许多模仿她打扮的人。

金木手绘示意图，佩佩头造型。

我在北四川路的上海大戏院，看了一场《灯火阑珊》。影评家盛赞林佩佩演技突变，但是别有一番风味，而且更好看了。新一期的《晨星》杂志里，影评人陆嘉

图为《影戏杂志》第一期第一卷封面。《影戏杂志》是中国最早的铅印专业电影杂志，创办于1921年4月1日的上海，创办人有顾肯夫、陆洁、张光宇。而文中的《晨星》杂志创办于1922年，主编是任矜苹。

写道：

“独特而美丽的装扮、发型，更兼突破的演技，佩佩女士爬上了艺术的最高峰，坐上了影坛第一把交椅。

瞧！《灯火阑珊》的横空出世，替凄惨的影坛放射出万丈光芒，她自己也成为中国影坛的女星之星！”

电影大卖，举办庆功宴会，作为参演者我也受邀出席。席间，林佩佩去了一趟化妆间，许久没有回来。突然，端茶送水的小丫鬟一脸惊恐地跑来，说化妆间里有个男人抓住了林佩佩小姐。

所有人都拥到化妆间门口，不敢进去。一个中等身材的男子拿着刀，从后面比着林佩佩的脖子，这人正是通缉要犯叶江生。林佩佩小声说了句话，叶江生一愣，拉着她进了厕所。

我追到厕所门口，没多久，听见里面传来开窗的声音。我担心林佩佩被掳走，连忙一脚把门踹开，顾不上脚麻，一瘸一拐地冲进去。只见林佩佩一人站在墙角，叶江生半个身子已经跨出窗外。我上前扯住叶江生的衣服，他也不出声，反手一挥，一道白光在眼前划过，我本能地偏过头，手上松了劲儿。叶江生趁机跳了出去，消失在小巷里。

我转过头问林佩佩：“你们说了什么？他为什么放了你？”林佩

佩却瞪着眼睛看我的脸，说我的脸流血了，又从袖子里扯出手绢给我擦。这时旁人乱哄哄地挤过来，围着林佩佩嘘寒问暖，我只好接过手绢，捂着伤口挤出人群。

过了几日，卓韦打电话来，问我还在不在上海，他说自己看见叶江生从林佩佩家出来，似乎与林佩佩有什么隐情。他想先大大敲她一笔竹杠，要我去帮忙撑撑场面，然后再报警也不迟，好处分我一半。卓韦难得这么大方，我说："你先别动，我去找你。"

柯达NO.2 Autographic Brownie，是一款折叠相机。1915年发布，1926年停产。曾多次改动设计，如1919年，基座形状由C形改为S形。

卓韦是个单身汉，一个人住在江边的八层单身公寓，按约定，我到了他家。房门虚掩着，我一进门，看见卓韦倒在小客厅的地上，身下一摊血。我摸了摸他的脉搏，已经不跳了。屋里扫一圈，没有藏人，但卓韦从不离手的柯达相机不见了。

我转回小客厅，看着卓韦的尸体，地上的血迹有拖痕，卓韦中刀后，应该还挣扎了一番。茶几上一个铁皮盒子被扒翻，里面装了几种香烟，散了一地。卓韦的左手紧紧攥着，我扳开一看，是一根皱巴巴的黑猫牌香烟。我想到去拍《灯火阑珊》那天，见到林佩佩抽的就是黑猫牌香烟。

我拿起卓韦家的电话，先报了警。接着打给杏村兄，叮嘱他若一小时后我不回电话，就报警，让警察去林佩佩家。

林佩佩家在维尔蒙路，离跑马场不远，这会儿天已经黑了，屋里没有亮灯。我绕了半圈来到屋后的小巷，后门是一扇小铁门。我把锁拨开，穿过后院和厨房，都没有遇见人。上了楼，有两间房，其中一间上了锁。我用同样方法打开门锁，推门进去。冷不防灯亮了，一个女人坐在床边。我没想到被锁着的房间里还有人，一看那女人的脸，我呆住了。

这女人正是林佩佩，她穿着一件亮绸缎睡衣，没有化妆，脸上有些缺少血色，神色惊慌。我尴尬地笑了一下，问她怎么被锁在家里。林佩佩一副完全不认识我的样子，问我是谁。我说我们一起拍过戏的，你不记得了？她突然跑过来拉住我，说："救救我，带我跑吧！我被叶江生绑架关在这里，已经算不清楚多少天了。"

我正要再问，门外传来一句："你们没见过，她自然不认得你。"一个女人走进门来。这时我看见怪异的一幕，从门外走进来的也是林佩佩，同样穿着亮绸缎睡衣，没有化妆。随着她走近，两个林佩佩就好像镜中的倒影一样接近，唯一的不同，门外进来的林佩佩，手里拿着一把手枪。她摆了摆手枪，叫我坐下。我晕乎乎地坐在她们俩中间的椅子上。

我看完一个林佩佩，再转头看另一个。一个林佩佩脸色苍白，神情恍惚；另一个嘴角带着笑，盯着我看。拿枪的林佩佩说："你们这些人，真是跟苍蝇似的无孔不入，到处拍照，是会出人命的。"这时又走进来一个人，车夫打扮，戴个破草帽。他摘掉帽子，吓得另一个林佩佩退了几步，缩在墙角。这人就是叶江生。

一些事物瞬间在我脑子里联结——黑猫牌香烟、演技的变化、吃素人的绣花鞋、司机叶江生，这一切只能指向一个人。我脱口而出："你是夏莺梦！"

夏莺梦笑了笑，没有否认，用枪指了指墙角的林佩佩说："要活命也行，你去把她掐死。"叶江生一瞪眼，说："小姐，这小子是读书人，不可信。”夏莺梦上前打了叶江生一耳光，气道：“那你就可信了吗？你杀朱飞的事情，我还没和你算账。”叶江生挨了打，低头站到了一边。

我盯住夏莺梦的脸，长得也太像林佩佩了，几乎找不到从前的影子。“莺梦找了日本整容医生”，墙角的林佩佩嗫嚅道。

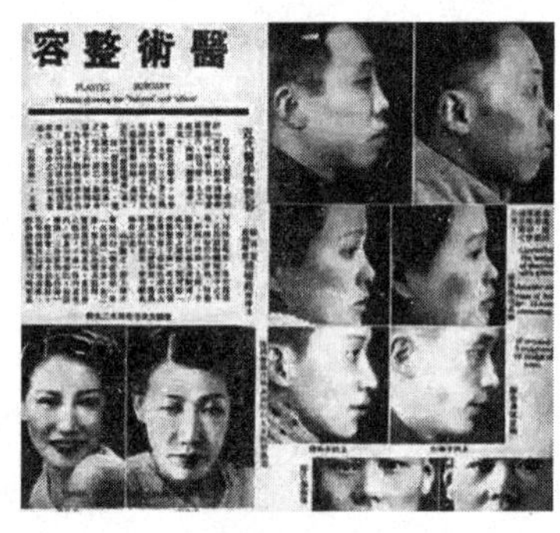

医疗美容，早在民国时已经流行，许多名人都有整容记录。钱锺书更是在文章中影射邻居林徽因曾经去日本割双眼皮。

夏莺梦说：“你知道也没关系，现在我就是林佩佩，别人只会说她不像我。做林佩佩，我做得更好，我的演技也更好。凭什么你是林佩佩，我不是？”夏莺梦举枪走近林佩佩。

这时外面响起一阵警车的鸣笛，时间估算得正好。我趁机向前一蹿，抱住叶江生的腰，把他顶出房门。门外就是楼梯，我们一起滚了下去，两个安南（越南）差役正上楼，也被我们带了下去。

滚到楼梯底下，我浑身骨头都要散开了，胃里一阵恶心，哇地吐了出来。顾不上擦嘴，我一看叶江生，他闭着眼睛，一动不动。

夏莺梦一边拿枪逼着林佩佩出房间，一边大喊：“谁也不准上来！”底下一堆巡捕看到两个林佩佩傻了眼，我说：“有一个是假的。”他们都茫然地点点头。夏莺梦见镇住了巡捕，又拉着林佩佩退入房间。没多久，屋里传出一声枪响。我和一帮警察急忙冲上楼梯，只见屋里一个林佩佩倒在地上，一条胳膊中枪流血；另一个林佩佩手里拿着枪，朝我们一转身，枪口正对着巡捕。她发出一声尖叫，几个巡捕同时开枪，打中了她，当即倒下死了。

安南巡捕，1900年，法租界公董局采用“以黄治黄”策略，从越南调来越南人担任巡捕，最多时有600人，负责马路巡查。

昏倒的叶江生突然挣脱安南差役，冲上楼抢了夏莺梦的尸体，抱着跑进后院厨房里。几个巡捕追过去，响起枪声，倒下的是巡捕。他在厨房里还藏了枪。反锁的厨房里渐渐冒出黑烟，巡捕们退后几步，守住门口和窗口，又安排了几个人去打水灭火，一边去叫了救火会。厨房里传出叶江生的哭号声，最后，声音渐渐消失。等灭了大火，只剩两具烧焦的尸体，一具紧紧抱着另一具。

事后据巡捕房推测，之前夏莺梦家的大火，也是他们自己放的。现场的焦尸，很可能是叶江生从江边的钉棚区[①]叫来的妓女，勒死后，穿戴上夏莺梦的衣服首饰，伪造成夏莺梦。其实她早就到了林佩佩家，将真的林佩佩囚禁起来，改装易容，鹊巢鸠占，做起了林佩佩。

巡捕房怎么也找不到那个日本医生，说不定人早就跑回国了。

离开上海前，我和杏村兄，还有明星电影公司老板，一起去金神父路的广慈医院，看望受伤的林佩佩。

---

①钉棚：旧时上海方言，特指最下层的妓女。徐珂《清稗类钞·方言·上海方言》里写道：“花烟间，妓只下等者，又称烟妓。钉棚，更下花烟之间之妓也。”

病房里，护士不在，林佩佩正躲在打开的窗边抽烟，吓了一跳。见是我们，她放松下来，说："我以为是护士小姐回来了，她管得可严了。"老板关心地说："佩佩小姐，身体要紧。"林佩佩笑了笑，掐灭烟头，从楼上扔下去。寒暄了几句，我和杏村兄就告辞了，老板留了下来，说是要谈新的电影合约。

广慈医院，创建于1907年，是上海交通大学医学院附属瑞金医院的前身，法文名称是"圣玛利亚医院"(Hospital Sainte-Marie)，是一所由法国天主教会创办的医院。

走到楼下，我告诉杏村兄自己要回北京了，问他有什么打算。杏村兄说他要拍一部《红楼梦》。如今的电影，大多是些跟风抄袭的东西，他要拍有意义的能成为经典的电影。

1927年，程杏村的《红楼梦》拍摄完成之际，复旦影片公司抢先拍完时装版《红楼梦》先于程版上映，导致程版《红楼梦》以亏本告终，孔雀电影公司也随之倒闭了。

说完话，杏村兄有事先叫黄包车走了。我在楼下点了一支烟，刚抽了两口，看见脚下一个烟头很熟悉，我望望楼上，正对着林佩佩的病房窗口。

我捡起烟头，烟嘴处一串字母还没烧尽，Carven A （黑猫）。

本故事整理者：桃十三

第19案

假道士半夜喷水
少东家梦中杀人

烏白見戴戴至。甚喜。以首就暱。胡嚕有聲。戴戴欲擁之。烏白卻而走。未幾。銜一黑物來。置戴戴腳下。余覷之。乃一死烏。黑羽淩亂。白骨露出。戴戴驚呼。避之余身後。烏白失而復得。身染煙癖癮之餘。又有一癖。喜藏小獸之尸。不時贈予喜愛之人。烏白贈余死物。計有死雀四。死鼠二。此死烏蓋前日院中墜地死者。余掘坑掩于花壇中。

案发地点：武王侯胡同西端
案发时间：1925 年 7 月 5 日
记录时间：1926 年 8 月

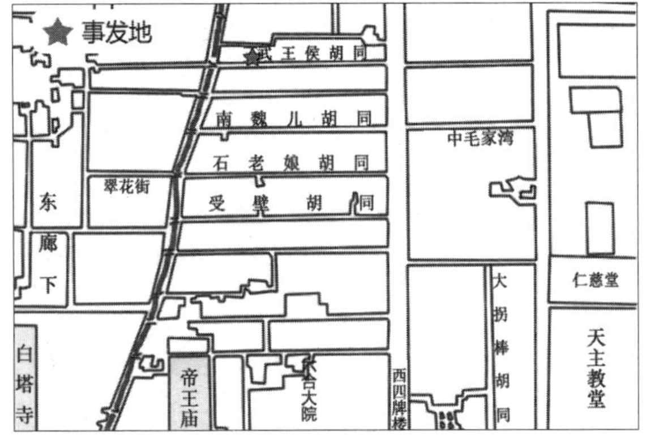

有天戴戴跑来我这儿看猫，顺便看看我。乌白见到戴戴，看起来非常高兴，把小脑袋凑到她脚边蹭来蹭去，发出呼噜呼噜的声音。戴戴正要抱乌白，乌白“咛”的一声，转身跑了，不一会儿，叼着一团黑白相间的东西，一路小跑过来，把那团东西放在戴戴脚下。我定睛一看，是只死乌鸦，黑色的羽毛散乱，中间露出细细的白骨，已经腐烂了。戴戴发出“啊”的一声惊叫，跳到我的身后。

经历过失踪事件的乌白，除了染上烟瘾，还多了一个毛病，就是会收藏小动物的尸体，然后送给喜欢的人。乌白曾经送给我四只死鸟、两只死老鼠。这只死乌鸦，是我前几天在树下发现的，我埋在了花坛里。不知道乌白什么时候刨出来了。

我告诉戴戴这是乌白的心意，戴戴怕归怕，还是拿了张报纸，把死乌鸦包了起来。乌白喵喵叫了几声，满意地跑开了。下午戴戴离开时，乌白跑到门口相送，戴戴只好捏着鼻子，拎着纸包走了。

今年入夏以来雨水不断，十分反常。这晚又下起了大雨。家里的窗户是上半截糊纸，下半截镶玻璃的。偶尔有飞溅到屋檐下的雨滴，打在窗纸上，啪啪作响。乌白出不了门，无聊地趴在床头，我抽烟，它跟着闻烟味过瘾。

旧时窗牖都是用白纸裱糊。一般用高丽纸、东昌纸，后来用粉连，分中国粉连和洋粉连。图为赫达·莫理循拍摄的过年期间店面窗户纸上的场景画。

半夜做梦，梦到有尊石狮子压在胸口，我喘不过气来，睁眼一看，是乌白窝在我的胸口打呼噜。正要挥手赶乌白下去，突然外面大雨中传来哗啦一声，似乎东面的耳房塌了，我一把抱起乌白，翻身下床，光着脚跑到院里。

我刚站定，又是一声巨响，连带着北屋的屋顶也垮塌下来。我抱着乌白站在院子里，很快就被大雨淋个湿透。等没了动静，我小心地回到屋里查看。北屋一角的屋顶，已经整个儿拍下来，把我的床砸扁了，大雨从豁口里灌进来。觉肯定是睡不成了，我到柜子里扯了几条毯子，赶紧跑出来。

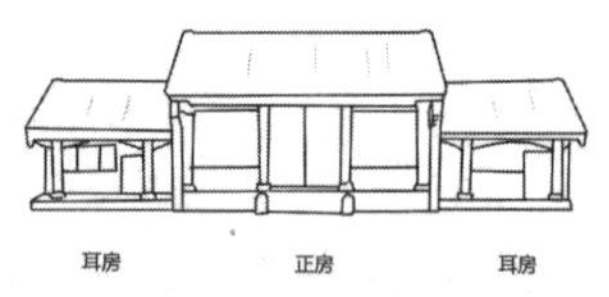

正房两侧的偏小房间，叫作耳房。

别的屋子我也不敢待，只好裹着毯子，睡在大门洞下的条凳上。湿漉漉的乌白也钻进来，我摸着它，幸亏这小东西压得我睡不好觉，这才躲过一劫。

第二天一大早，我找来木瓦匠查看，原来是东耳房房顶垮塌，连带北屋的房顶也塌了一角。木瓦匠说我的房子得大修，不然再下一场大雨，还得塌。我不懂盖房的事，只听说木瓦匠不能得罪，就按照惯例，好酒好饭管够，然后开始动工。[①]

房子大修，我就得另外租房暂住。北京城有一点很好，就是租房方便，东西南北城随便哪个胡同，都能租到房。

戴戴本人就是搬家老手，一年四季能搬好几趟，就像住旅店一样。据戴戴说，是要找一个幽静的写作环境，还自比孟母三迁。我打电话给戴戴，戴戴指点我到附近的路口看看。

我来到西四牌楼路口，那里立着几个广告牌，上面贴着很多用红纸写的招租帖，当头写着“房屋出租”四个大字，后面附着房屋的详细信息。

民国时期的公共广告牌

找了半天，我看中了一张红帖子，上面写着：西四牌楼武王侯胡同，坐北朝南，五间口，如意门，南五北五，东西各三，无须工程，随到入住。月租三十块。最下面还填了一行字，字体稍大：小孩儿多者免问！

按着上面写的地址，我找到房纤儿的家。开门的是一个苦脸的汉子，一问，就是房纤儿本人，名叫刘长运。去看房的路上，我们聊了几句，这个刘长运从前是巡警，因为实在发不下工资来，只好

---

①木工厌胜源于古代巫术。厌胜是指用巫术诅咒的方法达到制胜所厌恶的人、物或魔怪的目的。据说古代的工匠掌握厌胜之术，如果被雇主欺压，工匠会借施工的机会暗藏一些有诅咒作用的物品，影响雇主全家的运势。也被迷信者用作泄愤或暗害的手段。其实是手工业者为了获得社会尊重，故意神化的事物。

辞职干房纤儿。[①]

他一说我就明白了。巡警整天提着个布袋，走家入户收房捐，各家的房屋坐落，谁家有家庭纠纷，巡警最清楚，转行来做拉房纤儿，再合适不过了。

来到武王侯胡同，走到尽头，靠着沟渠坐落着一个院子，大门反锁着。四下没有邻居，非常僻静。这个院子原来是户部一个官员的，后来他举家搬去了南方，将房子转卖，买主怕房子闲置，就拿来出租。

刘长运说，怪得很，一所房子不管多破，只要有人住着，多久都不会倒；再好的房子，一旦空下来，很快就倒了。我想想家里房顶塌掉的事情，正想反驳，一看刘长运言之凿凿的神情，摸了摸鼻子没说话。

刘长运开了锁，这是个两进的四合院，进大门左手边是一溜南房，过了垂花门，后院十分宽敞，院中有青砖铺的十字小路，两棵高大的古槐投下大片绿荫。

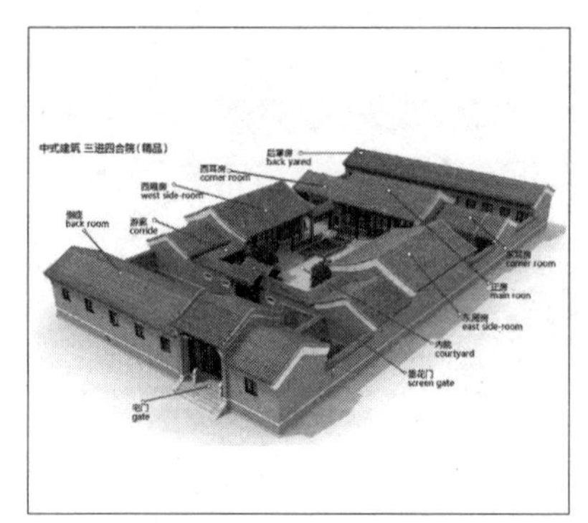

四合院，四就是东西南北四个面，合就是合在一起，形成一个口字形。一座标准四合院，北屋三正两耳共5间，东西厢房各3间，南屋4间，加上大门洞、垂花门洞一共17间。

看见有树，我就十分满意了，二话不说，当场掏了六十块大洋租下来。按照规矩，头一个月先交俩月房

①房纤儿，旧时北京城空房很多，房屋租赁买卖，有些人专门从中说和，抽取佣金为生。《四世同堂》里的金三爷，就是一个典型的房纤儿。

租，退房时，可以免费再住一个月，叫作“住押租”。

签完协议，我拿了钥匙，又雇了两个脚夫，从家里搬了一些简单的行李家具过来。当天晚上，就在新院子住下了。

收拾到九点多，外面月亮出来了，我铺好床准备睡觉。乌白依旧卧在我的胸口赶不走，我只觉得乌白的呼噜声越来越大，最后竟然像雷鸣，一声声钻进耳朵眼。

第二天早起，我觉得还算神清气爽。不过乌白不在屋里，找了一圈，见它卧在房梁上，无声地看着我。

我到院子里散步，绕着两棵古槐刚转了两圈，一低头，看见一个人蹑手蹑脚地走到北屋的门口，探头往里看。我从背影认出，来人正是房纤儿刘长运。我走过去，在他背后拍了一下，招呼道，起得挺早啊。刘长运冷不防，一下子跳起来，转过身倒退好几步，惊恐地看着我。

这时候乌白从房梁上下来了，它不怕生人，对刘长运很好奇，围着刘长运边转圈，边喵喵叫。听到叫声，刘长运这才笑笑，一张苦脸更愁了，告诉我他就是来看看，有什么需要的没有，还提醒我昨晚忘记关大门了，说着，弯腰把乌白抱起来，说：“嘿，这猫儿，跟人自来熟。”

我笑了一下，问他要不要到屋里坐坐。刘长运连忙放下猫，说他还得去串早门儿，说着，像有人追他一样，一溜儿小跑就走了。我还没来得及问他，什么是串早门儿。

之后几天，每天早上我都发现屋子里有翻动的痕迹，不过只是少了一些食物，想来是被乌白叼走，不知道藏在了哪里。

白天，乌白还是一如既往地缠着我。我走路，它就过来绊腿；

我坐下，它就马上蹿上膝头。不过一到晚上，乌白就蹿上房梁，无声地看着我，怎么逗也不下来。

最奇怪的是每天早上，我都能在院子里发现洒水的痕迹，还有一些燃尽的纸灰。如果水痕可以解释为槐树上积聚的露水，被风吹落，那纸灰只能说明有人潜进来过。自从刘长运提醒后，我每晚都会检查一遍大门的门闩，确定是闩好的。

一天早上，戴戴来看我的新居，刚进门，就小声跟我说，外面有个人，正在往墙上刷广告，但鬼鬼祟祟的，老想往院子里偷看。

我一听，心想：这个刘长运怎么又来了？出门一看，发现是个生面孔的瘦子，留着两撇狗油胡，正在假装往墙上刷糨糊，眼睛乱瞟。见我们出来，瘦子立刻凑了过来。

瘦子介绍自己叫蔡金鹏，也是个房纤儿。他说这个院子空了很久了，突然住了人进来，有些好奇。接着他话锋一转，说我们都被骗了，刘长运就是个臭脚巡，不是好人。我问他，何以见得，刘长运是怎么骗人的。

蔡金鹏低声说，这院子不干净，闹鬼。戴戴骂他："你这人怎么张口就来呢？我看你自己就像个瘦鬼！"蔡金鹏不敢犟嘴，嘟囔着就走了。戴戴说："这瘦子肯定就是想钻纤儿[①]抢生意，把你从这里吓跑了，好去租他的房子。"

回到院子里，我给戴戴讲了水迹、纸灰的事，刚走到台阶上，戴戴猛地一指旁边，说："有字。"

我扭头一看，院子通往西厢的台阶上，写着一个红红"死"

①钻纤儿，在房纤儿进行房屋买卖或租赁时，私下联络买家，签订字据时保密，甩掉其他房纤儿，独吞佣金。

字，看着血淋淋的，还没有干透，可能是昨天夜里写上去的。我用手指沾了一点儿，闻了闻，一股腥气，似乎是动物的血。

我一早起来，没往这个方向看，所以根本没注意。戴戴来了精神，觉得我们错怪了那个瘦鬼，这个院子可能真的不干净。她一力撺掇，让我晚上查查，我只好同意晚上蹲守，看看偷偷潜入院子的是何方神圣。

天刚擦黑，戴戴就来了，乌白虽然表示欢迎，但仍旧卧在房梁上不下来，无声地看着我们俩坐在门后面。我俩聊着天，我不知不觉睡着了。不知睡了多久，突然被戴戴拍醒，一睁眼，我看见黑暗中，戴戴的一双眼睛闪闪发亮——小姑娘的精神真好。

戴戴小声在我耳边说："鬼来了。"

我从门缝看出去，一个黑影蹑手蹑脚地走进院子。今夜月色明亮，我看见来人穿着一件道袍。这道士手里拿了个瓶子，绕着院子走，边走边把瓶子凑到嘴边，然后"噗"的一口喷出水来。喷完水，又拿出一把黄纸，用火柴点着，捏着嗓子，压低声音念念有词。

戴戴轻轻推开门走了出去，我只好跟着出去。她边走边在台阶下摸了半块砖头，从背后慢慢靠近那道士。道士正聚精会神地烧纸念咒，完全没发现戴戴来到身后。戴戴一砖拍在他头上，大喊一声："泰山石敢当！"①

不知道是咒语灵验还是戴戴下了狠劲儿，那道士一下子倒在地上，捂着头呻吟毫无招架之力。我拿手电一照，道士目瞪口呆，一脸苦相，不是别人，正是房纤儿刘长运。

---

①泰山石敢当，民间的灵石崇拜习俗，用于祛邪、禳解。传说走夜路遇鬼，于路边捡一块石头，大喝一声"泰山石敢当"，向后打出去，邪祟立消。

我将戴戴拦到身后，问道："老刘，你这是闹的哪一出？"

刘长运没说话，突然把手里未燃尽的符纸朝我们一撒，趁机一骨碌爬起来，跑出了垂花门。我们追到大门，大门敞开着，人已经不见了。我检查了门闩，上面有些刮痕，应该是刘长运用极薄的片刀插进门缝，将门闩一点点拨开而留下的。

回到屋里，乌白也不见了。我想起搬进来的第二天早上，刘长运来串门，乌白围着他打转，说不定这会儿是跟着他出去了。顾不上现在是后半夜，我和戴戴直接去了刘长运家，刘长运家大门紧锁，他果然没有回家。

第二天中午，我和戴戴又来了趟刘家，依然没人，正要离开，来了三个人。

领头的人头发花白，身材魁梧，穿着一身绸缎短衫，三人二话不说，上来就砸门，三五下砸开大门，进去就是一阵乱翻。出来的时候，短绸衫看见在门外观望的我俩，一问，知道我是刘长运的租户，短绸衫的表情瞬间一百八十度大转弯，一脸笑容上来握住我的手。

短绸衫亮明身份，他是刘长运上面的大房纤儿，也是个吃瓦片儿的房东，姓白，叫白奎山，两个跟班的都喊他白五爷。我指指刘长运家被砸坏的大门，问白五爷这是做什么。

白五爷用手心搓了搓衣服，说："嗐！这个刘长运，昨天串早门儿[①]没来，今天又没来。这个臭脚巡欠了我一笔钱，又是个光棍，我这不是怕他不还钱，跑了嘛。"说完一挥手，看着我，说，"贤伉俪

①串早门儿：拉房纤儿的每天早上在大房纤儿家，或者大茶馆里聚会，一面喝茶，一面互通消息。

在那边好好住，有什么事找我白五爷。”又从口袋里摸出名片来递给我，然后带着两个跟班离开。

白五爷刚走，戴戴皱着眉头说：“这人怎么这么爱演？演得跟街坊二大爷似的。”

我俩走进刘长运家，屋里已经被翻得乱七八糟，屋子一角散落着几张符纸，看字样，是从东岳庙求来的，用来驱邪镇魔。

我对戴戴说，乌白跟着刘长运一起失踪了，还不知该上哪儿找去。

戴戴突然想到一个办法。据送她猫的人说，乌白小时候最爱吃广和居的潘鱼，放在猫碗里，一敲碗沿儿，保准出来。说话间戴戴已经拦了两辆洋车，推我坐上其中一辆，一起往宣武门外的广和居去了。

朝阳门外东岳庙，位于北京市朝阳区朝阳门外大街的北侧，原是道教正一道在华北地区的第一大丛林，现同时为北京民俗博物馆。院内有碑林、古槐、十八层地狱群像。

回到我租住的院子，戴戴取出乌白专用的小碗，盛了一小碗潘鱼，闻起来味道清香鲜美。她把鱼吹凉，拿起一根筷子，在院子里边走边敲，嘴里念道，猫猫，猫猫……转了一圈，没有回应，又到各个屋子里转了一遍，最后转回到我住的北屋。

刚敲了两下，传来一声细微的猫叫，似乎就在跟前，又好像隔得很远。戴戴继续敲着碗，最后确定声音是从我睡觉的床底下传来的。我走到床前，趴在地上一看，床底空无一物，不过乌白的叫声清晰了很多。

木阁床

我和戴戴合力将床推开，在床下的木地板上摸索了一会儿，我发现地板上有一条缝隙与其他缝隙不合。使劲儿一搓，木板滑向一边，竟然是一个两尺见方的推拉门。推拉门下面，是一个通往下方的木梯子。我叫戴戴守在外面，拿了手电筒走下木梯。

底下有一个小小的地窖，三米宽、四五米长的样子，人得低着头走进去。地窖里除了一张破床，什么都没有。我循着乌白的声音照过去，手电的光柱下，有个人趴在地窖的一角，一动不动，乌白正蹲在他的头上，对着我张嘴叫，两眼反射着手电的光，像两团绿幽幽的磷火。

戴戴用潘鱼引出了乌白，我过去查看趴着的人，发现居然是刘长运，头上有少许血迹，似乎是脑袋遭到重击。我探了探他的脉搏，还活着。拖刘长运出来时，我踩到地上的残渣，低头一看，是我这几天丢失的食物，吃剩了丢在地上。

好不容易出了地窖，把刘长运放平在地上，我身上已经出了一层薄汗。再看乌白，正把小脸埋在碗里，吃得很香。突然它耳朵一耸，停下不吃了，一溜烟儿蹿上房梁，对着门外咝咝叫。

房门开着，此时已经入夜，今天是农历十五，银色的月光铺满整个院子，只有树荫下稍显昏暗，一个黑影贴在地上，向门口缓缓移动。

黑影靠近一些，看出是一个人在爬，但与一般人的爬行姿态不一样，他的两条腿几乎每次都迈到脑袋的前面，然后带动着手臂向前挪。黑影突然加快了速度，冲上台阶，双手扒着门框进来，扑向戴戴。我想都没想上前就是一脚，踢在他的头上，把他踢翻。我这才看清，这是一个衣衫褴褛的人，几乎赤裸，头发胡子都很长，纠结成绺。

这人虽然被踢翻，但好像没有痛感，翻过身来趴着，两眼圆睁重新向我扑过来，力量大得出奇，一下把我撞倒在地。这人双手掐着我的脖子，嘴里嘟嘟囔囔说着话，这些话里的每一个字我都懂，可是组合成句子，完全不知道他在讲什么。

我抄起手里的手电，照他头上猛砸，砸了十几下，灯泡都砸灭了，才把他砸倒。但这人马上翻过身，似乎一点儿也不痛，刚要再过来，突然看见旁边昏迷的刘长运。他爬过去拖着刘长运一条腿，向屋里那张床移动。戴戴趁机过来将我扶起，我俩看着他拖着刘长运往床下走，一时猜不透他要干什么。

这人爬进床底，摸索了半天，突然暴躁起来，向一旁的墙上撞去。我一下子明白了，他是在找地窖的入口，可是床已经搬动了位置，他怎么也找不到。

这人一遍遍撞墙，砰砰作响，乌白从房梁上蹿下来，跑到门外，绕着圈叫。一缕缕细细的风吹过来。眼见着从地板到墙壁，一条裂缝蔓延开来，一直向上，隐没在黝黑的房顶上。

我一把将戴戴推出门外，然后拖起地上的刘长运就往外跑。跑到门口，我回头看了一眼，那人不再撞墙，而是直直地站起来，怔怔地望着我。这时，轰隆一声，房顶垮塌下来，紧接着是一连串的梁倒墙摧，先是北屋，最后是东西厢房，腾起巨大的烟尘，呛得我和戴戴直咳嗽。

尘埃落定，月光静静地照着废墟，仿佛刚才什么也没发生一般。戴戴抱着猫讷讷地问我："房子怎么就倒了？"

我们连夜把刘长运送去医院，第二天一早，叫来警察勘验现场。从废墟里扒出了那人的尸体，又找到地窖的入口，在地窖里挖出了三具尸体，最上面的一具，已经被乌白刨得露出了头发。

白天再看废墟，很快就发现许多可疑之处。瓦砾中的木梁断口呈现出焦黑的颜色，明显被火烧过，只是外边用板条包裹，然后上了泥子，漆上红油漆。墙砖也多有陈旧的碎痕，只在外面抹了层洋灰，然后画出方格。从种种迹象来看，这所房子以前失过火。

我和戴戴到了医院，刘长运已经醒了。我告诉他昨晚发生的事情，刘长运听后，长长地出了一口气，说："这房子总算倒了！"

原来，这是一间"倒饰房"，着过火，烧死了房主。白五爷低价买了过来，倒饰一新，假装成好房出租[①]，知道真相的只有白五爷和他手下的小房纤儿刘长运。

刘长运说，自从接手了这所房子，每天都担心房子倒塌砸到房客。结果房子没倒，房客都在月圆之夜的前后几天莫名其妙地失踪，因为都是外乡人，没人来找过。

刘长运认为一定是鬼魂作祟，就到处求符咒，半夜里偷偷跑到院子里，洒符水，烧符纸，希望能驱鬼镇邪，没想到那天被戴戴一板砖打蒙了，说着抬头看了一眼戴戴。他逃走以后不敢回家，又

---

①倒装房，少数大房纤收购年久失修的危房或次房，雇木瓦匠油饰修缮后，充当好房租卖。

不放心这边，绕了一圈又回来了，刚进院子，就又被打晕了。至于如何到了地窖里，他什么都不知道。

戴戴问刘长运，既然这院子总有人失踪，怎么还往外出租。刘长运苦着脸，叹了口气："房子是白五爷的，我欠了他的钱，又在他手底下讨生活，唉，没办法呀！"

离开了医院，戴戴陪我回院子去收拾没被砸坏的行李，大门口聚着一群人围观，我一眼看见那个叫蔡金鹏的瘦子也在人群里，就招呼他过来。

我递给蔡金鹏一支烟，他"哎哟"一声，赶紧接住。我给他点上烟，问他认不认识这院子在白五爷接手前的东家。蔡金鹏抽了两口烟说："怎么不认得？这房子原来是鄂家的府上，后来人去屋空，被白五爷捡了个便宜。"戴戴问："鄂家还有别的亲戚没有？"蔡金鹏说："鄂家老爷子有个小舅子，是个木匠，几年前搬去了直隶。"

临走的时候，蔡金鹏欲言又止，最后加了一句："我告诉您的这些，可别叫白五爷知道了。"

保定府始建于宋淳化三年（992），元明时成为拱卫京师的重镇，清保定府为直隶总督驻地。图为赫达·莫理循拍摄。

我费了一番周折，一个月后才在保定城里找到了鄂老爷的小舅子。

他的家在城郊靠近墙根的一个小院子里，门口有几棵柳树。大门开着，我走进去看见院子里满地都是刨花，院子当中立着一个做木工活儿用的大木架。家里只有木匠老两口。老木匠得知我来打听鄂家，吧嗒了几口旱烟，对老婆子说："你到李干娘家串门儿去，我们有话说。"

老婆子磨叽了一下，木匠将烟袋杆在桌上重重地敲了两下，吓得老婆子扶着墙赶紧走了。木匠看着门外，对我说，这件事儿，他没跟任何人讲过，包括他老伴儿。

木匠说，要不是到了民国，他姐姐也攀不上鄂家。鄂老爷祖籍江南，书香世家，代代都有人在朝中做官。只是有一点很奇怪，鄂家香火不旺，每一代都是单传，到了鄂老爷这儿已经是第八代了。

清朝的时候，鄂老爷在户部做官，民国后赋闲在家。娶了他姐姐的第二年，生下了鄂少爷。鄂老爷得了这个儿子之后，再无所出。他这个外甥，自小聪明，读书也好，听说还准备留洋，结果出了一件事，没有去成。

我问出了什么事。老木匠说："我这外甥得了一种怪病，每夜睡着之后会在梦中起身，到院子里跑，谁都拦不住，直到跑累了，才回床上睡觉。第二天问他，什么也不知道，就是感觉累。有人说这是梦行症，也不知真假。后来我外甥病得严重，不但夜里奔跑，还会找来刀棍之类的东西比画，谁也不敢靠近。我有次问外甥，夜里出游是什么感觉，他说什么都记不得，就觉得浑浑噩噩，像喝醉酒一样。鄂家人为此想尽了办法，中医西药也吃了，神汉巫婆也请了，都不管用，最后只好把他绑起来，外甥动不了，就整夜哀号。再后来，出事了。我的老姐姐心疼孩子，晚上偷偷去给儿子松了绑，没承想被亲儿子拿刀活活砍死了。我只听说过魏征梦里斩泾河龙王，但人家是天上星宿下凡，没想到凡人也能在梦里杀人。后来，鄂老爷跟我合力在屋里挖了一个地牢，把这个逆子关了进去，木门是我做的，严丝合缝又牢靠。每天我外甥的吃喝拉撒，都从门里进出，到了晚上，鄂老爷就拿绳子在外面把木门闩好。那段日子，我也住在鄂府里。鄂家人丁单薄，整个宅子里就剩下父子俩，一个在地上，一个在地下，隔着一个木板，真是可怜呀。鄂老爷平日不爱说话，跟我更没什么可聊的，整个宅子一点儿声音都没有。”

民间传说，泾河龙王与人打赌，误了降雨时辰。天帝派武曲星魏征斩龙，龙王乞求李世民救命，李世民应允。于是宣魏征进宫下棋，不料魏征下棋间睡着，梦中显神，将龙王杀死。小说、戏曲多有表现，情节基本相同。

我问，后来出了什么事，怎么失的火。

老木匠叹了一口气，说：“鄂老爷伤心欲绝，后来也渐渐有了病。一天晚上，我见鄂老爷夜里起来，去柴房抱了一捆柴向北屋走。我喊了两声他都没有应，看那样子，和我外甥的梦行症一样。我心里发慌，赶紧跟过去，只见鄂老爷在屋里升起火来，他在火里乱走，完全不怕被烧，我上前拉他也拉不动。火越烧越大，我只好一个人逃了出来。我想他们父子两个肯定都被烧死了，可如果警察问我，我照实讲警察肯定不会信，那我就得坐牢，干脆一不做二不休，连夜跑回老家，再也没去过北京。”

讲完这些，老木匠喃喃自语，说那房子塌了好，塌了好——跟刘长运说的话一样。

我回京后没多久，家里的屋子修好了，就带着乌白搬回去住。

后来和戴戴、汪亮谈论这件事情，汪亮说他了解过最新的国外研究，人的睡眠是受到月球的引力影响，所以鄂少爷会在月圆之夜出现。不过梦行症的本质，依然无解。[①]

有一天，我在《益世报》上看见一条新闻：

“农历二月二，京师房纤手集会于骡马市大街宴春坊，召开财神会。席间大房纤儿白某与房纤手刘某龃龉，继而口角。争执中，刘某执青砖半块，高喝：泰山石敢当。向白某当头打下，将白某打昏后逃逸。刘某打人喝号，竟不知是何讲究，今记之，搏诸君一笑。”

本故事整理者：桃十三

①近年来《生物科学进展》发表科学依据，证实月相影响人类活动。据研究人员表明：“就算一个人不直接观察月相，或者根本对月相变化毫无知觉，月球周期还是会无意识地影响人的睡眠质量。”

后记

《北洋夜行记》最初在魔宙公众号发布时，并不确定能写出多少个故事，会有什么样的读者，更未想到有一天会做成纸质书。如今第二本合集也要出版了，我特别想知道，三年前给自己提出的问题是否有了答案：除了体验一个个罪案故事，《北洋夜行记》还可能会让读者感受到什么？三年前动笔写第一篇故事前，我心里清楚这是个什么样的事件，事件里会有什么样的人，但不知道用什么方法把它讲出来。后来我看到两本书，一本是王军先生写老北京城池改造与变迁历史的《城记》，另一本是张北海先生的小说《侠隐》。《城记》翔实记录了老北京城楼、城门、牌坊、胡同和古建筑如何在高楼和大马路之间逐渐消亡；《侠隐》则在一个复仇故事里写尽了民国北京地道的江湖市井、华洋杂处的各色人物，以及衣食住行的知识掌故。一本是历史，另一本是小说，但两本书都算是对老北京城的怀恋和哀悼。两本书读完，我意识到一件事：如果不曾了解一座城的过往，即便你在其中生活多年，可能依然对它极其陌生。

因此，我知道了该如何讲夜行者金木的故事：用历史资料和想象去寻找民国老北京的烟火气。故事中有犯罪悬疑、凶杀命案、离奇诡异、枪战冒险——故事甚至可能超出了现实，但人物和背景要尽量贴着历史真实，试着以亲历者的视角理解过去。我从未见过彼时的北京城，但可以创造一个它的平行世界。

二〇一七年，第一本《北洋夜行记》出版时，我找设计师将封面做成了一张可展开的手绘图，图上就是这个平行世界，它看上去和民国初年存在过的北京城一模一样，其中却接连发生一桩又一桩悬案，流传着一则又一则黑色传说。可以说，这座城市本身就是一则传说。现在，《北洋夜行记.2》出版之时，我又请设计师做了一张可展开的手绘图，图上模拟了一张民国时期的报纸，记录下了这座城市可能发生的故事。

我始终相信传说是可能存在过的事实，小说是可能发生过的历史。写下这些故事，就是探究这种可能性的过程。这些是写《北洋夜行记》最初的想法，也是这几年我和创作团队“读读写写”创造平行世界的乐趣所在。

这本书里的故事，由我和四位主笔完成。他们分别是桃十三、草头鬼、掘坟仔和朱富贵。团队创作会有个天然的障碍，各自的经验、阅历不同，思维和表达方式也不同，同一个故事换不同人讲述，会有风格差异。

这种差异是问题吗？也许是。至少阅读体验会不连贯，可能跳戏。不过，这也是好事。每个人在用自我经验吸收、拆解和重组信息时，都在激发新的可能性。更重要的是，《北洋夜行记.2》又形成了一层平行世界——不同主笔创造的“同人”故事。打个比方，蝙蝠侠在哥谭市的故事是DC基于现实创造的平行世界，不同导演拍摄的蝙蝠侠电影又是不同层级的平行世界。在混沌中创造出一个时空，并看着它越来越清晰可信。这实在令人兴奋和满足。金木、戴戴、汪亮、小宝这些人，在故事里度过了很多年，却从未真正变老。我们不一样，几年读读写写已然过去，将来仍会继续，也许会一直写到老。对于这种读读写写的生活，几位主笔各有体会。下面是他们想说的话。

○ 草头鬼：我和死者的契约

我是草头鬼，我名字里有个“鬼”字。

有一种说法，“鬼”字在古语里与“归”字相通，人所归为鬼，意思是死了以后变成鬼，就是回到原来的地方。

小时候我对“鬼”的印象，都是从鬼故事里听来的。鬼故事里的“鬼”，通常披头散发、青面獠牙，飘浮在空中，冷不防把手搭在人肩膀上，你一回头就吓个半死。我胆子小，又很喜欢鬼故事，经常咬着手指甲，一边害怕一边听，听完胡思乱想，自己吓自己。

后来我发现，“鬼”还有一层更大的意思，就是消失、死亡和被遗忘。死去的人，出于种种原因，无法进入正统的史书，只能经由口口相传，变成民间传说，变成“鬼”。在正史里，他们消失、死亡、被遗忘；但在“鬼”故事里，他们还活着。从这个角度来说，《北洋夜行记》里讲的其实是“鬼”故事。这些故事发生在一百年前，里头的人物——金木、戴戴、汪亮、小宝，以及可能存在过的所有人——都已经死了。

故事里的北京，是一座“看不见的城市”。它既不同于今天的

北京，也不同于历史书和老照片里的北京，它更粗糙、更肮脏，也更残酷。那么多角落里都隐藏着命案，其中有无数黑暗的秘密，散发着血腥味。想要进入《北洋夜行记》的世界，必须跟着一个名叫“金木”的“鬼”在一百年前的大街小巷游荡，救人杀人，杀人救人，偶尔杀错人，偶尔救错人。

创作这些故事的过程，我经常觉得自己像一个大法师，站在坟墓堆里，手指墓碑，黑烟从指间冒出，遮天蔽日，死去的人一个接一个醒过来，用低沉的嗓音，向我讲述他们离奇诡异的故事。不管故事内容多么匪夷所思，我听完以后仍然选择相信。这是我和死者之间的一种契约。

多数人讲科学，不信怪力乱神，提倡质疑，凡事都要罗列证据，鬼故事根本吓不倒他们。说实话，我很佩服。不过，要是你和我一样胆小，也不必觉得可耻，怕“鬼”自有怕“鬼”的乐趣。希望你们也能看见一座“看不见的城市”，认识更多“被遗忘的死者”。

○ 掘坟仔：最恶不过自己

小时候，在我们家属院住的小孩子，都听说过这么一个事儿，那就是别上楼后面去玩，据说那里有一个穿红秋裤的女鬼。那时候我年纪小，也不清楚这件事到底是什么时候传开的，怎么就传开了。有的小孩说因为后院有坟地，还有人说因为后面死人了，死的就是一个女人，女人冤魂不散，化作厉鬼。我们去问大人，大人们总是讳莫如深，有时候为了不让我们到院子外面玩，还专门强调这个女鬼的存在，吓唬我们，要是不听话，就会让女鬼带走。最终我也没搞明白，那个红秋裤女鬼到底存在不存在。因为好奇心作祟，我偶尔会在白天，小心翼翼地去楼后查看。每次沿着后院的小路走，心都咚咚跳，可是既没有看到尸体，也没有看到坟包，有的只是邻居用篱笆围起来的小菜地。

直到十几年以后，我才知道了传说的源头，那是一件震惊全国的冤案。当我在媒体上得知这件案子时，马上就联想到少年时期那个骇人的传说。原来我与凶杀和罪恶，距离如此之近。童年时那个神秘传说的传播，很多是由于年幼时对世界的无知。或许当时已经有人告诉我们，那儿发生了一起凶杀案，但我们并不会理解，为什么人会杀人，为什么有人会冤死。我们把它讲成了一个可怖的传说，夹杂神鬼妖狐，添油加醋地吓唬邻家小女孩，以此缓解自己的困惑和焦虑。

我以为随着年龄的增长，这种困惑会消失，但显然我错了，世上永远会有神秘传说。很多事件我也许早已知道了真相，但总感觉仍隔着一层纱，看不透。因为，很多事件会冒出很多个“为什么”，就像童年时的疑问，为什么人会杀人？为什么有人会冤死？到头来，我仍无法确切地解释这些传说。遇到这种问题，人们经常会找一个词来解释，那就是“恶”。为什么会杀人？因为恶；为什么有人会冤死？因为恶。归根到底，是人性之恶。可“恶”到底是什么？它从哪儿来？它到底要做什么？我依然看不清晰。后来我才发现，我看不清此物，是因为我从未看清自己。

几年前，因为抑郁症，我做了一段时间的心理治疗。与治疗师的谈话是我这辈子经历过的最刺激的谈话。在漫长的治疗中，治疗师与我展开了马拉松式的长谈，他让我看到了一个不一样的“我”，一个邪恶、猥琐、肮脏的“我”。很多时候，对话都以一种很隐晦的

方式进行着，他不说，我也不说，没有一个关于“恶”的话题，没有一句形容“恶”的句子出现，但我相信我们都感觉到了——它随着我呼出的污浊空气，弥散在治疗室中。“恶”不在我的身边，“恶”就在我的心里，只不过我不愿面对它，才感觉和它隔了一层纱。我过去的人生中，其实有无数个瞬间，想去做出恶的事情。我不知道当时的我，是如何把这样的念头压下去的。这件事想想也是后怕。如果没有这样的谈话，如果我还不知道它就藏在我心中，我就无法分辨它、了解它、控制它，反而可能会被它控制。它会一遍遍地提出它的诉求，一次次地蚕食我的理智，总有一天，它会让我的身体做出不可挽回的行为。我那时才体会到，人性这个东西真的很复杂。一个人没有做坏事，可能仅仅是因为还没有到那个点，那个被我们形容为“鬼迷心窍”的点。这才是人性可怕的地方，不知什么时候，内心的魔鬼就会对你低声耳语。从此，我看待人的观念发生了一些细微的变化。我不再把人分为“好人”和“坏人”，人就是人，本无好坏，他可以在这一秒做了一件好事，下一秒就做出一件坏事。我也就能理解，为什么那些在家人邻居眼中看上去老实善良的人，会在一瞬间做出令人恐怖的行径。

《北洋夜行记》这些故事中的人，做出恶的选择，很多时候也只是一瞬间的事情。人们选择用恶的方式解决问题，有时是蓄谋已久，有时是迫不得已，也有的时候，可能就是纯粹的恶。

最后再说一句，理解内心之恶并不代表认同它，写下上面的文字，不是为了给做出恶事的人开脱，而是警醒你我：最恶不过自己，管好心里那些邪恶的小念头。

○ 朱富贵：读小说是一场异域探险

金庸先生第二次修订自己作品时，曾遭到大批读者反对。这次修改中，黄药师跟梅超风师生恋，段誉和王语嫣最后也没一块儿过日子。哪怕是最忠实的金粉，看到这些改动也直摇头。是新修版改得不好吗？我认为不是。相反，这是金庸先生极成功之处。他创造的武侠世界活在无数读者心中，每个金庸迷都相信一个存在郭靖、乔峰、韦小宝的世界，跟着他们一起练习绝世武功，儿女情长，笑傲江湖，经历人生的低潮和巅峰。

这一世界的确定性和真实性，连作者自己都很难撼动。人物和读者成为朋友，这种关系适用于所有好看的小说。无论是五页或五百页，都可能创造出一个或大或小的世界。我们读小说，就是进入了这个世界，跟着主角一起探险。

一个朋友曾跟我说：小说都是假的，当不得真。我不这么看。小说是一个精练的世界。它并不展示全部生活，并不意味它不可信。它跟现实世界紧密相连，因为它展示生活的本质。《笑傲江湖》中，岳不群是个道貌岸然、内心奸恶的伪君子。若把时间往前推，会知道他是受了师命，誓死要光大华山派。他所有的不择手段，都源自这一点。历史上这样的人比比皆是。有些人成功了，成了一代宗师；有些人失败了，就成了跳梁小丑。

我们接受小说人物，是因为他们必定根源于现实经验。区别在于，现实中的人悲欢很难相通，而小说人物常表露赤诚或奸诈。从这个层面上讲，小说人物远比现实中的人更适合做朋友。人需要拓展生命的宽度，读小说就是方法之一。金庸先生在新修版全集的序言中说，小说的基本内容是人的感情和生命。因此，读小说是一场

异域冒险，也是一场情感之旅。如果读小说让你兴奋、悲伤、愤怒，让你的此生回忆蒙上一层绚烂迷人的色彩，何乐不为呢？

○ 桃十三：为什么要读纸质书？

纸书的缺点显而易见，就是非常之沉重。

我曾帮朋友搬家，司机兼搬家师傅看见十六大箱书，又得知是六楼没电梯，甩开双手就要逃走。我和朋友连忙拉住他，承诺三个人一起动手，这才把他留下。

搬书的过程就不细讲了，我要引用一个成语，叫“汗牛充栋”，古人没骗我，真的很多汗。搬书的时候，我想起自己屋子里的书，也塞满了书架，而且还在增加。搬完以后，痛定思痛，下单买了一个电子书，最新款Kindle。新Kindle在身边黏了几天，下载了六十本书之后，我拿起它的次数渐渐减少了，最近干脆只用它来看漫画。表面的原因，是我嫌弃它无法快速检索，不能像纸书一样哗哗地快翻。细细一想，这深处还盘踞着一个幽灵，令人不安。

每次给电子书设定书签的时候，都有种刻舟求剑的感觉，电子设备对我而言，就是一个黑匣子，里面流淌着电子的暗流，越流越窄，直到某个牛角尖的虚无。这种感觉非常难受，就像被《三体》里的二向箔打过一样，变成了纸片人。

读电子书，是一种降维活动。我最近有个观察，知识的世界越来越扁了。人们拿着手机，端着电脑，只能被动地刷新页面，接受信息瀑布的冲刷，渐渐地失去了厚度，失去了选择的自由。数码产品的扁平化设计也大行其道，拟物党被排斥，一一下野。

莫非冥冥中有股更高级的力量，对地球释放了慢性的降维打击？也许我多虑了。读纸书就不同了，你可以坐在沙发上，用眼睛端详书架，用指尖扫过一本本个性迥异的书脊——相反的，电子书就是一群面目相同的克隆军团——抽出想看的书，然后“盘”它，摩挲封面，精装、平装，粗糙、光滑。打开它，有的紧实，有的轻松；有的气味浓重，有的泛着淡淡清香。“望闻问切”完毕，拆下腰封，作为书签，读过的地方，历历在目。看书时遇见的细节，书角的折痕、家猫咬过的牙印、别人的画线，就像深海中的铁锚，准确地在记忆宫殿的万千房间中锚定你到过的地方。

纸书作为一个物理的实体，自身也具有价值，而电子档案无法自由地持有，它们只能算是书的影子。不光是电子书可能突然消失，还有被删掉的帖子、无法播放的歌单……

读纸书，是一种升维活动。在这个日益走向虚无的世界里，我只希望能自由地阅读，读纸质的书，做立体的人。所以我很高兴，《北洋夜行记》系列里这些本来在手机上浏览的文字，能成为纸质书页上的故事。即使这些故事已经在手机上被读过，但当读者的目光接触到纸面时，它们可能会重生。

有位中国台湾作家在小说里讲过一个关于“重生”的鬼故事，说有架飞机失事，跌落山间，一个人上山救人，用斧头劈开舱门，看见一位自己认识的老太太走出来。原来这架飞机搭载的全是已经死掉的人，他们参加阴间的旅游团，不幸遭遇空难。活人遭遇空难，会死掉；死人遭遇空难，又都活了过来。我很喜欢这个死去活来的故事。和几位主笔聊不同的故事时，我有时会感觉自己遭遇了过去世界来的旅游团，死去上百年的人又活了过来。他们不但给我

讲过去发生的故事，还很想在如今的世上重活一遍。

所以说，《北洋夜行记》系列里虽然没有鬼，但也算是“鬼话连篇”；虽然净是鬼话，但也有人间烟火。

金醉、草头鬼、掘坟仔、朱富贵、桃十三

二〇一九年九月十五日于北京

图书在版编目（CIP）数据

北洋夜行记. 2 / 金醉著. -- 北京 : 中国友谊出版公司, 2021.4
ISBN 978-7-5057-4973-3

Ⅰ. ①北… Ⅱ. ①金… Ⅲ. ①短篇小说—小说集—中国—当代 Ⅳ. ①I247.7

中国版本图书馆CIP数据核字（2020）第156132号

书名 北洋夜行记. 2
作者 金 醉
出版 中国友谊出版公司
发行 中国友谊出版公司
经销 新华书店
印刷 河北鹏润印刷有限公司
规格 880×1230毫米 32开
14.625印张 317千字
版次 2021年6月第1版
印次 2021年6月第1次印刷
书号 ISBN 978-7-5057-4973-3
定价 55.00元
地址 北京市朝阳区西坝河南里17号楼
邮编 100028
电话 （010）64678009